Marion

Nina Bilinszki

Hold You Close

Das Buch

Auch mit einer dunklen Vergangenheit kann die Zukunft leuchten

Als Lucy Campbell nach Philadelphia zieht, hat sie nur einen Wunsch: Ihren Zwillingsbruder Jaxon besser kennenzulernen. Nach ihrer gewaltsamen Kindheit und einem schweren Unfall wurden sie voneinander getrennt und Lucy kann sich kaum an ihn erinnern. Doch da ist nicht nur die Angst vor der Erinnerung, sondern auch die Angst vor fremden Menschen, die ihr die neue Stadt schwer machen. Aber dann lernt sie Julian kennen, und plötzlich spürt sie eine Wärme in sich, die sie vorher nicht kannte. Sie sehnt sich nach seiner Berührung, doch wird sie nach alldem, was sie erlebt hat, wieder Nähe zulassen können? Kann er ihr die Kraft geben, stärker zu sein, als ihre Angst?

Die Autorin

Nina Bilinszki, ein Kind der 80iger, schreibt schon Geschichten, seit sie einen Stift in der Hand halten kann. Wenn ihr eine neue Idee kommt, zieht sie sich die Laufschuhe an und plottet den Verlauf bei ausgedehnten Jogging-Runden durch den Wald. Sobald sie dann wieder am Schreibtisch sitzt, taucht sie am Laptop entweder in romantische oder fantastische Welten ein, in denen sie ihre Charaktere vor viele Hürden und Probleme stellt. Nachdem sie im Ruhrpott aufgewachsen ist, hat es sie 2009 in ihre Wahlheimat im Rhein-Main-Gebiet gezogen.

Nina Bilinszki

Hold You Close

Lucy & Julian

Roman

FOREVER

Forever by Ullstein
forever.ullstein.de

MIX
Papier
FSC® C083411

Originalausgabe bei Forever
Forever ist ein Verlag der Ullstein Buchverlage GmbH, Berlin
März 2019 (1)

Umschlaggestaltung:
zero-media.net, München
Titelabbildung: © FinePic®
Innengestaltung: deblik Berlin
Gesetzt aus der Quadraat Pro powered by pepyrus.com
Druck- und Bindearbeiten: CPI books GmbH, Leck

ISBN 978-3-95818-405-3

Für Mama, Papa und Oma.

Und für Jack,
der mich dazu inspiriert hat,
Spencer zu schreiben.

Prolog

Lucy

Arrow Rock – April

»Lucy?«

Rita steckte ihren Kopf in den Stall, wo ich gerade meinen Sattel reinigte. Es hatte den ganzen Tag geregnet, weswegen der Sattel nach dem Ausritt voller Schlammspritzer war. Eigentlich mochte ich Regen nicht, aber auf dem Rücken von Starlight machte mir nicht mal das etwas aus. Reiten war Freiheit für mich. Wie fliegen, nur schöner.

»Du hast Besuch.«

Fragend blickte ich zu ihr auf, während ich weiter über das weiche Leder rieb. Seit ich hier wohnte, hatte ich nur ein einziges Mal Besuch bekommen – von meiner Therapeutin. Auf sie und ihre ständigen Fragen konnte ich heute gut und gerne verzichten.

Wie geht es dir?

Was hast du seit deinem letzten Besuch gemacht?

Hast du dich an irgendwas erinnert?

Nein, verdammt. Ich erinnerte mich noch immer an gar nichts von früher. Man hatte mir davon erzählt, aber ich konnte es nicht mit mir in Verbindung bringen. Es war, als wäre es einer anderen Person passiert, einer anderen Lucy, bevor die heutige Person aus ihr hervorgegangen war.

Ich schüttelte den Kopf, um mich von diesen düsteren Gedanken zu befreien.

»Wer ist es?«, fragte ich Rita und stand auf.

Sie lächelte mich unsicher an. »Lass dich überraschen.«

Ich schmiss den Lappen in den Eimer und folgte Rita aus dem Stall und den gewundenen Weg zur Ranch hinauf.

Am Gartenzaun lehnte ein junger Mann, den ich nicht kannte. Er trug eine schwarze Lederjacke und Jeans. Sein zerzaustes Haar wehte im Wind. Das Herz klopfte mir bis zum Hals, weil ich keine Ahnung hatte, wer er war und was er von mir wollte.

Rita drückte kurz meine Hand und lächelte aufmunternd, ehe sie zurück in den Stall ging, vermutlich um meine Sattelreinigung zu beenden.

Als ich näher kam, erkannte ich seine grünen Augen mit dem durchdringenden Blick. Ich hatte sie schon mal gesehen, damals im Krankenhaus, wo ich mich von meiner Gehirnerschütterung erholt hatte. Als man mir dort erzählte, dass ich einen Zwillingsbruder hätte, wollte ich ihn unbedingt sehen. Wir sollen ein inniges Verhältnis gehabt haben, aber als er dann vor mir stand, war er mir vollkommen fremd. Die Enttäuschung in seinem Blick hatte mir panikartig die Brust zugeschnürt. Der Gedanke daran, auch in Zukunft mit dieser Enttäuschung konfrontiert zu werden, hatte mich nicht atmen lassen. Mit ihm zusammenzubleiben war mir damals unmöglich gewesen.

Heute verspürte ich zum Glück nur noch Neugierde, als ich ihn betrachtete. Trotzdem blieb ich in sicherer Distanz zu ihm stehen.

»Hey.« Sein Name fiel mir nicht ein, obwohl ich ihn eigentlich kannte. Seit dem Unfall war es häufig so, dass ich Dinge vergaß oder sie mir entglitten, wenn ich nervös war. So wie jetzt.

»Hi, Lucy, wie geht's dir?« Sein Blick wanderte über meinen Körper, als wollte er sicherstellen, dass all meine Gliedmaßen am rechten Fleck waren.

»Gut so weit.« Wenn man davon absah, dass ich mich nur wie ein halber Mensch fühlte, weil ich mich an den Großteil meines Lebens noch immer nicht erinnern konnte. »Und dir?«

Er nickte, schüttelte dann den Kopf und zuckte mit den Schultern. »Ich weiß es nicht. Es …« Fahrig fuhr er sich durch die Haare. »Ich weiß, du kannst dich nicht erinnern, aber ich war vor Kurzem in unserem Elternhaus und habe dort einige Dinge aufgedeckt, die du erfahren musst.«

Mein Atem stockte. Das waren die Dinge, die sich anfühlten, als wären sie einer anderen passiert. Unsere Mom war früh an Krebs gestorben und unser Vater, den wir untereinander immer nur Arschloch genannt hatten, hatte uns missbraucht. Wenn er besoffen nach Hause gekommen war, hatte er Jaxon verprügelt oder sich anderweitig an mir vergangen. Es musste eine schlimme Kindheit und Jugend gewesen sein, wegen der ich ein Unwohlsein fremden Menschen und deren Berührungen gegenüber empfand.

»Das Arschloch ist gar nicht unser Vater. Er wurde nur mit unserer Mom verheiratet, um das Ansehen der Familie zu wahren«, erklärte mein Bruder. »Unser richtiger Vater heißt Steven. Er musste damals eine Erklärung unterzeichnen, niemals nach uns zu suchen, weswegen wir nichts von ihm wussten. Er scheint aber nett zu sein, ich habe bereits mit ihm telefoniert. Außerdem gibt es da noch das Erbe von Mom, von dem ich jetzt erst erfahren habe. Ich würde es gerne mit dir teilen.«

Mir schwirrte der Kopf bereits, aber Jaxon – ah, ich wusste seinen Namen wieder – redete einfach weiter. Er erzählte mir von Emma, seiner Freundin, die ihm beigestanden hatte, als er dort gewesen war, dass er das Haus verkaufen wollte und vorhatte, unseren richtigen Vater zu treffen.

Jaxon räusperte sich und wirkte mit einem Mal verlegen. »Außerdem wollte ich dir das hier geben.«

Er hielt mir ein kleines, rosafarbenes Notizbuch hin.

Der Anblick löste ein seltsames Ziehen in meinem Magen aus und plötzlich zitterte ich am ganzen Körper. Ich versuchte mir nichts anmerken zu lassen und griff nach dem Buch, aber sobald sich meine zitternden Finger darum schlossen und ich den Einband befühlte, spürte ich, wie eine Erinnerung in mir wach wurde.

Ich saß an einem Schreibtisch in einem Raum mit hell gemusterten Tapeten, flatternden Vorhängen und Pferdepostern an den Wänden. Mein Tagebuch lag aufgeschlagen vor mir und ich überlegte, wie ich das gestern Erlebte am besten in Worte fassen sollte. Ein Junge aus meiner Klasse hatte mich zum Eisessen eingeladen und ich war so aufgeregt deswegen. Es war das erste Mal, dass mich jemand gefragt hatte, und obwohl er nett war, wusste ich nicht, ob ich ihn nett genug fand, um Ja zu sagen.

Plötzlich wurde die Tür hinter mir aufgestoßen und knallte mit Wucht gegen die Wand. Erschrocken schlug ich das Tagebuch zu und drehte mich ängstlich auf meinem Stuhl um.

Das Arschloch kam in den Raum getorkelt, seine Augen glasig vom Alkohol, aber das lustvolle Blitzen darin war trotzdem nicht zu übersehen …

Keuchend ließ ich das Tagebuch in den Schlamm fallen, als könnte ich damit die Erinnerung aufhalten. Aber das genaue Gegenteil war der Fall. Als hätte diese Erinnerung eine Schleuse geöffnet, prasselten weitere Szenen auf mich ein. Wie dichter Hagel, der auf mich einschlug, hinterließ jede einzelne einen schmerzhaften Stich in meiner Seele.

Meine Mom, die mir als Kind eine Gute-Nacht-Geschichte vorlas. Ein geschmückter Tisch zu Jaxons und meinem achten Geburtstag. Das Arschloch, wie er wie von Sinnen auf Jaxon einschlug. Ein Test in der Schule, den ich mit Bravour meisterte. Die kleine Kirche, wo wir sonntags immer zur Messe gegangen waren. Mom, die vom Krebs geschwächt in ihrem Bett lag. Jaxon und ich, wie wir als Kinder in unserer Einfahrt spielten. Ein Kellerraum, in dem ich auf ein dreckiges Bett gefesselt war.

Ich schloss die Augen und verdeckte sie mit meinen Fäusten, in dem verzweifelten Versuch, die Erinnerungen zu stoppen. Aber sie ließen sich nicht aufhalten. Unaufhörlich schossen Bilder durch meinen Kopf, gute und schlechte zugleich, ohne ein erkennbares Muster. Oftmals drängten sie sich nur für Sekunden in den Vordergrund, ehe sie einer weiteren Erinnerung Platz machten. Jahre meines Lebens zogen wie ein Film an mir vorbei.

Das Gewicht dieser Erinnerungen drückte auf meinen Schultern und ich spürte, wie ich tiefer in den Boden sank. Mein Atem kam in abgehackten Zügen, während ich versuchte, mich aus der Umklammerung der Vergangenheit zu befreien.

»Lucy?« Nur gedämpft drang Jaxons Stimme zu mir durch. Er umfasste meine Handgelenke und zog meine Fäuste vorsichtig von meinem Gesicht fort. »Was ist los? Rede mit mir.«

Seine Stimme klang vertraut, was mich innehalten ließ. Vorsichtig öffnete ich meine Augen und es dauerte etwas, bis ich mich auf ihn fokussieren konnte. Aber als ich in seine grünen Augen sah, traten die Erinnerungen in den Hintergrund. Sie waren immer noch da, aber sie erdrückten mich nicht mehr.

Auf einmal kam mir Jaxons Gesicht so bekannt vor wie mein eigenes. Ich wusste wieder, woher er die kleine Narbe an seiner rechten Wange hatte und wie seine Augen geradezu Funken sprühten, wenn er so richtig wütend war. Ich wusste nicht nur, wie eng unser Verhältnis früher gewesen war, ich spürte es auch. Mein Herz zog sich schmerzhaft zusammen, wenn ich daran dachte, wie sehr es ihn verletzt haben musste, als ich ihn im Krankenhaus von mir gestoßen hatte.

»Jaxon«, flüsterte ich ehrfürchtig. Ich streckte eine Hand nach ihm aus und ließ die Finger über seine Wange gleiten. »Oh, Jaxon.«

Die Liebe, die ich für ihn empfand, schnürte mir die Kehle zu und Tränen traten mir in die Augen.

»Was ist los?«, wiederholte Jaxon so leise, dass ich ihn kaum verstehen konnte. Dabei sagte mir der Blick in seinen Augen, dass er es bereits wusste.

»Ich erinnere mich wieder.«

Kapitel 1

Lucy

Philadelphia – August

Keuchend schreckte ich aus dem Schlaf hoch. Was war geschehen? Hatte ich wieder einen Albtraum gehabt? Ich konnte mich nicht mehr erinnern.

Ich brauchte einen Moment, um mich zu orientieren. Es war viel zu dunkel und vor allem zu still. Ich vermisste das leise Schnaufen und Wiehern der Pferde, das die letzten Jahre mein ständiger Begleiter gewesen war.

Irgendwo ertönte ein Knall, der mich aus meinen Gedanken befreite und mir in Erinnerung rief, dass ich mich schon lange nicht mehr bei meinen Pferden in Arrow Rock befand. Stattdessen war ich in Philadelphia, bei Jaxon. Zuerst war ich wenig begeistert von Ritas Vorschlag gewesen, ein Praktikum in der Tierklinik ihrer alten Collegefreundin zu machen. Auf der Ranch hatte ich mich sicher gefühlt. Der bloße Gedanke daran, in einer Großstadt zu leben, hatte mich eingeschüchtert. Doch es war eine Chance, auf eigenen Beinen zu stehen, und auch wenn ich es mir zuerst nicht eingestehen wollte, gefiel mir die Vorstellung, wieder in der Nähe meines Zwillingsbruders zu sein. Nun hoffte ich, dass wir unser inniges Verhältnis von früher wieder aufbauen konnten.

Erneut vernahm ich ein lautes Pochen. Seufzend drehte ich mich auf die Seite und tastete nach dem Lichtschalter, um mich auf die Suche nach der Ursache des Geräusches machen zu können. Das gleißende Licht ließ mein Zimmer jämmerlich erscheinen. Es war so klein, dass gerade einmal ein schmales Bett, eine Kommode und ein Schreibtisch darin Platz fanden. Die Wände waren kahl und das winzige Fenster gab den Blick auf einen dreckigen Hinterhof frei. Und obwohl ich kaum Klamotten besaß, war die einzige Kiste, die ich mitgebracht hatte, noch immer nicht vollständig ausgepackt. Dabei war ich schon seit vier Wochen hier.

Nachdem ich in meine Flipflops geschlüpft war, öffnete ich die Tür und tapste leise in den Flur. Die Tür zu Grace' Schlafzimmer war geschlossen und ich konnte keinen Mucks daraus hören, also konnte das Geräusch, das mich geweckt hatte, eigentlich nur aus der Praxis kommen.

Ein erneuter Knall ertönte und jetzt war eindeutig auszumachen, dass er von unten kam. Wie Grace nur so ruhig weiterschlafen konnte? Ich nahm die Treppe ins Erdgeschoss und betrat den Empfangsraum der Tierklinik. Grace hatte sie mit zwei Freundinnen gegründet, nachdem sie ihr Studium der Veterinärmedizin abgeschlossen hatte, und war in die Wohnung direkt über der Praxis eingezogen, um ein Auge auf die Tiere haben zu können, die über Nacht bleiben mussten. Ihre Freundin Rose leitete die Praxis noch immer mit ihr zusammen, während Dany im letzten Jahr zu ihrem Freund nach New York gezogen war, wonach das Arbeitspensum für die beiden so groß geworden war, dass sie sich nach einer Praktikantin umgesehen hatten.

Aktuell hatten wir zwei Patienten. Einen Border Collie namens Sprinkles, dem ein Tumor aus dem Bauch herausoperiert werden musste, und eine Siamkatze namens Miss Marple, die mit einer Vergiftung eingeliefert worden war. Grace vermutete, dass sie durch Reinigungsmittel vergiftet worden war, doch die Besitzerin schwor hoch und heilig, diese immer gut verschlossen zu halten.

Als ich den Patientenraum betrat, fand ich jedoch beide Tiere schlafend in ihren Zwingern vor. Sprinkles hob müde ein Augenlid und betrachtete mich kurz, aber noch bevor ich den Rückzug antrat, schloss er sein Auge bereits wieder und schnarchte leise.

Wieder dieses dumpfe Geräusch. Diesmal hörte es sich eindeutig wie ein Klopfen an und schien von der Eingangstür zu kommen. Verwundert ging ich in den Empfangsraum zurück und schaltete das Licht ein. Flackernd sprangen die Deckenleuchten an und ließen eine dunkle Gestalt draußen vor der Tür erkennen, die etwas Großes in den Armen zu halten schien.

Für einen kurzen Moment lähmte mich die Angst und ich verharrte unschlüssig neben dem Tresen, die Hand noch immer in der Luft in der Nähe des Lichtschalters schwebend.

Dann knallte es erneut und das Geräusch riss mich aus meiner Starre. Als ich zur Tür eilte, um sie aufzuschließen, wusste ich endlich, warum das Pochen so unfassbar laut war. Weil der Mann mit dem Tier die Hände voll hatte, trat er mit dem Fuß gegen die Glasscheibe und der Lautstärke nach zu urteilen, musste er Stiefel mit Stahlkappen tragen.

Meine Hände waren vor Angstschweiß klatschnass, weil ich nicht wusste, was mich erwartete, als ich die Tür aufzog und in zwei warme, braune Augen blickte, die ein Kribbeln in meinem Bauch auslösten. Mein Atem stockte, aber ich hatte keine Zeit, mich über die Reaktion meines Körpers zu wundern, da das Fellknäuel in meine Richtung geschoben wurde.

»Ich brauche Hilfe.«

Das war eindeutig.

Mein Blick zuckte von den schönen braunen Augen des Mannes zu dem Tier. Der Hund, wie ich jetzt erkannte, stieß ein leises und kraftloses Winseln aus. Sofort verfiel mein Körper in den Arbeitsmodus. Mein Herzschlag beruhigte sich und mein Gehirn begann auf Hochtouren zu arbeiten. Ich zog die Tür auf und machte einen Schritt zur Seite, um ihn einzulassen.

»Komm rein, die Behandlungsräume sind hinten rechts.« Ich deutete in die Richtung.

Ohne mich zu beachten, rauschte der Fremde an mir vorbei und ich folgte ihm in den Behandlungsraum.

»Was ist mit ihm passiert?«, wollte ich wissen, als ich eine Hand auf das weiche Fell des Mischlings legte. Ich konnte spüren, wie sich sein Brustkorb beim Atmen gleichmäßig hob und senkte, und wertete das als ein gutes Zeichen.

»Ich bin von der Arbeit nach Hause gefahren«, sagte der Mann mit belegter Stimme, »und plötzlich ist er auf die Straße gelaufen. Direkt vor mein Auto.« Er fuhr sich mit einer Hand über das Gesicht und ich blickte erstaunt zu ihm auf. Er hatte dunkelbraune Haare, die ihm fast bis in die Augen hingen, und trug einen Dreitagebart.

»Ich dachte, es ist dein Hund, so, wie du hier gegen die Tür gepoltert hast«, sprach ich meine Verwunderung aus.

Er schüttelte den Kopf. »Auch wenn ich immer einen Hund wollte, hab ich dafür leider keine Zeit.«

Das konnte ich nachvollziehen. Er schien in meinem Alter zu sein und studierte vermutlich an einem der Colleges in Philadelphia. Dazu würde er arbeiten müssen, um das Studium zu finanzieren, und hatte mit Sicherheit eine Freundin, die ebenfalls einen Teil seiner Zeit beanspruchte.

»Hast du gesehen, wo du ihn getroffen hast?«, fragte ich, um mich von meinen Gedanken abzulenken.

»Er ist von rechts vor mein Auto gelaufen, also hier.« Er deutete auf die Seite des Hundes.

»Wie schnell bist du ungefähr gefahren?«

Er zuckte mit den Schultern und blies lautstark Luft aus. »Schwer zu sagen. Vielleicht dreißig Meilen? Ich konnte noch abbremsen, aber nicht genug, um ihn nicht zu treffen.«

»Okay.«

Vorsichtig begann ich den Hund von der Schulter an abzutasten, ob ich starke Schwellungen oder gebrochene Knochen spüren konnte. In der Nähe seiner Hüfte konnte ich eine Verdickung fühlen und der Hund begann zu winseln, als ich sanft darauf drückte.

»Er scheint hier eine Prellung zu haben«, sagte ich. Damit würde er für einige Zeit humpeln müssen, aber es wäre keine lebensbedrohliche Situation. »Aber sie sitzt direkt an der Hüfte, sodass ich nicht weiß, ob die Knochen ebenfalls in Mitleidenschaft gezogen wurden.«

Ich trat einen Schritt vom Tisch zurück und wischte mir eine Haarsträhne aus der Stirn. Hier würde ich alleine nicht weiterkommen. Der Hund musste geröntgt werden und ich hatte noch nicht gelernt, das Gerät zu bedienen.

»Ich bin gleich wieder da, ähm ...« Mir fiel auf, dass ich seinen Namen noch gar nicht kannte, und ich blickte ihn fragend an.

»Julian«, stellte er sich vor.

»Ich bin Lucy, aber ich bin hier nur eine Aushilfe. Ich muss Grace holen, ihr gehört die Praxis.« Ich drehte mich zur Tür um, konnte aber aus dem Augenwinkel noch sehen, wie Julian dem Hund beschützend eine Hand auf den Kopf legte und ihn hinter den Ohren kraulte. Diese beinahe abwesend wirkende Geste brachte mich zum Lächeln. Wer sich so um ein Tier kümmerte, das er gar nicht kannte, musste ein guter Mensch sein.

Eilig lief ich nach oben in die Wohnung. Ich klopfte zweimal an Grace' Tür, bevor ich eintrat, und fand meine Mentorin bereits in ihrem Bett sitzend vor.

»Ich habe einen Notfall unten.« Mehr musste ich nicht sagen, denn sie war schon aufgesprungen und zog sich in Windeseile eine Jeans und ein T-Shirt über.

Das war typisch Grace. Sie hatte das, was ich liebevoll als Helfersyndrom bezeichnen würde. Obwohl sie eine Tierklinik betrieb, würde sie auch für jede andere Art von Notfall ungefragt aus dem Bett springen und sich darum kümmern. Auch mich hatte sie, ohne mit der Wimper zu zucken, aufgenommen. Zwar hatte sie in der Klinik Hilfe benötigt, aber dass sie mich kostenlos bei sich wohnen ließ und versuchte, mich in ihr Leben einzubinden, weil ich hier niemanden kannte, war für mich nicht selbstverständlich.

Auf dem Weg nach unten gab ich ihr einen groben Überblick über die Geschehnisse. Als wir den Behandlungsraum betraten, stand Julian unverändert neben dem Tisch und kraulte den Hund. Resolut trat Grace auf ihn zu und streckte ihm die Hand entgegen.

»Mein Name ist Grace Jenkins und ich bin heute Nacht die behandelnde Ärztin.«

»Julian Black.« Er ergriff ihre Hand und schüttelte sie kurz.

Sofort beugte Grace sich über den Hund und begann ihn ebenfalls vorsichtig abzutasten. Sie murmelte und seufzte leise, ehe sie aufblickte und mir zunickte. Dann wandte sie sich an Julian.

»Meine Assistentin hat recht. Die Schwellung liegt direkt über dem Hüftknochen, daher können wir ohne Röntgenbild nicht sagen, ob es sich um eine simple Prellung oder eine schlimmere Verletzung handelt.« Sie bedeutete mir, ihr dabei zu helfen, den Hund auf den Transporttisch zu hieven.

Julian nickte eifrig und zog sein Portemonnaie aus der Gesäßtasche. »Das ist kein Problem, wie viel kostet es?«

Grace und ich warfen uns einen Blick zu. »Ich dachte, es ist nicht dein Hund?«, wiederholte ich meine Frage von vorhin.

»Aber ich habe ihn angefahren. Da möchte ich auch sicherstellen, dass er keine bleibenden Schäden davonträgt.«

Er sagte das, als wäre es das Normalste auf der Welt. Als würde jeder andere auch sofort einem verletzten Tier helfen, das er mitten in der Nacht angefahren hatte. Ich würde gerne glauben, dass ein Großteil der Menschen wie Julian handelte, aber Tatsache war nun mal, dass die meisten ohne mit der Wimper zu zucken weitergefahren wären. Vor allem, nachdem sie festgestellt hatten, dass der Hund kein Halsband trug und wie ein Streuner aussah.

Grace schaute Julian durchdringend an. »In Ordnung«, sagte sie dann.

»Ist der Hund gechipt oder so? Wie finden wir seinen Besitzer?«

»Ich befürchte, dieser kleine Racker ist ein Straßenköter, der niemandem gehört und dessen Rasse auch nicht eindeutig auszumachen ist. Wir bringen ihn in den Röntgenraum.« Den letzten Satz sagte Grace zu mir und wir schoben den Tisch vorsichtig aus dem Behandlungsraum. Julian warf uns noch einen verblüfften Blick nach, folgte uns aber nicht.

Der Röntgenraum befand sich am Ende des Ganges. Wir positionierten den Hund unter dem Gerät und nahmen dann Bilder aus verschiedenen Winkeln auf, um das Ausmaß der Verletzung beurteilen zu können. Die ganze Prozedur dauerte bestimmt eine Viertelstunde und ich war sicher, dass Julian mittlerweile gegangen war.

Doch als wir den Hund zurück in den Behandlungsraum schoben, lehnte Julian an der Wand, die Hände tief in den Taschen seiner Shorts vergraben, und betrachtete uns unter gesenkten Lidern. Ich freute mich, dass er gewartet hatte, und schüttelte bei dem Gedanken sofort den Kopf über mich selbst.

»Wie geht es jetzt weiter?«, fragte er mit sanfter Stimme.

»Wir werden ...« Meine Stimme war nur ein Krächzen, daher räusperte ich mich und begann von vorne. »Wir werden die Röntgenbilder auswerten und je nach Schwere der Verletzung eine Behandlung beginnen. Der Hund wird einige Nächte bei uns verbringen, aber wir können uns hier langfristig nicht ausreichend um ihn kümmern. Daher werden wir ihn leider ans Tierheim abgeben müssen.«

Julian hatte sich neben mich gestellt und begann erneut den Hund zu kraulen. Ich konnte die Wärme spüren, die von ihm ausging, und die Härchen an meinen Armen stellten sich auf.

»Armer Kerl«, murmelte er. Dann sah er zu mir auf. »Ist es okay, wenn ich ihn morgen besuchen komme und mit ihm Gassi gehe, wenn seine Verletzung es zulässt?«

Für einen Moment konnte ich ihn nur mit offenem Mund anstarren. Es kam so gut wie nie vor, dass jemand sich um einen verletzten herrenlosen Hund kümmern wollte, in welcher Art und Weise auch immer. Wieso machte er das?

Anscheinend hatte ich zu lange geschwiegen, denn Grace antwortete für mich. Und sie schien es auch überhaupt nicht bedenklich zu finden, dass Julian ein derartiges Interesse an dem Hund hegte. »Natürlich. Wir haben von acht Uhr morgens bis nachmittags um fünf geöffnet. Du kannst jederzeit gerne vorbeikommen.«

Ich warf ihr einen Blick zu, aber sie sah nicht einmal auf. Sie saß über die Röntgenbilder gebeugt und wartete darauf, dass sie sichtbar wurden.

»Okay, dann bis morgen.« Julians Stimme riss mich aus meinen Gedanken. Als ich aufsah, stand er direkt vor mir. Er kratzte sich mit einer Hand am Hinterkopf und biss auf seiner Unterlippe herum, als wäre er unsicher oder nervös.

»Bis morgen«, brachte ich hervor und lächelte ihn schüchtern an.

Julian sah mich lange an, ehe er sich umdrehte und Richtung Ausgang lief. Ich blickte ihm hinterher, bis er aus meinem Blickfeld verschwand, und versuchte die seltsamen Gefühle zu deuten, die er in meinem Inneren ausgelöst hatte.

Kapitel 2

Julian

»Hey, Mann, hörst du mir überhaupt zu?« David stieß mich mit dem Ellbogen ziemlich unsanft in die Rippen und holte mich damit aus meinem Tagtraum. Blinzelnd sah ich mich um und entdeckte, dass wir in der proppenvollen Mensa saßen. Mein Teller war noch mehr als zur Hälfte gefüllt und ein Blick auf meine Uhr bestätigte, dass wir uns bald auf den Weg zu unserer nächsten Vorlesung machen sollten.

»Sorry, ich war ich Gedanken. Was hast du gesagt?«

Ich nahm erneut meine Gabel zur Hand und stocherte lustlos in meinem undefinierbaren Mittagessen herum. Auf der Tafel stand, dass es Linseneintopf sein sollte, aber weder hatte ich darin bisher Linsen ausmachen können, noch konnte ich definieren, woraus die breiige Masse stattdessen bestand. Sie hatte die Konsistenz und den Geschmack von ... gar nichts.

»Ich habe dich gefragt, ob du schon mit der Hausarbeit angefangen hast, die Professor Kinney uns aufgegeben hat«, wiederholte David.

Bei Professor Kinney hatten wir Angewandte Mathematik, das einzige Fach, das wir gemeinsam belegten, und meistens erledigten wir die Hausaufgaben zusammen. In der letzten Woche hatten wir uns jedoch kaum gesehen, sodass wir noch nicht dazu gekommen waren.

»Ich habe noch nicht eine einzige Formel dafür angesehen«, gestand ich zähneknirschend. Normalerweise war ich sorgfältiger, was meine Hausaufgaben betraf, aber die letzte Woche war mir einfach über den

Kopf gewachsen. Zuerst hatte ich die Bestätigung bekommen, dass ich einen Startplatz für den Philadelphia-Marathon erhalten hatte, dann hatte meine Mom mir die Hiobsbotschaft mitgeteilt, dass mein Dad in naher Zukunft an der Hüfte operiert werden musste, weswegen ich so durch den Wind gewesen war, dass ich mitten in der Nacht diesen armen Hund angefahren hatte. Ich fühlte mich immer noch schlecht deswegen, wobei mir eigentlich klar war, dass ich nichts dafür konnte. Trotzdem kam ich nicht umhin, mich zu fragen, ob ich den Unfall hätte verhindern können, wenn ich langsamer gefahren wäre oder mehr auf meine Umgebung geachtet hätte.

David öffnete seinen Mund, als wollte er etwas sagen, schloss ihn jedoch sofort wieder und betrachtete mich stattdessen eingehend. Unter seinem Blick fühlte ich mich wie bloßgestellt. Es kostete mich einiges an Selbstbeherrschung, um nicht schützend die Arme vor der Brust zu verschränken.

»Du bist irgendwie abwesend heute«, bemerkte er schließlich. »Ist alles in Ordnung?«

Ich verfluchte ihn dafür, mich gut genug zu kennen, um das zu bemerken. »Alles bestens, ich habe nur schlecht geschlafen.«

Warum ich ihn anlog, konnte ich nicht sagen. Ich wusste nur, dass ich vorerst niemandem beichten wollte, dass ich einen Hund angefahren hatte und mich deswegen noch immer schlecht fühlte. Vermutlich trugen die vier Stunden Schlaf ihr Übriges dazu bei, dass ich heute irgendwie neben der Spur war. Sicher war jedoch eins: Ich würde erst beruhigt sein, wenn ich in der Tierklinik war und mich davon überzeugt hatte, dass es dem armen Tier besser ging.

David schnippte mit den Fingern vor meiner Nase und holte mich erneut aus meinen Gedanken. »Bist du sicher, dass alles in Ordnung ist?«, fragte er skeptisch.

»Alles bestens.« Selbst in meinen Ohren klang das alles andere als überzeugend. Hastig begann ich meine Sachen zu packen und hievte die Tasche über meine Schulter. »Ich muss zu meiner nächsten Stunde«, brachte ich die lahmste Ausrede hervor, die mir einfiel.

Kaum hatte ich mich drei Schritte von unserem Tisch entfernt, ergriff eine Hand meinen Oberarm und hielt mich auf. »Vergiss es, Freundchen. Du setzt dich jetzt hin und erzählst mir, was los ist.«

David hatte mich natürlich längst durchschaut, und wie es sich für einen besten Freund gehörte, ließ er mich nicht einfach mit meinen Ausreden durchkommen. Mit einem Seufzen blickte ich mich in der Mensa um.

»Können wir irgendwo anders hingehen? Ich hab vom Campus heute die Nase voll.«

David zuckte gleichgültig mit den Schultern. »Lass mich nur kurz Emma Bescheid geben, dass ich nicht zur nächsten Stunde kommen werden.«

Kurz darauf saßen wir in unserem Lieblingscafé, vor mir eine große Tasse schwarzen Kaffees, während David sich ein Gebräu bestellt hatte, in dem so viel Milch und unterschiedliche Sirups waren, dass es den Begriff Kaffee gar nicht mehr verdient hatte. Ich berichtete ihm, wie ich in der letzten Nacht den Hund angefahren hatte und in der Tierklinik gelandet war.

»Es war total heftig. Er kam wie aus dem Nichts zwischen zwei geparkten Autos hervor und auf die Straße gerannt, als wäre er vor irgendwas auf der Flucht. Ich hab nur einen dunklen Schatten gesehen und instinktiv auf die Bremse getreten. Zuerst war ich heilfroh, keinen Menschen angefahren zu haben. Doch dann hab ich den armen Kerl gesehen, wie er winselnd vor meiner Kühlerhaube lag und nicht mehr auf die Beine kam. Ich habe mich schrecklich gefühlt.«

David nickte. »Kann ich verstehen. Und dann hast du ihn einfach ins Auto gepackt?«

»Ich wünschte, ich wäre schneller zu dem Entschluss gekommen. Ich wusste erst nicht, was ich machen sollte. Ich meine, bei einem Menschen setzt man einen Notruf ab, aber bei einem Tier? Irgendwann bin ich auf die Idee gekommen, Tierärzte zu googeln. Die Klinik war nur fünf Minuten entfernt.«

»Zum Glück war jemand da, der dir helfen konnte.«

»Die Tierärztin und ihre Assistentin wohnen wohl über der Praxis und haben mein Poltern gehört.« Ich fragte mich, ob sie verwandt waren, aber Grace wirkte nicht alt genug, um Lucys Mutter zu sein. Vielleicht ihre Tante?

»Du hast echt Glück im Unglück gehabt. Dir hätte ja auch etwas passieren können«, rief David mir ins Gedächtnis.

»Darüber hab ich noch gar nicht nachgedacht«, gestand ich.

»Typisch.« David schüttelte den Kopf. »Hat dein Auto etwas abbekommen?«

Auch darüber hatte ich mir noch keine Gedanken gemacht, aber bei der Schrottkarre würden einige Kratzer mehr nicht groß auffallen.

»Gibt es eigentlich etwas Neues von der Keiran-Front?«, lenkte ich von mir ab. David hatte mir erzählt, dass Keiran vor drei Wochen aus der Reha zurück nach Philadelphia gekommen war und sich prompt bei ihm gemeldet hatte. Das fand ich ein ganz schön starkes Stück, nach der Art und Weise, wie er sich vor zwei Jahren klammheimlich aus Davids Leben verabschiedet hatte. Aber ich kannte meinen besten Freund und wusste, dass er trotz allem noch immer an Keiran hing. Also interessierte es mich, wie lange es dauern würde, bis er einknicken und sich mit ihm treffen würde.

»Nicht wirklich?« Dass er seine Antwort als Frage formulierte, sagte mir, dass es sehr wohl etwas zu berichten gab, er aber nicht darüber reden wollte. Ich nahm mir vor, ihn in einem ruhigeren Moment noch einmal darauf anzusprechen.

Es war später Nachmittag, als ich bei der Tierklinik ankam. Bevor ich nach der Türklinke griff, wischte ich mir die verschwitzten Hände an meiner Jeans ab. Ich wusste nicht, ob es an meiner Nervosität oder an der Hitze lag, dass ich so schwitzte. Vielleicht eine Mischung aus beidem?

Alles wird gut, sagte ich mir, drückte die Klinke herunter und betrat die Praxis. Ein Schwall kalter Luft verriet mir, dass die Klimaanlage auf

Hochtouren lief. Fröstelnd richteten sich die Haare auf meinen Armen auf.

An der Information war niemand zu sehen, daher ging ich gleich durch in den hinteren Bereich mit den Behandlungsräumen. Im Hellen wirkte alles ganz anders als bei Nacht. Viel einladender. An den Wänden hingen unzählige Fotos von Tieren und Dankesschreiben von Leuten, deren Haustieren erfolgreich geholfen worden war.

»Hey, was machen Sie hier?«, ertönte eine Stimme hinter mir, als ich gerade in den Behandlungsraum treten wollte, in dem ich bereits gewesen war. Ertappt drehte ich mich um und zuckte entschuldigend mit den Schultern.

»Sor…«

Der Rest der Entschuldigung blieb mir im Hals stecken, denn Lucy stand vor mir. Heute Nacht hatte ich sie gar nicht richtig wahrgenommen, doch jetzt ließ sie mein Herz höher schlagen. Ihr dunkles Haar war erneut zu einem Pferdeschwanz gebunden und sie wirkte weniger blass. Ihre blauen Augen blitzten mich herausfordernd an – aber nur für einen Moment, dann schien sie mich zu erkennen und entspannte sich.

»Du bist es.« Sie legte die Stirn in Falten und schnippte mit den Fingern, als läge ihr mein Name auf der Zunge. Je mehr Zeit verging, desto mehr Verzweiflung breitete sich auf ihrem Gesicht aus und sie schlug sich mit der Faust vor die Stirn. »Du warst heute Nacht schon hier.«

»Genau, ich habe den Hund angefahren.«

Jetzt lächelte sie. »Richtig, wir haben ihn vorübergehend Spencer genannt. Wie sich herausgestellt hat, hat er von dem Unfall wirklich nur eine Prellung davongetragen.«

»Das ist ja großartig. Das heißt, ich kann zu ihm?«

»Du kannst mit ihm sogar ein wenig auf die Wiese am Ende der Straße. Er müsste ohnehin mal wieder raus. Komm mit.«

Ich folgte ihr zur Information, wo sie einen großen Ordner aus dem Regal zog.

»Ich muss dich hier nur eintragen und du musst deine Telefonnummer hinterlegen, damit wir dich im Notfall, oder wenn du den Hund nicht zurückbringst, anrufen können.« Sie zückte einen Stift und beugte sich über den Ordner. »Dein Name ist ... Ach, verflucht, gerade wusste ich ihn noch.«

Verärgert blickte sie auf und ich wollte schon meine Hand nach ihr ausstrecken, um sie zu beruhigen, konnte mich aber gerade noch zurückhalten. Ich war nicht sicher, ob sie meine Berührung begrüßt hätte. Trotzdem verstand ich nicht, was so schlimm daran war, dass sie meinen Namen nicht behalten hatte. Das passierte doch jedem mal.

»Julian, mein Name ist Julian Black«, sagte ich.

Sie lächelte dankbar und trug den Namen in eine Liste ein, die sie mir danach rüberschob. »Hier musst du noch deine Adresse und Telefonnummer eintragen. Außerdem die Uhrzeiten, zu denen du Spencer abgeholt und wieder zurückgebracht hast. Ich mache ihn derweil fertig.«

Mit diesen Worten ließ sie mich alleine an der Information stehen. Ich schaute ihr hinterher, bis sie um die Ecke verschwunden war. Aus irgendeinem Grund konnte ich meinen Blick nicht von ihr lösen.

Erst dann wandte ich mich dem Ordner zu und begann meine persönlichen Daten in die Tabelle einzutragen. Ich freute mich darauf, mit Spencer an die Luft zu gehen. Mir fiel auf, dass ich viel zu selten rausging, um einfach nur zu entspannen oder die Ruhe zu genießen. Entweder eilte ich auf dem Campus von einem Gebäude zum nächsten, um nicht zu spät zu einer Vorlesung zu kommen, oder ich trainierte für den Marathon oder ein anderes Rennen.

Ein sanftes Räuspern holte mich aus meinen Gedanken. Blinzelnd blickte ich zur Seite und entdeckte Lucy, die einen wild mit dem Schwanz wedelnden Spencer an der Leine hielt.

»Hey, mein Junge.« Ich ging in die Hocke und ehe ich mich versah, versuchte er mir auf den Schoß zu krabbeln. Obwohl Spencer mir nur bis zum Knie reichte, stieß er mich mit seinem Enthusiasmus um und wir fielen zusammen zu Boden. Lachend zerzauste ich ihm das Fell und kraulte ihn hinter den Ohren, woraufhin er sofort begann mir das Gesicht abzulecken.

Ein Kichern ließ mich aufsehen. »Er scheint dich zu mögen«, sagte Lucy mit funkelnden Augen.

»Aber klar, wie könnte man mich auch nicht mögen?«, entgegnete ich.

»Ja, keine Ahnung.« Lucys Stimme triefte vor Sarkasmus. »Vielleicht, weil du ihn angefahren hast?« Sie zog herausfordernd eine Augenbraue hoch und ich musste gestehen, dass ich darauf keinen Einwand mehr hatte.

»Touché.« Ich rappelte mich auf und hielt ihr meine Hand hin, damit sie mir die Leine geben konnte. »Ich habe meine Daten hier eingetragen.« Ich deutete auf den Ordner. »Und ich werde spätestens in einer Stunde mit Spencer zurück sein.«

Lucy warf einen Blick auf die Tabelle und nickte. »Geh nicht zu schnell mit ihm und achte darauf, wie er sich verhält. Auch wenn er jetzt schon wieder herumtollt, hat er eine geprellte Hüfte und könnte schnell müde werden. Streng ihn nicht zu sehr an.«

»Werde ich nicht«, versprach ich. Lucy drückte mir die Leine in die Hand, wobei ihre Finger für den Bruchteil einer Sekunde meine Handfläche streiften. Ein Kribbeln schoss durch meinen Körper, als hätte ich an eine offene Stromleitung gepackt, nur auf eine positive Weise.

Erstaunt blickte ich auf, weil ich wissen wollte, ob ich mir diese Reaktion nur eingebildet hatte. Doch Lucy wirkte genauso überrascht. Sie biss sich auf die Unterlippe, wie um einen Laut zu ersticken, der sich unerlaubt aus ihrer Kehle befreien wollte.

»Danke«, krächzte ich. Mein Hals war plötzlich staubtrocken, als wäre ich einen Halbmarathon durch die Wüste gerannt. Räuspernd festigte sich mein Griff um die Leine. »Bis später.«

Lucy

Was war gerade geschehen?

Völlig irritiert schaute ich Julian hinterher, bis die Tür sich hinter ihm geschlossen hatte. Dann fiel mein Blick hinab auf meine Hand, die verkrampft auf dem Tresen lag. Sie fühlte sich an wie ein Verräter, weil sie auf den Kontakt mit Julian reagiert hatte, als hätte ihr die Berührung gefallen. Was einfach nicht sein konnte. Ich mochte es nicht, von anderen Personen angefasst zu werden, schon gar nicht von fremden Männern. Da konnten sie noch so schöne braune Augen haben oder sich für die Tiere einsetzen, die sie versehentlich angefahren hatten.

Ich schüttelte meine Hand, als könnte ich damit die Erinnerung an die Berührung abschütteln, und ging zurück zu den Behandlungsräumen, die noch gereinigt werden mussten.

Ich nahm die große Wanne, die schon zur Hälfte gefüllt war, und warf die restlichen benutzten Untersuchungsobjekte hinein, die sterilisiert werden mussten, bevor sie erneut zum Einsatz kommen konnten. Dann schob ich die Wanne in den Flur, damit Grace sie in den Keller zum Autoklaven bringen konnte.

Weil außer mir niemand mehr in der Praxis war, schloss ich mein Handy an die Docking Station an und drehte die Lautstärke bis zum Anschlag auf, ehe ich mit dem Putzen begann. Ed Sheeran dröhnte mir entgegen und mit einem Lächeln auf den Lippen machte ich mich an die Arbeit.

Dies war die einzige Zeit am Tag, an der ich wirklich vergessen konnte. Wenn meine Hände mit einer Arbeit beschäftigt waren, die mich ablenkte, und die Musik so laut dröhnte, dass Nachdenken nicht mehr möglich war. Nur dann konnte ich wirklich loslassen und fühlte mich nicht mehr wie das gebrochene Mädchen, das ihre schreckliche Vergangenheit zuerst jahrelang erfolgreich verdrängt und nun Probleme hatte, sich richtig zu erinnern.

Die durch den Sturz ausgelöste Amnesie bereitete mir noch immer Schwierigkeiten. Das meiste wusste ich zwar wieder, aber es gab noch immer dunkle Flecken in meiner Vergangenheit, an die ich mich nicht erinnern konnte. Und manche Dinge waren in meinem Kopf so verschwommen, dass ich nicht sicher war, ob sie tatsächlich geschehen waren.

Das größte Problem bereiteten mir Namen. Wenn ich neue Leute kennenlernte, dauerte es lange, bis ich sie mir merken konnte. Das war mir wirklich unangenehm, und je mehr ich mich deswegen unter Druck setzte, desto schlimmer wurde es.

Ich wischte mir mit dem Handrücken über die Wange, wo eine Schweißperle meine Schläfe hinabgerollt war. Schnaufend richtete ich mich auf und blickte mich in dem Behandlungsraum um. Obwohl die Klimaanlage auf Hochtouren lief, war mir beim Putzen warm geworden.

Sauberer würde ich diesen Raum nicht mehr bekommen, daher schüttete ich das dreckige Wasser weg, verstaute die Putzmaterialien und setzte mich an die Information, um den restlichen Schreibkram zu erledigen. Es mussten noch einige Rechnungen ins System gebucht und das Übergabeprotokoll für Spencer ausgefüllt werden.

Zwar wollten wir den kleinen Racker noch zwei bis drei Tage zur Kontrolle bei uns behalten, ihn impfen sowie einer Wurmkur unterziehen, aber dann würden wir ihn ins Tierheim abgeben. Dort würde hoffentlich bald ein schönes Zuhause für ihn gefunden werden. Für solche Zwecke arbeiteten wir eng mit PAWS zusammen, der Philadelphia Animal Welfare Society, die zudem auch eines der Gründungsmitglieder der No-Kill-Koalition war, die sich dafür einsetzte, dass in Philadelphia keine Streuner sinnlos getötet wurden.

Obwohl ich wusste, dass die Tiere bei PAWS in guten Händen waren, fiel es mir jedes Mal schwer, einen unserer Patienten in ihre Obhut zu übergeben. Ein Tierheim war leider nicht mit einem liebevollen Zuhause zu vergleichen, egal wie sehr man sich dort bemühte. Gleichzeitig konnte ich die Tiere auch nicht selbst aufnehmen. Grace' Wohnung war viel zu klein und zudem hatte ich neben der Arbeit in der Praxis nicht genug Zeit, um mich so intensiv um sie zu kümmern, wie sie es benötigten und verdienten.

Ein leises Klicken ertönte und ein Stoß warmer Luft wehte in den Raum. Ich blickte auf und entdeckte Julian, hinter dem die Eingangstür langsam ins Schloss fiel. Sein Haar war vom Wind zerzaust und feine

Schweißperlen glitzerten auf seiner Stirn. Seine braunen Augen strahlten eine Wärme aus, als hätte er die Sonne von draußen mit in die Praxis gebracht. Er kam auf mich zu.

Für einen Augenblick konnte ich ihn nur stumm anstarren. Erst als er belustigt eine Augenbraue in die Höhe zog, war ich wieder zu einer Reaktion fähig.

»Hey«, brachte ich hervor. »Ist alles gut gegangen?«

»Alles bestens.« Julian nickte und beugte sich hinab, vermutlich um Spencer zu kraulen oder zu tätscheln. »Er war richtig aktiv, ist viel herumgelaufen und hat kaum gehumpelt. Ich weiß, ich sollte ihn nicht zu sehr anstrengen, aber er war einfach nicht zu bremsen.« Er zuckte entschuldigend mit den Schultern.

Ich stand auf und ging um den Tresen herum. Sofort rieb Spencer seinen Kopf an mir und gab keine Ruhe, bis ich in die Hocke ging und ihn kraulte.

»Kein Problem«, versicherte ich Julian. »Solange Spencer sich von alleine bewegt, hat er keine Schmerzen. Man sollte ihn momentan bloß nicht dazu drängen, schneller oder weiter zu laufen, als er von sich aus bereit ist.«

Julian runzelte die Stirn. »Aber sollte man das bei Tieren nicht generell unterlassen?«

Über diese Frage musste ich tatsächlich kurz nachdenken. »Ich denke, das ist von Fall zu Fall unterschiedlich. Katzen zum Beispiel bekommst du ohnehin nicht dazu, etwas zu tun, was sie nicht wollen, also brauchst du es gar nicht erst zu versuchen. Bei Hunden sieht die Sache anders aus. Manche benötigen schon zwischendurch den sprichwörtlichen Tritt in den Hintern, wenn sie keine Lust haben und zickig werden. Als Halter entwickelt man ein Gespür dafür, wann der Hund einfach nur keinen Bock hat oder wann er wirklich Schmerzen hat und geschont werden muss.«

Julians Gesicht hellte sich auf. »Spencer war demnach heute weder zickig noch hatte er Schmerzen.«

»Das ist schön.« Bei seiner Begeisterung musste auch ich unwillkürlich lächeln.

»Was passiert jetzt mit ihm?«

»Wir behalten ihn noch zwei, drei Tage zur Kontrolle, dann kommt er ins Tierheim.« Ich zuckte entschuldigend mit den Schultern.

»Gibt es keine andere Lösung?«

»Möchtest du ihn denn nehmen?«

Julian atmete schwer aus und rieb sich mit Daumen und Zeigefinger über die Augen. »Würde ich gerne, aber ich habe leider keine Zeit, mich um ihn zu kümmern. Außerdem weiß ich nicht, ob Haustiere im Wohnheim überhaupt gestattet sind.«

»Mir geht es genauso«, gestand ich. »Ich würde Spencer sofort behalten, aber mein Zimmer bei Grace ist viel zu klein und tagsüber könnte sich niemand um den armen Kerl kümmern.«

Julians Lächeln verschwand. Ich war versucht, meine Hand nach ihm auszustrecken, um ihn zu trösten. Stattdessen ballte ich sie zur Faust und schob sie in meine Hosentasche.

»Wie stehen denn seine Chancen, adoptiert zu werden?«, wollte Julian wissen.

»Das weiß ich nicht. Ich kann Steph aus dem Tierheim danach fragen, wenn sie ihn abholt.«

»Bestünde denn die Möglichkeit, dass ich ihn dort besuchen und mit ihm Gassi gehen kann? Oder eine Patenschaft für ihn übernehme?«

Ich nickte eifrig. »Beides geht, solange er im Tierheim ist. Du kannst entweder eine volle oder eine Teilpatenschaft übernehmen, je nachdem, wie viel du im Monat für ihn erübrigen kannst. Und natürlich kannst du jederzeit bei PAWS vorbeikommen und Spencer für eine Gassirunde abholen. Ich schlage vor, dass ich mit Steph alles bespreche und dann mit dir einen Tag ins Tierheim gehe, wenn Spencer sich dort etwas eingelebt hat. Wenn das für dich okay ist?«

Julian griff über den Tresen und schnappte sich meinen Stift und einen Block. Nachdem er etwas darauf gekritzelt hatte, schob er mir einen Zettel zu und reichte mir Spencers Leine.

»Perfekt. Du kannst dich dann einfach bei mir melden.« Er zwinkerte mir zu und beugte sich zu Spencer, um ihm über den Kopf zu streicheln, dann wandte er sich zum Ausgang. »Bis bald.«

Ich sah ihm hinterher, bis die Tür hinter ihm ins Schloss gefallen war, ehe ich nach dem Zettel griff. Eine Handynummer war darauf gekritzelt und dahinter ein lachendes Gesicht. Die gute Laune schien typisch für Julian zu sein, aber eigentlich hätte er sich diesen Zettel sparen können. Immerhin hatte er seine Nummer bereits in unser Formular eingetragen.

Erst als ich das dümmliche Grinsen auf meinem Gesicht bemerkte, fiel mir auf, wie sehr es mich freute, dass er sich trotzdem extra die Mühe gemacht hatte.

Kapitel 3

Julian

»Hey, da bist du ja endlich.« Preston klopfte mir zur Begrüßung auf die Schulter, als ich am Franklin Square Park ankam. Connor und er standen schon bei unserer Trainingsgruppe und es schien so, als wäre ich der Letzte.

Bereits im April hatte ich mich gemeinsam mit Connor und Preston für den AACR-Philadelphia-Marathon angemeldet und da es für uns alle die erste Veranstaltung dieser Art war, hatten wir beschlossen, an dem angebotenen Trainingsprogramm teilzunehmen. Dort wurden uns Trainings- sowie Ernährungspläne erstellt und wir trafen uns einmal in der Woche, um gemeinsam zu laufen.

In unserer Gruppe waren ungefähr 30 Leute, die regelmäßig zu den Läufen kamen. Sie schienen hochmotiviert, obwohl alle Hobbysportler wie wir waren. Es machte Spaß, sich mit ihnen auszutauschen und Tipps zu erhalten, wie jeder einzelne mit Muskelkater oder Trägheit umging.

Ein Blick auf die Uhr bestätigte, dass es bereits zehn Minuten nach dem vereinbarten Termin war.

»Sorry, ich hab meinen Wecker nicht gehört.« Was natürlich nicht daran lag, dass ich gestern zu lange mit David unterwegs gewesen war und zu viel Alkohol getrunken hatte. Absolut nicht.

Connor grinste wissend. »Lange Nacht?«

»Nicht das, was du jetzt wieder denkst«, versicherte ich ihm.

»Pffft, woher willst du wissen, was ich denke?«

»Weil dir deine dreckigen Gedanken ins Gesicht geschrieben stehen.«

Ursprünglich hatte ich gestern nicht einmal vorgehabt, überhaupt wegzugehen. Aber David war an der Temple University, an der wir studierten, Keiran über den Weg gelaufen, welcher erneut versucht hatte, ein Gespräch mit ihm anzufangen, als wäre nichts gewesen. Das hatte David derart aufgewühlt, dass wir den Abend in der Kneipe verbrachten. Und aus Solidarität hatte ich natürlich ein Bier nach dem anderen mit ihm getrunken, das stand so in der Freundschaftsvereinbarung.

»Ich hatte halt letzte Nacht umwerfenden Sex. Ist ja nicht meine Schuld, dass ihr einfach keine Frauen abkriegt.« Connor grinste schamlos, woraufhin Preston genervt die Augen verdrehte.

Ich konnte ihn gut verstehen. Seit Connor mit Katy zusammen war, ließ er keine Möglichkeit ungenutzt, um uns von seinen Sexkapaden zu berichten.

»Hallo zusammen.« Die Stimme unseres Trainers Jake rettete mich davor, mir weitere Bettgeschichten anhören zu müssen. Wir drehten uns zu ihm und unser Gespräch schien damit vergessen. »Schön, dass ihr heute so zahlreich erschienen seid. Es sind noch etwas mehr als zwei Monate bis zum Marathon, also beginnen wir heute mit den langen Dauerläufen. Wir werden das Tempo dabei sehr moderat halten. Hier geht es ausschließlich darum, eure Ausdauer zu trainieren. Für eine erhöhte Schnelligkeit verweise ich auf das Intervalltraining und die Tempoläufe, die in euren Plänen enthalten sind und die ihr in Eigenregie durchführen sollt, falls ihr daran interessiert seid, den Marathon in einer bestimmten Zeit zu absolvieren. Falls es euch nur darum geht, irgendwie ins Ziel zu kommen, braucht ihr euch darüber keine Gedanken machen.«

Innerlich stöhnte ich auf und wünschte mir, dass ich einfach im Bett geblieben wäre. Ich hatte völlig vergessen, dass wir ab heute die langen Läufe starten würden, und wusste nicht, ob ich dem in meiner verkaterten Verfassung gewachsen war. Zwar hatte ich in der Highschool dem

Cross-Country-Team angehört, aber selbst da hatten wir keine langen Läufe gemacht. Ich musste gestehen, dass ich das Training hatte schleifen lassen, seit ich an der TU war.

Trotzdem wollte ich mir jetzt, wo ich schon hier war, keine Blöße geben. Also hieß es wohl Augen zu und durch. Und hoffen, dass ich unterwegs nicht zusammenbrechen würde.

Neben mir hüpfte Preston leicht von einem Fuß auf den anderen und ließ dabei seine Schultern kreisen, um die Gelenke zu lockern. Connor ließ seinen Oberkörper nach vorne fallen, umfasste mit den Händen seine Fersen und presste sich an seine Beine, um sich zu dehnen. Ich bewunderte ihren Einsatz, bei mir reichte es jedoch nur dafür, ein wenig meinen Kopf kreisen zu lassen, um die Verspannung im Nacken zu lösen.

Dann liefen wir los. Jake führte uns eine Runde durch den Franklin Square Park, immer über den äußeren Weg, vorbei am Springbrunnen, dem Minigolfplatz und dem Kinderkarussell. Eine Runde entsprach etwa drei Meilen und ich wollte nicht darüber nachdenken, wie viele Runden wir gequält werden würden. Das Einzige, was mich aufrechthielt, war, dass wir am Ende jeder Runde an dem Tisch mit den Erfrischungsgetränken vorbeikommen würden.

Wie immer ließen wir uns etwas zurückfallen, um nicht im Pulk der Gruppe zu laufen. Preston und Connor unterhielten sich über irgendein Computerspiel, das letzte Woche rausgekommen war und das sie seitdem praktisch ununterbrochen zockten. Da Playstation und Co absolut nicht meine Welt waren, blendete ich ihre Unterhaltung aus und konzentrierte mich ganz auf meine Schritte und Atmung.

Zwei Schritte einatmen, drei Schritte ausatmen. Es hatte etwas Hypnotisierendes, wenn man sich bewusst darauf konzentrierte, und so bekam ich nur nebenbei mit, wie sich meine Muskeln mit jedem gelaufenen Kilometer immer mehr lockerten, wie meine Kopfschmerzen verschwanden und mir die Anstrengung leichter fiel.

Am Ende hatte ich den Zehnmeilenlauf ohne größere Probleme geschafft und mich sogar in das Gespräch meiner Kumpels eingeklinkt, nachdem sie von den Videospielen abgekommen waren. Wir verabredeten uns für den nächsten Tag zum Intervalltraining, dann brach ich auf nach Hause.

»Ich bin wieder da«, rief ich, während die Tür im Wohnheim hinter mir ins Schloss fiel. Aus dem Wohnzimmer konnte ich den Fernseher hören. Ich holte mir eine Flasche Wasser aus dem Kühlschrank und folgte den Stimmen.

Ich grinste, als ich David und seine beste Freundin Emma auf der Couch vorfand. Sie saßen aneinandergekuschelt unter einer flauschigen Wolldecke, obwohl es dafür eigentlich zu warm war, und hielten jeder einen großen Becher Eis in der Hand, während La La Land im TV lief.

»Schönstes Wetter draußen und ihr hockt hier in der Bude rum«, tadelte ich die beiden.

»Frustbewältigung«, entgegnete David, wobei sich seine Miene verfinsterte.

»Besondere Vorkommnisse erfordern besondere Maßnahmen«, fügte Emma hinzu und hob ihren Eisbecher, als wollte sie mir damit zuprosten.

»Ich dachte, das hätten wir letzte Nacht erledigt?« Zwar war mir klar, dass eine Nacht keinen derart tief sitzenden Schmerz, wie David ihn empfand, verdrängen konnte, trotzdem hatte er ganz zufrieden gewirkt, als wir nachts nach Hause gekommen waren.

David schnaubte laut und brummte etwas Unverständliches in seinen nicht vorhandenen Bart, den Blick weiterhin starr auf den Fernseher gerichtet. Ich wandte mich an Emma, die mit den Schultern zuckte.

»Keiran hat ihm eine SMS geschickt«, erklärte sie.

»Und was ...«, begann ich, doch David ließ mich gar nicht ausreden. Mit verengten Augen drehte er sich endlich zu mir um.

»Der Herr hat sich beschwert, weil ich ihn gestern ignoriert habe, und kann nicht verstehen, was mein Problem ist.« Seine Stimme triefte vor Sarkasmus, aber an seinem Gesicht war deutlich zu erkennen, wie tief ihn diese Worte getroffen hatten.

»Nicht dein Ernst?«, entwich es mir. Keiran hatte sich damals einfach aus dem Staub gemacht. Er war Footballspieler gewesen und hatte ein Stipendium an seinem Wunschcollege erhalten. Nachdem er seine Beziehung zu David zwei Jahre lang geheim gehalten hatte, hatte er es nicht einmal für nötig gehalten, sich bei ihm zu verabschieden. David hatte von seinem Bruder erfahren müssen, dass Keiran an der UCLA angenommen worden war.

»Ja, ist das zu glauben?« David schob sich einen großen Löffel Eis in den Mund und schüttelte den Kopf. »Er hat mir geschrieben, dass doch von vornherein klar war, dass er College-Football spielen wollte. Da konnte es für mich doch nicht überraschend sein, dass er ging.« Als wäre ihm der Appetit vergangen, stellte David den Becher auf den Tisch und rieb sich mit der Hand über die Schläfe.

»Dass er gegangen ist, war ja auch nie das Problem, nur die Art und Weise, wie er sich verabschiedet hat. Oder besser, nicht verabschiedet hat«, ergänzte ich.

»Genau das habe ich ihm geschrieben, aber auch das hat er nicht verstanden. Genauso, wie er auch nicht zu kapieren scheint, dass ich jetzt nichts mehr mit ihm zu tun haben will.«

»Wie stellt er sich das überhaupt vor? Dass ihr euch weiterhin heimlich trefft, weil noch immer niemand weiß, dass er schwul ist?«, wollte ich wissen.

»Bi«, entgegnete David.

»Was?« Ich war mir nicht sicher, ob ich ihn richtig verstanden hatte.

»Er ist nicht schwul, sondern bi.«

»Ist mir ehrlich gesagt scheißegal. Solange er dich nicht anständig behandelt, ist er für mich ein Arschloch.«

Es war mir früher schon sauer aufgestoßen, dass Keiran David dazu gedrängt hatte, ihre Beziehung geheim zu halten. Seit er sich klammheimlich aus dem Staub gemacht hatte, war er bei mir endgültig unten durch. Es gab in meinen Augen keine Ausrede, die dieses Verhalten rechtfertigte, aber ich war gerade nicht in Stimmung, weiter über diesen Idioten zu sprechen. Ich war nass geschwitzt und hatte Hunger.

»Ich geh duschen«, sagte ich, bevor ich mit meiner Tasche im Bad verschwand, wobei ich nicht sicher war, ob die beiden mir überhaupt zugehört hatten. Emma redete weiterhin auf David ein und sie hatten die Köpfe zusammengesteckt.

Später machte ich es mir mit einem Teller Nudeln mit Tomatensauce auf meiner Couch bequem, die ich heute nicht mehr verlassen wollte. Daher suchte ich mir auf Netflix einen Actionfilm raus, mit dem ich mich berieseln lassen wollte.

Ich musste eingeschlafen sein, denn erst das Klingeln meines Handys riss mich aus einem seltsamen Traum, den ich vergessen hatte, sobald ich die Augen aufschlug. Trotzdem war ich kurzzeitig verwirrt, wo ich war und woher das Geräusch kam.

Dann kam Bewegung in mich. Ich sprang von der Couch und hechtete zu meiner Sporttasche, die ich noch nicht ausgepackt hatte. Zwischen den Klamotten wühlte ich nach meinem Handy und fischte es schließlich mit einem triumphierenden »Ha« aus der hintersten Ecke hervor.

»Ja?«, ging ich etwas atemlos ran.

Für einige Sekunden herrschte absolute Stille, so lange, dass ich mich schon fragte, ob ich überhaupt abgenommen hatte. Gerade als ich nachsehen wollte, drang ein leises Räuspern an mein Ohr.

»Hallo?«, fragte ich.

»Hey.«

Ich erkannte ihre Stimme sofort. »Hi, Lucy.« Mit einem Lächeln auf den Lippen ließ ich mich auf mein Bett fallen. »Wie geht's dir?«

»Gut so weit, nur viel zu tun in der Klinik. Was ist mit dir? Störe ich dich? Du klingst etwas abgehetzt.«

»Nein, ich war nur gerade bei meinem Mitbewohner in der Küche.« Dass ich mit dem leeren Teller in der Hand eingeschlafen war, musste sie nun wirklich nicht wissen.

»Ach so«, erwiderte sie und ich nickte, obwohl sie es nicht sehen konnte.

Schweigen legte sich über uns, das mit jeder Sekunde drückender wurde. Aber mir fiel partout nicht ein, wie ich unser Gespräch weiterführen sollte. Außerdem hatte sie mich angerufen, also musste sie eigentlich den Anfang machen. Oder?

Lucy räusperte sich erneut. »Weshalb ich anrufe.« Sie holte tief Luft, als müsste sie sich auf meine Reaktion vorbereiten. »Du wolltest doch zu Spencer ins Tierheim, oder?«

»Ja.« Ich konnte nicht verhindern, dass sich meine Mundwinkel beim Gedanken an diesen verrückten Hund nach oben bewegten.

»Steph von PAWS hat mich gerade angerufen. Spencer hat sich bei ihnen gut eingelebt und wir können ihn besuchen, wenn du möchtest.«

Hieß das, dass sie mich ins Tierheim begleiten wollte?

»Ja, unbedingt.« Mein Herz schlug mir bis zum Hals und ich hoffte, dass sie mir jetzt nicht bloß die Adresse nennen würde.

»Ich, ähm.« Sie räusperte sich ein drittes Mal. Jetzt war ich sicher, dass sie nervös war.

»Ich habe am Donnerstagnachmittag frei. Wenn du willst, kannst du mich um drei abholen und dann fahren wir gemeinsam hin.«

Yes!

»Drei Uhr passt mir gut.« Meine Stimme hörte sich etwas atemlos an. »Und wir können mit Spencer dann spazieren gehen oder ihn nur besuchen?«

»Wir können ihn für drei Stunden abholen. Um sechs muss er zurück sein, weil dann das Tierheim schließt.«

Das hörte sich nach ganz viel und gleichzeitig nicht genug Zeit an. »Super, ich freu mich.«

»Mhm.« Lucy gab ein Geräusch von sich, bei dem ich nicht wusste, ob es Zustimmung oder Ablehnung sein sollte. »Bis Donnerstag dann«, sagte sie und legte auf, ehe ich etwas erwidern konnte.

Verwirrt sah ich mein Handy an und wusste nicht, ob das jetzt eine gute Voraussetzung war oder nicht.

Lucy

Ich entdeckte Jaxon, kaum dass ich den Park betreten hatte. Er lehnte an einem Pfeiler, die Augen von einer Sonnenbrille verdeckt und das Gesicht gen Himmel gereckt. Als wollte er so viel Wärme in sich aufnehmen wie nur möglich. Er strahlte eine Ruhe und Zufriedenheit aus, die es früher nicht bei ihm gegeben hatte. Das häusliche Leben hatte ihn bedrückt und die Drogen ihn fahrig und unausgeglichen gemacht. Doch mit dem Jungen von früher hatte er nichts mehr gemeinsam. Auch wenn mich diese Wandlung freute, fühlte es sich irgendwie seltsam an. So, als würde ich ihn gar nicht mehr kennen.

Was vermutlich auch stimmte. In den Jahren, die wir uns nicht gesehen hatten, waren wir unabhängig voneinander zu neuen Personen geworden. Obwohl wir uns in den letzten Wochen öfters gesehen hatten, waren wir noch dabei, den anderen neu kennenzulernen.

Es war nicht meine Absicht gewesen, ihn aus meinem Leben auszuschließen, aber zuerst hatte ich mit der Situation anders nicht umgehen können. Alles – selbst mein eigenes Gesicht im Spiegel – war mir unbekannt gewesen und ich hatte erst selbst damit fertigwerden müssen.

Als würde Jaxon spüren, dass er beobachtet wurde, drehte er den Kopf in meine Richtung. Trotz seiner verdeckten Augen wusste ich sofort, wann unsere Blicke sich trafen. Es war, als würde in dem Augenblick ein Ruck durch mich gehen. Unwillkürlich breitete sich ein Lächeln auf meinen Lippen aus, das zugleich auch auf Jaxons Gesicht erschien, und wir setzten uns zeitgleich in Bewegung, um auf den anderen zuzugehen.

So war es schon immer mit uns gewesen. Obwohl wir offensichtlich keine eineiigen Zwillinge waren, bestand von Anfang an eine tiefe Verbundenheit zwischen uns. Schon früher hatten wir oft dasselbe gesagt oder uns synchron bewegt, genauso wie wir immer instinktiv wussten, ob es dem anderen gut ging oder nicht.

Das war auch eins der ersten Dinge gewesen, an die ich mich wieder hatte erinnern können.

»Hey, Lu.« Jaxon zog mich in eine feste Umarmung, die ich ebenso stark erwiderte. So schön meine Zeit auf der Ranch auch gewesen war, diese Art von körperlicher Zuwendung hatte ich schmerzlich vermisst.

»Hi, Jax«, erwiderte ich.

Jaxon versteifte sich bei der Erwähnung seines alten Spitznamens, schob die Sonnenbrille auf die Stirn und betrachtete mich erstaunt. Ich befürchtete schon, etwas Falsches gesagt zu haben, da breitete sich ein kleines Lächeln auf seinen Lippen aus.

»So hat mich schon lange keiner mehr genannt.«

»Warum nicht?«, fragte ich stirnrunzelnd.

Er zuckte bemüht nonchalant mit den Schultern. »Ich habe es nie zugelassen, weil es mich zu sehr an dich erinnert hat«, sagte er neutral, aber ich konnte genau heraushören, wie viel Schmerz es ihm bereitet hatte.

»Sorry.« Zum wievielten Male ich mich mittlerweile entschuldigte, wusste ich nicht, aber ich hatte das Gefühl, als könnte ich es nicht oft genug tun. »Aber dann kannst du es den Leuten jetzt wieder erlauben. Es ist nämlich ein schöner Spitzname.«

Ich hakte mich bei ihm unter und führte ihn in den Park. Die Sonne schien von einem strahlend blauen Himmel herab und eine zarte Brise sorgte dafür, dass die Temperaturen noch im angenehmen Bereich lagen.

Jaxon lachte. »Ist klar, dass du das sagst, immerhin hast du dir den Spitznamen ausgedacht.«

»Und kleine Schwestern haben immer recht.« Ich war zwar nur knapp zwanzig Minuten jünger, aber das nutzte ich schamlos aus, wenn ich wollte.

Jaxon schüttelte belustigt den Kopf. »Okay, dann werde ich von nun an allen sagen, dass sie mich Jax nennen können, wenn sie wollen.«

»Brav.«

Er stieß mich spielerisch in die Seite und obwohl nicht viel Kraft darin lag, machte ich einen Satz nach links, weil ich dem Stoß nichts entgegenzusetzen hatte. Vielleicht sollte ich doch mal darüber nachdenken, mit irgendeinem Sport zu beginnen.

»Wie läuft es in der Praxis?«

Diesmal war ich diejenige, die mit den Schultern zuckte. »Ganz gut. Wir haben zwar viel zu tun, trotzdem findet Grace immer wieder ein paar Minuten, um mir etwas Neues beizubringen oder Geräte zu erklären.«

Diese Woche hatte ich endlich den Umgang mit dem Röntgengerät gelernt. Bei einem erneuten Notfall wie mit Julian würde ich Grace nicht wieder mitten in der Nacht wecken müssen.

Jaxon betrachtete mich eingehend. »Die Arbeit mit den Tieren gefällt dir, oder?«

»Ja, sehr. Warum?«

»Nichts, nur ... das war früher nicht so. Ich versuche gerade die Lucy von heute mit der von früher zu verbinden.«

Ein Schnauben entwich mir. »Da gibt es nicht viel zu verbinden.« Ich stieß ihm mit dem Ellbogen in die Seite. »Du hast dich aber auch verändert. Du bist so entspannt und irgendwie erwachsen geworden.«

»Das ist Emma zu verdanken«, beeilte Jaxon sich zu sagen. Er kickte einen losen Stein über den Boden.

»Bist du da ganz sicher?« Sie hatte bestimmt ihren Anteil daran, das stand außer Frage, aber wenn ich mich recht erinnerte, kannte Jaxon seine Freundin gerade einmal ein Jahr, wenn überhaupt. Ich war sicher, dass sich diese 180-Grad-Drehung nicht in dieser kurzen Zeit zugetragen haben konnte.

»Na ja, vielleicht nicht komplett.« Jaxon blickte zur Seite, als wäre es ihm unangenehm, darüber zu sprechen.

»Okay.« Ich wollte ihn zu nichts drängen, daher ließ ich das Thema fallen. Kurzzeitig senkte sich Stille über uns. Nur das Rauschen des Windes in den Bäumen und einige spielende Kinder waren zu hören.

»Wollen wir ein Eis essen?«, fragte ich.

»Gerne.«

Wir gingen zu dem Eiswagen am Rand der Wiese. Jaxon bestellte zwei Hörnchen, jedes mit einer Kugel Vanille und einer Kugel Schokolade, wie wir sie früher immer gegessen hatten.

Lächelnd nahm ich das Hörnchen entgegen, das er mir hinhielt. »Gut zu sehen, dass du noch immer auf unsere Kombination abfährst. Manche Dinge ändern sich wohl nie.«

»Schoko-Vanille ist auch einfach die beste Kombi. Viel zu gut, um es jemals zu ändern.« Jaxon stieß mit seinem Hörnchen gegen meins, als würde er mit mir anstoßen, ehe er sich über die Kugeln hermachte. »Wie war es eigentlich auf der Ranch? Ich meine, ging es dir gut dort?«

Ein Lächeln schlich sich auf meine Lippen, als ich an meine Zuhause der letzten Jahre dachte. »Es war großartig. Rita und John haben sich hervorragend um ihre Schützlinge gekümmert.« Die beiden waren meine Adoptiveltern gewesen und hatten noch mehrere Kinder und Jugendliche in Pflege gehabt. Wir waren ein bunt gemischter Haufen, aber unsere Eltern hatten es immer geschafft, Harmonie zwischen uns zu verbreiten. »Es tat mir gut, so viel Zeit mit den Tieren zu verbringen. Mir war vorher nicht bewusst, wie feinfühlig gerade Pferde sein können. Sie spüren, wenn es dir schlecht geht, und trösten dich. Genau so, wie sie mit dir herumtollen, wenn es dir gut geht. Das war mir wirklich eine große Hilfe.«

»Und das war die einzige Therapie, die du bekommen hast?« Jaxon klang so skeptisch, dass ich ein Kichern nicht unterdrücken konnte.

»Nein, natürlich nicht. Anfangs bin ich jede Woche zur Therapie gegangen, später nur noch einmal im Monat. Dafür aber zusätzlich zu einer Gruppentherapie mit anderen Amnesiepatienten. Es hat mir unheimlich geholfen, mit anderen Betroffenen Erfahrungen austauschen zu können. Dadurch habe ich mich nicht mehr so alleine mit meinen Problemen gefühlt.«

»Wieso alleine?«

»Auf der Ranch waren immer zwischen vier und acht von Ritas Schützlingen. Einige nur vorübergehend, manche, wie ich, wurden adoptiert. Rita und John waren immer für uns da, haben aber überwiegend versucht, uns ein normales Leben zu ermöglichen«, erklärte ich.

»Und das hast du gehabt? Ein normales Leben?« Die Skepsis war noch immer nicht aus seiner Stimme verschwunden. Diesmal zu Recht.

»Natürlich nicht. Bis du mich besucht hast, hatte ich nicht eine einzige Erinnerung an früher. Ich war das Mädchen ohne Vergangenheit und hatte das Gefühl, nirgendwo richtig reinzupassen.«

Jaxon legte einen Arm um meine Schulter, zog mich kurz an seine Brust und drückte mir einen Kuss auf die Schläfe. So eine simple Geste, trotzdem brannten plötzlich Tränen in meinen Augen und ein Kloß in meinem Hals machte mir das Atmen schwer. »Ich bin froh, dass dir die Zeit dort geholfen hat.«

Ich wand mich aus seinem Arm, drehte ihm den Rücken zu und wischte möglichst unauffällig über meine Augen. Dann versuchte ich zu lächeln und drehte mich zu ihm um. »Und ich bin froh, dass du Coles Familie und Emma hattest.«

Ein verträumter Ausdruck breitete sich auf seinem Gesicht aus. »Du musst sie unbedingt kennenlernen.«

»Gerne.«

»Und Steven.« Jetzt hellte sich sein Gesicht endgültig auf und ein Stich fuhr durch mein Herz. Ich gab es nur ungern zu, aber ich war neidisch, dass er unseren Vater schon kannte. Ich konnte nicht erklären, warum oder woher dieses Gefühl kam, aber es war unmissverständlich da.

»Ja, Steven.« Meine Stimme war kaum mehr als ein Flüstern. Jaxon wandte sich mir erstaunt zu.

»Ich frage ihn, wann er das nächste Mal in Philly ist, und dann treffen wir ihn, okay?«

Verräterische Hoffnung, wie ich sie selten zuvor gespürt hatte, machte sich in mir breit, ohne dass ich es verhindern konnte. Man sollte meinen, dass ich jetzt, wo ich so viele Jahre ohne meinen echten Vater überlebt hatte, ihn auch im weiteren Verlauf meines Lebens nicht brauchte. Aber das genaue Gegenteil schien der Fall zu sein.

»Versprochen?«

»Versprochen.«

Kapitel 4

Lucy

»Und Sie sind sicher, dass es keine ansteckende Krätze ist oder so?« Mrs Brady blickte verhalten auf ihre beiden Katzen hinab, die so starken Haarausfall hatten, dass mehrere zentimetergroße Flecken Haut zum Vorschein gekommen waren. Sie sahen zerrupft aus, als hätten sie mit einem Rasierer gekämpft und verloren. Zudem hatten sich auf den freigelegten Stellen rote Pusteln gebildet, die teilweise aufgeplatzt waren und sich entzündet hatten. Es war wirklich kein schöner Anblick, aber die Katzen litten zum Glück nicht an einer schlimmen Krankheit.

»Ganz sicher«, sagte ich. »Es ist zwar eine bakterielle Erkrankung, aber keine, die für den Menschen ansteckend ist. Wenn Sie den beiden das verschriebene Antibiotikum für die nächsten zehn Tage verabreichen und die entzündeten Stellen dreimal täglich mit der Salbe eincremen, sollte alles gut verheilen und das Fell von ganz alleine wiederkommen.« Um meinen Worten mehr Gewicht zu verleihen, fasste ich in das Körbchen und streichelte beiden Kätzchen über den Kopf. Sie miauten unisono und eine Katze versuchte sogar mit ihren Pfoten nach meiner Hand zu packen, als wollte sie sie bei sich behalten.

»Sie mögen Sie.« Mrs Brady wirkte erstaunt, was mich aufsehen ließ.

»Die meisten Tiere mögen mich«, erwiderte ich.

»Nori und Nigu mögen normalerweise keine anderen Menschen.«

»Wirklich niemanden?« Auch wenn Katzen durchaus ihren eigenen Kopf hatten, war ich davon überrascht.

Mrs Brady streckte ihre freie Hand ebenfalls in das Körbchen, um ihre Kätzchen zu liebkosen. Sie schmiegten sich sofort an sie und rieben die kleinen Köpfchen an ihrer Hand. »Ich habe die beiden aus dem Tierheim, wo sie völlig verwildert und abgemagert abgegeben wurden. Ich weiß nicht, was ihnen vorher zugestoßen ist, aber sie haben Angst vor Menschen. Es hat ein halbes Jahr gedauert, bis sie sich von mir haben streicheln lassen, und obwohl sie Grace jetzt schon länger kennen, machen sie jedes Mal Theater, wenn sie sich ihnen auf zwei Meter nähert.«

Mrs Brady ermutigte mich mit einem Blick, eins der Kätzchen auf meinen Arm zu nehmen. Ich hob es vorsichtig aus dem Korb und legte es in meine Armbeuge. Nori rollte sich zu einer Kugel zusammen und begann augenblicklich zu schnurren.

»Es ist wirklich erstaunlich.« Mrs Brady schüttelte den Kopf, als könnte sie nicht glauben, was sie sah. Ein zufriedenes Lächeln umspielte ihre Lippen. »Du musst etwas Besonderes an dir haben. Bewahre dir das.«

Röte schoss mir ins Gesicht und ich lachte, um meine Verlegenheit zu überspielen. »Nein, ich bin absolut gewöhnlich.«

Ich hatte nie gelernt, mit Komplimenten umzugehen. Unsicher, was ich jetzt machen sollte, legte ich Nori zurück zu Nigu und wandte mich zum Tresen, wo ich zuvor bereits die von Grace angewiesenen Medikamente herausgelegt hatte.

»Von dem Antibiotikum bekommen sie jeweils morgens und abends eine halbe Tablette. Am besten geben Sie sie zerkleinert unters Futter. Und von der Salbe tragen Sie dreimal täglich einen dünnen Film auf die betroffenen Stellen auf und warten, bis sie komplett eingezogen ist, ehe Sie die Katze aus dem Griff entlassen, damit sie die Creme nicht ablecken.«

Ich drückte Mrs Brady die Packungen in die Hand, als ich aus dem Augenwinkel eine Bewegung bemerkte. Ich konnte nicht verhindern, dass ich ängstlich zusammenzuckte. Mit klopfendem Herzen drehte ich mich um.

Als ich Julian erkannte, der mit verschränkten Armen am Tresen lehnte, fiel die Anspannung sofort von mir ab. Mit einem Keuchen verließ der angehaltene Atem meine Brust und ich strich mit einer Hand über meine Stirn, als müsste ich dort Schweißperlen wegwischen.

Als hätte Julian bemerkt, wie sehr er mich aus dem Konzept gebracht hatte, hob er nur die Hand und lächelte mir kurz zu. Ich nickte und wandte mich wieder an Mrs Brady, um mich von ihr zu verabschieden.

»Grace würde Nori und Nigu gerne nächste Woche noch einmal zur Kontrolle sehen. Kommen Sie einfach kurz vorbei, wenn es Ihnen passt.«

Mrs Brady ergriff meine Hand und schüttelte sie fest. »Vielen Dank und viel Spaß mit dem jungen Mann.« Sie zwinkerte mir verschwörerisch zu.

Ich errötete erneut und wollte ihr sagen, dass Julian nur wegen des Hundes und nicht wegen mir hier war, aber Mrs Brady hatte sich bereits abgewandt. Als sie auf ihrem Weg nach draußen an Julian vorbeiging, tätschelte sie seinen Arm und sagte etwas zu ihm, das ich nicht verstehen konnte.

Julians Blick zuckte zu mir und schien mich regelrecht zu durchbohren. Angespannt hielt ich den Atem an, bis sich seine Lippen zu einem Lächeln verzogen und er Mrs Brady leise etwas antwortete. Nachdem Mrs Brady ihn entlassen hatte, kam er auf mich zu.

»Hi.« Lässig lehnte er sich neben mich an den Informationstresen. »Bist du fertig oder brauchst du noch etwas?«

»Nein, wir können dann los.« Das Herz schlug mir bis zum Hals und ich sah ihn unsicher an. Für einen Augenblick haderte ich mit mir, dann sprach ich einfach aus, was mich beschäftigte. »Was wollte Mrs Brady von dir?«

»Ach, nicht so wichtig.« Er winkte ab und schien leicht zu erröten.

Das feuerte meine Neugier nur weiter an, aber ich wollte ihn nicht dazu drängen, es mir zu sagen. Das würde seltsam rüberkommen – wir kannten uns doch kaum.

»Dann lass uns gehen.« Ich zog meinen Kittel aus und hängte ihn über die Stuhllehne hinter der Information.

Eine halbe Stunde später erreichten wir die PAWS-Station, bei der Spencer untergebracht war. Steph, die den Hund bei uns abgeholt hatte, war heute nicht da, aber sie hatte ihrer Kollegin Mel Bescheid gegeben, die bereits alles für uns vorbereitet hatte.

Während Julian vor der Tür mit Spencer auf mich wartete, trug ich unsere Namen in die Liste ein.

»Vertrauen sie dir hier nicht, dass du Spencer wieder zurückbringst?«, wollte Julian wissen, als ich ihm die Leine abnahm.

»Wie meinst du das?«

»Weil du dich auch in die Liste eintragen musstest.«

»Ach so.« Grinsend schüttelte ich den Kopf. »Das ist nicht der Grund, warum ich mich eintragen muss.«

»Sondern?«

»Falls etwas passiert«, erklärte ich. »Mir könnte etwas zustoßen, weshalb ich Spencer nicht zurückbringen kann. Oder es gibt einen Notfall, bei dem das Tierheim evakuiert werden muss. Dann müssen die Pfleger genau wissen, welche Tiere anwesend sind, damit sie nicht unnötig die Zwinger nach jemandem absuchen, der überhaupt nicht da ist.«

»Ah, macht Sinn.« Julian bedeutete mir mit einer Handbewegung, dass ich vorangehen sollte.

Ich setzte mich in Bewegung. Spencer lief freudig mit dem Schwanz wedelnd neben mir her, drehte sich aber alle paar Schritte zu Julian um. Dieser musste hinter mir gehen, weil der Bürgersteig hier so schmal war, dass gerade eine Person darauf Platz fand. An der nächsten Straßenecke bog ich rechts ab. Hier war der Bürgersteig wieder breiter, sodass wir nebeneinander gehen konnten.

»Wo gehen wir hin?«, fragte er.

»Hier in der Nähe ist ein Park mit einer Hundewiese, wo die Hunde frei laufen dürfen.«

»Hast du keine Angst, dass Spencer abhauen könnte?«

Die ehrliche Sorge in Julians Stimme ließ mich schmunzeln. »Das wird er nicht«, versicherte ich ihm.

»Woher willst du das so genau wissen?«

Bei der Irritation, die in seinen Augen glänzte, konnte ich nicht anders, als ihn ein bisschen auf den Arm zu nehmen.

»Ich bin die Hundeflüsterin«, erklärte ich ernst. »Ich kann sie mit der Kraft meiner Gedanken dazu bringen, auf mich zu hören und nicht wegzulaufen.«

»Was?« Julian blieb stehen und sah mich abschätzend an. »Du willst mich doch verarschen?« Sein fragender Tonfall verriet mir, dass er sich alles andere als sicher war. Vermutlich hätte ich das Spielchen noch weitertreiben können, aber ich konnte nicht mehr ernst bleiben und fing an zu kichern.

»Aber du hast kurzzeitig überlegt, ob ich nicht doch recht haben könnte.«

»Pfft, träum weiter.« Beleidigt rümpfte er die Nase, aber das Funkeln in seinen Augen verriet mir, dass er Spaß hatte.

Für mich war das eine völlig neue Erfahrung. Normalerweise war ich Fremden gegenüber reserviert. Ich brauchte einige Zeit, um Vertrauen zu fassen und mich in der Anwesenheit neuer Leute wohlzufühlen. Erst dann traute ich mich, locker mit ihnen umzugehen und Scherze zu machen. Und geflirtet hatte ich erst recht noch nie.

Aus einem mir unerklärlichen Grund war es bei Julian anders. Ich fühlte mich wohl und sicher in seiner Nähe, als wüsste ich instinktiv, dass er mich beschützen würde. So etwas war mir noch nie zuvor passiert.

Als wir die nächste Straßenecke umrundet hatten, kam die Hundewiese in Sicht. Sie lag am Rande des kleinen Parks, direkt neben einem Abenteuerspielplatz für Kinder, und war genau aus diesem Grund rundherum mit einem Zaun versehen.

»Ahh.« Julian schlug sich mit der flachen Hand gegen die Stirn. »Deshalb weißt du, dass Spencer nicht abhaut.«

»Weil er es nicht kann«, stimmte ich zu und zog Spencer näher zu mir. Auch er hatte unser Ziel bemerkt und begann an der Leine zu zerren. Steph hatte mir verraten, wie sehr er diese Hundewiese und das Spielen mit Artgenossen mochte, weshalb ich den Platz für unseren Ausflug gewählt hatte.

Wir überquerten die Straße an der Ampel und Julian hielt das Tor für uns auf, während ich Mühe hatte, die Leine von dem herumzappelnden Spencer zu lösen. Kaum hatte ich ihn befreit, schoss er auch schon über die Wiese zu einem Pulk anderer Hunde, die mit einem Fußball spielten. Spencer polterte in diese Gruppe, die daraufhin auseinanderstob, und versuchte den Fußball mit seinem Maul zu fassen. Dieser war natürlich viel zu groß, sodass Spencer darüber fiel, eine Rolle machte und im Gras liegen blieb. Er warf uns einen erstaunten Blick zu, als könnte er nicht verstehen, warum er den Ball nicht hatte fassen können.

Die anderen Hunde nutzten seine kurze Ablenkung aus und fielen mit lautem Kläffen wieder über den Fußball her. Das konnte Spencer natürlich nicht auf sich sitzen lassen und sprang ebenfalls wieder mitten ins Getümmel.

Julian lachte neben mir. »Geht es hier immer so zu?«

»Ganz ehrlich?« Ich sah ihn an und zuckte mit den Schultern. »Keine Ahnung. Ich war bisher erst ein- oder zweimal hier. Steph hat mir gesagt, dass Spencer diesen Platz liebt. Sie vermutet, dass er irgendwo in einem Rudel gelebt hat, weil er ein super Sozialverhalten aufweist und ungern alleine ist.«

Julian sah zurück zu Spencer und beobachtete ihn für einen Moment nachdenklich. Seine Stirn legte sich in Falten und ich musste den Drang unterdrücken, sie mit meinem Finger zu glätten.

»Macht Sinn«, sagte er schließlich. Dann lehnte er sich gegen den Zaun hinter sich. »Aber was ist mit dir? Woher kennst du dich so gut mit Tieren aus? Es war echt beeindruckend, wie souverän du mit Spencer umgegangen bist, als ich dich mitten in der Nacht aus dem Bett geklingelt habe.«

Hitze schoss mir ins Gesicht und ich versuchte meine Verlegenheit mit einem Lachen zu überspielen. »Ich hatte keine Ahnung, was ich machen sollte, und hab deswegen Grace geholt. Äußerst souverän.«

Ich wollte mich von ihm wegdrehen, aber Julian hielt mich mit einer Hand an meinem Ellbogen davon ab. Als ich ihn erneut ansah, war er mir plötzlich viel näher als zuvor. Unsere Arme berührten sich und sein Duft drang in meine Nase; frisch und männlich, nach Papaya und Moschus. Seine Zunge schnellte hervor, um seine Unterlippe zu benetzen, und plötzlich war mir zehn Grad wärmer als zuvor.

Seine braunen Augen bohrten sich mit einer Intensität in meine, dass ich den Atem anhielt. Er wirkte, als hätte er etwas Wichtiges zu sagen, daher blieb ich mucksmäuschenstill, um nichts zu verpassen.

»Du wusstest genau, was du zu tun hast, hast die richtige Diagnose getroffen und dann Grace geholt, weil du noch nicht gelernt hattest, mit dem Röntgengerät umzugehen. Und das alles hast du in einer Stresssituation gemacht, ohne die Fassung zu verlieren. Ich würde das äußerst souverän nennen.«

Mein Mund öffnete sich von selbst, als wollte ich ihm widersprechen, nur um des Widersprechens willen, aber mir fiel partout kein Argument ein, egal wie sehr ich mir das Hirn zermarterte.

»Verdammt«, entwich es mir schließlich.

Julian lachte triumphierend. »Du darfst gerne zugeben, dass ich recht habe, und einfach meine Frage beantworten.«

Ich ließ meinen Blick über die Wiese gleiten, bis ich Spencer entdeckte, der noch immer mit einigen anderen Hunden mit dem Fußball spielte.

»Ich werde überhaupt gar nichts zugeben«, erwiderte ich und verschränkte die Arme vor der Brust. Julian lachte erneut und schickte damit einen Schauer über meinen Rücken. »Aber wenn du es genau wissen willst: Ich habe die letzten Jahre auf einer Ranch in Kansas gelebt und dort alles gelernt, was ich über Tierhaltung und -pflege weiß.« Was ehrlich gesagt weniger war, als ich dachte, denn bei Grace hatte ich in den letzten Wochen unheimlich viel Neues erfahren. Aber meine Zeit auf der Ranch war definitiv der Grund, warum ich angefangen hatte, mich für Tiere zu interessieren. Wie Jaxon schon ganz richtig bemerkt hatte, war das früher gar nicht mein Ding gewesen. »Was machst du so, wenn du nicht gerade wehrlose Hunde anfährst und in der Tierklinik ablieferst?«, wollte ich wissen.

»Ich studiere Biologie im zweiten Jahr an der Temple University, arbeite nebenbei in einer Bar – das ist auch der Grund, warum ich so spät noch unterwegs war, als ich Spencer angefahren hab – und trainiere gerade für meinen ersten Marathon.«

»Wow, dann musst du ganz schön sportlich sein.« Ich war beeindruckt, auch wenn ich nie verstehen würde, warum man sich so etwas freiwillig antat.

»Ich war in der Highschool schon im Cross-Country-Team. Laufen liegt mir einfach.«

»Hm«, machte ich.

»Magst du keinen Sport?«

Ich zuckte mit den Schultern. »Es ist nicht so, als hätte ich etwas gegen Sport, aber ich kann auch gut eine Woche ohne leben«, gestand ich. Oder auch zwei oder drei.

»Wenn du gar keine Lust auf Sport hättest, wäre das auch völlig okay. Niemand sollte sich dazu gezwungen fühlen.«

»Aber wenn man sich diese ganzen Gesundheitsfanatiker heutzutage anhört, landet man ja entweder in der Hölle oder mit dreißig im Grab, wenn man nicht mindestens viermal die Woche Sport macht und sich dazu gesund und ausgewogen ernährt.«

Julian verdrehte die Augen. »Völliger Schwachsinn, wenn du mich fragst. Tu nur das, was dir guttut und worauf du Lust hast. Wenn du anfängst, dich zu etwas zu zwingen, wird das sowieso nichts.« Er drehte sich zu dem Getränkewagen um. »Was möchtest du trinken?«

»Eine Coke.« Ich kramte in meiner Handtasche nach meinem Portemonnaie, als sich seine Hand auf meine legte und einen Stromstoß durch meinen Körper jagte. Mein Atem stockte in meiner Brust und ich blickte mit großen Augen zu Julian auf.

»Das geht auf mich.« Er drückte meine Hand kurz, ehe er sie losließ und unsere Getränke holen ging.

Ich starrte auf meine Hand, die sich ohne seine Berührung plötzlich kalt und leer anfühlte. Nachdem ich sie ein paarmal zur Faust geballt und wieder gelockert hatte, schob ich sie in meine Hosentasche, weil das Gefühl einfach nicht verschwinden wollte.

Lautes Bellen riss mich aus meinen Gedanken und als ich nach unten blickte, fand ich Spencer schwanzwedelnd vor mir. Ich hockte mich hin und begann ihn hinter den Ohren zu kraulen, was er sehr zu mögen schien. Schnell war meine seltsame Stimmung wieder verschwunden.

»Hier.« Eine Dose Cola wurde mir unter die Nase gehalten.

Ich stand auf und lehnte mich neben Julian, der selber eine Coke in der Hand hielt, an den Zaun. Spencer bellte ein weiteres Mal und verschwand dann wieder auf die Wiese, als hätte er nur auf mich aufpassen wollen, während Julian weg war.

»Machst du das eigentlich öfter, dass du mit fremden Männern die Hunde besuchst, die sie angefahren haben?«, fragte Julian und sah mich unter gesenkten Lidern an.

Ich musste gegen die plötzliche Trockenheit in meiner Kehle ankämpfen.

»Nein, noch nie.« Bis vor Kurzem hätte ich mir auch nicht vorstellen können, das jemals zu tun. Aber Julian war anders. Bei ihm fühlte ich mich sicher und ich genoss seine Gesellschaft.

»Was ist mit dir? Triffst du dich oft mit fremden Frauen, um die Hunde zu besuchen, die du angefahren hast?«

Julian lachte. »Klar, das ist eines meiner liebsten Hobbys.«

»Spinner.« Ich stieß ihn leicht mit dem Ellbogen an.

»Nein, ganz ehrlich. Die einzigen Frauen, mit denen ich mich treffe, sind die aus meiner Lerngruppe.«

Mein Herz machte einen Satz. Hieß das, dass er keine Freundin hatte? Und warum interessierte mich das überhaupt?

»Spannend«, entgegnete ich zwinkernd.

»Hast du nie studiert? Ich würde dich auf mein Alter schätzen.«

Ich hatte nicht einmal die Highschool abgeschlossen, aber das würde ich ihm bestimmt nicht verraten. »Ich bin 22«, sagte ich, um davon abzulenken.

»Dann bist du ja älter als ich. Ich bin erst 21.«

»So, so, dann bist du also mit älteren, fremden Frauen unterwegs?«, neckte ich ihn.

Er zuckte mit den Schultern. »Das macht nichts, ich mag die Gesellschaft.«

Seine Worte lösten ein Kribbeln in meinem Magen aus und für einen Augenblick konnte ich ihn nur sprachlos anstarren. Ein Funkeln lag in seinen Augen und er war unbemerkt ein Stück näher an mich herangetreten, sodass unsere Schultern sich fast berührten. Flirtete er mit mir?

»Wenn du Biologie studierst, musst du dann nicht auch Tierversuche machen?«, fragte ich.

»Nicht unbedingt. Zwar gibt es Fachrichtungen, bei denen das nötig ist, aber nicht bei dem, was mir vorschwebt. Ich möchte gerne die Auswirkungen des Klimawandels auf die Artenvielfalt erforschen. Und zwar bei Pflanzen und Tieren gleichermaßen.«

»Sehr nobel.« Er schien wirklich ein durch und durch guter Mensch zu sein, was mir sehr gefiel.

»Ach.« Julian machte eine wegwerfende Handbewegung. »Ich finde das Thema halt spannend und da wir nur diese eine Erde haben, geht es uns gewissermaßen alle an. Was genau hast du denn auf dieser Ranch gemacht?« Mittlerweile hatte er sich mir zugewandt und ließ mich keine Sekunde aus den Augen.

Ich berichtete ihm ausführlich von der Ranch und was ich dort getan hatte. Nie zuvor hatte jemand ein derartiges Interesse an meinem Alltag gezeigt wie Julian, und ein aufgeregtes Flattern breitete sich in meinem Bauch aus, je länger wir redeten.

»Interessant.« Julian grinste. »Vermisst du das Leben auf der Ranch?«

»Ziemlich«, gestand ich. »Versteh mich nicht falsch, ich bereue es nicht, hergekommen zu sein, aber ich vermisse das Leben mit den Tieren, die Ruhe auf dem Land und die täglichen Ausritte mit den Pferden.«

»Völlig verständlich.« Julian schob die Hände in seine Hosentaschen. »Nicht, dass ich da mitreden kann, ich habe mein ganzes Leben in Philadelphia verbracht und bin ein Stadtkind durch und durch.«

»Also hast du nie nachts auf dem Feld gesessen und Sternbilder gesucht?«, fragte ich mit gespieltem Entsetzen. Dass ich das als Kind mit Jaxon in Texas und nicht auf der Ranch gemacht hatte, verriet ich ihm dabei nicht.

Julian sah mich mit großen Augen an. »Gibt es das wirklich? Ist das nicht nur ein Klischee, das man sich erzählt?«

Ich verdrehte die Augen und stieß ihn in die Seite. »So eine Frage kann auch nur von einem Stadtkind kommen.« Julian fiel in mein Lachen ein und damit wandten wir uns lockereren Themen zu.

Wir unterhielten uns so lange, bis wir vom Klingeln meines Handys unterbrochen wurden. Steph war dran, weil wir es verpasst hatten, Spencer pünktlich zurückzubringen. Es war mir unheimlich peinlich, dass wir derart die Zeit vergessen hatten. Es war inzwischen halb sieben. Ich hatte mich in der Gegenwart eines Mannes schon lange nicht mehr so wohlgefühlt oder mich so ungezwungen und gut unterhalten können.

Nachdem wir Spencer eine Stunde zu spät im Tierheim abgeliefert hatten, brachte Julian mich noch nach Hause. Ich wollte ihm sagen, dass ich ihn gerne wiedersehen würde, aber ich traute mich nicht. Ich wusste einfach nicht, wie man sich in einer Situation wie dieser verhielt und ob ich den Gefühlen, die er in mir erweckt hatte, trauen konnte.

Daher drehte ich mich um, ging in Grace' Wohnung und wollte mich selbst in den Hintern treten, dass ich mit dieser Situation nicht umzugehen wusste. Doch auch Julian hatte nicht gefragt, ob wir uns erneut treffen wollten. Hieß das, dass er daran nicht interessiert war? Oder war er einfach nur genauso unsicher wie ich?

Kapitel 5

Julian

Hey, wie geht es dir? Wollen wir noch mal zusammen Spencer besuchen?

Ich trommelte mit den Fingerspitzen auf das Lenkrad, las ein letztes Mal über die Nachricht und schickte sie an Lucy, ehe ich es mir anders überlegen konnte. Seit wir mit Spencer im Park gewesen waren, hatte ich ihr mehrfach schreiben wollen. Ich hatte den Nachmittag mit ihr sehr genossen und wollte sie gerne wiedersehen. Aber ich war mir nicht sicher, wie ich es anstellen sollte. Einfach nur Hallo schreiben? Sie fragen, ob sie mich wiedersehen wollte? Ihr verraten, dass ich ständig an sie denken musste?

Ich wollte nicht gleich mit der Tür ins Haus fallen, um sie nicht zu verschrecken, aber gleichzeitig auch nicht zu desinteressiert wirken, sondern den goldenen Mittelweg wählen. Hoffentlich hatte ich ihn hiermit gefunden. Lucy faszinierte mich und ich wollte sie unbedingt näher kennenlernen.

Dabei konnte ich nicht einmal genau sagen, warum. Denn an Lucy war auf den ersten Blick nichts besonders. Zwar war sie hübsch, mit dunklen Haaren und blauen Augen, die mir weit wie der Ozean erschienen. Trotzdem war sie mir beim ersten Mal in der Praxis kaum aufgefallen. Doch je näher ich sie kennenlernte, desto mehr faszinierte sie mich. Auf den ersten Blick wirkte sie schüchtern, doch unter ihrer Oberfläche steckte so viel mehr. Sie hatte ein großes Herz, mit ihr konnte ich mich super unterhalten und sie weckte Gefühle in mir, die ich längst für tot gehalten hatte.

Deswegen wollte ich alles über diese Frau erfahren, von ihrer Lieblingsfarbe bis zu ihrem bestgehüteten Geheimnis. Wo sie herkam, was sie machte, wenn sie nicht in der Tierklinik arbeitete, und was sie bisher erlebt hatte. Es schadete natürlich nicht, dass sie äußerlich genau mein Typ war, aber das war ehrlich gesagt nur ein positiver Nebeneffekt.

Sie war einfach in jeglicher Hinsicht völlig anders als meine Ex Sandy. Ihr war das Ansehen und das Gerede von anderen nicht wichtiger als das, was sie dachte. Sie schien sich nicht darum zu scheren, was die Leute sagten. Sie war erfrischend und echt.

Ein lautes Pochen an meiner Fensterscheibe riss mich aus meinen Gedanken. Als ich aufblickte, grinste mich das Gesicht meiner Schwester Hayley durch das Autofenster an. Sie sagte etwas, das durch die geschlossene Tür nicht zu verstehen war, und lachte dann, als hätte sie einen Witz gemacht.

Mit dem Schlüssel in der Hand stieg ich aus dem Auto und umarmte sie fest. Ich hatte extra im Auto auf sie gewartet, damit wir gemeinsam zu unseren Eltern gehen konnten.

»Hey, Sis.«

Hayley war über einen Kopf kleiner als ich und auch sonst hatten wir nicht viel gemeinsam. Zwar hatte sie eigentlich dieselbe Haarfarbe wie ich, aber ich wusste nicht, wann ich diese zuletzt gesehen hatte, weil sie sich ihre Haare färbte, seit sie ein Teenager war. Aktuell waren sie von einem dunklen Rot und hingen ihr gelockt bis auf die Schultern.

Wo ich sportlich war, fand sie jegliche Art von körperlicher Anstrengung furchtbar, dafür war sie ein Genie, hatte ein Stipendium an der Penn State erhalten und wollte Jura studieren, um Anwältin für Menschenrechte zu werden. Sie wollte die Welt verbessern und wenn es eine Person gab, der ich das zutraute, dann meiner Schwester.

»Hi, Bruderherz, was macht die Kunst?« Sie hatte mich schon immer so genannt. Es hatte eine Zeit gegeben, in der es mich tierisch genervt hatte, aber mittlerweile war es wie ein Codewort zwischen uns geworden.

»Wie immer«, entgegnete ich. »Was macht das College?« Nach der Highschool hatte Hayley mit ihrem Freund ein Work-and-Travel Jahr in Australien absolviert, sodass sie erst im letzten Jahr mit dem Studium begonnen hatte. Für sie war noch jeder Tag neu und aufregend und wann immer wir uns sahen oder telefonierten, hatte sie eine Menge zu erzählen.

»Es lässt mich nicht schlafen.«

Erst jetzt fielen mir die dunklen Ringe unter ihren Augen auf. »Wie das?«

Sie lachte. »Tara hat in ihren Geburtstag reingefeiert und das komplette Wohnheim war eine einzige Party. Wir waren erst nach sechs im Bett.«

Beeindruckt checkte ich meine Uhr. Es war kurz vor elf. »Wie viel Schlaf hattest du?«

»Dreieinhalb Stunden, wenn es hochkommt.«

»Respekt, dafür siehst du aus wie das blühende Leben.«

»Immerhin sehe ich so aus, auch wenn ich mich fühle, als hätte mich heute Nacht ein Bus überfahren. Komm, wir gehen rein.« Sie hakte sich bei mir unter und wir gingen den gepflasterten Weg zu unserem Elternhaus entlang.

»Wie bist du eigentlich hergekommen?« Ich hatte ihr angeboten, sie abzuholen, was sie aber abgelehnt hatte, weil es ein Umweg für mich wäre.

Sie deutete auf einen kleinen roten Fiat, der vor der Einfahrt stand. »Tara hat mir ihr Auto geliehen. Sie ist heute eh nicht in der Lage zu fahren«, erklärte sie.

Es war der erste Sonntag im Monat und heute fand der traditionelle Black'sche Sonntagsbrunch statt, bei dem die ganze Familie eingeladen war. Wobei sich das nach mehr Menschen anhörte, als wir eigentlich waren, denn an den meisten Sonntagen waren wir nur zu sechst. Meine Eltern, meine Großeltern mütterlicherseits sowie Hayley und ich. Die

Eltern meines Dads lebten in New York und meine Tante war ständig unterwegs, sodass wir sie nur selten zu Gesicht bekamen.

Ich mochte unsere Brunchtradition, denn obwohl meine Familie ebenfalls in Philadelphia lebte, sah ich sie nicht besonders häufig. Mom ermahnte mich immer wieder, dass ich sie öfter besuchen sollte, aber neben dem College, dem Training, dem Job und meinen Freunden hatte ich dafür nicht viel Zeit.

Hayley klingelte an der Tür, die kaum zwei Sekunden später aufgerissen wurde, als hätte Mom dahinter schon auf uns gewartet.

»Da seid ihr ja. Kommt rein.« Sie umarmte uns nacheinander und scheuchte uns durch den Flur in die Küche, wo Dad vor dem Herd stand und Pancakes zubereitete.

»Hey, Dad.«

»Hi, Kinder.« Er blickte kurz auf und winkte uns mit dem Pfannenwender zu, den er in der Hand hielt.

»Was gibt es Neues?«, fragte ich, als ich mich an den bereits gedeckten Tisch setzte.

»Davon abgesehen, dass euer Vater mich in den Wahnsinn treibt? Gar nichts.« Mom setzte sich auf ihren Platz mir gegenüber und griff nach einem Brötchen.

»Hey, es ist doch nicht meine Schuld, dass du immer alles so gut wegpackst, dass du es nicht wiederfindest«, warf Dad ein.

»Ich kann nichts finden, was wir nicht besitzen. Da können wir das Büro noch dreimal auf den Kopf stellen.«

»Aber ich bin mir absolut sicher, dass wir damals eine abgeschlossen haben.«

»Nein, haben wir nicht«, beharrte Mom. Sie stieß ein Seufzen aus, als hätten sie diese Unterhaltung schon mehrfach geführt.

Dad schaufelte die letzten Pancakes auf einen Teller und kam damit zum Tisch. »Wieso bist du dir da so sicher?«

»Weil ich damals zu dir gesagt habe, dass wir eine brauchen, du aber meintest, das sei zum Fenster rausgeschmissenes Geld.« In ihren

Mundwinkeln zuckte es verräterisch, als müsste sie ein Lachen unterdrücken.

»So etwas würde ich nie sagen.« Dad zwinkerte Hayley zu, als er sich neben sie setzte.

Ich unterdrückte ein Schmunzeln. Meine Eltern liebten sich abgöttisch, aber sie waren auch nicht glücklich, wenn sie nicht ständig über irgendwas diskutieren konnten. »Worum geht es überhaupt?«

Das Seufzen meiner Mom verriet mir, dass nun eine Tirade folgen würde.

»Euer Vater ist letzte Woche beim Ausparken über das Blumenbeet von den McLachlans gefahren und hat dabei wohl eine sehr seltene, äußerst teure Pflanze zerstört. Diese wollen sie ersetzt haben, weil sie angeblich über zweitausend Dollar gekostet hat. Jake hielt das für einen schlechten Scherz und hat abgelehnt, woraufhin wir gestern Post vom Anwalt der McLachlans erhalten haben. Sie verklagen uns und wenn wir das Geld nicht bis Ende des Monats bezahlen, zerren sie uns vor Gericht.«

Ein Lachen entwich mir. Nicht, weil ich das Ganze irgendwie witzig fand, sondern weil dieses Vorgehen in meinen Augen lächerlich war. »Das ist nicht euer Ernst.«

»Leider doch.«

»Reden wir hier von denselben McLachlans, die seit unserer Kindheit neben uns wohnen und früher immer mit uns gespielt haben? Die uns in ihrem Pool haben schwimmen lassen und uns Brote geschmiert haben, damit wir nicht verhungern?« Hayley blickte irritiert von Mom zu Dad und wieder zurück.

»Genau die«, seufzte Dad.

»Was ist mit ihnen passiert? Habt ihr euch gestritten?«, wollte ich wissen.

Mom zuckte hilflos mit den Schultern. »Wenn ich das mal wüsste.«

Ich konnte es beim besten Willen nicht verstehen. Klar, der Kontakt war in den letzten Jahren weniger geworden, aber wann immer ich einen von ihnen getroffen hatte, hatten sie freundlich gegrüßt und einige

Worte mit mir gewechselt. Ich hatte nie den Eindruck bekommen, dass sie einen Groll gegen unsere Eltern hegten.

»Jedenfalls würde euer Vater jetzt gerne von dem Rechtsschutz Gebrauch machen, den ich damals abschließen wollte, den er aber für überflüssig hielt. Ich ...« Mom wurde von der Türklingel unterbrochen. »Das sind eure Großeltern. Kein Wort davon zu ihnen.«

Nach der großen Begrüßungsrunde setzten wir uns an den Tisch und frühstückten. Gran und Grandpa erzählten von ihrer Kreuzfahrt in der Karibik, von der sie erst letzte Woche zurückgekehrt waren. Wir berichteten von unseren Colleges und was wir erlebt hatten, wobei ich es vermied, Lucy oder Spencer anzusprechen. Es wurde viel gelacht und ich genoss die Zeit im Kreis meiner Familie.

Gran und Grandpa verließen uns gegen drei Uhr, aber da ich für den Rest des Tages nichts geplant hatte, blieb ich noch. Hayley hatte den gleichen Plan. Wir holten uns Liegestühle aus der Laube und machten es uns im Garten bequem. Mom brachte uns selbst gemachte Limonade und während meine Schwester in ihr Buch eintauchte, schloss ich die Augen und genoss einfach nur die Ruhe.

Es war das erste Mal seit Tagen, dass ich mich wirklich entspannen konnte, ohne einen Termin zu haben oder mit Freunden verabredet zu sein. Und obwohl ich immer gerne für meine Freunde da war, vermisste ich es manchmal, einfach mal nichts zu tun.

Als ich gerade meine Augen geschlossen hatte, klingelte mein Handy mit einer eintreffenden Nachricht.

Dann mit noch einer.

Und noch einer.

»Du bist aber wichtig.« Hayley ließ ihr Buch sinken und sah mich fragend an.

»Ignorier es einfach«, murmelte ich. Meine Motivation, mich zu bewegen, lag irgendwo zwischen null und minus hundert. Außerdem war es sicher nur David, der sich erneut über Keiran auslassen wollte. Das hatte Zeit bis später.

Ich war fast eingeschlafen, als mir einfiel, dass es auch Lucy sein konnte, die mir schon geantwortet hatte. Schlagartig war ich hellwach und setzte mich abrupt auf. Ich angelte mein Handy vom Tisch und ließ es vor Aufregung fast sofort wieder fallen, als ich sah, dass ich drei Nachrichten von Lucy erhalten hatte.

> Sorry, bin gerade erst vom See zurückgekommen. Mir geht es gut so weit, habe mir nur einen Sonnenbrand eingefangen, glaube ich. Und dir? Das können wir gerne jederzeit machen. Sag einfach Bescheid, wann du nachmittags Zeit hast.

Ein verräterisches Lächeln breitete sich auf meinem Gesicht aus. Ich spürte, wie Hayley sich von hinten über meine Schulter beugte. Schnell drehte ich mein Handy weg.

»So, so, heißes Date?«

Verdammt. »Wie kommst du darauf?«, fragte ich möglichst unschuldig.

Hayley lachte laut auf. »Ach, Jules«, sagte sie und setzte sich neben mich. »Du musst mir nichts über sie erzählen, wenn du nicht willst, aber versuch mir hier nichts vorzuspielen. Dazu kenne ich dich zu gut.«

Das stimmte leider.

»Es ist nicht so, wie du denkst«, sagte ich ausweichend, ehe ich Hayley berichtete, dass ich den Hund, den ich angefahren hatte, mit Lucy erneut im Tierheim besuchen wollte. Von meinem Interesse an Lucy sagte ich ihr nichts, darüber wollte ich noch mit niemandem reden. Aber Hayley teilte meine Liebe zu Tieren und würde mich verstehen.

»Aha.« Hayleys hochgezogene Augenbraue verriet mir, dass sie mir dennoch deutliche Absichten unterstellte, aber sie ging zurück zu ihrer Liege, ohne mich weiter zu löchern.

Ich blickte auf das Handy und überschlug im Kopf schnell meine Termine für die kommende Woche.

Mir geht es auch gut, ich habe den Sonntag bei meinen Eltern verbracht.
Außer Mittwoch habe ich eigentlich jeden Nachmittag ab 14 Uhr Zeit.

Mittwochs leitete ich zusammen mit Marc einen Selbstverteidigungskurs an der TU, der mittlerweile so hohen Andrang fand, dass wir immer zu zweit anwesend sein mussten. Vermutlich würden wir uns sogar noch eine dritte Person mit ins Trainerteam holen müssen, wenn noch mehr Leute regelmäßig kamen.

Mein Handy klingelte mit einer neuen Nachricht, diesmal hatte Lucy mich nicht so lange warten lassen.

Sollen wir dann gleich den Montag nehmen?

Mein Herz überschlug sich beinahe beim Gedanken daran, sie morgen schon wiederzusehen. Ich mahnte meine aufgewühlten Gefühle zur Ruhe, denn das hieß noch gar nichts, immerhin war sie nicht auf den ersten Teil meiner Nachricht eingegangen. Das schmälerte meine Nervosität jedoch nicht, als ich eine Antwort tippte und mich für den kommenden Tag mit ihr verabredete.

Lucy

»Hallo, Lucy, wie geht es dir heute?«, fragte meine Therapeutin Patricia bei unserer wöchentlichen Sitzung. Ihre Praxis lag nur zwei Straßen von Grace' Wohnung entfernt, was eine große Erleichterung für mich war, da ich nie den Führerschein gemacht hatte.

»Ganz gut so weit.« Ich hatte mich im Schneidersitz auf den großen, bequemen Ohrensessel gesetzt, meine Flipflops lagen vor mir auf dem Boden. Patricia sagte immer, dass ich es mir so bequem wie möglich machen sollte. Selbst wenn ich mich nackt auf den Boden legen würde, wäre ihr das egal. Ich fragte mich wirklich, ob einer ihrer Patienten das schon mal getan hatte.

»Schön. Also läuft es gut in der Praxis?«

»Sehr gut sogar. Grace hat mir diese Woche gezeigt, wie man Tumore ertasten kann und sie von herkömmlichen Schwellungen unterscheidet. Oh, und ich habe schon länger keinen Namen mehr von jemandem vergessen.« Seit ich Julian kennengelernt hatte, um genau zu sein.

»Das ist fantastisch, Lucy.« Patricia lächelte mir aufmunternd zu. »Hast du dich auch an neue Einzelheiten aus deiner Vergangenheit erinnert? Oder meinst du, du weißt jetzt alles?«

Langsam schüttelte ich den Kopf. »Alles weiß ich noch nicht.« Noch immer gab es dunkle Flecken in meiner Kindheit oder Dinge, die Jaxon mir erzählt hatte, an die ich mich nicht erinnern konnte. »Aber ich glaube nicht, dass es wichtige Sachen sind. Und ich denke auch nicht mehr ununterbrochen darüber nach.«

In der letzten Zeit waren diese Dinge in den Hintergrund getreten. Hatte ich mich bis vor Kurzem noch täglich geärgert, mich nicht an meine Vergangenheit erinnern zu können, wurden diese Gedanken mittlerweile von etwas anderem überschattet: Julian.

Ein erstauntes Lächeln breitete sich auf Patricias Lippen aus. »Was meinst du, woran das liegt?«

Das wusste ich ganz genau, aber ich war mir nicht sicher, ob ich ihr davon erzählen wollte. Nachdenklich kaute ich auf meiner Unterlippe herum, weil ich noch nicht einschätzen konnte, was Julian für mich war – oder ich für ihn. Lediglich, dass er einen Großteil meiner Gedanken für sich beanspruchte, konnte ich mit Gewissheit sagen.

Patricia beugte sich auf ihrem Stuhl vor. »Du weißt, dass du mir alles sagen kannst, oder? Ist etwas passiert?«

Natürlich zog sie sofort die falschen Schlüsse. Warum hatte ich das nicht bedacht?

»Nein«, versicherte ich ihr. »Es ist nur … Ich habe jemanden kennengelernt.«

»Jemanden?«

»Einen Mann.« Ich erzählte ihr von Julian, der mich vom ersten Moment an mit seinen warmen Augen und seiner gütigen Art fasziniert hatte und Gefühle in mir hervorrief, die ich nicht deuten konnte.

»Du magst ihn«, stellte Patricia fest, als ich fertig war. »Und das ist dir noch nie zuvor passiert.«

Das traf es vermutlich auf den Punkt. »Was soll ich denn jetzt machen? Ich weiß noch nicht mal, ob er an mir oder nur an Spencer interessiert ist.« So offen hatte ich noch nie zuvor mit Patricia geredet, aber diese Unsicherheit, die mich seit einigen Tagen befallen hatte, musste einfach raus.

Ein verständnisvoller Ausdruck trat auf ihr Gesicht. »Diese Frage stellen sich alle, die jemanden kennenlernen, an dem sie interessiert sind. Das ist völlig normal. Wirst du ihn wiedersehen?«

War ich an Julian interessiert? Ich konnte nicht einmal das mit Gewissheit sagen. »Heute Nachmittag wollen wir noch mal ins Tierheim«, beantwortete ich ihre Frage.

»Das ist doch schon die beste Voraussetzung.«

Kapitel 6

Lucy

»Ich habe dir die Unterlagen mitgebracht.« Grace ließ einen Stapel Dokumente auf meinen Schreibtisch fallen.

Erstaunt blickte ich auf. Sie kam gerade aus ihrer Mittagspause zurück, Schweißperlen glänzten auf ihrer Stirn und sie blies sich eine Haarsträhne, die sich aus ihrem Zopf gelöst hatte, aus den Augen.

»Es ist unerträglich heiß draußen«, sagte sie stöhnend, dabei waren die Temperaturen in der letzten Woche deutlich gesunken. Es war zwar immer noch sommerlich warm, aber die 30-Grad-Marke hatten wir schon seit Tagen nicht mehr überschritten.

»Wo hast du dich rumgetrieben?« Normalerweise verbrachte Grace ihre Mittagspause in ihrer Wohnung, um dort in Ruhe etwas zu essen und sich von dem Stress in der Praxis zu erholen.

»Ich war beim Amt für Bildung. Du hast letzte Woche gesagt, du wolltest eventuell dein GED machen, weil du keinen Schulabschluss hast. Also habe ich dir alle nötigen Unterlagen zur Information und zu dem Anmeldeprozess besorgt.« Sie wischte mit dem Handrücken den Schweiß von ihrer Schläfe.

»Grace, du …« Sprachlos blickte ich auf den Stapel Papier vor mir. Ich hatte nur hypothetisch darüber gesprochen, meinen Abschluss nachholen zu wollen, sollte ich mich für ein Studium entscheiden, um wie Grace Tierärztin zu werden. Nie hätte ich damit gerechnet, dass sie gleich losmarschierte und alles für mich in die Wege leitete.

Ein beinahe mütterlicher Ausdruck trat auf ihr Gesicht. »Du musst dich nicht sofort festlegen. Aber wenn du wirklich Tierärztin werden willst – vor allem, wenn du einmal deine eigene Praxis haben möchtest -, wirst du um ein GED und das anschließende Studium nicht herumkommen.«

Das wusste ich, und es bedeutete mir unheimlich viel, dass sie sich derart für mich einsetzte. Außer Jaxon, Mom und Rita hatte das noch nie jemand für mich getan. Aus einem Impuls heraus lief ich um den Tresen herum und umarmte sie.

»Danke«, murmelte ich an ihrer Schulter. Grace zögerte für den Bruchteil einer Sekunde, ehe sie mich so fest an sich zog, als wollte sie mich nie wieder loslassen. Erst da fiel mir auf, dass ich meine Zuneigung zum ersten Mal auf diese Weise ausdrückte.

Mit einem Räuspern löste sie sich von mir. »Ich geh mich dann mal umziehen.«

»Okay.« Ich sah ihr hinterher, bis sie im Treppenhaus verschwunden war, ehe ich mich wieder an meinen Platz setzte und durch die Unterlagen blätterte, die sie mir dagelassen hatte.

»Oh, großartig, du bist da«, ertönte eine spitze Stimme, bei der sich die Härchen auf meinen Armen aufrichteten. Ich wusste genau, wem diese Stimme gehörte, und sie war so ziemlich die letzte Person, die ich sehen wollte. Ich schloss genervt die Augen und hoffte, dass Cassie Williams einfach vorbeigehen würde, ohne mich weiter zu belästigen, aber natürlich war mir das nicht vergönnt.

Cassie studierte an der Veterinärmedizinischen University of Pennsylvania und arbeitete neben dem Studium ehrenamtlich in der Praxis, um praktische Erfahrung zu sammeln. Von der ersten Sekunde an hatte sie mich nicht ausstehen können und zeigte mir das mehr als deutlich. Allerdings immer nur dann, wenn wir alleine waren. Wenn Grace in der Nähe war, war sie nahezu unausstehlich freundlich zu mir.

»Oh mein Gott, lernst du etwa?« Cassie hatte sich über den Tresen gebeugt und stierte auf meine Unterlagen über das GED. Ihr Gesicht war zu einem grotesken Grinsen verzogen. »Sicher, dass das etwas für dich ist?«, fragte sie höhnisch.

»Was willst du?« Ich griff nach den Unterlagen, um sie unter dem Tisch zu verstecken. Dass Cassie Wind davon bekam, dass ich mein GED nachholen wollte, fehlte mir gerade noch.

Ihre Augen verengten sich und sie lehnte sich über den Tresen zu mir. »Du solltest aufpassen, wie du mit mir sprichst«, zischte sie.

»Sonst was?«, fragte ich herausfordernd.

»Sonst mache ich dich fertig.«

Ein überraschtes Lachen entwich mir. Nach allem, was ich durchgestanden hatte, gab es nichts, was ein Mädchen wie Cassie mir antun könnte. Ich schenkte ihr ein mitleidiges Lächeln, klaubte meine Unterlagen zusammen und ließ sie einfach stehen.

»Bitch«, hörte ich sie noch sagen, aber ich reagierte gar nicht darauf und ging weiter in Richtung Treppe.

Es war einfach nicht mein Tag heute. Zuerst hatte mich derselbe Albtraum, den ich in letzter Zeit mehrmals die Woche hatte, um drei aus dem Schlaf gerissen. Dann hatte ich versucht, meine Adoptiveltern auf der Ranch anzurufen, aber nur die Köchin Rosa erreicht. Und zu guter Letzt hatte ich das schöne Oberteil, das Grace mir extra für die Verabredung mit Julian ausgeliehen hatte, mit einem Kaffeefleck versaut. Dass ich dann noch von Cassie belästigt wurde, war sozusagen das i-Tüpfelchen dieses Tages.

Ein Blick auf die Uhr zeigte mir, dass Julian mich in einer Viertelstunde abholen würde, also ging ich hoch in die Wohnung, um mich umzuziehen. Unschlüssig stand ich vor dem geöffneten Kleiderschrank und betrachtete die paar Oberteile, die ich besaß. Obwohl Julian und ich wieder mit Spencer Gassi gehen wollten, wollte ich mal nicht meinen typischen Jeans-und-T-Shirt-Look tragen, weshalb ich Grace gestern nach einer leichten Sommerbluse gefragt hatte. Aber da diese nun dreckig war und ich sie nicht erneut behelligen wollte, musste ich etwas in meinem eigenen Schrank finden.

Seufzend zog ich eine schwarze Jeans und ein recht neues hellblaues

Shirt hervor, das figurbetont geschnitten war, und nahm mir vor, nächste Woche unbedingt shoppen zu gehen. Zwar verdiente ich bei Grace nicht viel, aber da ich kaum Ausgaben hatte, wären ein oder zwei neue Oberteile drin.

Ein Klopfen ertönte und kurz darauf steckte Grace den Kopf ins Zimmer.

»Unten steht ein gut aussehender junger Mann, der sagt, er sei mit dir verabredet.«

Mein Herz begann vor Aufregung zu pochen. »Er ist schon da?«

Er war eine Viertelstunde zu früh, ich war doch noch gar nicht fertig. Und irgendwie fühlte ich mich nicht vorbereitet.

Sie grinste verschmitzt. »Er sieht genauso nervös aus wie du. Ich wusste gar nicht, dass deine Verabredung ein Date ist.«

»Sie ist auch kein Date.« Auch wenn ich mir wünschte, dass sie eines wäre.

»Das sieht unten aber anders aus«, entgegnete sie.

»Was meinst du?«

Ihr Grinsen wurde spitzbübisch. »Das wirst du schon sehen.«

Mit diesen Worten ließ sie mich alleine.

Für einen Augenblick starrte ich die geschlossene Tür an, dann kam Leben in mich. In Windeseile zog ich mir Shirt und Hose an, was sich mit meinen zitternden Fingern schwieriger gestaltete als sonst üblich. Vor allem der Hosenknopf stellte mich vor ungeahnte Probleme und es kam mir wie eine Ewigkeit vor, bis ich ihn endlich geschlossen hatte.

Eine Schweißperle rann meinen Nacken hinab und ich pustete mir eine Haarsträhne aus der Stirn, während ich nach meiner Handtasche griff und mir einredete, dass es keinen Grund gab, nervös zu sein. Es war nur ein Treffen unter flüchtigen Bekannten. Ohne Spencer hätte Julian sich überhaupt nicht bei mir gemeldet. Oder?

Ein letztes Mal atmete ich tief durch, dann stieß ich die Tür zur Praxis auf. Und machte vor Schreck gleich drei Schritte zurück, als mein Blick auf Julian fiel.

Er stand mitten im Raum, in eine dunkle Jeans und ein dunkelblaues

Hemd gekleidet, einen Strauß Sommerblumen in der Hand. Mein Herz setzte kurz aus, nur um einen Wimpernschlag später in einen unregelmäßigen Rhythmus zu verfallen.

Obwohl ich keinen Mucks von mir gegeben hatte, musste er mein Kommen bemerkt haben, denn er hob den Kopf und seine dunklen Augen blitzten auf, als er mich entdeckte. Sein Blick glitt langsam von meinem Kopf bis zu meinen Fußspitzen und fühlte sich wie eine Liebkosung an. Als sich zudem ein strahlendes Lächeln auf seinen Lippen bildete, raste ein wohliger Schauer über meinen Rücken. Meine Füße setzten sich wie von selbst in Bewegung und brachten mich zu ihm.

»Hey«, hauchte ich, als ich vor ihm zum Stehen kam.

Julian drückte mir die Blumen in die Hand und beugte sich vor, um mir einen Kuss auf die Wange zu hauchen. Sein Duft nach Moschus und Papaya stieg mir in die Nase und dort, wo seine Lippen mich berührten, begann meine Haut zu kribbeln.

»Du siehst toll aus.« Er drückte meine Hand kurz, dann ließ er mich los und machte zwei Schritte zurück.

Mir schwirrte der Kopf. Sein Blick hielt mich gefangen und für einen Moment konnte ich mich nicht daraus befreien. Dann rempelte mich jemand von hinten an und der Bann war gebrochen.

Plötzlich verlegen sah ich auf die Blumen in meiner Hand herab. Es war ein Strauß aus gelben Tulpen, Rosen und Sonnenblumen.

»Die sind wunderschön, danke.« Bildete ich es mir ein, oder färbten sich seine Wangen leicht rot?

»Ich habe sie gesehen und musste an dich denken, deswegen habe ich sie gekauft.« Er zuckte mit den Schultern. »Und ich habe ein kleines Attentat auf dich vor.«

Interessiert zog ich eine Augenbraue hoch. »Und das wäre?«

»Hättest du Lust, nach dem Spaziergang mit mir essen zu gehen?«

Im ersten Moment war ich sicher, mich verhört zu haben. »Ehrlich?«

Ein Lächeln zuckte um seine Mundwinkel. »Ganz ehrlich. Also?«

Ich konnte nur stumm nicken, während sich eine ganze Armada an Schmetterlingen in meinem Bauch ausbreitete. Erstaunt legte ich eine

Hand auf die Stelle, die am meisten betroffen war, und fragte mich im Stillen, ob ich überhaupt etwas runterkriegen würde, wenn das so weiterging.

»Ich hatte gehofft, dass du zustimmen würdest, und hab deswegen bereits im Voraus einen Tisch für uns reserviert.« Julian nahm mir die Blumen wieder ab. Ich wollte gerade protestieren, da entdeckte ich Grace hinter ihm, die bereits eine Vase in der Hand hielt.

Sie nahm Julian die Blumen ab. »Ich stelle sie in dein Zimmer«, versicherte sie mir. »Viel Spaß.«

»Danke.«

Sobald wir im Auto saßen und uns angeschnallt hatten, drehte ich mich zu Julian. »Hast du dich für mich so angezogen?« Ich deutete auf sein Hemd.

»Für wen denn sonst? Ich glaube nicht, dass Spencer meinen Aufzug zu schätzen weiß.« Er zwinkerte mir zu.

»Wer weiß, vielleicht will er dich gleich noch mehr anspringen als sonst«, entgegnete ich lachend.

Spencer sprang uns beide an, sobald er uns erblickte. Seine unbändige Freude sprudelte regelrecht aus ihm hinaus und steckte mich an. Nicht, dass ich es nötig gehabt hätte, denn ich war ohnehin bereits ein nervöses Etwas. Wenn Julian mit mir essen gehen wollte, war das jetzt ein Date? Oder wollte er nur freundschaftlich mit mir ausgehen? Egal was es war, es machte mich glücklich und ich freute mich darauf.

Zum ersten Mal konnte ich mich nicht richtig auf die Gassirunde mit Spencer konzentrieren und war froh, als Julian sagte, dass wir Spencer so langsam zurückbringen müssten, weil er für 18 Uhr einen Tisch reserviert hätte.

Julian

Eine halbe Stunde später betraten wir ein kleines italienisches Restaurant in Downtown, das von außen völlig unscheinbar wirkte. Lediglich ein kleines Schild an der Tür, auf dem La Luna stand, machte deutlich, dass dort mehr als ein normales Wohnhaus war. Eine Treppe führte in den Keller, wo sich das eigentliche Restaurant befand.

»Wow.« Lucy sah sich mit großen Augen um. Die Decke war ein Gewölbe und mit Stuck verziert, gedämpftes Licht und leise Musik gaben dem Raum ein gemütliches Ambiente. Es war ein kleines Lokal, das nur fünfzehn Tische beinhaltete, von denen bisher erst zwei besetzt waren. Ein Kellner, der mit seinen dunklen Haaren und dunklen Augen sehr italienisch aussah, führte uns zu einem Tisch etwas abseits. Er hielt Lucy den Stuhl, als sie sich setzte, und gab jedem von uns eine Speisekarte.

»Die Chefin wird Sie wie immer persönlich bedienen«, sagte er mir.

Erstaunt zog Lucy eine Augenbraue hoch. »Kennt man dich hier schon? Wie regelmäßig muss man hier essen gehen, um diese Sonderbehandlung zu bekommen?«

Ich zuckte mit den Schultern, denn ich ging hier ein und aus, seit ich denken konnte.

»Donatella ist mit meiner Mom zur Schule gegangen. Ich kenne sie schon mein ganzes Leben und habe früher oft mit ihren Kindern zusammen gespielt. Wann immer ich herkomme, besteht sie darauf, mich persönlich zu bedienen, obwohl sie eigentlich genug zu tun hat.«

»Bringst du viele Mädchen hierher?«, fragte sie.

»Du bist erst die Zweite«, gestand ich. Es wäre mir auch viel zu unangenehm. Donatella war so etwas wie eine Ersatzmutter für mich, nie würde ich ihr meine flüchtigen Bekanntschaften oder One-Night-Stands vorstellen. »Vorher war ich nur mit meiner Ex hier … Und das ist schon Jahre her.«

Mein Inneres zog sich schmerzhaft zusammen. Obwohl meine Beziehung mit Sandy mittlerweile fast zwei Jahre her war, tat es noch immer unfassbar weh, an sie zu denken. Damals hatte ich nicht nur meine erste Liebe verloren, sie hatte mir auch noch etwas viel Wichtigeres genommen.

»Also kann ich mir etwas darauf einbilden, dass du mich hergebracht hast?«, riss Lucy mich aus meinen trüben Gedanken.

»Absolut.« Sofort kehrte das Lächeln zurück auf meine Lippen.

»Julian, tesoro mio«, ertönte plötzlich Donatellas Stimme und sie kam zu uns an den Tisch. Sie war eine Frau mittleren Alters. Ihr dunkles Haar, das zu einem Dutt gebunden war, war von grauen Strähnen durchzogen und sie trug ein Kleid mit Blumendruck.

Ich stand auf, um sie zu begrüßen. »Donatella.«

Sie ergriff meine ausgestreckte Hand und gab mir zwei Wangenküsschen, wie sie es schon immer getan hatte, ehe sie sich Lucy zuwandte. »Und wer ist deine hübsche Begleitung?«

»Ich bin Lucy.« Sie war aufgestanden und hielt Donatella die Hand hin, ehe ich die Vorstellung übernehmen konnte.

»Es freut mich, dass Julian endlich mal wieder eine Frau hierher bringt. Darf ich euch ein Glas Sekt ausgeben, zur Feier des Tages?«

Lucy schüttelte den Kopf. »Ich trinke keinen Alkohol.«

»Ich momentan auch nicht. Marathonvorbereitung«, fügte ich hinzu.

Donatella zog erstaunt die Augenbrauen hoch. »Dann vielleicht einen alkoholfreien Cocktail?«

Fragend blickte ich zu Lucy, die eifrig nickte. »Sehr gerne.«

Mit einem zufriedenen Gesichtsausdruck schob Donatella die Hände in die Hosentaschen. »Ich werde Fabio sagen, dass er etwas Spezielles für euch zaubern soll.« Sie drehte sich bereits um, um zu gehen, hielt dann aber in der Bewegung inne. »Ansonsten wie immer?«

Ich konnte mich in letzter Sekunde davon abhalten, einfach mit Ja zu antworten, und wandte mich stattdessen an Lucy. »Gibt es etwas, das du nicht magst?«

Ein Lächeln zuckte in Lucys Mundwinkel. »Willst du das wirklich wissen?«

»Klar.« Wie schlimm konnte es schon werden?

Lucy holte tief Luft, bevor sie zur Antwort ansetzte. »Spargel, Spinat, Rote Bete, Gurken, Zwiebeln, rohes oder halb rohes Fleisch, Sahnesoßen, Sahne generell, alles Scharfe …«

»Okay, okay«, unterbrach ich sie schmunzelnd. Vielleicht hätte ich lieber fragen sollen, was sie mochte. »Magst du Fisch und Nudeln?«

»Ich liebe Pasta und Fisch.«

Ich sah zu Donatella. »Dann wie immer und für uns beide«, sagte ich und zwinkerte Lucy zu. »Zum Glück, sonst hätten wir jetzt keine Freunde mehr sein können.«

»So, so, wir sind Freunde?«, fragte sie mit einem herausfordernden Funkeln in den Augen.

Meine Mundwinkel zogen sich ebenfalls nach oben. »Wir sind aber mindestens Freunde.« Wenn es nach mir ginge, würden wir noch viel mehr werden.

Lucy stützte die Ellbogen auf den Tisch und beugte sich zu mir vor. »Aber ich weiß doch eigentlich gar nichts über dich.«

»Was möchtest du denn wissen?«

Sie legte den Kopf schief, als müsste sie darüber nachdenken, dann kam es wie aus der Pistole geschossen. »Was ist deine Lieblingsfarbe? Welche Musik hörst du? Lieblingsessen? Was magst du überhaupt gar nicht? Hast du Geschwister? Wie viele Marathons bist du schon gelaufen? Und was machst du sonst so, hast du irgendwelche Hobbys?«

»Oh, okay.« Mit so vielen Fragen hatte ich nicht gerechnet.

Rote Pünktchen bildeten sich auf Lucys Wangen. »Sorry, falls das zu viel auf einmal ist.«

»Absolut nicht.« Ganz im Gegenteil, es gefiel mir, dass sie ein derartiges Interesse an mir hatte. »Also, fangen wir von vorne an. Meine Lieblingsfarbe ist Grün, aber nicht so ein Grasgrün, eher dunkler. Musikalisch stehe ich auf Metal und Hardrock. Was ich gar nicht mag, ist, wenn Leute falsch sind. Wenn sie freundlich zu dir sind und so tun, als wären sie deine Freunde, dich hinterrücks dann aber hintergehen. Ich bin noch gar keinen Marathon gelaufen, das wird mein erster. Ich habe eine Schwester, Hayley, die ein Jahr jünger ist als ich und an der Penn

State studiert. Und sonstige Hobbys habe ich keine mehr, aber dafür verbringe ich gerne Zeit mit meinen Freunden, vor allem mit David.«

»Hast du viele Freunde?«, wollte Lucy wissen.

»Hm …« Darüber musste ich tatsächlich kurz nachdenken. »Ich kenne viele Leute und habe einen großen Bekanntenkreis. Als richtig gute Freunde würde ich aber nur David, Connor und Preston bezeichnen. Bei ihnen weiß ich, dass ich mich immer auf sie verlassen kann.«

»Das muss schön sein.« Lucy hörte sich wehmütig an und Traurigkeit spiegelte sich in ihrem Blick, was mich verwunderte.

»Warum? Hast du so etwas nicht?«, fragte ich vorsichtig. Ich wollte ihr nicht zu nahe treten, aber ich konnte mir nicht vorstellen, dass Lucy keine Freunde hatte. Sie war ein toller Mensch, das müssten doch auch andere sehen und zu schätzen wissen.

»Nicht wirklich. Ich meine, auf der Ranch hatte ich Zoey, aber hier kenne ich kaum Leute. Grace und Brad sind zwar wirklich toll und versuchen, mich in ihr Leben mit einzubeziehen, aber sie sind fast doppelt so alt wie ich und haben keine Freunde in meinem Alter. Brad ist der Freund von Grace und ich sehe ihn meistens nur am Wochenende, wenn er Grace besucht. Er arbeitet in Baltimore und kommt nur übers Wochenende her.« Unsicher kaute sie auf ihrer Unterlippe und konnte mich nicht mehr ansehen. Das erstaunte mich, da ich Lucy bisher nicht für eine kontaktscheue Person gehalten hatte. Es klang auch nicht, als würde sie absichtlich andere Leute meiden.

Eine Idee kam mir und ich konnte nur hoffen, dass Lucy mich nicht zu vorschnell fand. »Also, wenn du gerne unter junge Leute kommen möchtest …«

»Ich komme nicht mit in die Bar«, unterbrach sie mich und schüttelte energisch den Kopf.

»Das wollte ich auch gar nicht sagen«, entgegnete ich schmunzelnd.

»Oh, okay. Was wolltest du denn vorschlagen?«

»Ich leite jeden Mittwoch einen Selbstverteidigungskurs mit einem Freund. Dort sind überwiegend Frauen in deinem Alter. Wenn du also wirklich mit Gleichaltrigen in Kontakt kommen möchtest, wäre das vielleicht der einfachste Weg. Wenn du Lust hast, kann ich dich übermorgen gerne mitnehmen.«

Ein hoffnungsvolles Funkeln trat in ihre Augen. »Und es wäre okay, wenn ich mitkomme, obwohl ich keine Studentin an der TU bin?«

»Absolut«, versicherte ich ihr. »Du wärst auch nicht die Einzige. Michaela, eine Freundin von Marc, ist auch regelmäßig dabei.«

Ihr Gesicht hellte sich auf und sie nickte leicht. »Okay, dann gerne.«

Sie schenkte mir ein strahlendes Lächeln, das mein Herz höher schlagen ließ. Es juckte mir in den Fingern, über den Tisch nach ihrer Hand zu greifen. Ich wollte sie berühren, ihre Haut an meiner fühlen und die Wärme spüren, die von ihr ausging. Bevor ich jedoch weiter darüber nachdenken konnte, kam Donatella und brachte uns eine Platte Tomate-Mozzarella als Vorspeise.

Während wir uns über die Köstlichkeit hermachten, erzählte ich Lucy von meiner Schwester Hayley, meinen Eltern und meinem besten Freund David, mit dem ich mir ein Zimmer im Wohnheim teilte.

Nach der Vorspeise kam der Hauptgang, Pasta mit Lachs-Tomaten-Soße, eine von Donatellas Spezialitäten. Lucy beäugte den Teller vor sich zuerst kritisch und ich musste ihr eine Minute gut zureden, damit sie probierte. Aber sobald sie die Gabel zum Mund geführt hatte, seufzte sie zufrieden und machte sich über ihren Teller her, bis nichts mehr übrig war.

Wir waren beide zu satt, um noch Nachtisch zu bestellen, also zahlte ich für uns und führte Lucy aus dem Restaurant. Ich konnte mich nicht länger zurückhalten, sie zu berühren, daher legte ich eine Hand auf ihre Taille, als ich die Tür für sie aufhielt und ihr in die warme Abendluft folgte.

Kaum hatten wir die Tür passiert, wurde Lucy plötzlich zur Seite gezogen. Sie stieß einen spitzen Schrei aus und versuchte sich von ihrem Angreifer zu befreien, der jedoch nicht lockerließ. Weil es bereits dunkel war, konnte ich den Typen nicht erkennen.

»Lass mich los.« Lucy hörte sich schrill und völlig verängstigt an. In zwei Schritten war ich bei ihnen und schob mich zwischen sie.

»Lucy, ich bin es«, sagte eine vertraute Stimme. Jaxon Campbell stand von mir, den ich von unserer Charity-Aktion im letzten Jahr kannte. Er hielt Lucys Arm noch immer fest umklammert, sah sie jedoch eher erstaunt als verärgert an.

»Siehst du nicht, dass du ihr Angst machst? Lass sie los«, knurrte ich ihn an.

»Was willst du denn hier?«, fuhr Jaxon mich an und ließ Lucy endlich los, aber nur, um mich zu schubsen.

Lucy sank kraftlos zu Boden und schlug die Hände vors Gesicht. Ich wollte zu ihr, mich um sie kümmern, aber Jaxon schob mich erneut weg und weil ich diesmal nicht darauf vorbereitet war, stolperte ich über meine eigenen Füße und fiel beinahe hin.

»Was ist dein Problem, Mann?« Ich schubste ihn zurück, weil ich jetzt ebenfalls angepisst war. Eigentlich hatte ich Jaxon bisher gut leiden können, aber dass er Lucy derart bedrängte, passte mir gar nicht.

»Das ist meine Zwillingsschwester, du Penner. Die Frage ist eher, was du von ihr willst.«

»Du ... was?« Jaxon war Lucys Zwillingsbruder? Mir schwirrte der Kopf von dieser Offenbarung. Ich wusste zwar, dass Jaxon eine Schwester hatte, aber dachte, sie hätten nichts miteinander zu tun.

»Ja, Mann. Und jetzt lass gefälligst die Finger von ihr.« Jaxon warf mir einen vernichtenden Blick zu und wandte sich an Lucy. Doch sobald er sich ihr einige Schritte näherte, rollte sie sich zu einer Kugel zusammen und hob schützend die Arme über den Kopf. Sie stieß ein leises Wimmern aus, das mir beinahe körperlich wehtat. Es war offensichtlich, dass sie aus irgendeinem Grund Panik hatte. Jaxon schien das entweder nicht zu bemerken oder die Situation falsch einzuschätzen.

»Fass sie nicht an!« Ich sprintete zu ihm und verpasste ihm mit der Schulter einen Bodycheck, der ihn zu Boden schickte.

Jaxon rutschte über den Boden, sprang aber erstaunlich schnell wieder auf die Beine. »Das wirst du bereuen«, drohte er mir. Langsam und mit zu Fäusten geballten Händen kam er auf mich zu. Seine Augen sprühten nahezu Funken, so wütend war er.

»Jaxon, lass uns darüber reden«, versuchte ich ihn zu beschwichtigen.

»Fick dich«, war seine Antwort, ehe er auch schon zuschlug.

Kapitel 7

Lucy

Jaxon erschien wie aus dem Nichts und erschreckte mich im ersten Augenblick fast zu Tode. Obwohl er nichts mit dem Arschloch gemeinsam hatte, hatte ich für den Bruchteil einer Sekunde ein Déjà-vu, als würde ich mich wieder in dem furchtbaren Haus befinden, in dem ich aufgewachsen war. Als wäre das Arschloch gerade besoffen von wo auch immer heimgekommen, um seine schlechte Laune an einem von uns beiden auszulassen. Die Erinnerung ließ Bilder vor meinem inneren Auge erscheinen, die so real und lebhaft wirkten, als wären sie erst vor wenigen Wochen und nicht schon vor mehreren Jahren geschehen.

Ich konnte das Arschloch vor mir sehen, wie er in der Küche an einem der Schränke herumhantierte. Ich war gerade von meiner ersten Chorstunde zurückgekommen. Es war eigentlich ein schöner Tag gewesen. Die anderen Mädels hatten mich in ihrer Gruppe aufgenommen und ich fühlte mich dort wirklich so, als würde ich dazugehören.

Ich empfand ein ungeahntes Hochgefühl, als ich das Haus betrat, und hoffte, dass Jaxon auch schon vom Training zurück war, damit ich ihm alles erzählen konnte. Doch das Arschloch war als Einziger zu Hause. Er reparierte gerade die Tür des Küchenschrankes, die in der Woche zuvor kaputt gegangen war, weil er sie mit zu viel Wucht zugeschlagen und damit aus den Angeln gehoben hatte.

Vielleicht war er ja noch gar nicht besoffen? Wenn das Arschloch was getrunken hatte, war er normalerweise nicht mehr in der Lage dazu, sich um irgendetwas zu kümmern – und sei es nur, den Müll rauszubringen.

»Hey, Schätzchen. Wie war es in der Schule?« Seine Stimme war heiser und er lallte. Sein blau-rot kariertes Hemd wies bereits einige Flecken auf und der Blick aus seinen milchig-blauen Augen war glasig vom Alkohol.

Ein hohles Gefühl breitete sich in meinem Inneren aus. Ich entdeckte die halbvolle Flasche Wodka, die auf der Anrichte stand, und mein Magen fühlte sich an, als würde er einen Abgrund hinabpurzeln.

»Bist du dazu überhaupt noch in der Lage?«, rutschte es mir heraus, als er sich wieder mit einem Schraubenzieher in der Hand dem Kühlschrank zuwandte. Das war dumm von mir. Dem Arschloch gab man keine Widerworte, wenn er getrunken hatte. Oder man musste bereit sein, mit den Konsequenzen zu leben.

»Was hast du gesagt?« Er kam auf mich zu, den Schraubenzieher fest in der Hand.

Ängstlich machte ich einen Schritt zurück. Wo war nur Jaxon? Wenn er in der Nähe war, ließ das Arschloch uns meistens in Ruhe. Panisch wich ich noch weiter zurück und stieß gegen den Türrahmen.

Das Arschloch hatte die Gummihandschuhe von seinen Händen gestreift und achtlos auf den Boden geworfen, während er sich langsam auf mich zu bewegte. Der Blick, mit dem er mich betrachtete, war wie der eines Raubtiers, das seine Beute auserkoren hatte. Ein eiskalter Schauer rannte über meinen Rücken und ich wünschte mir in diesem Moment, überall zu sein außer hier.

»Was willst du von mir?«, flüsterte ich heiser, obwohl ich tief im Innern genau wusste, was er von mir wollte.

Seine Hand umfasste meinen Oberarm derart grob, dass ich vor Schmerz aufschrie. Ich wand mich und versuchte mich aus seinem Griff zu befreien, aber seine Hand war wie ein Schraubstock und gab keinen Millimeter nach.

»Ich werde dir jetzt zeigen, was mit ungezogenen Gören passiert«, knurrte er ungehalten und zog mich zum ersten Mal in seinen Keller, wo er Dinge mit mir anstellte, die ich meinem schlimmsten Feind nicht wünschen würde.

Warme Hände legten sich auf meine Wangen und befreiten mich aus der Erinnerung.

»Lucy?« Julians Stimme war unfassbar sanft, drang in jede Zelle meines Körpers vor und brachte mich dazu, endlich meine Augen zu öffnen. Ich musste einige Male blinzeln, ehe ich Julian erkennen konnte, und sog dann erschrocken die Luft ein.

»Was ist mit dir passiert?«, flüsterte ich.

Sein rechtes Auge zierte ein Veilchen und Blut strömte aus seiner Nase, die auf einmal irgendwie schief wirkte. Ich wollte meine Hand nach ihm ausstrecken, ließ es aber bleiben, weil ich ihm nicht wehtun wollte.

»Alles halb so wild.« Er klang nasal, also war seine Nase eindeutig gebrochen. »Kannst du aufstehen?«

»Ich denke schon.« Ich war noch immer verwirrt und wusste nicht, was geschehen war. Als wir das Restaurant verlassen hatten, hatte jemand meinen Arm gepackt und mich zu sich gezogen, wie es das Arschloch früher immer getan hatte. Das war alles, woran ich mich erinnerte.

Julian hielt mir seine Hände hin, die ich ergriff, und ich ließ mich von ihm auf die Beine ziehen. Als ich stand, entdeckte ich Jaxon einige Meter entfernt. Er hielt sich das Handy ans Ohr und betrachtete mich dabei.

»Jaxon? Was machst du denn hier?«

»Er hat mir das hier verpasst.« Julian deutete auf seine verunstaltete Nase. »Er dachte, ich wollte dir an die Wäsche, und ich dachte in etwa dasselbe von ihm.« Julian zuckte mit den Schultern, als wäre es keine große Sache.

»Wie bitte? Er hat dich geschlagen?« Meine Stimme war zwei Oktaven zu hoch, aber ich konnte es einfach nicht glauben. Nach allem, was Jaxon in unserem Elternhaus erfahren hatte, ging er umher und verprügelte andere?

»Es ist nicht so wild, war ein Missverständnis«, versuchte Julian mich zu beruhigen, aber ich wollte nichts davon hören. Ich schob mich an ihm vorbei und stapfte mit geballten Fäusten auf Jaxon zu.

»Spinnst du?«, fuhr ich ihn an. »Du kannst doch nicht einfach Julian verprügeln.«

Er telefonierte noch immer und hielt eine Hand hoch, um mir zu bedeuten, zu warten. Kurz darauf legte er auf und sah mich an. Eine tiefe Falte war zwischen seine Augenbrauen getreten. »Er hat dich begrabscht, deswegen hab ich ihn von dir weggezogen.«

Ach, Jaxon war das gewesen? »Sorry, ich hab gar nicht realisiert, dass du das warst.«

»Entschuldige dich nicht, erzähl mir lieber, was du mit dem da verloren hast.« Jaxon wirkte verärgert, was ich mir überhaupt nicht erklären konnte.

»Wir waren essen«, erklärte ich. »Warum stört dich das? Was hast du gegen Julian?« Ich war erstaunt, dass Julian und Jaxon sich zu kennen schienen. Wusste Jaxon etwas über Julian – reagierte er deshalb so heftig?

»Ihr wart essen? Hast du was mit dem?« Jaxons Stimme wurde noch bedrohlicher.

»Und wenn es so wäre, was geht es dich an? Ich kann ja wohl meine eigenen Entscheidungen treffen.«

»Ich will nur nicht, dass er dir wehtut. Der will dich doch nur flachlegen.«

»Halt, stopp, das will ich gar nicht.« Julian war zu uns aufgeschlossen und stellte sich neben mich. »Und selbst wenn, was wäre gegen einvernehmlichen Sex einzuwenden?«

Gar nichts, schoss mir zuerst durch den Kopf. Alles, folgte direkt darauf.

Was ich bisher von Julian wusste, ließ mich annehmen, dass er ein normaler Mann mit einer durchschnittlichen Vergangenheit war. Sicher hatte er die typischen Erfahrungen in Sachen Frauen und Sex gemacht. Er hatte sich verliebt, seinen Spaß gehabt, vermutlich einige Herzen gebrochen und auch sein Herz gebrochen bekommen. Das, was man halt als Jugendlicher und mit Anfang zwanzig so erlebte. Bestimmt hatte er auch bedeutungslosen Sex gehabt, was völlig okay war, und hatte Bedürfnisse, die er gerne von einer Frau befriedigen lassen würde.

Und anscheinend hatte er mich dazu auserkoren.

Denn die Blumen, die er mir mitgebracht hatte, waren ein ziemlich eindeutiges Indiz, dass er mich mochte. Genauso wie seine Bestätigung, dass er außer mir nur seine Ex-Freundin in dieses Restaurant gebracht hatte. Was mir ehrlich gesagt gut gefiel, denn ich fühlte mich ebenfalls zu ihm hingezogen. Mein Herz raste, wenn ich nur an ihn dachte; wann immer er mich ansah, zogen eine Million Schmetterlinge in meinen Bauch ein, und als er mich vorhin berührt hatte, hatte meine Haut in Flammen gestanden.

Aber ich war nicht normal, ich hatte andere Erfahrungen gemacht als er. Was ich von Sex wusste, hatte mit Gewalt, Hass und Unterdrückung zu tun. Ich war mir sicher, ihm nicht das geben zu können, was er brauchte. Ich wusste nicht einmal, ob ich überhaupt jemanden je wieder so nahe an mich heranlassen konnte, ohne in Panik auszubrechen.

Ich hatte nicht eine einzige normale Erfahrung mit dem anderen Geschlecht gemacht. Zwar hatte ich mit fünfzehn an der Highschool einen Freund gehabt und wir hatten ganz unschuldig Händchen gehalten oder uns schüchtern Küsse auf den Mund gegeben, aber nachdem das Arschloch begonnen hatte, sich an mir zu vergreifen, hatte ich die Sache mit Tyler ganz schnell beendet, bevor er merken konnte, dass mit mir etwas nicht stimmte.

Ich wagte nicht einmal, mich selbst zu befriedigen, aus nackter Angst, mich damit erneut in Panik zu versetzen. Wie sollte ich da Julian an mich ranlassen?

Sirenengeheul holte mich aus meinen Gedanken und als ich aufsah, bemerkte ich Julians Blick, der auf mir ruhte. Er fühlte sich zärtlich an, als würde Julian spüren, dass ich mich gerade in meinen Gedanken verrannte. Ich atmete tief durch und lächelte ihm zu.

Der Krankenwagen parkte neben mir und plötzlich ging alles ganz schnell. Julian wurde ins Innere verfrachtet, der Notarzt stellte fest, dass seine gebrochene Nase gerichtet werden musste, und ehe ich mich versah, fuhr Julian im Krankenwagen davon, während ich alleine mit Jaxon zurückblieb. Wütend ging ich auf Jaxon zu und stieß ihn mit beiden Händen von mir fort.

»Was zur Hölle?« Meine Stimme klang selbst in meinen Ohren schrill, aber ich war so unfassbar sauer, ich konnte kaum noch klar denken.

Jaxon wirkte unsicher. »Er hat dich verdammt noch mal begrapscht«, entgegnete er leise.

»Das geht dich einen Scheißdreck an. Julian hat mich wie ein Gentleman zum Essen ausgeführt und als wir das Restaurant verließen, lag seine Hand auf meinem Rücken und nicht auf meinem Arsch. Und selbst wenn es der Hintern gewesen wäre, geht dich das nichts an. Ich bin zwar hergekommen, weil ich wieder Kontakt mit dir möchte, aber das heißt nicht, dass du mein Leben bestimmen kannst. Wer mich berührt und wer nicht, entscheide immer noch ich!«

Jaxon riss überrascht die Augen auf. »Ich will doch nicht dein Leben bestimmen«, brachte er hervor.

»Gut, dann halt dich verdammt noch mal aus meinen Angelegenheiten raus.« Mit diesen Worten drehte ich mich um und ließ ihn stehen.

Julian

Es dauerte eine gefühlte Ewigkeit, bis ich im Krankenhaus an die Reihe kam. Obwohl ich es vor Lucy nicht hatte zugeben wollen, fühlte ich mich ziemlich beschissen. Mein Kopf dröhnte, meine Nase pochte wie verrückt und aus dem rechten Auge sah ich nicht mehr viel. Jaxon hatte ganze Arbeit geleistet.

Das war jedoch nicht das Schlimmste. Jaxon wusste, dass ich in den letzten Jahren nur Frauen für eine Nacht gesucht hatte. Ich genoss den Sex und die Nähe, war aber froh, wenn sie sich danach so schnell wie möglich verabschiedeten und ich meine Ruhe hatte. An einer Beziehung war ich nach Sandy nicht mehr interessiert gewesen.

Aber das mit Lucy war etwas anderes!

Ich wollte keine schnelle Nummer mit ihr haben, sondern etwas, das uns beiden etwas bedeutete und uns enger zusammen brachte. Aber würde sie mir jetzt noch diese Chance geben? Ich war ich mir ziemlich sicher, dass Jaxon Lucy von jedem einzelnen One-Night-Stand erzählen und sie sich daraufhin von mir abwenden würde.

Außerdem fragte ich mich, warum sie derart panisch reagiert hatte, als Jaxon sie von mir weggezogen hatte. Ich verstand, dass sie sich erschrocken hatte, aber sie war regelrecht in Panik verfallen und hatte von ihrer Umgebung nichts mehr mitbekommen, was eher ungewöhnlich war.

Mit einem frustrierten Stöhnen ließ ich den Kopf nach hinten gegen die Wand sinken und schloss die Augen.

»Mr Black?«, riss mich eine Stimme keine Minute später aus den Gedanken.

Ich schreckte auf, entdeckte einen jungen Arzt mit Klemmbrett in der Hand direkt vor mir und stand auf. »Ja?«

»Bitte folgen Sie mir.«

Eine Stunde später wurde ich entlassen. Mit einer gebrochenen Nase, die gerichtet werden musste, und einem geschwollenen Auge, das bald in allen Farben des Regenbogens blühen würde. Wenigstens hatte ich keine Gehirnerschütterung davongetragen und konnte endlich ein Schmerzmittel zu mir nehmen, das mich hoffentlich genug betäuben würde, damit ich zu Hause in einen traumlosen Schlaf fallen konnte.

»Julian«, hörte ich eine zaghafte Stimme, sobald ich den Warteraum betrat.

Suchend sah ich mich um und entdeckte Lucy neben einer etwas älteren Frau sitzen, die ich erst auf den zweiten Blick als Grace erkannte. In ihrer normalen Kleidung und mit offenen Haaren wirkte sie ganz anders als in der Praxis.

»Hi, was machst du denn hier?« Mein Herz begann in meiner Brust zu rasen, so sehr freute ich mich, dass sie hier war. Ich war mir sicher gewesen, sie nie wiederzusehen.

»Ich musste nach dir sehen.« Sie stand auf und kam zu mir gelaufen. Eine Hand legte sich auf meinen Arm und sie blickte mir ins Gesicht, als könnte sie dadurch die Schwere meiner Verletzungen beurteilen. »Wie geht es dir?«

Kurz spielte ich mit dem Gedanken, meine Blessuren schlimmer darzustellen, als sie waren, um ihr Mitgefühl zu erwecken, verwarf ihn aber sofort wieder. Ich wollte nicht, dass sie sich aus Mitleid oder reinem Pflichtgefühl heraus um mich sorgte, sondern weil ich ihr etwas bedeutete.

»Halb so wild«, sagte ich deswegen. »Die Nase ist zwar gebrochen und die Augenbraue musste genäht werden, aber der Rest ist nicht der Rede wert.« Mit der Hand machte ich eine wegwerfende Bewegung.

»Oh, zum Glück.« Lucy atmete erleichtert aus und drückte meinen Arm, den sie noch immer umklammert hielt. Die Stelle, wo ihre Haut meine berührte, kribbelte warm und erschwerte mir das Denken.

»Meinem Dickschädel kann so schnell niemand etwas anhaben.« Mit der freien Hand klopfte ich mir zur Verdeutlichung gegen die Stirn.

Plötzlich veränderte sich Lucys Gesicht, wurde ernster und trauriger. »Es tut mir leid, was Jaxon gemacht hat. Er hatte kein Recht dazu. Nicht, weil er mein Bruder ist, und auch nicht wegen deiner vorherigen Beziehungen mit Frauen. Das geht ihn nämlich überhaupt nichts an.« Verärgerung machte sich in ihrem Blick breit. Sie ließ meinen Arm los und verschränkte die Arme vor der Brust.

»Lucy.« Ich machte einen Schritt auf sie zu und wollte nach ihrer Hand greifen, weil mir ihre Berührung bereits fehlte. »Du musst dich nicht für Jaxon entschuldigen. Du bist nicht für ihn verantwortlich. Es war nur ein Missverständnis.«

Ich trat näher an sie heran, bis uns nur noch wenige Millimeter trennten und ich die Wärme spürte, die von ihrem Körper ausging. Ihre tiefblauen Augen weiteten sich und sie atmete flach. Mein Blick wurde wie automatisch von ihren Lippen angezogen, die so voll und weich aussahen, dass ich sie an meinen spüren wollte. Der Atem stockte in meiner Brust und als ich meinen Blick wieder hob, bemerkte ich, wie Lucy mich erwartungsvoll ansah.

Ein Räuspern hinter uns ließ mich zusammenfahren und holte mich aus dem Bann, in dem Lucy mich gefangen gehalten hatte.

Grace stand neben uns, den Autoschlüssel in der Hand. »Sorry, ich störe euch nur ungern, aber ich muss in einer halben Stunde wieder in der Praxis sein.«

Lucy nickte. »Wir fahren dich aber noch nach Hause.« Sie konnte mir plötzlich nicht mehr in die Augen sehen und eine leichte Röte hatte sich auf ihren Wangen gebildet. Als wäre ihr unsere Nähe plötzlich unangenehm.

Grace betrachtete sie nachdenklich und wirkte, als wollte sie etwas sagen, schüttelte jedoch nur leicht den Kopf. »Dann lasst uns los.«

Noch bevor sie sich umgedreht hatte, marschierte Lucy bereits mit großen Schritten auf den Ausgang zu. Für einen Augenblick betrachtete ich die beiden Frauen beim Weggehen, bevor ich ihnen nach draußen folgte.

Es hatte sich inzwischen merklich abgekühlt und die leichte Brise, die auf mein Gesicht traf, war eine Wohltat, auch wenn sie meine aufgewühlten Emotionen nicht beruhigen konnte. Grace führte uns zu einem alten Ford Fiesta, der eindeutig schon bessere Tage gesehen hatte. Die rote Farbe blätterte an einigen Stellen bereits ab. Ich war nicht sicher, ob dieses arme Modell den kommenden Winter überstehen würde, aber als Grace den Schlüssel umdrehte, sprang der Motor sofort an und schnurrte wie ein Kätzchen.

Die Fahrt zum Wohnheim verlief in absolutem Schweigen. Lucy blickte mich nicht einmal mehr an und ich wusste nicht, wie es dazu gekommen war. Hatte ich etwas Falsches getan? War ich ihr zu nahe gekommen?

Ich wusste es nicht und hätte es gerne mit ihr geklärt, weil mir diese

Stille erdrückend laut vorkam. Aber ich wollte Lucy auch nicht vor Grace darauf ansprechen. Es wäre ihr sicher unangenehm, wenn Grace so etwas wie einen Mutterersatz für sie darstellte. Also schluckte ich meine Fragen herunter und nahm mir fest vor, sie bei unserem nächsten Treffen zu stellen. Sollte es eins geben. Trotzdem fand ich es schade, wie dieser Tag, der so wunderbar begonnen hatte, so abrupt und traurig endete.

»Wir sind da.« Grace hielt direkt vor der Tür zum Wohnheim und drehte sich zu mir um.

»Vielen Dank fürs Fahren«, bedankte ich mich bei ihr.

»Gern geschehen.« Sie deutete auf mein Gesicht. »Und gute Besserung.«

Fast hätte ich meine Verletzungen vergessen, aber kaum erinnerte sie mich daran, spürte ich wieder das heiße Pochen meiner gebrochenen Nase. Sobald ich oben war, würde ich sie so lange mit Eis kühlen, bis ich sie nicht mehr fühlen konnte.

»Danke.« Ich öffnete die Tür. Lucy hatte sich noch immer nicht zu mir umgedreht, was ein mulmiges Gefühl in meinem Bauch verursachte.

»Bye, Lucy, bis die Tage.«

Sie brummte etwas, das ich nicht verstehen konnte. Kaum hatte ich die Tür zugeschmissen, fuhr Grace langsam los.

Ich blickte dem Auto mit gemischten Gefühlen hinterher. Einerseits hatte ich einen unheimlich tollen Nachmittag mit Lucy verbracht, andererseits saß die Enttäuschung darüber, wie furchtbar alles geendet hatte, trotzdem tief.

Kapitel 8

Lucy

Julian musste mich für völlig bescheuert halten.

Als er mich im Krankenhaus mit seinem Blick völlig in seinen Bann gezogen hatte, bis mir das Blut in den Ohren rauschte und meine Haut Feuer fing, wo er sie berührte, war mir eine Sache klar geworden. Ich war in Julian verliebt.

Das war etwas, was ich nie für möglich gehalten hatte. Und auch wenn ich noch nie zuvor derart empfunden hatte, wusste ich es doch mit absoluter Gewissheit. Mit der Wucht eines Vorschlaghammers war es in mein Bewusstsein gedrungen und hatte mir für einen Augenblick die Luft zum Atmen genommen.

Ich war verliebt und ich hatte keine Ahnung, was ich jetzt tun oder wie ich damit umgehen sollte. Sollte ich Julian davon erzählen? Empfand er genauso? Was würde er dann von mir erwarten? Würde er mich küssen wollen? Mit Sicherheit. Und andere Dinge wie Sex? Würde ich das überhaupt zulassen können?

Und wenn er nicht dasselbe empfand, was dann? Würden wir uns dann nicht mehr wiedersehen? Würde er mich vielleicht auslachen, weil ich mir irgendwas eingebildet hatte? Wie würde ich mit der Ablehnung klarkommen? Und die alles entscheidende Frage: Wusste ich überhaupt selber, was ich wollte?

Mit einem Grunzen ließ ich mich auf mein Bett fallen, presste ein Kissen vor mein Gesicht und brüllte hinein. Eine Technik, die ich auf der Ranch gelernt hatte. Nicht von einem Therapeuten, sondern von Zoey, meiner Zimmernachbarin. Ein sehr effektives Mittel zur Frustbewältigung, wenn ich mal wieder damit zu kämpfen hatte, dass ich mir die Namen von Leuten oder andere Details nicht merken konnte, obwohl ich schon mehrfach mit ihnen gesprochen hatte.

Aber es wirkte auch in diesem Fall. Nachdem ich fünf Minuten lang mehrfach in mein Kissen geschrien hatte, war ich völlig ausgelaugt und lag nach Luft ringend auf meinem Bett.

Auch meine Gedanken waren etwas klarer. Wenn Julian so empfand wie ich, wollte ich uns auf jeden Fall eine Chance geben. Das war ich mir einfach schuldig, auch wenn es sich völlig angsteinflößend anfühlte. Sich jemandem zu öffnen und sich dadurch verletzlich zu machen war eigentlich genau das, was ich in den letzten Jahren vermieden hatte.

Ein Klopfen an der Tür riss mich aus meinen Gedanken.

»Lucy, du hast Besuch«, sagte Grace durch die geschlossene Tür. Für einen winzigen Augenblick hatte ich die wahnwitzige Hoffnung, dass Julian gekommen war, um mit mir zu reden. Aber das war völlig ausgeschlossen. Nicht, nachdem ich ihn auf der Heimfahrt so abweisend behandelt hatte.

Mit einem Seufzen stand ich auf und ging zur Tür. Jaxon stand davor wie ein begossener Pudel. Er war natürlich nicht wirklich nass, aber sein Gesichtsausdruck glich dem eines Pudels, nachdem man ihn durch einen Tsunami geschickt hatte. Ich biss mir auf die Lippe, um nicht zu grinsen, denn ich war noch immer sauer auf ihn.

Jaxon schien das zu spüren, denn er zog den Kopf ein Stück weiter ein und nickte in Richtung meines Zimmers. »Kann ich reinkommen?«

»Falls du Julian suchst, um ihm noch eine reinzuhauen, er ist nicht hier.« Das konnte ich mir nicht verkneifen.

Jaxon verzog das Gesicht, als hätten meine Worte ihn wie ein Schlag ins Gesicht getroffen. »Ich wollte mich entschuldigen und dir erklären, warum ich so ausgeflippt bin.«

»Woher die Sinneswandlung?« Vorhin hatte er noch ganz anders geklungen.

»Emma hat mir den Kopf gewaschen. Außerdem …« Er rieb sich mit der Hand übers Gesicht. »Ich kenne Julian von unserer Sportaktion im letzten Jahr und er ist eigentlich ein anständiger Kerl. Das Problem liegt ganz woanders.« Es hörte sich an, als hätte es ihn Überwindung gekostet, das auszusprechen.

Ich trat einen Schritt zur Seite und ließ ihn eintreten. »Da bin ich mal gespannt.«

Jaxon sah sich in meinem winzig kleinen und spärlich eingerichteten Zimmer um. »Sieht … nett aus«, gab er zögerlich von sich.

Ich schnaubte verächtlich. »Es ist unfassbar klein, meine Tasche ist noch immer nicht ausgepackt und ich habe nicht einen einzigen Dekogegenstand rumstehen. Nett ist demnach eine Umschreibung für furchtbar?«

Ein Lächeln zuckte um seine Mundwinkel. »Ich wollte das jetzt nicht so direkt sagen, aber …«

»Du kannst ruhig ehrlich sein«, fiel ich ihm ins Wort. Ich wusste ja selber, dass meine aktuelle Wohnsituation nicht optimal war. »Grace lässt mich hier kostenlos wohnen, hat mir den Job in der Praxis gegeben und bezahlt mich sogar dafür. Nicht viel, aber ich komme über die Runden.«

»Warum fragst du Jennifer nicht? Sie würde dich sicher bei sich aufnehmen. Oder du holst dir eine kleine Wohnung von unserem Erbe.«

Seufzend schüttelte ich den Kopf. »Das hat sie bereits von sich aus angeboten, aber ich will keine Almosen. Sie hat schon genug für mich und vor allem für dich getan. Außerdem kann ich so direkt über der Praxis wohnen und muss nicht jeden Tag schauen, dass ich mit öffentlichen Verkehrsmitteln zur Arbeit komme.«

Außerdem würde es sich anfühlen, als würde ich in Jaxons Reich eindringen, ohne ihn vorher um Erlaubnis gebeten zu haben. Das wollte ich nicht. Die Andersons waren seine Adoptivfamilie und Jennifer war für ihn wie eine Mutter geworden.

»Und alleine wohnen möchte ich nicht, mal ganz davon abgesehen, dass es sich falsch anfühlen würde, das Erbe auszugeben. Wie Blutgeld oder so.« Ein unwillkürliches Schaudern lief durch meinen Körper und Jaxon nickte, als würde er mich verstehen. »Aber deswegen bist nicht hergekommen, oder?«

Kopfschüttelnd setzte Jaxon sich neben mich. »Nein, bin ich nicht. Und ich wollte dich auch nicht schon wieder kritisieren.« Er ließ seinen Blick ein weiteres Mal durch mein Zimmer gleiten, ehe er mir fest in die Augen sah. »Es tut mir leid, dass ich so ausgeflippt bin. Als ich euch aus dem Restaurant hab kommen sehen, sind mir sämtliche Sicherungen durchgebrannt.«

Ich schnaubte. »So kann man das wohl nennen.«

Jaxon verzog entschuldigend das Gesicht. »Ich bin nicht stolz auf mein Verhalten, aber ich wollte dir erklären, warum ich so gehandelt habe.«

»Weil Julian gerne mit unterschiedlichen Frauen ins Bett hüpft?«

Jaxon öffnete seinen Mund, schloss ihn jedoch sofort wieder, ohne einen Ton hervorzubringen. Herausfordernd sah ich ihn an. Schließlich zuckte er seufzend mit den Schultern.

»Ich hatte einfach Angst, dass er in dir auch nur eine kurze Affäre sehen oder etwas von dir verlangen könnte, das du nicht bereit bist, ihm zu geben.«

Seine Worte ließen ein dumpfes Gefühl in meinem Bauch erwachen.

»Verlangen? Macht er so was öfter?« Ich versuchte mir Julian vorzustellen, wie er eine Frau zu etwas drängte, konnte dieses Bild aber nicht mit dem Mann vereinbaren, den ich kennengelernt hatte.

Jaxon riss erschrocken die Augen auf und hob abwehrend die Hände. »Nein, nein! Das wollte ich damit nicht sagen. Emma und David haben mir hoch und heilig versichert, dass er nie etwas von irgendjemandem verlangen würde, was die andere Person nicht bereit ist zu geben.«

Irritiert sah ich ihn an. »Aber … warum bist du dann überhaupt so ausgerastet?«

Ich hatte so etwas wie eine ausufernde Beschreibung von Julians vielfältigen Beziehungen und Sexkapaden erwartet. Oder zumindest, dass er seltsame Vorlieben im Bett hatte, die nicht jede Frau mitmachte – und jemand wie ich, die in der Hinsicht ohnehin ihre Probleme hatte, erst recht nicht.

»Weil ich ein Idiot bin.«

Ein überraschtes Lachen entwich mir, das ich als Husten zu tarnen versuchte.

»Ich hab in dem Moment einfach rot gesehen. Ich dachte, Julian würde dich in aller Öffentlichkeit begrapschen, und ich habe mir geschworen, dass ich nie wieder zulasse, dass dir jemand etwas tut.« Er musste nicht aussprechen, was er damit meinte. Ich konnte mich noch genau an den Tag erinnern, als er in den Keller gestürmt war, als das Arschloch mich gerade vergewaltigt hatte.

Ich konnte Jaxon nicht länger böse sein, wenn er die Situation vorhin mit dem Missbrauch in Verbindung gebracht hatte, dem wir beide solange ausgesetzt gewesen waren. Ich wollte mir nicht ausmalen, wie es für ihn gewesen sein musste, mich vermeintlich in einer ähnlichen Situation vorzufinden. So grausam es auch gewesen war, das alles zu erleben, wäre es für mich genauso grausam mit anzusehen, wie jemand meinem Zwillingsbruder etwas antat. Ich griff nach seinen Händen und rutschte auf dem Bett näher an ihn heran.

»Sorry.«

Wofür ich mich genau entschuldigte, wusste ich nicht. Für das, was wir beide erlebt hatten? Dafür, dass er mit ansehen musste, was das Arschloch heimlich mit mir anstellte? Für die Schuldgefühle, die er sich sicherlich in den letzten Jahren gemacht hatte, weil er es nicht hatte verhindern können? Für die vielen Jahre, in denen ich ihm die kalte Schulter gezeigt und mich nicht bei ihm gemeldet hatte?

Vermutlich eine Mischung aus alldem.

Jaxon drückte meine Hände und schüttelte vehement den Kopf. »Du musst dich nicht entschuldigen, du hast nichts falsch gemacht. Ich wollte dir nur erklären, warum bei mir die Sicherung durchgebrannt ist.« Seufzend ließ er sich auf dem Bett nach hinten fallen.

Ich legte eine Hand auf seinen Arm. »Hey.« Ich wartete, bis er den Kopf hob und mich ansah. »Ich verstehe es voll und ganz. Und ich bin dir auch nicht böse. Trotzdem hat Julian das nicht verdient und ich möchte, dass du dich bei ihm entschuldigst.« Das war das Mindeste, was Jaxon tun konnte, da Julian ihn anscheinend nicht anzeigen wollte – was sein gutes Recht gewesen wäre.

»Ja, ich weiß, das habe ich auch vor«, beteuerte er. Er wirkte bedrückt, als wäre ihm nicht wohl bei dem, was er angerichtet hatte.

Ich beschloss, es fürs Erste gut sein zu lassen. Ich glaubte Jaxon, dass er sich entschuldigen wollte, und konnte nur hoffen, dass er es bald tat. Ich wechselte das Thema und wir unterhielten uns noch ein wenig über sein Studium, meine Arbeit und Philadelphia. Trotzdem bekam ich eine Sache nicht mehr aus dem Kopf: Julian hatte gerne ungebundenen Sex. Er hatte generell gerne Sex.

Ich kam nicht darum herum, mich zu fragen, was er demnach von mir erwartete. Würde er sich darauf einlassen, dass ich das Tempo vorgab, oder erwartete er bereits jetzt Dinge von mir, die die nackte Panik in mir aufsteigen ließen?

»Kessler?«, grüßte mich die Stimme meines Adoptivvaters nach dem dritten Klingeln.

»Hey, John, hier ist Lucy.« Ich war froh, ihn endlich erreicht zu haben, versuchte ich doch mittlerweile zum dritten Mal, mit jemandem auf der Ranch zu sprechen.

»Hallo, Lucy, wie geht es dir?« Er klang, als freute er sich, von mir zu hören.

»Ganz gut.« Ich setzte mich mit dem Telefon auf das Sofa und berichtete ihm ausführlich von der Arbeit in der Tierklinik und was ich bisher in Philadelphia erlebt hatte. Auch von Spencer erzählte ich ihm, weil ich den kleinen Racker mittlerweile ebenfalls ins Herz geschlossen hatte. Über Julian verlor ich jedoch kein Wort, weil ich nicht wusste, was wir füreinander waren oder wie ich mit John überhaupt über solche Themen reden sollte.

»Das hört sich an, als würde es dir Spaß machen.«

»Es ist unglaublich toll«, stimmte ich zu. »Aber wie geht es euch?«

»Hier ist alles beim Alten. Josh vermisst dich ungemein und Zoey findet es blöd, dass sie nun alleine in einem Zimmer ist.« Zoey und ich hatten uns in den letzten Jahren ein Zimmer geteilt und obwohl wir uns anfangs nicht ausstehen konnten, waren wir mit der Zeit gute Freundinnen geworden.

»Sie fehlt mir auch«, gestand ich. »Aber wir schreiben uns beinahe täglich. Ist sie zufällig da?« Mit Zoey könnte ich über Julian reden, sie würde mich verstehen.

»Leider nicht. Sie hat jetzt einen Job in der Stadt und kommt erst später heim.«

Stimmt, sie hatte mir davon erzählt. Sie arbeitete in einem Buchladen und genoss es unheimlich, zwischendurch von der Ranch wegzukommen und andere Buchjunkies kennenzulernen.

John und ich telefonierten noch eine Viertelstunde, ehe er auflegen musste. Bevor wir uns verabschiedeten, sagte er mir noch, wie stolz er auf mich sei, dass ich meine anfängliche Angst überwunden und mein neues Leben gemeistert hatte. Mit einem Kloß im Hals stellte ich das Telefon zurück auf die Station, aber die Tränen, die in meinen Augen brannten, waren welche des Glücks.

Kapitel 9

Julian

»Was hast du denn angestellt?«

»Alter, wer hat dich denn verprügelt?«

»Du siehst ja echt geküsst aus.«

Diese und ähnliche Bemerkungen musste ich mir am Tag nach dem Zusammentreffen mit Jaxon in Dauerschleife an der TU anhören. Zugegeben, ich sah wirklich mitgenommen aus, mein rechtes Auge war komplett grün und blau geschwollen und meine gebrochene Nase mit einem großen Pflaster beklebt.

Trotzdem hatte ich mit deutlich mehr Hohn und Spott gerechnet. Die meistens grinsten nur in sich hinein, wenn sie mich sahen, wagten es aber nicht, mich anzusprechen. Und denjenigen, die einen Kommentar abgaben, sagte ich einfach, dass der andere viel schlimmer aussah als ich. Das glaubten die Leute mir auch, immerhin war ich nicht dafür bekannt, mich nicht wehren zu können.

Alles klappte ganz wunderbar, bis ich in der Mittagspause mit David zusammen in die Mensa ging, wo Jaxon plötzlich an unserem Tisch erschien. Ich hatte gerade von meiner Pizza abgebissen, als sein Schatten über mich fiel.

Ich hielt mitten in der Bewegung inne, weil ich nicht wusste, was mich erwartete. Ich hatte keine Angst vor Jaxon, aber weder wollte ich vor versammelter Mannschaft mit ihm diskutieren, was gestern geschehen war, noch strebte ich eine Wiederholung dessen an. Jaxon sah mich jedoch nicht feindselig an, was ich als Plus wertete.

»Kann ich kurz mit dir reden?« Räuspernd sah er sich in der Mensa um. »Alleine?«

Ich nickte, legte das Stück Pizza zurück auf den Teller und stand auf. Connor sah mich fragend an, aber ich schüttelte nur den Kopf. Ich würde ihnen später sagen, was los war.

Ich folgte Jaxon aus der Mensa auf das nur spärlich bevölkerte Campusgelände. Ein feiner Nieselregen blies uns ins Gesicht, der alle Studenten in die Gebäude getrieben hatte. Ich zog meine Kapuze über den Kopf, um nicht nass zu werden, während ich darauf wartete, dass Jaxon das Gespräch begann. Ich befürchtete schon, er würde gar nicht mehr den Anfang finden, als er sich abrupt zu mir umdrehte.

»Sorry wegen gestern«, begann er. »Aber als ich dich mit Lucy gesehen habe ... Ich dachte, du würdest sie bedrängen und mir sind einfach die Sicherungen durchgebrannt. Deswegen habe ich sie von dir weggezogen.«

Kopfschüttelnd sah ich Jaxon an. »Ich versteh das alles immer noch nicht«, gestand ich. »Wieso dachtest du, ich würde Lucy bedrängen? Wir sind aus einem Restaurant gekommen, wir waren essen. Und selbst wenn du meintest, ich will nur das eine von Lucy, ich lade meine Bettgeschichten bestimmt nicht vorher zum Essen ein.« Der gestrige Vorfall hatte mich völlig verwirrt. Jaxon und Lucy hatten beide unerwartet heftig auf diese alltägliche Situation reagiert. Ich verstand es einfach nicht.

»Ich ...« Jaxon rieb sich mit den Fingern über die Augen. »Was hat Lucy dir von unserer Vergangenheit erzählt?«

»Gar nichts. Bis gestern wusste ich nicht mal, dass sie deine Zwillingsschwester ist.«

Jaxon sah mich unsicher an, sein innerer Zwiespalt war offensichtlich. »Ich kann dir nicht sagen, was wir erlebt haben, das muss Lucy machen, wenn sie dazu bereit ist. Ich hoffe, du kannst das verstehen.«

Ich nickte. Ich würde auch gar nicht wollen, dass Jaxon mir von Lucys Vergangenheit berichtete. »Du musst mir nichts erklären«, versicherte ich ihm. »Ich war nur gestern überrascht und als ich gesehen hab, welche Angst Lucy vor dir hat …«

»Nicht vor mir direkt, sondern vor dem, was ich in ihr ausgelöst habe«, ging Jaxon dazwischen.

»Das wusste ich aber gestern noch nicht.« Ich seufzte. »Jedenfalls musst du dir keine Sorgen machen, dass ich in Lucy nur eine schnelle Nummer sehen könnte. So habe ich sie von Anfang an nicht gesehen. Sie bedeutet mir wirklich was und ich würde ihr nie absichtlich wehtun.«

Jaxon nickte. »Das ist gut. Denn wenn du das tust, bekommst du es wirklich mit mir zu tun.« Jetzt klang er wieder ganz wie der Jaxon, den ich kennengelernt hatte.

Abwehrend hob ich die Hände. »Keine Sorge, das wird nicht passieren.« Ich hielt ihm die Hand hin, in die er sogleich einschlug. Damit war unser Frieden besiegelt.

Zurück in der Mensa begannen die Fragen, kaum dass ich mich auf meinen Platz gesetzt hatte.

»Was war das eben?«, wollte Preston wissen.

»Hast du dich etwa mit Jaxon geprügelt?«, fragte Connor.

Obwohl ich die Sache mit Lucy gerne noch etwas für mich behalten hätte, erzählte ich meinen Freunden, wie ich sie in der Tierklinik kennengelernt hatte, dass wir uns seitdem einige Male getroffen hatten und gestern nach dem Essen Jaxon begegnet waren. Ich erzählte ihnen nicht die wahren Gründe für die Eskalation – die kannte ich selber nicht –, sondern nur, dass ein Missverständnis zu der Prügelei geführt hatte.

»Und zwischen Lucy und mir läuft auch gar nichts«, schloss ich meinen Bericht.

»Noch nicht«, sagte Connor mit einem wissenden Grinsen, das ich geflissentlich ignorierte.

»Alter, jetzt erzähl mal«, begann Preston. »Hast du sie schon flachgelegt?«

»Ist sie gut im Bett?«, wollte Connor wissen.

»Ich wusste gar nicht, dass Jaxon eine Schwester hat. Ist sie heiß?«

Preston wandte sich an Connor. »Wahrscheinlich ist das der Grund, warum wir ihn in der letzten Zeit so wenig gesehen haben. Er war mit anderen Dingen beschäftigt.« Er wackelte anzüglich mit den Augenbrauen, ehe er mich mit dem Ellbogen in die Seite stieß. »Jetzt erzähl schon, Julian.«

Es war das normale Gerede zwischen uns, ich hatte selber auch schon so reagiert, aber dass meine Freunde so abwertend über Lucy redeten, stieß mir sauer auf.

»Könnt ihr das mal lassen?«, blaffte ich sie an. »Lucy ist doch kein Objekt. Sie ist ein Mensch mit Gefühlen. Ich mag sie und möchte sie näher kennenlernen, nicht flachlegen.« Ich war etwas lauter geworden und die Leute am Nebentisch drehten sich schon zu mir um, doch ich beachtete sie gar nicht.

Connor und Preston dagegen waren still geworden. Ihre sensationsgeilen Blicke hatten sich in Erstaunen verwandelt, denn solche Töne waren sie von mir nicht gewohnt.

Doch ich war noch nicht fertig und wandte mich Connor zu. »Du würdest auch nicht wollen, dass wir abwertend über Katy reden. Sie ist deine Freundin und dir wichtig. So geht es mir mit Lucy, auch wenn wir nicht zusammen sind.« Selbst wenn wir nie ein Paar werden würden, fühlte es sich falsch an, so über Lucy zu denken. Sie war so viel mehr als eine Sache, an der man sich ergötzen konnte.

Connor betrachtete mich eingehend und nickte schließlich, wonach wir uns endlich wieder unserer mittlerweile kalten Pizza zuwenden konnten.

Lucy

»Grace?«, fragte ich und steckte den Kopf ins Wohnzimmer, auf der Suche nach ihr. Dort war sie nicht, dabei war ich mir sicher, vor wenigen Minuten gehört zu haben, wie sie die Wohnung betrat.

»Grace?«, rief ich etwas lauter, sodass man mich in der kompletten Wohnung hören konnte. Noch immer erhielt ich keine Antwort. Unschlüssig stand ich im Flur und drehte mich im Kreis, ehe mein Blick auf die geschlossene Badezimmertür fiel. War diese nicht geöffnet gewesen, als ich nach oben gekommen war? Überprüfen konnte nicht schaden, also klopfte ich an die Tür.

»Grace?«

Gedämpftes Poltern drang aus dem Badezimmer, das meinen Puls sofort in die Höhe schnellen ließ. Was machte sie dort? Ging es ihr gut?

Ich klopfte erneut und versuchte die Tür aufzustoßen, aber Grace musste abgeschlossen haben.

»Grace? Alles okay bei dir?«

Unverständliches Murmeln erklang, dann hörte ich, wie der Schlüssel umgedreht wurde. Erleichterung durchströmte mich, als die Tür geöffnet wurde und Grace unversehrt vor mir erschien. Doch dann sah ich ihren gequälten Gesichtsausdruck.

»Was ist los?« Ich ergriff ihre Hände und bemerkte erst dann den schmalen Gegenstand, den sie fest umklammert hielt. Bevor sie antworten konnte, nahm ich ihn entgegen und betrachtete ihn genauer. Es war ein Schwangerschaftstest, und auch wenn ich noch nie zuvor einen benutzten Test gesehen hatte, war es ziemlich eindeutig, dass das Ergebnis nur »Schwanger« sein konnte.

»Grace!« Mit großen Augen blickte ich zu ihr auf.

»Ich weiß!« Ihre Augen füllten sich augenblicklich mit Tränen und sie schlug die Hänge vors Gesicht.

»Das ist etwas Schlechtes?« Bisher hatte ich immer den Eindruck gehabt, dass sie und Brad zusammen glücklich waren. Sie waren beide Mitte dreißig, hatten feste Jobs und so abwegig konnte ein Baby für sie nicht sein. Was war das Problem?

»Ja ... nein ... ich weiß nicht.« Sie hörte sich unsicher und kraftlos an.

Ich ergriff ihre Hände und schob sie in das Wohnzimmer, wo wir uns nebeneinander auf die Couch setzten. »Hol erst einmal tief Luft.«

Sie fokussierte ihren Blick auf mich und schien mich zum ersten Mal wirklich wahrzunehmen, ehe sie die Augen schloss und ein paarmal tief durchatmete.

»Besser«, sagte sie und öffnete die Lider wieder.

»Okay.« Ich nickte langsam. »Und jetzt erzähl mir in Ruhe, was los ist.«

Grace fuhr sich mit einer Hand durch die Haare. »Ich weiß es selbst nicht. Ich habe mir immer Kinder gewünscht, aber so war das nicht geplant. Brad und ich sind erst seit einem halben Jahr zusammen und haben nie über Kinder gesprochen. Herrgott, wir haben noch nicht einmal übers Zusammenwohnen geredet, immerhin wohnt er noch in Baltimore und kommt nur am Wochenende her. Ich habe einfach keine Ahnung, wie er damit zurechtkommen wird.«

Unwillkürlich schlich sich ein Lächeln auf meine Lippen. Denn so, wie ich Brad bisher kennengelernt hatte, würde er restlos begeistert sein. Grace machte sich völlig umsonst Sorgen.

»Aber er liebt dich?«, hakte ich nach.

Sofort breitete sich ein strahlendes Lächeln auf ihrem Gesicht aus. »Daran habe ich keine Zweifel.«

Ich grinste zurück. »Dann wird sich alles fügen, denn dann muss er das Kind vergöttern, das das Ergebnis eurer Liebe ist.«

Grace betrachtete mich eine Weile und nickte dann langsam. »Du hast recht.« Ihr Nicken wurde stärker. »Er wird mich deswegen sicher nicht verlassen.«

»Was?« Das war ihre wahre Angst? »Nein, das wird er auf gar keinen Fall machen.« Das konnte ich mir beim besten Willen nicht vorstellen. Brad liebte Grace, das war selbst für einen Außenstehenden unübersehbar.

Grace nickte mit mehr Zuversicht als zuvor und drückte meine Hände, die ihre noch immer umklammert hielten. »Aber du hast aus einem anderen Grund nach mir gesucht, oder?«, wechselte sie das Thema.

Seufzend nickte ich. »Ich wollte dich fragen, ob ich mir Sportkleidung von dir ausleihen könnte.«

Erstaunt zog Grace die Augenbrauen hoch. »Du willst Sport machen?« Sie wusste genau, dass ich normalerweise eher ein Bewegungsmuffel war.

»Ja«, entgegnete ich reumütig. »Julian hat mir vorgeschlagen, mich bei einem Selbstverteidigungskurs am College anzumelden. Das wäre für mich eine gute Gelegenheit, Leute in meinem Alter kennenzulernen.«

»Julian?« Grace' Grinsen verriet mir, dass sie genau wusste, was sich zwischen uns anbahnte. »Der nette junge Mann, der dir letztens Blumen mitgebracht hat?«

»Und den wir danach aus dem Krankenhaus abgeholt haben, genau«, fügte ich schmunzelnd hinzu.

»Magst du ihn?«

Mochte ich ihn? Ich musste mich zusammenreißen, um nicht laut loszulachen, denn ich tat so viel mehr, als ihn nur zu mögen, aber ich hatte keine Ahnung, was das bedeutete.

»Ja«, gestand ich dennoch kleinlaut.

Grace drückte meine Hand. »Dann solltest du ihm das sagen. Männer verstehen so etwas nicht, wenn man es ihnen nicht eindeutig und direkt mitteilt.«

»Wir sehen uns ja später.«

Grace' Grinsen wurde diabolisch. »Und dafür brauchst du Sportsachen.« Sie stand auf und zog mich mit sich. »Na, dann wollen wir mal schauen, was ich für dich habe.«

Eine halbe Stunde später stand ich mit meiner Sporttasche am Empfang, als Julian gerade die Praxis betrat. Grace' Sachen passten wie angegossen. Es war wirklich praktisch, dass Grace so groß war wie ich und eine ähnliche Figur hatte.

»Hey.« Julians Lächeln ließ mein Herz höher schlagen und meine Hände vor Nervosität schwitzig werden. Warum sah er nur so unfassbar gut aus? Selbst mit gebrochener Nase und dem Pflaster, das er immer noch trug.

»Hi.« Meine Stimme hörte sich etwas atemlos an, weshalb ich mich räusperte, als wäre ein Frosch im Hals mein einziges Problem.

»Bist du aufgeregt?« Er grinste und deutete auf meine Hand, mit der ich die Sporttasche fest umklammert hielt.

»Mir geht es gut.« Ich grinste ihn herausfordernd an. »Lass uns los.«

Vor der Turnhalle wartete schon eine Traube Menschen. Sie alle schienen Anfang zwanzig zu sein und es waren deutlich mehr Frauen als Männer anwesend. Das beruhigte mich zwar ein wenig, trotzdem hatte ich keine Ahnung, was mich erwartete. Würde ich die einzige Neue sein? Würden die anderen sofort merken, dass ich keine Studentin war, und mich deswegen ausgrenzen? Und wie würde mir der Kurs an sich gefallen? Würde ich mich von anderen anfassen lassen können, ohne panisch zu werden, wenn sie mir die Bewegungsabläufe erläuterten?

»Alles wird gut.« Julian legte eine Hand auf meine und erst da fiel mir auf, dass ich meine Hände im Schoß gewrungen hatte, bis die Finger nahezu blutleer waren.

Ich atmete tief ein, um mein rasendes Herz zu beruhigen, und nickte ihm zu. Ich hatte es gewollt, jetzt musste ich mich der Herausforderung stellen.

»Ich bin bereit.« Ich zwang mich zu lächeln und hoffte, dass ich damit auch mich selbst überzeugen konnte. Immerhin wollte ich unbedingt Leute in meinem Alter kennenlernen. Ich hatte nur unheimlich Schiss davor, dass sie mir zu nahe kommen und mich damit in Panik versetzen könnten.

Julian drückte meine Hand ein letztes Mal, dann verließ er das Auto. Ich folgte ihm und gemeinsam gingen wir auf die Turnhalle zu. Meine schwitzenden Hände schob ich in die Hosentaschen meiner Jeans und mit ruhigen Atemzügen versuchte ich meinen rasenden Puls unter Kontrolle zu bringen. Das hier war weder das Ende der Welt noch ein weiteres Zusammentreffen mit dem Arschloch. Es war nur eine Sportstunde mit Gleichgesinnten.

Kaum waren wir am Rand der Gruppe angekommen, blieb Julian vor zwei Mädchen stehen, die uns freundlich betrachteten.

»Das sind Michaela und Katy«, stellte Julian die beiden vor, bevor er auf mich deutete. »Das ist Lucy, eine Freundin von mir, und sie ist neu in der Stadt. Seid nett zu ihr.« Das Letzte sagte er mit einem Zwinkern, sodass ich fast sicher war, dass sie ohnehin nett zu mir gewesen wären.

»Hi, ich bin Katy.« Die Rechte hielt mir die Hand hin. Sie war noch kleiner als ich, unheimlich schmal und sah mit ihren schwarzen Haaren und den schmalen Augen asiatisch aus.

»Lucy.«

Katys Handschlag war fest und es war eindeutig, dass in diesem kleinen Körper mehr Kraft steckte, als es den Anschein hatte. Sie lächelte mich freundlich an und ein Großteil der Anspannung fiel bereits von mir ab, ehe ich mich ihrer Freundin zuwandte.

»Ich bin Michaela.« Sie war eine wahre Latina-Schönheit, mit braunen Mandelaugen, vollen Lippen und dem, was meine Mutter als ein gebärfreudiges Becken bezeichnet hätte. Ich konnte mir gut vorstellen, dass die Männer ihr reihenweise zu Füßen lagen.

Ich ergriff auch ihre Hand. »Freut mich, euch kennenzulernen.«

Michaela zwinkerte mir zu. »Die Neue zu sein ist kacke, oder? Ging mir vor zwei Wochen genauso, aber Katy hatte zum Glück gleich Mitleid mit mir.«

Die Angesprochene rollte mit den Augen. »Mit mir hat vorher auch niemand geredet. Alle scheinen gleich in einer ganzen Gruppe gekommen zu sein, sodass ich davor immer alleine war.« Sie seufzte gespielt theatralisch, als hätte ihr das nur bedingt etwas ausgemacht. »Habt ihr eine Ahnung, wie furchtbar es ist, alle Übungen mit einem der Trainer machen zu müssen, weil sonst niemand dein Partner sein will?« Sie wackelte anzüglich mit den Augenbrauen.

Bilder schossen in meinen Kopf, wie ich Übungen mit Julian durchspielen musste, weil sich sonst niemand mit mir verpartnern wollte.

Und diese Stellungen waren in meinem Kopf eindeutig nicht mehr jugendfrei ...

Was zur Hölle?

Normalerweise war ich froh, wenn mich niemand auf eine eindeutig zweideutige Art ansah, und jetzt wünschte ich mir, dass Julian alle Warnungen in den Wind schoss und über mich herfiel? Hatte ich sie noch alle?

»Sie hatte die unfassbar schwierige Aufgabe, diese Übungen mit ihrem Freund zu machen«, ging Michaela dazwischen und deutete auf einen Typen mit kurzen blonden Haaren, der am Eingang stand und sich mit Julian unterhielt.

»Nett«, erwiderte ich grinsend. Und genau so sah er auch aus. Wie jemand, der kein Wässerchen trüben konnte und seine Freundin auf Händen trug.

»Ist er auch.« Katy seufzte zufrieden und blickte verliebt zu ihrem Freund.

Ein Stich fuhr durch mein Herz und mir fiel auf, dass das etwas war, was ich mir wünschte. Diesen verliebten Gesichtsausdruck, den Katy hatte, wollte ich jemandem auf das Gesicht zaubern.

»Kommt, wir gehen rein.«

Wir folgten der Gruppe in die Umkleidekabine, wo wir unsere Sportsachen anzogen. In der Sporthalle war der Boden bereits mit dünnen Matten ausgelegt, auf denen Julian, Connor und ein weiterer Typ standen und auf uns warteten.

»Wer ist der Dritte?«, wollte ich wissen.

»Das ist Marc, Jaxons Mitbewohner«, erklärte Michaela, ehe sie kurz stockte. »Kennst du Jaxon überhaupt?«

Ein Lachen entwich mir. »Jaxon ist mein Bruder.«

Sie riss die Augen auf und sog scharf die Luft ein, als wüsste sie genau, wer ich war. »Du bist Lucy?«

Augenblicklich machte ich dicht und trat drei Schritte zurück. Was wusste sie? Woher kannte sie Jaxon und was hatte er ihr über mich erzählt?

Der erschrockene Ausdruck auf meinem Gesicht ließ sie den Kopf schütteln. »Ich kenne keine Details.« Sie winkte mit beiden Händen ab. »Jaxon und ich waren zusammen im Entzug. Er hat mir nur erzählt, dass du einiges mit ihm zusammen durchgestanden hast. Ich finde es nur so toll, dich endlich kennenzulernen.« Sie lächelte aufmunternd, was mich sofort ruhiger werden ließ.

Ich mochte sie auf Anhieb und griff nach ihrer Hand, um sie dankbar zu drücken. Wir schauten uns stumm an, bis Julian und Marc die Stunde eröffneten.

Kapitel 10

Lucy

Ich traute es mich fast nicht zu sagen, aber der Kurs machte mir unheimlich viel Spaß. Die körperliche Anstrengung tat mir gut. Sie schlauchte mich zwar, aber meine Muskeln waren froh, endlich mal wieder etwas tun zu können, was dem Reiten auf der Ranch nahekam. Vielleicht war es das, was ich insgeheim in den letzten Wochen vermisst hatte?

Ja und nein.

Mir hatte eindeutig die körperliche Betätigung gefehlt, aber genauso der Kontakt mit Gleichaltrigen, den ich hier endlich wieder hatte. Mit Katy und Michaela hatte ich mich von der ersten Sekunde an super verstanden. Sie hatten mich weder schief von der Seite angesehen, weil ich neu war, noch hatte es sie interessiert, dass ich nicht an der TU studierte. Michaela hatte sogar verraten, dass sie keinen Schulabschluss hatte und mit Jaxon zusammen im Entzug gewesen war. Ich hatte Respekt dafür, wie offen sie mit diesem Teil ihrer Vergangenheit umging, und wollte mir ein Beispiel an ihr nehmen.

Gleichzeitig schaffte es Katy, mit ihrer quirligen und offenherzigen Art einen ständigen Gesprächsfluss aufrechtzuerhalten. Sie stellte Fragen und erzählte Anekdoten aus ihrem Leben, schnitt dabei allerdings keine zu persönlichen Themen an.

Auch meine Angst, dass ich von fremden Männern angefasst werden würde, war völlig unbegründet. Der Einzige, der Übungen mit mir machte oder mich korrigierte, war Julian. Und er trat immer langsam an mich heran, suchte zuerst Blickkontakt und wartete auf mein Nicken, ehe er mich berührte. Je mehr Zeit verstrich, desto mehr genoss ich es, wenn er mir die korrekte Beinstellung, Armhaltung oder die perfekte Drehung in den Körper meines potenziellen Angreifers zeigte. Ich sehnte seine Berührungen regelrecht herbei, weil sie sich so gut anfühlten. Und ich wollte mehr davon.

Obwohl er mich fest anfasste, fühlte sich sein Griff unfassbar zärtlich und sanft an. Ich wünschte mir, dass er mich nie wieder loslassen würde.

»Was läuft da eigentlich zwischen Julian und dir?«, fragte Katy irgendwann.

Sofort schoss Hitze in mein Gesicht und ich wandte mich beschämt ab. Ich hätte nicht vermutet, dass mir Leute, die mich eigentlich gar nicht kannten, meine Gefühle sofort ansehen konnten.

»Gar nichts?« Selbst in meinen Ohren klang es unsicher und wie eine Lüge.

Ein breites Grinsen schlich sich auf Michaelas volle Lippen. »So, wie er dich schon die ganze Zeit anstarrt, hätte er es auf jeden Fall gerne, dass da etwas zwischen euch läuft.«

Ich schaute in Julians Richtung – der mich natürlich in dieser Sekunde ebenfalls betrachtete. Unsere Blicke trafen sich und ich sog scharf die Luft ein. Julian lächelte, als wüsste er genau, was er mit mir anstellte, und als würde es ihm gefallen.

»Ich kann es bis hierhin knistern hören«, raunte Katy, woraufhin Michaela zufrieden seufzte. Sie lehnten sich aneinander, hielten sich an den Händen und sahen mich an, als hätten sie gerade Ross' und Rachels Hochzeit bei Friends gesehen und wären hin und weg.

Ich verdrehte die Augen. »Könnt ihr bitte aufhören so zu tun, als würden wir uns in einer Soap befinden?«

»Ohhh, der ist gut.« Katy kicherte und hielt sich die Hand vor den Mund.

Ein Räuspern hinter uns ließ uns zusammenfahren. Ich drehte mich auf dem Absatz um und entdeckte Connor, der uns belustigt betrachtete.

»Ladys? Wollt ihr euch noch an den Übungen beteiligen oder muss ich euch in andere Gruppen einteilen, damit ihr weitermacht?« Das Funkeln in seinen Augen machte deutlich, dass ihm jedoch nicht im Traum einfallen würde, seine Drohung durchzusetzen.

»Ach, wirklich?« Katy stellte sich ihrem Freund kämpferisch entgegen, obwohl sie fast zwei Köpfe kleiner war.

Die beiden taxierten sich, schienen sich mit den Augen und Körpern abzuschätzen. Und lag es bloß an mir oder schoss die Temperatur in der Sporthalle gerade um zehn Grad in die Höhe? Eine Hand ergriff meine und zog mich einige Meter zurück. Als ich zur Seite sah, bemerkte ich Michaela.

»Wir sollten den beiden etwas Raum geben«, murmelte sie.

Ich musste lachen. »Meinst du, sie fallen gleich übereinander her?«

»Auf die beste Art und Weise.« Sie grinste und wackelte mit den Augenbrauen.

Julian

Ich war hin und weg von Lucy.

Klar, das war ich in den letzten Tagen schon gewesen, aber heute hatte ich eine andere Seite an ihr kennengelernt. Nicht nur, dass ich sie zum ersten Mal in kurzen, eng sitzenden Klamotten sah, die ihre schlanken Beine zur Schau stellten und in denen sie einfach umwerfend aussah. Sie hatte auch ihre erste Nervosität überwunden und war regelrecht aufgeblüht unter den vielen fremden Leuten. Mit Katy und Michaela hatte sie sich hervorragend verstanden, sie hatte alle Übungen mitgemacht und schien immer mehr aufzublühen, je mehr Zeit verstrich.

Es erfüllte mich mit einem gewissen Stolz, dass sie meinem Vorschlag gefolgt war und sich so weit fallen lassen konnte, dass sie ihre

Bedenken scheinbar über Bord warf. Oder war sie lediglich von Katy und Michaela so gut aufgenommen worden, dass sie auch beim Sport gern mitmachte?

Alleine das Strahlen in ihren Augen und das glückliche Lächeln auf ihrem Gesicht waren jede Anstrengung wert. Und dann waren da noch die verstohlenen Blicke, die sie mir immer wieder zuwarf. Ich bemerkte jeden einzelnen davon. Selbst wenn ich sie ausnahmsweise in dieser Sekunde nicht ansah, spürte ich jeden ihrer Blicke auf mir wie einen Stromschlag. Meine Haut kribbelte, als würde sie mich damit liebkosen, und die feinen Härchen in meinem Nacken stellten sich auf.

Ich suchte ihre Nähe und nahm jede Gelegenheit wahr, um ihre Bein- oder Armhaltung zu korrigieren, obwohl das in den meisten Fällen gar nicht nötig war, denn sie war ein Naturtalent.

Ihre Augen leuchteten, das Grinsen verließ ihre Lippen nicht mehr und am Ende alberte sie bei einer Übung mit mir sogar derart herum, dass wir in einem Gewirr aus Armen und Beinen zu Boden fielen. Ihr Lachen, das dabei laut durch den Raum hallte, erfüllte mich mit einer Wärme, von der ich nicht gewusst hatte, dass sie in meinem Leben fehlte.

Als die Stunde zu Ende war, wartete Lucy zusammen mit Michaela und Katy vor der Turnhalle auf uns. Katy ging gemeinsam mit Connor nach Hause und Michaela verschwand mit Marc. Niemand wusste so genau, was zwischen den beiden lief – am allerwenigsten vermutlich sie selber -, aber es war offensichtlich, dass sie sich zueinander hingezogen fühlten.

»Wollen wir los?«, fragte ich Lucy, die sich ihre Tasche über die Schulter warf, sobald ich zu ihr trat.

»Klar.« Sie nickte mir kurz zu, ehe sie sich zu den Mädels umdrehte. »Hat mich gefreut, euch kennenzulernen.« Sie umarmte zuerst Katy und dann Michaela.

»Gleichfalls«, entgegnete Katy. »Ich mache eine Gruppe im Messenger für uns auf und dann können wir uns für nächstes Wochenende verabreden.«

Michaela nickte. »Ich könnte eure fachmännische Meinung für das Kleid gebrauchen, von dem ich euch erzählt habe. Ich trage normalerweise nie Kleider und habe keine Ahnung, was mir steht.«

»Das kriegen wir hin, kein Problem«, versicherte Katy ihr.

Wir verabschiedeten uns voneinander und ehe ich mich versah, stand ich mit Lucy alleine vor der Sporthalle.

Eine ungewöhnliche Stimmung senkte sich plötzlich über uns und die Luft fühlte sich wie elektrisch aufgeladen an. Lucy konnte mir nicht mehr ins Gesicht sehen und spielte nervös mit einem losen Faden am Bund ihres T-Shirts.

Ich räusperte mich. »Wollen wir dann?«

Jetzt sah Lucy endlich zu mir auf und nickte, wobei ein nervöses Lächeln ihre Lippen umspielte. Das unbändige Verlangen kam in mir auf, sie an Ort und Stelle zu küssen, und diesmal war ich derjenige, der sich abwandte, um diesen Wunsch zu unterdrücken.

Schweigend gingen wir zu meinem Auto und stiegen ein. Ich zermarterte mir das Hirn, worüber wir reden konnten, während ich den Wagen langsam auf die Straße dirigierte, aber mein Hirn war wie leergefegt. Aus dem Augenwinkel sah ich Lucy immer wieder verstohlen an und wenn sich unsere Blicke trafen, fühlte es sich an, als würde ein Blitzschlag durch mich hindurchfahren.

»Wie hat es dir gefallen?«, fragte ich schließlich.

»Es war unglaublich.« Lucy strahlte mich an. »Ich hatte so eine Angst vorher, aber Katy und Michaela haben mich gleich aufgenommen. Wir haben uns so gut verstanden und auch die Übungen haben total Spaß gemacht. Ich bin so froh, dass du mich mitgenommen hast! Kann ich nächste Woche wieder mitkommen?«

Lucy sprach praktisch ohne Punkt und Komma und ich konnte mir ein Lächeln nicht verkneifen. »Klar kannst du nächste Woche wieder mitkommen. Du kannst gerne jede Woche kommen, wenn du Lust dazu hast. Katy und Michaela würden sich bestimmt auch freuen.«

Lucy nickte. »Und du bist ganz sicher, dass die TU nichts dagegen hat, wenn so viele an dem Kurs teilnehmen, die gar keine Studenten sind?«

»Genau genommen werden die Kurse überhaupt nicht mehr von der TU veranstaltet, sie stellen uns nur die Räumlichkeiten zur Verfügung.« Dann erzählte ich ihr von unserer Charity-Aktion im letzten Jahr, wo wir uns für die Weiterführung der kostenlosen Kurse eingesetzt hatten, weil die TU sie komplett hatte streichen wollen. »Deswegen haben sie jetzt auch keinen Einfluss mehr darauf, wer die Kurse besuchen darf«, schloss ich.

Lucy sah mich mit großen Augen an. »Wow, das habt ihr alles ganz alleine auf die Beine gestellt? Ich bin beeindruckt.«

Röte schoss mir in die Wangen und ich zuckte verlegen mit den Schultern. »Wir hatten eine coole Truppe – dein Bruder war übrigens auch mit dabei. Am Ende haben sich über 200 Leute gemeldet, um Kurse zu übernehmen.«

»Woher kennst du dich mit Selbstverteidigung so gut aus?«

»Ich habe während der Highschool einige Kurse zusammen mit meiner Schwester besucht, weil sie nicht alleine hingehen wollte. Ich war sechzehn und der einzige Kerl in diesem Kurs, was ich damals ziemlich geil fand.«

Noch heute konnte ich mich gut daran erinnern, dass ich jede Woche für ein anderes Mädchen im Kurs geschwärmt hatte. Das hatte Hayley derart in Rage getrieben, dass sie sich extra angestrengt hatte, um gut genug zu werden, bis sie es tatsächlich schaffte, mich zu überwältigen und auf die Matte zu schmeißen. Vor allem hatte der Kurs mir aber die Gewissheit verschafft, dass Hayley sich verteidigen konnte und ich mir keine Sorgen machen musste.

Lucy kicherte. »Süß, dass du deine Schwester genug liebst, um diese Tortur über dich ergehen zu lassen.«

Ein warmes Gefühl floss durch meine Glieder, aber ich versuchte ein ernstes Gesicht aufzusetzen. »Ich bin nicht süß«, widersprach ich.

Lucy nickte eifrig. »Doch, bist du. Nicht jeder würde so etwas für seine Schwester machen. Hast du ein gutes Verhältnis zu deiner Familie?«

Wir waren vor der Tierarztpraxis angekommen. Ich parkte den Wagen, stellte den Motor ab und drehte mich zu ihr um.

»Ja, eigentlich schon. Meine Eltern sind klasse und noch immer glücklich verheiratet, auch wenn sie keinen Tag verbringen können, ohne nicht über irgendwelche Kleinigkeiten zu diskutieren. Hayley und ich hatten schon immer ein gutes Verhältnis, obwohl sie ein Jahr jünger ist und es sie früher genervt hat, wenn ich den Beschützer hab raushängen lassen.«

Lucy griff lächelnd nach meiner Hand und drückte sie leicht. Ein Kribbeln schoss von der Stelle, wo sie meine Haut berührte, meinen Arm hinauf.

»So soll es doch auch sein.« Eine gewisse Traurigkeit schwang in ihrer Stimme mit und mir fiel wieder ein, dass Lucy nicht mit einer heilen Familie gesegnet war. Ich strich ihr eine Haarsträhne aus dem Gesicht.

»Komm, ich bring dich noch zur Tür.«

»Ich hab es doch nicht weit«, sagte sie, aber das Lächeln war zurück, also wertete ich es als Zustimmung.

Wir stiegen gleichzeitig aus und Lucy wartete auf ihrer Seite des Wagens, bis ich zu ihr gelaufen war. Ich trat an ihre Seite und legte meine Hand auf ihren unteren Rücken, während wir zur Tür gingen.

»Danke noch mal, dass du mich mitgenommen hast«, sagte Lucy, als wir an der Tür ankamen.

Ehe ich wusste, wie mir geschah, umarmte sie mich plötzlich. Sie schlang die Arme um meinen Hals und presste ihren warmen Körper an meinen. Wie von selbst schlossen sich meine Arme um ihre Taille und zogen sie noch enger an mich. Ich senkte meinen Kopf in ihre Halsbeuge und atmete ihren frischen, blumigen Duft ein. Mein Herz setzte für einen Schlag aus, nur um danach im doppelten Tempo weiterzuschlagen.

Lucy vergrub eine Hand in meinen Haaren und jagte damit eine Gänsehaut über meinen Körper. Plötzlich hatte ich mich nicht mehr unter Kontrolle und mein Körper handelte wie von selbst. Ich lehnte mich ein Stück zurück, bis ich sie ansehen konnte. Ihr Blick war von demselben Verlangen verhangen, das auch durch meine Adern pumpte. Und da gab es für mich kein Halten mehr. Ich überbrückte die Distanz zwischen uns und drückte meine Lippen auf ihre.

Für einen Augenblick versteifte Lucy sich, dann nahm sie einen tiefen Atemzug und ließ sich fallen. Ihre Lippen öffneten sich leicht unter meinen und ihre Zunge strich über meine Unterlippe. Hitze sammelte sich unterhalb meiner Gürtellinie und ich musste mich zurückhalten, um ihr nicht mein Becken entgegenzustoßen. Stattdessen öffnete ich meinen Mund und verwickelte ihre Zunge in einen leidenschaftlichen Tanz. Ich vergrub eine Hand in ihren Haaren und zog sie mit der anderen näher zu mir.

Nie hatte sich etwas so gut angefühlt, wie Lucy zu küssen. Mein Herz schwoll an, als wollte es aus meiner Brust explodieren und logisches Denken setzte aus.

Lucy drängte sich enger an mich und streichelte mit ihren Fingern federleicht über meinen Nacken. Sie stieß ein Seufzen aus, das mich nur dazu animierte, meine Bemühungen zu verdoppeln.

Ich drehte uns leicht, bis ich Lucy mit dem Rücken gegen die Hauswand drücken konnte, schob eine Hand unter ihr Shirt und ließ sie sanft an ihrer Seite nach oben gleiten.

Plötzlich versteifte Lucy sich und schob mich mit überraschender Kraft von sich, sodass ich einige Schritte zurücktaumelte. Sie sah mich mit aufgerissenen Augen an, die mich gar nicht zu erkennen schienen.

Dann schloss sie in Windeseile die Tür auf und war im Inneren der Praxis verschwunden, ehe ich überhaupt reagieren konnte.

Kapitel 11

Lucy

Sobald die Tür zu meinem Zimmer hinter mir zufiel, lehnte ich mich dagegen und ließ mich zu Boden gleiten. Meine Hände zitterten wie Espenlaub und ich verbarg mein Gesicht in ihnen. Wie hatte das passieren können?

Der Kuss hatte mir sehr gefallen und war genau das gewesen, was ich mir den ganzen Tag über gewünscht hatte. Doch dann hatte Julian mich gegen die Wand gedrückt und eine Hand unter mein Shirt geschoben und plötzlich befand ich mich wieder in Galveston in unserem Elternhaus, wo das Arschloch sich mir aufdrängte. Ich bildete mir ein, seinen alkoholgeschwängerten Atem riechen zu können, und sogar sein ekelhaftes Grunzen drang mir in die Ohren. Ich war in Panik geraten, dabei hatte Julian mir nicht das Gefühl gegeben, als wollte er zu viel von mir. Trotzdem hatte ich plötzlich rot gesehen und nur noch weggewollt. Weg von Julian, weg von dieser Situation und vor allem weg von diesen verwirrenden Gefühlen, die er in mir hervorrief. Es war mir einfach alles zu viel geworden.

In der Abgeschiedenheit meines Zimmers, in der ich nur das beruhigende Ticken meiner Uhr hörte, wurde mein keuchender Atem jedoch schnell wieder ruhiger. Das Zittern in meinen Händen ließ nach und auch mein rasender Herzschlag verlangsamte sich, sodass ich wieder klar denken konnte.

Plötzlich kam ich mir unheimlich dämlich vor. Ich hatte überreagiert, hatte in blinder Panik gehandelt, anstatt in Ruhe mit Julian zu reden. Zwar wusste ich nicht, was ich ihm hätte erklären sollen, aber so würde er mit Sicherheit die falschen Schlüsse ziehen. Er würde vermutlich denken, dass mir der Kuss nicht gefallen hatte, dabei war das genaue Gegenteil der Fall.

Es war mein erster richtiger Kuss gewesen, zumindest der erste, den ich genossen hatte. Mein ganzer Körper stand unter Strom und verlangte nach mehr. Mehr Küsse, mehr Körperkontakt, einfach mehr von Julian. Auch jetzt begannen meine Lippen wieder zu kribbeln, wenn ich daran zurückdachte. Leider war es immer so, dass ich in meiner Panik nicht klar denken konnte und das Handeln meinem Körper überließ, der mich in Sicherheit bringen wollte.

Nachdem sich mein Herzschlag normalisiert hatte, ging ich in die Küche, um mir eine Tasse Tee zu machen. Kurz überlegte ich, Julian anzurufen und mich zu entschuldigen. Aber ich wusste nicht, wie ich ihm mein Verhalten erklären konnte, daher schob ich mein Handy unter das Kopfkissen und versuchte nicht an ihn zu denken. Mit Aufräumen und Putzen lenkte ich mich für den Rest des Tages ab, was jedoch nur teilweise funktionierte.

Nachts konnte ich kaum schlafen, wälzte mich ununterbrochen von einer Seite auf die andere, und auch am nächsten Tag ließ meine Konzentration bei der Arbeit zu wünschen übrig. Im Minutentakt checkte ich mein Handy, ob ich eine Nachricht von Julian erhalten hatte. Doch natürlich meldete er sich nicht, nachdem ich ihn gestern eiskalt hatte stehen lassen.

Mir war klar, dass ich mich melden musste, aber ich hatte keine Ahnung, wie ich es anstellen sollte.

Sorry, dass ich gestern abgehauen bin, mein Körper dachte kurz, du wärst das Arschloch und wolltest mich vergewaltigen. Aber eigentlich fand ich es total schön, von dir geküsst zu werden, und würde das gerne wiederholen?

Yep, das käme sicher gut an. Zumal ich Julian noch nicht einen Ton von dem Missbrauch oder meiner Vergangenheit im Allgemeinen erzählt hatte.

Das war das eigentliche Problem. Wie konnte ich Julian davon erzählen? Und wie viel? Wie würde er es aufnehmen und was würde er danach von mir denken? Würde er mich anders behandeln? Mich vielleicht nicht mehr anfassen wollen, weil er mich für genauso beschmutzt hielt, wie ich mich manchmal fühlte? Meine Hände begannen zu zittern und ich ballte sie zu Fäusten.

»Lucy, hörst du mir überhaupt zu?« Grace' Stimme drang plötzlich durch mein Gedankenwirrwarr hindurch und ließ mich überrascht aufblicken.

»Was hast du gesagt?« Ich versuchte mir nicht anmerken zu lassen, dass ich für längere Zeit wie weggetreten gewesen war.

»Hast du überhaupt etwas von dem gehört, was ich gesagt habe?«, fragte sie.

Oh Gott, wie lange redete sie schon mit mir? »Sorry, ich war total in Gedanken.«

»Das hab ich gemerkt.« Mit einem amüsierten Funkeln in den Augen setzte Grace sich neben mich. »Ich hab ein kleines Attentat auf dich vor«, begann sie und zuckte entschuldigend mit den Schultern. »Ich habe gleich einen wichtigen Termin, den ich nicht verschieben kann, und ich wollte wissen, ob es okay ist, wenn du die Praxis für eine oder zwei Stunden alleine mit Cassie schmeißt? Die eingetragenen Termine sind alles Routinesachen, die könnt ihr ohne meine Hilfe machen, und mögliche Notfälle könnt ihr an Winstons Praxis übergeben. Mit ihm habe ich schon gesprochen und auch Cassie ist einverstanden.«

Ein mulmiges Gefühl breitete sich in meinem Unterleib aus. Das hatte mir noch gefehlt, dass ich die Praxis mit Cassie alleine führen musste, wo ich ohnehin schon ziemlich aufgewühlt war. Aber ich konnte Grace nicht absagen. Nicht, nachdem Cassie schon zugestimmt hatte. Mit welcher Begründung könnte ich das auch machen? Sie mag mich nicht? Lächerlich.

»Klar, kein Problem.« Ich versuchte möglichst überzeugend zu lächeln.

Grace atmete erleichtert aus. »Zum Glück. Vielen Dank, du rettest mir damit praktisch das Leben. Ich bin allerspätestens in drei Stunden wieder zurück.« Sie wollte schon aufstehen, aber ihre Worte ließen mich aufhorchen. Ich griff ich nach ihrer Hand und hielt sie fest.

»Grace, was für ein Termin ist das?«

Sie blickte sich rasch um, bevor sie sich wieder neben mich setzte und mir ins Ohr flüsterte. »Erste Ultraschalluntersuchung beim Frauenarzt.«

»Ohhhh.« Aufgeregt beugte mich näher zu ihr. »Meinst du, man kann dann schon was erkennen?« Noch leiser fügte ich hinzu: »Und hast du jetzt schon mit Brad gesprochen?«

Ihr schuldbewusster Gesichtsausdruck war Antwort genug. »Ich weiß einfach nicht wie«, jammerte sie.

»Möchtest du, dass ich dabei bin?« Ich könnte als Puffer agieren, sollte Brad die Neuigkeit nicht gut aufnehmen – was ich mir aber nicht vorstellen konnte.

Grace schüttelte den Kopf. »Danke für das Angebot, aber das muss ich alleine machen. Vielleicht morgen, wenn ich das erste Ultraschallbild habe.« Sie schien kurz über ihre Worte nachzudenken und nickte dann. »Ja, das ist eigentlich eine gute Idee.«

»Mein Gott, kriegst du alleine eigentlich gar nichts gebacken? Muss man dir alles hundertmal sagen?« Cassie knallte eine Patientenakte vor mir auf den Tisch und funkelte mich wütend an.

Erschrocken zuckte ich zusammen und zog die Mappe an mich, während ich mir jeglichen Kommentar verkniff. Grace war erst seit einer knappen Stunde weg und ich wollte Cassie schon seit mindestens 50 Minuten an die Wand nageln.

Seit Grace die Praxis verlassen hatte, spielte Cassie sich als Chefin auf. Anstatt mich assistieren zu lassen, wie Grace das immer machte, durfte ich nur ihre Sekretärin spielen und die Akten ausfüllen, die Grace bisher immer selbst übernommen hatte. Cassie hatte ihre helle Freude daran, mich herumzukommandieren und für vermeintliche Fehler anzuschnauzen.

So wie jetzt. Ich überprüfte das Dokument, das ich eben ausgefüllt hatte, und blickte dann irritiert auf. »Aber das ist doch richtig, so hast du es mir erklärt.«

Cassie warf mir einen verächtlichen Blick zu. »So habe ich dir das nicht erklärt, weil es einfach falsch ist.« Sie öffnete eine zweite Akte und zeigte mir, wie die Daten dort eingetragen waren. »In jede Zeile kommt eine Zahl, bis alle in derselben Spalte untereinander stehen.«

»Aber du hast es mir vorhin anders erklärt.« Ich war mir sicher, dass sie mir gesagt hatte, ich solle alle Zahlen nebeneinander in dieselbe Zeile schreiben.

»Willst du damit andeuten, dass ich lüge?« Drohend baute Cassie sich vor mir auf. »Oder dass ich dir absichtlich falsch erklärt habe, wie die Akten ausgefüllt werden?«

Ich setzte zu einem Konter an, dass es ihr ganz offensichtlich zu gefallen schien, wenn sie mich fertigmachen könne, schloss meinen Mund jedoch wieder unverrichteter Dinge. Gerade war ich mir noch absolut sicher gewesen, dass Cassie mir falsche Anweisungen gegeben hatte, aber war das wirklich so? Ich stand noch immer völlig neben mir und dachte nahezu ununterbrochen an Julian. Dazu kam die Sorge um Grace, ob mit ihr und dem Baby alles in Ordnung war. Konnte ich mit absoluter Gewissheit sagen, dass ich Cassie genau zugehört und alles richtig aufgefasst hatte?

Konnte ich nicht.

Cassie schien mein Schweigen richtig zu deuten, denn sie schnaubte verächtlich und wandte sich von mir ab. »Sobald Grace wieder da ist, kontrollierst du alle Akten und korrigierst deine Fehler.«

Ich brummte meine Zustimmung und sah ihr hinterher. Bildete ich es mir nur ein oder verhielt sie sich mir gegenüber seit einigen Tagen noch ätzender als sonst? Oder lag es nur daran, dass ich einen Fehler gemacht hatte?

Seufzend blickte ich auf die Uhr und unterdrückte einen Fluch. Noch mindestens eine Stunde, bis Grace zurück war. Irgendwas sagte mir, dass mir ein langer Vormittag bevorstand.

Als ich nachmittags in meinem Zimmer saß und durch die GED-Unterlagen blätterte, die Grace mir vor einigen Tagen gebracht hatte, summte mein Handy. Ich ließ mich auf mein Bett fallen, nahm das Handy in die Hand und sah, dass Katy endlich die versprochene Gruppe geöffnet hatte. Sie fragte, ob unser Shoppingdate am Freitag noch stand. Wir verabredeten uns für 16 Uhr, und endlich hatte ich etwas, worauf ich mich nach diesem beschissenen Tag freuen konnte.

Michaela holte mich am nächsten Tag um halb vier ab. Sie fuhr eine alte Rostlaube, die in besseren Tagen wohl mal ein Pick-up gewesen war. Das Ding hörte sich an, als würde es aus dem letzten Loch pfeifen, und überall blätterte die Lackierung ab. Aber es hatte vier Räder, fuhr noch und brachte uns sicher in die Franklin Mills Mall.

Katy wartete vor dem Eingang auf uns und umarmte uns fest. »Ich freue mich so, dass es so schnell geklappt hat«, sagte sie vergnügt.

Michaela schnaubte. »Ich habe ehrlich gesagt nicht viele Freunde, ich habe meistens Zeit.«

»Ich bin gerade erst hergezogen, mir geht es nicht anders«, gestand ich.

Katy sah uns beide eindringlich an, als würden ihr unzählige Fragen auf der Zunge liegen und als wüsste sie nicht, ob sie sie stellen konnte. Dann schüttelte sie jedoch den Kopf und sah uns lächelnd an. »Dann lasst uns mal ins Getümmel stürzen.«

Gemeinsam kämpften wir uns durch die einzelnen Geschäfte. Michaela brauchte ein schickes Kleid, weil ihre Mom endlich einen – wie sie sagte – vernünftigen Mann kennengelernt hatte und ihn heiraten wollte. Die Hochzeit würde drinnen stattfinden, weshalb Michaela ein schickes Sommerkleid und passende Pumps brauchte.

Bereits im dritten Geschäft wurden wir fündig. Es war ein gelbes

Kleid, das Michaelas dunkle Haut perfekt zur Geltung brachte, sich eng an ihren Oberkörper schmiegte und locker um ihre Knie hing.

»Das gefällt mir gut«, sagte sie und drehte vor uns eine Pirouette.

»Du solltest öfter Kleider tragen, das steht dir ausgezeichnet«, stimmte ich zu.

»Danke. Ich wusste nur nie, was mir steht und wovon ich besser die Finger lasse.« Sie deutete auf ihr Becken und wollte damit wohl andeuten, dass sie es für zu breit hielt, was mir ein Augenrollen entlockte.

»Papperlapapp«, warf Katy auch sofort ein. »Du hast eine tolle Figur, lass dir von niemandem etwas anderes erzählen.«

»Genau«, stimmte ich ihr zu. »Und gerade für Kleider hast du die perfekte Sanduhr-Figur. Dir steht vermutlich so ziemlich alles.« Mit einem sehnsuchtsvollen Seufzen betrachtete ich ihre Kurven. »Ach, dir steht einfach generell alles. Ich wäre froh, wenn an mir etwas mehr dran wäre.«

Ich wusste, dass ich zu dünn war und locker zwei, drei Kilo mehr vertragen konnte, aber egal wie viel ich aß, ich nahm einfach nicht zu. Dabei achtete ich wirklich nicht darauf, was ich in mich hineinstopfte. Früher hatte ich eine normale, gesunde Figur gehabt, aber seit dem Unfall musste ich um jedes Kilo kämpfen. Als wäre mein Körper in einem dauerhaften Stresszustand, der Zunehmen einfach unmöglich machte.

Der Unfall war der Auslöser meiner Amnesie gewesen. Nachdem Jaxon in den Keller geplatzt war, als das Arschloch mich vergewaltigt hatte, wollte er mit mir abhauen. Um uns aufzuhalten, wollte das Arschloch mich mit der Pfanne voll von heißem Fett übergießen, aber Jaxon hatte mich in letzter Sekunde aus dem Weg stoßen können. Dabei war ich gestolpert und mit dem Kopf gegen die Tischkante geknallt. Während ich die Amnesie davongetragen hatte, hatte Jaxon das heiße Fett abbekommen und war für den Rest seines Lebens mit Narben gezeichnet.

Ich schüttelte den Kopf, um diese Gedanken zu vertreiben.

Michaela lächelte und klopfte sich auf den Po. »Du kannst gerne etwas davon abhaben.«

»Du hast ja keine Ahnung, wie gern ich das annehmen würde.«

»Hey«, ging Katy zwischen uns. »Könnt ihr jetzt bitte aufhören, über eure Figuren herzuziehen? Ihr seht beide toll aus. Wir können nun mal nicht alle gleich aussehen, was auch total langweilig wäre. Trotzdem seid ihr beide gesund, habt eine rosige Gesichtsfarbe und viel wichtiger als Konfektionsgröße oder Bauchumfang sollte doch sein, ob wir unser Leben genießen und glücklich sind, oder?«

Für einen Augenblick konnte ich sie nur sprachlos anstarren und Michaela schien es nicht anders zu gehen, denn plötzlich war es in der Umkleide absolut still geworden.

Michaela fing sich zuerst wieder. »Fuck, du hast recht.«

Ich räusperte mich und fuhr mir verlegen durch die Haare. »Wir verlieren manchmal zu schnell das Wesentliche aus den Augen, oder?«

Katy schüttelte den Kopf. »Nein, uns Frauen wird nur leider von klein auf eingetrichtert, dass wir nicht genügen. Wir müssen hübsch und schlank sein, sollen am besten keine Widerworte geben und schnell einen Mann finden, der für unseren Lebensunterhalt sorgen kann.« Ich wollte schon darauf antworten, doch Katy holte tief Luft und redete gleich weiter. »Klar, wir befinden uns im 21. Jahrhundert und es ist nicht mehr so verbohrt wie früher, aber in kleinen Nebensätzen fließt das immer noch ein. Und ...« Sie schluckte schwer. »Meine Eltern sind Japaner und erst kurz vor meiner Geburt in die USA gekommen. Sie halten noch an den alten Werten fest und hoffen, dass ich bald einen Anwalt oder Arzt kennenlerne und schnell heiraten werde, damit ich diesen Unsinn mit dem College schnell wieder vergesse.«

Michaela zog die Stirn kraus. »Aber ... du bist doch mit Connor zusammen.«

»Das wissen sie nicht«, sagte Katy kleinlaut.

»Warum?«, fragte ich. Connor war in meinen Augen ein netter Kerl. Nach allem, was ich bisher von ihm gesehen hatte, trug er Katy auf Händen. War es nicht genau das, was Eltern sich für ihre Töchter wünschten?

Katy schnaubte. »Connor ist alles, was meine Eltern nicht für mich wollen.« Sie zählte an den Händen ab. »Er ist weiß, kommt aus einer mittelständischen amerikanischen Familie, er studiert Musik, in den Augen meiner Eltern das schlimmste Fach, das es nur gibt, und auch das macht er nur, weil er hofft, sich in dieser Zeit als Drummer mit seiner Band einen Namen zu machen.«

»Ohhh, er spielt in einer Band? Sind sie gut?« Michaela klang durchaus interessiert.

»Eher nicht so.«

»Aber warte mal …«, warf ich ein. »Wollen deine Eltern denn nicht, dass du glücklich bist?«

»Doch, natürlich wollen sie das.« Katy seufzte schwer und schien ein bisschen in sich zusammenzufallen. »Deswegen kann ich ihnen nicht mal böse sein. Sie wollen nur das Beste für mich, aber das beinhaltet für sie, dass ich einen erfolgreichen Ehemann finde, der mir ein Leben bieten kann, bei dem ich mich voll und ganz auf die Erziehung unserer Kinder konzentrieren kann. Aber ich brauche keinen Mann, denn ich plane eine Badass-Reporterin zu werden. Aber auch das kann Mom nicht nachvollziehen. Sie geht voll darin auf, den Haushalt zu schmeißen und uns Kinder großzuziehen.«

»Hast du mal versucht, mit ihr darüber zu reden?«

Katy lachte. »Unzählige Male. Aber so, wie ich ihren Standpunkt nicht verstehen kann, geht es ihr mit meinem.« Sie zuckte mit den Schultern. »Aber ich liebe sie trotzdem.«

Ich nahm ihre Hand und drückte sie kurz. Sie lächelte mich traurig an.

»Kommt, lasst uns weiter«, schlug sie nach einem Moment der Stille vor.

Wir schlenderten noch zwei Stunden durch die Mall und probierten alle möglichen Klamotten an, ohne jedoch etwas zu kaufen. Es war schön, einfach mal einen Nachmittag mit anderen Frauen zu verbringen, über Mädchendinge zu reden und herumzublödeln, indem wir die furchtbarsten Klamotten anzogen, die wir finden konnten, und uns in der Umkleide gegenseitig darin fotografierten.

Ich hatte schon lange nicht mehr so viel gelacht oder derart die Zeit vergessen. Selbst Julian hatte ich zeitweise völlig aus meinen Gedanken verbannt.

»Habt ihr Hunger? Wollen wir noch was essen gehen?«, fragte Michaela, als wir die Mall gegen 19 Uhr verließen.

»Ich habe immer Hunger«, sagte ich.

»Ich auch. Und ich kenne das perfekte Restaurant.« Katy hakte sich rechts bei mir und links bei Michaela unter. »Es ist gleich hier um die Ecke, kommt mit.«

Wir mussten kaum fünf Minuten laufen, bis Katy vor einer eher unscheinbaren Tür hielt. Das Gebäude sah mehr aus wie ein Wohnhaus als ein Restaurant. Nur eine rote Leuchtreklame, auf der Asia Palace stand, deutete darauf hin, dass sich hier mehr verbarg, als man auf den ersten Blick erkennen konnte.

»Das sieht nach nichts aus«, sagte Katy entschuldigend, »aber hier gibt es das beste Thai-Food. Ich hoffe, ihr mögt das.«

»Hab ich noch nie gegessen«, gestand ich. »Ich bin zwar beim Essen eher pingelig, aber ich finde sicher etwas, das mir schmeckt.«

Zwei Augenpaare starrten mich entgeistert an. »Du hast noch nie asiatisch gegessen?«, wollte Michaela wissen.

Ihr Tonfall brachte mein Herz dazu, sich panisch zu beschleunigen. Es kam mir vor, als würde sie über mich urteilen, und ihr eindringlicher Blick tat sein Übriges dazu bei.

»Ich hab mich bisher nie wirklich getraut.« Das war zumindest die halbe Wahrheit. Zu Hause hatte es früher bestenfalls aufgewärmte Fertiggerichte gegeben. Auf der Ranch bekamen wir zwar immer frisch zubereitetes Essen, davon aber viel Gemüse, das selber angepflanzt wurde. Seit ich in Philadelphia war, hatte ich öfters mal darüber nachgedacht, asiatisches Essen auszuprobieren, mich alleine aber nicht getraut, weil ich die meisten Gerichte nicht kannte und mir nicht die Blöße geben wollte, im Restaurant wildfremde Leute zu fragen.

Ein Grinsen breitete sich auf Michaelas Gesicht aus. »Jetzt hast du uns ja, wir sagen dir schon, was gut ist.«

Gemeinsam betraten wir den Laden und setzten uns an einen Tisch in der Ecke. Katy und Michaela erklärten mir die Gerichte auf der Karte und ich entschied mich für ein Massaman-Curry.

Während wir auf unsere Gerichte warteten, schweiften meine Gedanken zu Julian ab und dem Abend, als er mit mir Essen gewesen war. Hätte Jaxon diesen Abend nicht jäh beendet, wäre es das perfekte Date gewesen – obwohl ich es damals noch gar nicht als solches wahrgenommen hatte. Schmetterlinge flatterten durch meinen Magen bei der Erinnerung, wie zuvorkommend Julian sich verhalten hatte. Eigentlich verhielt er sich mir gegenüber immer zuvorkommend, wenn ich darüber nachdachte.

Und dann fiel mir unser Kuss wieder ein und meine Gefühlswelt wurde erneut in totales Chaos gestürzt. Hitze breitete sich in mir aus, den ich wünschte mir nichts sehnlicher, als seine Lippen erneut auf meinen zu spüren. Gleichzeitig hatte ich Angst davor, dadurch ein weiteres Mal in die Vergangenheit katapultiert zu werden. Außerdem fragte ich mich, ob Julian wohl eine Erklärung erwartete, wenn ich mich für meinen plötzlichen Abgang entschuldigte. War ich bereit, ihm eine zu geben?

Was sollte ich nur machen?

»Lucy? Bist du noch bei uns?« Michaela schnippte mit den Fingern vor meinem Gesicht.

»Julian hat mich geküsst«, platzten meine Gedanken aus mir heraus.

Schlagartig wurde es still am Tisch. Ich wusste nicht, worüber Katy und Michaela geredet hatten, so weggetreten war ich gewesen, aber ihren verständnislosen Gesichtern nach zu urteilen, musste es etwas völlig anderes gewesen sein.

»Julian hat mich geküsst«, wiederholte ich, als hätten sie mich beim ersten Mal nicht verstanden.

Es war noch einen Wimpernschlag ruhig, dann stieß Katy ein freudiges Quieken aus. »Oh, Lucy, das ist ja ganz wunderbar. Wie war es?«

»Ich hab ihn von mir gestoßen und bin weggelaufen«, sagte ich und vergrub mein Gesicht in den Händen, weil ich die beiden plötzlich nicht mehr ansehen konnte.

»War er so schlecht?«, fragte Michaela ungläubig.

»Nein, das ist es nicht«, beeilte ich mich zu sagen. »Aber ...« Ich wusste nicht, wie ich weiterreden sollte.

Eine kühle Hand legte sich auf meinen Unterarm und drückte aufmunternd zu. Als ich aufsah, blickte ich in Katys verständnisvolle Augen. »Du musst uns das nicht erklären.«

»Nein. Es ist nur ...« Nachdenklich zog ich an meinem Haarband und band meinen Zopf neu. »Ich will mich nicht weiterhin vor allem und jedem verstecken und mich in Geheimnissen und Halbwahrheiten verstricken.« Ich wollte meinen neuen Freundinnen vertrauen und mit ihnen über alles reden können. Aber die Angst blieb, dass sie sich in Abscheu von mir abwenden könnten – wie Julian auch.

»Okay, dann machen wir es anders.« Auch Michaela lächelte mir aufmunternd zu. »Hat Julian etwas falsch gemacht?«

Entschieden schüttelte ich den Kopf. »Absolut nicht. Er hat etwas gemacht, was mir eigentlich gefallen hat - aber es hat mich leider auch an eine unschöne Zeit in meiner Vergangenheit erinnert.« Untertreibung des Jahrhunderts.

»Und wenn du ihm das sagst?«, warf Katy ein.

»Was?« Entsetzen machte sich in mir breit. Ich sollte Julian sagen, woran er mich erinnert hatte, als wir uns geküsst hatten? Ausgeschlossen.

»Du musst ihm ja nicht genau sagen, was in deiner Vergangenheit passiert ist, sondern nur, dass diese bestimmte Geste dich an etwas Negatives erinnert und dich in Panik versetzt hat. Ich kenne Julian zwar nicht gut, aber ich bin mir absolut sicher, dass er es dann nicht mehr macht, bis du ihm versicherst, dass es okay ist.«

Nachdenklich legte ich den Kopf schief. Die Idee war gar nicht schlecht. So könnte ich Julian sagen, warum ich weggelaufen war und ihn gleichzeitig langsam auf das Monster meiner Vergangenheit vorbereiten.

Kapitel 12

Julian

»Alter, hörst du uns überhaupt zu?«

Wie durch dichten Nebel drangen Connors Worte zu mir durch und ich blickte überrascht auf. Natürlich war ich dem Gespräch nicht gefolgt. Ich war zu sehr in meinen eigenen Gedanken versunken gewesen und hatte mich von dem gleichmäßigen Aufschlagen unserer Sportschuhe auf der Tartanbahn hypnotisieren lassen. Ich hatte gehofft, das Training würde mich endlich aus meinen Grübeleien herausholen, in die ich seit dem Kuss mit Lucy verfallen war – oder besser gesagt, seit sie danach vor mir geflüchtet war -, aber das genaue Gegenteil war der Fall.

»Worüber habt ihr gesprochen?«, fragte ich schnaufend. Ein Blick auf meinen GPS-Tracker zeigte mir, dass wir uns bereits der 19-Meilen-Marke näherten. Damit waren wir fast am Ende der Distanz, die wir uns für heute vorgenommen hatten. Das erklärte auch, warum ich langsam außer Atem kam.

»Wir haben über den Trainingsplan für die nächsten zwei Wochen gesprochen«, erklärte Connor.

»Wir haben beschlossen, die Woche vor dem Marathon nur noch zwei kurze, lockere Fünf-Meilen-Läufe einzulegen und ansonsten zu regenerieren.« Preston schnaufte noch mehr als ich und ich warf ihm einen fragenden Blick zu. Er schüttelte jedoch den Kopf, als wollte er mir sagen, die letzte Meile schaffe er auch noch.

»Da stimme ich zu, aber wir sollten in den kommenden anderthalb Wochen das Training noch ein bisschen anziehen. Auch wenn wir nicht die komplette Distanz vorher laufen, will ich wenigstens die 24 Meilen noch knacken.« Ich wollte diesen Marathon unbedingt schaffen und dafür bestmöglich vorbereitet sein. Nicht auszudenken, wie sehr ich mich ärgern würde, wenn ich kurz vor dem Ziel aufgeben musste, nur weil mir die Puste ausging.

»Dann können wir uns das für nächsten Samstag vornehmen. Das wird dann unser letzter langer Lauf, okay?«, schlug Preston vor.

Ich nickte ihm zu und wir verfielen in Schweigen. Nur unsere gleichmäßigen Schritte und immer lauter werdende Atmung waren zu hören. Ich wischte mir den Schweiß aus dem Gesicht und ließ meine Gedanken kreisen.

Sofort landeten sie wieder bei Lucy und unserem Kuss. Ich wusste bis heute nicht, was in mich gefahren war, dass ich sie an ihrer Haustür derart überfallen hatte. Es war überhaupt nicht meine Absicht gewesen, aber ich hatte mich in dem Moment nicht mehr zurückhalten können. Zu lange hatte ich mir schon gewünscht, dass wir uns küssten.

Und zuerst hatte Lucy meinen Kuss auch erwidert, bevor sie mich abrupt von sich gestoßen hatte.

Hatte es ihr nicht gefallen? War ihr meine Leidenschaft einfach zu viel gewesen? Der panische Ausdruck in ihren Augen hatte mich irritiert. Es war, als hätte sie mich gar nicht mehr erkannt, als wäre sie plötzlich ganz woanders gewesen.

Ich fühlte mich, als hätte man mich mit Eiswasser übergossen, als mir ein ganz anderer Gedanke kam. Hatte vielleicht mal jemand versucht, sich ihr aufzudrängen? Hatte sie deswegen so heftig reagiert? Das würde ihr Verhalten erklären, genauso wie die Panik, die über sie gekommen war.

Meine Hand ballte sich zur Faust und ich war versucht, auf irgendetwas einzuschlagen. Beim bloßen Gedanken daran, dass jemand Lucy auch nur falsch angesehen hatte, wollte ich denjenigen finden und ihn windelweich prügeln. Lucy hatte es nicht verdient, dass man sich ihr aufzwang – niemand hatte das!

Leider brachten mich weder meine Wut noch meine Überlegungen weiter, da ich keine Ahnung hatte, wie ich vorgehen sollte. Sie darauf ansprechen? Auf gar keinen Fall. Ich wusste nicht, ob ich mit meiner Vermutung richtig lag, und ich wollte sie nicht unter Druck setzen. Vielleicht war sie noch nicht bereit, darüber zu reden.

Fuck, was sollte ich nur tun?

Wir beendeten unser Training und zogen uns in der Umkleide fix unsere Trainingsjacken über, bevor Preston uns zurück zum Wohnheim fuhr. Preston und Connor wohnten in demselben Gebäude wie David und ich, teilten sich jedoch eine Wohnung in der Etage über uns. Auf der Treppe, die zu meinem Gang führte, verabschiedete ich mich von ihnen.

Ich wollte gerade meinen Schlüssel ins Schloss stecken, als mein Handy zu klingeln begann. Ich ließ die Tasche von meiner Schulter gleiten und wühlte im vorderen Fach, bis ich das Smartphone gefunden hatte. Ein Blick auf das Display genügte, um mein Herz schneller schlagen zu lassen.

Lucy.

Mit zitternden Händen nahm ich den Anruf an.

»Hey, Lucy.«

»Hi.« Ihre Stimme klang leise und unsicher in meinen Ohren.

»Hey, schön von dir zu hören. Wie geht's dir?«

»Ich ... können wir reden?«

Mein Magen zog sich schmerzhaft zusammen. Wann immer eine Frau das zu einem Mann sagte, hatte es nie etwas Gutes zu bedeuten.

»Klar«, sagte ich dennoch, denn wie könnte ich ihr je etwas abschlagen? »Ich komm gerade vom Training und muss zuerst duschen. Aber ich könnte in einer Stunde bei dir sein.«

»Können wir uns am Delaware River treffen? Am Race Street Pier?«, fragte sie stattdessen.

»Sicher.« Ich musste schlucken, um die aufkommende Enttäuschung nicht in meine Stimme einfließen zu lassen. Jetzt war ich mir sicher, dass sie mir einen Korb erteilen würde, denn einen öffentlicheren Platz konnte es kaum geben. Der Race Street Pier war an einem Tag wie heute überlaufen mit Touristen und Einheimischen. Dort ging man nicht hin, wenn man sich Zweisamkeit wünschte. Ich redete mir ein, dass ich die Sache hocherhobenen Hauptes ertragen würde.

»Bis gleich«, verabschiedete ich mich von Lucy und ging duschen.

Eine Stunde später betrat ich den Pier und entdeckte Lucy trotz der vielen Leute auf Anhieb. Sie stand in Jeans und Jacke gekleidet am Ende des Piers und blickte zur Benjamin Franklin Bridge. Rechts von ihr auf der Wiese übte eine Gruppe Yoga-Sportlerinnen gerade den Sonnengruß oder wie auch immer das hieß, aber Lucy schenkte ihnen keine Beachtung.

Sie blickte noch einen Augenblick lang aufs Wasser, dann schien sie mich zu bemerken. Sie drehte sich auf dem Absatz um und sah mich direkt an.

Ihr Blick wanderte an meinem Körper hinab und ein kleines Lächeln bildete sich auf ihren Lippen, als gefiel ihr, was sie sah. War ich gerade noch sicher gewesen, dass sie mich zurückweisen würde, zweifelte ich plötzlich daran. Lucy wirkte entspannt und zuversichtlich.

Mein eigenes Lächeln wurde breiter, je näher ich ihr kam. »Hey«, murmelte ich.

»Hi.« Sie griff nach meiner Hand und drückte sie kurz, was ein Kribbeln durch meinen Arm schickte. »Schön, dass du gekommen bist.«

»Ich bin ganz ehrlich, ich hatte kurzzeitig überlegt, ob ich lieber nicht kommen und mir die schlechten Neuigkeiten ersparen sollte«, gestand ich.

»Welche schlechten …?« Lucy sah für einen Augenblick verwundert aus, dann wurden ihre Augen tellergroß. »Oh … oh! Du dachtest, ich würde dich abservieren, weil wir uns in der Öffentlichkeit treffen?«

Ich nickte und zog entschuldigend die Schultern hoch.

»Oh Gott, das tut mir total leid! Das war nicht meine Absicht. Es gibt allerdings ein paar Dinge, die ich dir erklären muss, und ich dachte, wir könnten dabei einen Spaziergang an der Waterfront machen, weil so schönes Wetter ist.«

Ein Stein fiel mir vom Herzen. »Du willst mir also nicht sagen, dass ich es verbockt hab und du mich nicht mehr sehen willst?«

»Nein, absolut nicht. Wollen wir ein paar Schritte gehen, dann erkläre ich dir alles?«

Ich nickte und gemeinsam gingen wir den Weg am Race Street Pier zurück zur Waterfront. Ich hielt Lucy meinen Arm hin, damit sie sich bei mir einhaken konnte, aber stattdessen nahm sie meine Hand und verschränkte unsere Finger miteinander.

Mein Herz pochte wie verrückt und das Blut rauschte so laut in meinen Ohren, dass ich mich fragte, ob ich Lucys Erklärungen überhaupt verstehen würde. Aber unter keinen Umständen würde ich ihre Hand wieder loslassen, dazu fühlte sie sich viel zu gut in meiner an, als wäre sie das perfekte Gegenstück.

Wir schlenderten am Delaware River entlang und zuerst sagte keiner von uns ein Wort. Das war aber auch gar nicht nötig, denn es war keine unangenehmes Schweigen, sondern ein einvernehmliches. Die Luft zwischen uns knisterte erwartungsvoll und die Haut an meiner Hand kribbelte, wo Lucy sie berührte. Ich hätte stundenlang so weiterlaufen können, aber gleichzeitig war mir klar, dass wir über einiges reden mussten.

»Es tut mir leid, dass ich dich am Donnerstag einfach so hab stehen lassen«, sagte Lucy schließlich.

»Du musst dich nicht entschuldigen«, versicherte ich ihr.

»Ich will nur, dass du weißt, du hast nichts falsch gemacht.«

Ich sah sie mit hochgezogener Augenbraue an, denn so, wie sie Reißaus vor mir genommen hatte, hatte ich ganz offensichtlich etwas falsch gemacht.

Lucy schien meinen Blick richtig zu deuten, denn sie schüttelte entschieden den Kopf. »Du hast nichts falsch gemacht!«, wiederholte sie mit Nachdruck. »Meine Reaktion hatte nichts mit dir, sondern nur mit mir zu tun. Du konntest nicht wissen, dass ich mich so verhalten würde. Selbst ich hätte das vorher nicht gedacht.«

Ich verstand nur Bahnhof. »Wieso hat das was mit dir zu tun?«

»Ich erkläre das total falsch.«

Ich blieb stehen und wartete, bis Lucy mich ansah. »Sag es mir einfach und wenn ich am Ende was nicht verstehe, frage ich nach.«

Lucy betrachtete mich eindringlich, als würde sie in meinen Augen nach Antworten suchen. Ich hielt ihrem Blick stand, wagte nicht einmal zu blinzeln, bis sie schließlich zufrieden nickte.

»Du hast nichts falsch gemacht«, wiederholte sie, »aber als du mich geküsst hast, hat mich das an etwas von früher erinnert. Die Vergangenheit hat mich heimgesucht und war dafür verantwortlich, dass ich unseren Kuss nicht mehr genießen konnte.«

Ich trat einen Schritt näher an sie heran, bis uns nur noch wenige Zentimeter trennten und ich die Wärme spüren konnte, die von ihr ausging. Mit dem Zeigefinger hob ich Lucys Kinn, bis sie mir in die Augen sah. Unsicherheit spiegelte sich in ihrem Blick, aber auch ein Funke Hoffnung war zu sehen.

»Ich bin froh, dass du ehrlich zu mir warst. Eine Sache würde mich allerdings noch interessieren.« Jetzt wandte ich meinen Blick ab, weil ich spürte, wie meine Wangen warm wurden.

»Und die wäre?«

Ich konnte das Lächeln aus Lucys Stimme heraushören, bevor ich mich ihr zuwandte. »Hat dir der Kuss wenigstens ein bisschen gefallen?«

Lucys Lächeln wurde breiter und ein Funkeln trat in ihre Augen. »Genau darüber wollte ich mit dir reden.« Sie legte einen Arm um meine Hüfte und blickte keck zu mir auf. »Ich wollte dich nämlich fragen, ob es möglich wäre, dass wir diesen Kuss wiederholen.«

Das Herz schlug mir plötzlich bis zum Hals und einen Augenblick lang konnte ich Lucy nicht antworten. Ich fragte mich, ob ich sie richtig verstanden oder mir dieser Satz bloß eingebildet hatte. Vielleicht halluzinierte ich ja mittlerweile?

»Julian?«, fragte sie, als ich zu lange geschwiegen hatte.

»Sorry.« Ich räusperte mich.

Sie lehnte sich zu mir und presste ihre Lippen auf meine. Leider nur für den Bruchteil einer Sekunde, der Kuss war vorbei, bevor ich ihn richtig genießen konnte. Zufrieden trat sie einen Schritt zurück, nahm erneut meine Hand und zog mich die Waterfront entlang.

Meine Lippen kribbelten noch und ich konnte nicht ganz begreifen, dass sie mich tatsächlich in der Öffentlichkeit geküsst hatte. Und das, nachdem ich befürchtet hatte, sie würde mich abservieren. Es fühlte sich irgendwie unwirklich, aber gleichzeitig auch ganz fantastisch an.

»Was ist das denn jetzt zwischen uns?«, fragte Lucy irgendwann.

»Was immer du willst«, sagte ich.

»Was ich will?« Lucy sah mich überrascht an. »Ich habe doch überhaupt keine Ahnung von Beziehungen. Ich weiß gar nicht, wie ich das definieren soll.« Sie fuhr sich mit einer Hand durch die Haare und sah sich hektisch um.

Sanft nahm ich ihre Hände in meine und zwang sie zur Ruhe. »Hey, Lucy, sieh mich an.« Ich wartete, bis sich ihr Blick zu meinem hob. »Wenn du es nicht definieren kannst oder willst, dann müssen wir das nicht tun. Ich kann dir sagen, dass ich dich sehr mag und gerne mehr hätte als bloß deine Freundschaft. Ich kann aber verstehen, wenn das zu viel oder zu früh für dich ist, und ich würde dich nie zu etwas drängen oder etwas von dir verlangen, was du nicht willst.«

Erleichtert atmete sie aus und nickte. »Ich mag dich auch sehr und ich will dich auf jeden Fall weiterhin küssen, wenn das für dich okay ist.«

»Was immer du mit mir machen willst«, sagte ich und meinte damit nicht nur Küsse, aber das würde ich Lucy vorerst nicht näher erläutern. Ich hatte im Gefühl, dass sie dafür noch nicht bereit war.

Lucy blieb stehen und drehte sich zu mir um. »Kann ich dich jetzt küssen?«

»Absolut.« Ich trat näher an sie heran und legte meine Hände locker auf ihre Hüften. Ich würde mich von jetzt an zurückhalten und sie weniger dominant behandeln als beim letzten Mal.

Sie verschränkte die Hände in meinem Nacken und zog mich an sich. Dann stellte sie sich auf die Zehenspitzen, sodass wir fast gleich groß waren, und presste ihre Lippen sanft auf meine. Ein Seufzen entwich mir und ich ließ meine Hände über ihren Rücken wandern.

Lucy seufzte an meinen Lippen, öffnete leicht ihren Mund und ließ ihre Zunge über meine Unterlippe streichen. Diese simple Geste ließ all mein Blut südlich wandern und ich schob mein Becken zur Seite, damit Lucy meine wachsende Erregung nicht spüren konnte. Ich wusste nicht, wie sie darauf reagieren würde.

Gleichzeitig öffnete ich meinen Mund und vertiefte unseren Kuss, bis ich kaum noch klar denken konnte. Es war vermutlich mein Glück, dass Lucy sich kurz darauf schwer atmend aus meinen Armen löste, denn ich wäre dazu nicht mehr in der Lage gewesen. Keuchend lehnte ich mich an das Geländer, das verhinderte, dass Spaziergänger durch ein kleines Ungeschick in den Delaware River fielen.

»Verdammt.« Ich versuchte meine Gedanken zu ordnen und meinen Körper unter Kontrolle zu bekommen.

»Vielleicht war das mit dem Küssen doch keine so gute Idee«, sagte sie verlegen.

Ich schenkte ihr ein Lächeln. »Das Küssen war eine hervorragende Idee, nur die Location ist es nicht.« Ich hielt ihr meine Hand hin. »Vertraust du mir?«

Für den Bruchteil einer Sekunde betrachtete sie meine Hand, dann griff sie danach. »Ja.«

Lucy

Eine Stunde später kamen wir an unserem Ziel an. Wir hatten Philadelphia über die Benjamin Franklin Bridge verlassen und waren zum Wharton State Forest gefahren. Julian parkte den Wagen auf dem Parkplatz und bedeutete mir auszusteigen.

»Du fährst mit mir in den Wald? Willst du mich hier umbringen und meine Leiche verscharren, wo niemand sie je finden wird?«, fragte ich neckend.

»Das würde hier nicht funktionieren. Dazu ist der Wald zu klein und es laufen zu viele Förster herum.« Julian trat an meine Seite und nahm meine Hand. »Ich wollte dir hier etwas zeigen.«

Mehr sagte er nicht, während wir einem gewundenen Pfad in den Wald und tiefer ins Dickicht folgten. Zuerst ging es nur geradeaus, dann eine Anhöhe hinauf. Je weiter wir uns von der Straße und dem Parkplatz entfernten, desto stiller wurde es, bis uns nur noch das Zirpen der Vögel und das gelegentliche Rascheln eines Tieres im Unterholz begleitete. Ich bildete mir ein, dass auch die Luft besser wurde, und atmete tief den frischen Waldduft in meine Lunge.

Julian und ich sprachen nicht, während wir durch den Wald spazierten, trotzdem war ich mir seiner Nähe und jeder Geste, die er machte, überdeutlich bewusst. Die Luft um uns herum schien angesichts unserer gegenseitigen Anziehungskraft zu flimmern und seine Hand, die noch immer in meiner lag, verursachte ein angenehmes Ziehen in meinem Bauch. Ich fragte mich, was Julian mir zeigen wollte, denn außer Bäumen und diesem Trampelpfad schien es in diesem Wald nichts zu geben.

Der Weg wurde steiler, aus dem kleinen Hügel war ein richtiger Berg geworden und schon bald begann ich vor Anstrengung zu schnaufen.

»Ich bin echt nichts mehr gewohnt«, keuchte ich und wischte mit dem Handrücken eine Schweißperle von meiner Stirn, während ich mich halb von Julian den Berg hinaufziehen ließ.

»Vielleicht solltest du doch mal mit mir joggen gehen.« Ihm schien der Anstieg überhaupt nichts auszumachen. Weder atmete er schwer, noch schien er zu schwitzen.

»Nur über meine Leiche!« Wenn ich bei diesem kleinen Anstieg schon derart aus der Puste geriet, würde ich sicherlich sterben, sollte ich mit Julian zusammen laufen gehen.

»Ach komm, so schlimm ist es doch gar nicht.« Er blieb stehen und drehte sich zu mir um.

Dankbar für die Pause stützte ich meine Hände auf die Knie und nahm einige tiefe Atemzüge, bis sich mein rasendes Herz etwas beruhigt hatte. Der Schweiß lief mir noch immer den Nacken hinab.

»Okay, wir können weiter«, sagte ich, als es mir etwas besser ging.

»Wieso weiter? Wir sind da.« Julian klopfte neben sich aufs Holz und erst da fiel mir die Treppe auf, die auf einen Hochsitz führte.

Ich reckte den Kopf in den Nacken. »Da müssen wir rauf?«

»Yep, nach dir.« Julian machte Platz, sodass ich an die Leiter herankam.

Mir erschloss sich noch immer nicht, was wir hier wollten, aber ich vertraute Julian und kraxelte die Leiter hinauf. Zum Glück hatte ich kein Problem mit Höhen oder wackeligen Konstrukten, sonst wäre ich sicher nicht weiter als bis zur zweiten Stufe gekommen.

Sobald ich auf der Plattform angekommen war, wusste ich, warum Julian mich hergebracht hatte. Wir befanden uns auf dem Berggipfel und der Hochsitz war hoch genug, dass man über die Wipfel der Bäume schauen konnte. Ein wunderschöner Ausblick auf das Tal erstreckte sich vor mir. Die Baumkronen wiegten sich sanft im Wind und über uns zogen kleine Schäfchenwolken über den Himmel. Man konnte unendlich weit sehen. Ganz in der Ferne bildete ich mir sogar ein, die Hochhäuser von Philadelphia erkennen zu können.

»Und?« Julian war hinter mich getreten und legte seine Arme um meinen Bauch.

»Es ist wunderschön«, sagte ich ehrfürchtig.

»Hier komme ich immer her, wenn mir alles in Philadelphia zu viel wird, wenn ich Ruhe brauche und abschalten muss«, gestand Julian.

Ich griff nach Julians Händen und zog sie fester um meine Mitte. Ich konnte mir gut vorstellen, dass dieser Ort einem beim Abschalten helfen konnte. Ich legte meinen Kopf an Julians Schulter und spürte seinen Atem in meinem Nacken.

»Wenn du das nächste Mal herkommst, würdest du mich mitnehmen?«

»Wann immer du willst«, antwortete er und hauchte mir einen Kuss auf die Wange.

Einige Sekunden genoss ich die Ruhe, ehe die Worte aus mir herauspurzelten. »Ich hatte eine durch einen Unfall ausgelöste Amnesie und konnte mich an nichts erinnern, auch nicht an Jaxon. Deswegen habe ich die letzten Jahre ohne Jaxon auf der Ranch verbracht.«

Julian versteifte sich kurz hinter mir, dann spürte ich ihn nicken. »Aber hat Jaxon nicht versucht, bei dir zu bleiben?«

Ein überraschtes Lachen entwich mir, denn er hatte ja keine Ahnung, wie sehr Jaxon das versucht hatte. »Und ob. Aber für mich war er ein Fremder, der sich mir aufgedrängt hat. Ich wollte ihn nicht bei mir haben. Ich wollte damals niemanden bei mir haben, der mich aus der Zeit davor kannte. Ich habe mich von den vielen Fragen, wie es mir geht und ob ich mich an irgendwas erinnern kann, unter Druck gesetzt gefühlt. Als hätte ich versagt, weil ein weiterer Tag vergangen war, an dem ich Jaxon nicht erkannt habe.« Noch immer versetzte mir der Gedanke an die Anfangszeit im Krankenhaus einen Stich. Nicht nur die Amnesie hatte mir zu schaffen gemacht, sondern auch die schwere Gehirnerschütterung, die ich mir bei dem Sturz zugezogen hatte. Wochenlang hatte ich mit starken Kopfschmerzen und Schwindel zu kämpfen. Und so leid es mir im Nachhinein tat, dass ich Jaxon von mir gestoßen hatte, war es damals der für mich einzig mögliche Schritt gewesen.

»Das muss furchtbar gewesen sein. Für dich wie auch für Jaxon.« Julian hatte mich losgelassen und stand nun neben mir. In seinen Augen konnte ich Traurigkeit und Mitgefühl entdecken, aber zum Glück kein Mitleid.

»War es auch«, stimmte ich zu. »Aber niemand von uns kann die Vergangenheit ändern, egal wie sehr wir uns das vielleicht wünschen. Wir können nur daraus lernen, um es in Zukunft besser zu machen.«

»Jaxon scheint dir vergeben zu haben.«

Ein Lächeln breitete sich auf meinen Lippen aus. »Viel mehr als das. Er hat mich nie aufgegeben. Seine Adoptivmutter hat mir den Platz auf der Ranch besorgt und wenn sie mich besucht hat, hat sie mir nicht nur verraten, wie es Jaxon ging, sondern mir auch gesagt, dass er öfter nach mir fragte und wissen wollte, wie es mir ging und ob ich Fortschritte machte. Er hat mich nicht aufgegeben und das hat mir unheimlich viel Kraft zum Weiterkämpfen gegeben.«

Julian zog mich an seine Brust und drückte mir einen Kuss auf die Stirn. »Ich bin froh, dass du ihn hast.«

Kapitel 13

Lucy

Julian machte mich einfach nur glücklich. Nach allem, was ich bisher erlebt hatte, hätte ich das niemals für möglich gehalten.

Eine Woche war vergangen, seit wir uns ausgesprochen hatten, und in dieser Zeit hatten wir uns praktisch jeden Tag gesehen. Julian war nach dem College zu mir gekommen oder ich zu ihm, wir hatten zusammen gekocht, Filme geschaut und manchmal verbrachten wir sogar die Nächte zusammen, wobei Julian mich zu nichts drängte. Er hatte sich nicht einmal vor mir umgezogen und immer in T-Shirt und Boxershorts geschlafen, und ich hatte mir mehr als einmal gewünscht, ihn ohne Kleidung sehen zu können.

Ich fragte mich, wie er dabei so ruhig bleiben konnte. Denn er wirkte, als würde es ihn nicht stören, dass zwischen uns außer Küssen noch nichts passiert war. Was selbst mich mittlerweile störte. Wann immer unsere Küsse tiefer und leidenschaftlicher wurden, machte sich ein Hunger nach mehr in mir breit, der mir beinahe körperliche Schmerzen bereitete und den ich durch nichts anderes stillen konnte. Es war mittlerweile so schlimm, dass ich selbst dann ununterbrochen daran dachte, wenn ich gar nicht mit Julian zusammen war.

Wie jetzt gerade.

Ich war mit Jaxon auf dem Weg in ein Café, wo wir Steven, unseren Dad, treffen würden. Es war mein erstes Treffen mit unserem richtigen Vater und obwohl ich unfassbar nervös war, ihn kennenzulernen, war ich mit den Gedanken einfach nicht bei der Sache. Ich dachte noch immer an den Kuss, mit dem Julian mich an der Haustür verabschiedet hatte und der ein Versprechen auf mehr gewesen war.

»Wir sind da«, riss Jaxon mich aus meinen Gedanken.

Wir waren vor dem Café zum Stehen gekommen und beim Anblick des Volo Coffee House brach mir kalter Schweiß aus.

»Wollen wir rein?« Ich schob meine zitternden Hände in meine Jackentaschen und sah meinen Zwilling fragend an.

Jaxon packte locker meine Oberarme und sah mich eindringlich an. »Bist du sicher, dass du dazu bereit bist?«

Nein!

»Aber klar doch.« Ich versuchte, mein Lächeln möglichst ehrlich wirken zu lassen, und nach einem Moment nickte Jaxon.

»Dann mal los.« Er hielt mir die Tür auf und folgte mir in das Café. Ich entdeckte Steven sofort, denn Jaxon hatte mir im Vorfeld Fotos von ihm gezeigt. Er saß an einem Tisch im hinteren Teil des Raumes, etwas abseits von den anderen Gästen.

Sobald er uns erblickte, stand er auf und ein Lächeln breitete sich auf seinem Gesicht aus. Es sollte sicher zu meiner Beruhigung beitragen, aber das genaue Gegenteil war der Fall. Mein Magen rumorte derart, dass mir davon schlecht wurde, und obwohl es relativ kühl war, spürte ich, wie mir der Schweiß das Rückgrat hinablief.

Dann stand Steven auch schon vor mir und ich nahm einen tiefen Atemzug, um meine Angst zu verdrängen. Ich hatte das Arschloch überlebt, da würde Steven eine Kleinigkeit für mich sein.

»Hallo, Lucy. Ich bin so froh, dass wir uns endlich kennenlernen.«

Bevor ich darauf antworten konnte, hatte er meine Hand auch schon mit seinen umfasst. Sie waren warm und sanft, und meine Angst ließ ein wenig nach. Trotzdem war mein Hals wie zugeschnürt. Ich bekam kein Wort heraus und konnte ihm nur zunicken.

Steven lächelte freundlich und schien selbst etwas unsicher. »Habt ihr gut hergefunden?«

Sein Blick ruhte auf mir und er schaute mich mit den gleichen grünen Augen an, wie Jaxon sie hatte. Eigentlich sollte mich das beruhigen, aber ich schaffte es nicht, Herr meiner Angst zu werden. Ich nickte erneut und versuchte den Kloß herunterzuschlucken, der sich in meiner Kehle festgesetzt hatte.

Jaxon räusperte sich und antwortete an meiner Stelle. »Ich habe Lucy abgeholt, ich kenne das Café ja.« Er hatte es sogar als Treffpunkt vorgeschlagen, wie er mir im Auto berichtet hatte. Er kam regelmäßig mit Emma hierher.

»Warst du schon mal hier, Lucy?«

»Nein«, brachte ich mit Müh und Not hervor. Was war nur mit mir los? Meine Gedanken rasten und alle möglichen Horrorszenarien gingen mir durch den Kopf. Damit blockierte ich mich derart, dass ich kaum ein Wort über die Lippen brachte.

Steven nickte und sah etwas unschlüssig aus. Dann wandte er sich Jaxon zu und fragte nach einem Vortrag, über den die beiden wohl schon mal gesprochen hatten.

Wir setzten uns und während Steven und Jaxon redeten, warf mein Dad mir immer wieder verstohlene Blicke zu. Seine Hände lagen auf der Tischplatte und er wrang sie nahezu ununterbrochen, als wäre er genauso nervös wie ich.

»Lucy«, wandte Steven sich schließlich an mich. »Jaxon hat mir erzählt, dass du die letzten Jahre auf einer Ranch gelebt hast.«

»Ja, das stimmt.«

Steven und Jaxon sahen mich erwartungsvoll an, als erwarteten sie, dass ich meine Aussage näher erläuterte. Und mir war durchaus bewusst, dass man dadurch normalerweise ein Gespräch in Gang hielt. Jemand erzählte etwas, ein anderer stellte Fragen dazu und vice versa. Aber ich fühlte mich wie gelähmt und mein Kopf war leer gefegt. Ich war unfähig zu sprechen und hasste mich selber dafür. Steven räusperte sich und fuhr sich mit einer Hand durch die Haare.

»Hast du Tiere schon immer gemocht?«, wollte er wissen, woraufhin ich bloß mit den Schultern zucken konnte.

»Lucy hatte schon früher Poster von Pferden in ihrem Zimmer hängen«, half Jaxon diesmal aus. Steven wandte ihm seine Aufmerksamkeit zu und ich hatte das Gefühl, wieder etwas freier atmen zu können.

Eine Kellnerin kam zu uns an den Tisch und ich schaffte es, einen Cappuccino zu bestellen, ohne mich zu übergeben oder anderweitig zu blamieren. Aber sobald Steven mich wieder ansah, war ich erneut wie blockiert. Ich brachte keinen Ton heraus, hatte Angst, etwas Falsches zu sagen, und obwohl ich im Vorfeld unzählige Fragen gehabt hatte, die ich ihm gerne gestellt hätte, fiel mir jetzt keine einzige mehr davon ein.

Jaxon und Steven begannen eine Unterhaltung über die Eagles, die mich überhaupt nicht interessierte, weil ich mit Football nichts anfangen konnte. Allerdings nahm das den Fokus von mir, wodurch sich mein rasendes Herz etwas beruhigte und das Zittern in meinen Fingern nachließ. Gleichzeitig fühlte ich mich jetzt allerdings auch außen vor, was mir genauso wenig gefiel. Immerhin hatte ich Steven heute kennenlernen wollen und jetzt sprach er nur mit Jaxon.

Um etwas zu tun zu haben, begann ich an meinem Nagellack herumzuknibbeln, bis ich mich darüber ärgerte, meine Nägel verunstaltet zu haben, nachdem ich sie gestern so sorgfältig lackiert hatte. Extra für den heutigen Anlass.

Als die Kellnerin unsere Getränke brachte, stürzte ich mich regelrecht darauf, während ich mich innerlich immer mehr zurückzog und versuchte, mich von der Situation abzuschotten. Steven und Jaxon kamen auch wunderbar ohne mich klar. Sie brauchten mich nicht und so wenig Beachtung, wie sie mir schenkten, vermissten sie es auch nicht, mit mir zu reden.

Steven stellte mir zwar noch einige Fragen und auch Jaxon versuchte mich in das Gespräch einzubinden, aber ich blockte sofort ab und fühlte mich nutzloser und überflüssiger denn je.

Ich konnte es mir überhaupt nicht erklären. Zwar war ich eher zurückhaltend und hatte Angst auf andere zuzugehen, aber ich hatte noch nie Probleme damit gehabt, mit fremden Personen zu sprechen – solange sie mich nicht an das Arschloch erinnerten. Selbst mit Julian hatte ich bei unserem ersten Treffen normal reden können, als er mich mitten in der Nacht aus dem Bett geklingelt hatte.

Also warum stellte ich mich jetzt so an? Seufzend blickte ich auf und direkt in Stevens besorgte Augen. Na, großartig, jetzt hatte er auch noch Mitleid mit mir.

Plötzlich musste ich aus dem Laden raus, weil ich das Gefühl hatte, keine Luft mehr zu bekommen. Die Wände schienen auf mich zuzukommen und mich mit ihrem Gewicht erdrücken zu wollen.

»Sorry«, murmelte ich, schob meinen erst halb getrunkenen Cappuccino von mir weg, griff nach meiner Jacke und flüchtete regelrecht aus dem Café. Draußen blieb ich vornübergebeugt stehen, stützte mich auf die Knie und holte tief Luft, bis das Rauschen in meinen Ohren nachließ und ich wieder etwas freier denken konnte.

Was für eine Katastrophe!

Ich hatte mich so darauf gefreut, meinen Vater kennenzulernen. Warum hatte ich es nur derart in den Sand gesetzt? Kurz überlegte ich, nach Hause zu gehen, aber ich wollte jetzt nicht alleine sein. Eigentlich gab es nur eine Person, die ich jetzt bei mir haben wollte, weshalb ich mich ohne Umschweife zum Wohnheim aufmachte, in dem Julian lebte.

Vor der Tür wartete ich, bis jemand das Wohnheim verließ, weil man nur mit einer Schlüsselkarte hineinkam, die ich nicht besaß. Dann erklomm ich die Treppen in den dritten Stock, bog rechts ab und klopfte an die vierte Tür auf der linken Seite. Es dauerte keine zwei Sekunden, bis sie aufgerissen wurde und eine sehr muskulöse, sehr nackte Brust in meinem Blickfeld erschien.

»Hey, Lucy.« David machte einen Schritt zur Seite und ließ mich eintreten. »Julian ist noch duschen, aber setz dich doch.« Er deutete auf die Couch, auf die ich mich auch sogleich fallen ließ. »Willst du was trinken?«

»Cola bitte.«

»Kommt sofort.« David verschwand kurz in der Küche und stellte dann eine Dose Coke vor mir ab. Er deutete mit dem Daumen über seine Schulter. »Ich geh mir mal was anziehen.«

Ich sah ihm hinterher, bis er die Tür hinter sich geschlossen hatte, bevor ich mich nach hinten in die Couchkissen fallen ließ. Was für eine furchtbare Wendung dieser Tag genommen hatte. Dabei hatte er so gut begonnen, als ich in Julians Armen aufgewacht war.

Es dauerte zehn Minuten, bis sich die Badezimmertür öffnete und Julian nur mit einer Boxershorts bekleidet in den Flur trat, während er mit einem Handtuch über seine nassen Haare rieb. Mein Mund wurde mit einem Mal staubtrocken und die Temperatur im Raum schien um zehn Grad anzusteigen.

Schamlos betrachtete ich ihn genauer. Julian war ebenfalls trainiert, allerdings war sein Kreuz weniger breit als Davids. Außerdem zierte ein riesiges Tattoo seine komplette Brust. Es hatte Ähnlichkeit mit einem Tribal, schien aber aus mehreren kleineren Bildern zu bestehen, die miteinander verbunden waren. Ich zu weit von ihm weg, um es genau erkennen zu können, trotzdem betrachtete ich es fasziniert. Obwohl wir die letzte Woche beieinander übernachtet hatten, hatte ich Julian nie ohne T-Shirt gesehen, was ich jetzt mehr denn je bedauerte. Der Wunsch, die Konturen des Tattoo mit meinen Fingern nachzuzeichnen, wurde nahezu übermächtig, weshalb ich meine Hände unter meine Oberschenkel schob.

»Lucy, was machst du denn hier?«, riss Julian mich aus meiner Bewunderung. »Wolltest du dich nicht mit deinem Dad treffen?«

Sofort war Julians Tattoo vergessen.

»Es ist furchtbar gelaufen. Ich habe kein Wort herausbekommen, Steven wird mich jetzt sicherlich hassen und nie wiedersehen wollen.« Ich spürte, wie sich mir die Kehle zuschnürte.

Julian ließ das Handtuch fallen und war in zwei Schritten bei mir. Er kniete sich vor mich und zog mich in seine Arme. Sein Duft stieg mir in die Nase, vermischt mit seinem Duschgel. Seine Haut fühlte sich an meiner überhitzten Wange kühl an und ein Gefühl der Geborgenheit breitete sich in mir aus.

»Willst du mir in Ruhe erzählen, was passiert ist?«

Ich setzte mich auf und zog Julian neben mich auf die Couch. Abwesend spielte ich mit den Fingern seiner rechten Hand, während ich ihm genau schilderte, was sich zugetragen hatte. Wie ich kein Wort herausbekommen, mich völlig aus dem Gespräch ausgeklinkt und mich dann geärgert hatte, dass Jaxon und Steven sich ohne mich unterhielten.

»Und dann habe ich es in dem Café nicht mehr ausgehalten, bin geflüchtet und hergekommen«, schloss ich.

Julian zog mich in seine Arme und drückte einen Kuss auf meine Stirn. »Du warst nervös, das ist völlig normal«, versicherte er mir.

»Aber bei Jaxon habe ich nicht so reagiert.«

»Jaxon ist auch zu dir gekommen, als du dich noch nicht an ihn erinnert hast. Da war kein Druck da. Und als du nach Philly gekommen bist, wusstest du wieder von eurer gemeinsamen Vergangenheit. Das ist etwas anderes als einen wildfremden Mann zu treffen, der plötzlich dein Vater ist. Du machst dir unterbewusst ein Bild davon, wie er sein könnte und wie das Treffen ablaufen soll. Wenn dann nur eine Kleinigkeit anders läuft als gedacht, gerät dein Bild gleich ins Wanken. Und dann machst du vor Panik komplett dicht und bekommst kein Wort mehr heraus.«

Er hatte recht. »Aber was mache ich denn jetzt?« Wie baute man eine Beziehung zu seinem Vater auf, wenn man in seiner Gegenwart das Sprechen verlernte?

»Hast du vorher mal mit ihm telefoniert oder geschrieben?«

»Nein«, gestand ich und fragte mich zum ersten Mal, warum eigentlich nicht. »Dabei habe ich seine Telefonnummer.«

Julian schenkte mir ein Lächeln. »Dann ruf ihn doch an.«

Augenblicklich schoss mein Puls in die Höhe. »Was? Jetzt?«

»Warum nicht?«

Ich wollte protestieren, fand aber keine plausible Erklärung. Zumindest keine, die nicht auf der Angst gründete, dass Steven mich ablehnen könnte.

»Siehst du.« Julian nickte mir aufmunternd zu.

Das Herz schlug mir bis zum Hals, als ich mein Handy aus der Handtasche kramte und die Nummer anwählte.

»Bleibst du bei mir?«, fragte ich Julian leise, als es zum ersten Mal im Hörer tutete.

»Natürlich.« Er griff nach meiner Hand und verschränkte unsere Finger miteinander. Sogleich fühlte ich mich etwas ruhiger, aber nur so lange, bis ich Stevens Stimme hörte.

»Ja?«

»Hi.« Ich räusperte mich. »Hier ist Lucy.«

»Lucy, schön von dir zu hören. Wie geht es dir? Bist du gut nach Hause gekommen?«

»Ja, ich bin zu meinem Freund gegangen, der wohnt in der Nähe«, sagte ich, ohne darüber nachzudenken.

»Zum Glück.« Er klang erleichtert, aber vielleicht bildete ich mir das auch nur ein. »Ich habe mir Sorgen gemacht, als du so plötzlich verschwunden bist.«

»Das tut mir total leid. Die ganze Situation hat mich überfordert.«

»Du musst dich nicht entschuldigen.«

»Doch«, versicherte ich ihm. »Denn du hast meine kalte Schulter nicht verdient. Oder … genau genommen weiß ich das nicht, weil ich dir bisher nicht einmal die Chance gegeben habe, etwas von dir zu erzählen.« Ich blickte zu Julian neben mir auf, der mir zuversichtlich zunickte.

»Dann freut es mich umso mehr, dass du mich angerufen hast und am Telefon mit mir sprechen kannst.«

»Das war Julians Idee.«

»Julian? Ist das dein Freund?«

Röte schoss mir ins Gesicht weil mir erst jetzt bewusst wurde, dass ich ihn gerade zum ersten Mal so genannt hatte. »Ja, das ist er.«

»Jaxon hat mir gar nicht erzählt, dass du einen Freund hast.«

Ich stöhnte innerlich. »Jaxon weiß es auch noch nicht. Zumindest nicht offiziell.« Ich würde ihm so gerne von uns erzählen, aber ich wollte nicht, dass er wieder ausflippte.

»Alles klar, verstanden. Von mir wird er nichts erfahren.« Ich konnte das Schmunzeln in Stevens Stimme hören. »Aber jetzt erzähl mir doch endlich, wie es war, auf einer Ranch aufzuwachsen. Ich finde das unheimlich spannend mit all den Tieren.«

»Das war es auch«, stimmte ich zu, bevor ich von meinem Alltag auf der Ranch berichtete. Wie wir Kinder uns morgens um die Pferde gekümmert, sie auf die Weide geführt und gefüttert hatten. Wie wir Reitstunden gegeben hatten, sobald wir ausreichend Erfahrung dafür hatten. Dass Freiheit für mich hieß, auf dem Rücken eines Pferdes zu sitzen.

Steven hörte aufmerksam zu, stellte interessierte Fragen und ehe ich mich versah, hatte er mich in eine halbstündige Unterhaltung verwickelt. Ich hatte nicht einmal bemerkt, wie Julian aufgestanden war, um sich anzuziehen, so sehr war ich in das Gespräch vertieft.

Bevor wir uns verabschiedeten, verabredeten wir uns für die kommende Woche erneut zum Kaffee, nur wir beide. Und diesmal war ich zuversichtlich, dass wir eine gute Zeit haben würden.

Nachdem ich aufgelegt hatte, suchte ich Julian und fand ihn in der Küche über die Arbeitsplatte gebeugt vor.

»Was machst du?« Von hinten schlang ich meine Arme um ihn und lehnte meine Stirn an seinen Rücken.

Julian griff nach meiner Hand. »Essen. Hast du auch Hunger?«

Wie auf Knopfdruck knurrte mein Magen und ich musste lachen. »Das sollte deine Frage beantworten. Was gibt es denn?«

»Lasagne.«

»Yummy.« Ich hüpfte neben ihn auf die Anrichte. »Ich wusste gar nicht, dass du kochen kannst.«

Julian grinste, während er den Knoblauch klein schnitt. »Meine Mom hatte Angst, dass ich mich auf dem College nur von ungesundem Fastfood ernähren würde, und hat mich dazu genötigt, einige einfache Gerichte zu lernen. Lasagne, Spaghetti, Mac'n'Cheese, Kartoffelauflauf, solche Dinge.« Er lachte leise. »Ich habe unseren Kochstunden nur zugestimmt, weil ich die Befürchtung hatte, dass Mom ansonsten jeden Abend herkommt, um mir Essen vorbeizubringen.«

Ein seltsames Gefühl breitete sich in mir aus, das ich erst nach wenigen Sekunden als Neid identifizieren konnte. »Du kannst dich glücklich schätzen, dass sich deine Eltern so sehr um dich sorgen«, flüsterte ich.

Julian hielt in der Bewegung inne und sah mich an. Ein mitfühlender Ausdruck trat in seine Augen und ehe ich mich versah, hatte er mich in seine Arme gezogen. »Entschuldige«, murmelte er. »Ich wusste nicht ...«

»Schon okay«, unterbrach ich ihn. »Ich habe dir nie davon erzählt, deswegen kannst du nichts von meiner Familie wissen.«

Julian lehnte sich etwas zurück und schob eine Haarsträhne hinter mein Ohr, wobei seine Finger federleicht über meine Wange strichen. »Aber ich hätte etwas feinfühliger sein können, weil ich weiß, dass du nur noch Jaxon hast und erst vor Kurzem erfahren hast, wer dein Vater ist.«

Das ungute Gefühl in meinem Inneren wurde durch ein warmes, wohliges ausgetauscht und ich drückte Julian einen Kuss auf den Hals. »Deine Rücksichtnahme bedeutet mir unheimlich viel.«

»Ich will doch nur, dass es dir gut geht.«

»Das tut es in deiner Nähe.« In diesem Moment überlegte ich tatsächlich, ob ich ihm nicht von meiner Vergangenheit erzählen sollte, aber der Tag war schon nervenaufreibend genug gewesen. Ich wollte ihn nicht noch dadurch verkomplizieren, dass ich dieses Thema anschnitt. Viel lieber wollte ich den Rest des Abends mit Julian genießen.

Wir aßen gemeinsam mit David zu Abend, wobei die Jungs lustige Geschichten aus ihrer Jugend erzählten. Als David berichtete, wie Julian mit 15 vom Lehrer mit einem Mädchen aus seiner Klasse in der Putzkammer erwischt worden war, konnte ich mich vor Lachen nicht mehr halten. Vor allem, weil besagtes Mädchen die Tochter des Direktors war und zwischen den beiden gar nichts lief, was ihnen natürlich niemand glaubte.

Nach dem Essen verschwand David, weil er mit Emma im Kino verabredet war. Julian und ich machten es uns auf der Couch bequem. Julian stellte eine Playlist an, die leise im Hintergrund lief, während ich mich eng an ihn kuschelte.

Ich war mir seiner Nähe überdeutlich bewusst und alles an mir kribbelte vor gespannter Erwartung auf das, was folgen würde. Denn ich wollte mehr. Julian nur zu küssen, reichte mir nicht mehr aus. Ich wusste nur noch nicht, wie ich ihm das begreiflich machen sollte. Vielleicht, indem ich selbst den ersten Schritt machte?

Das Herz klopfte mir bis zum Hals, als ich meine Hand an Julians Rücken hinabgleiten ließ, bis ich sie unter den Bund seiner Jeans schieben und seine nackte Haut ertasten konnte.

Julian sog scharf die Luft ein und sah mich erstaunt an. »Was machst du da?«

Plötzlich unsicher blickte ich auf. Ich hatte gedacht, er würde es ebenfalls wollen.

»Gefällt es dir nicht?«, wisperte ich.

»Doch, natürlich. Ich dachte nur …«

»Du dachtest was?« Ich schluckte schwer. Wusste er doch mehr aus meiner Vergangenheit? Hatte ihm irgendjemand erzählt, was Jaxon und ich durchgestanden hatten? Einen Moment lang stand Unschlüssigkeit auf seinem Gesicht geschrieben, dann löste es sich in ein Lächeln auf.

»Nicht so wichtig. Mach weiter.« Zur Unterstreichung seiner Worte lehnte er sich vor und presste seine Lippen sanft auf meine. Seine Zunge fuhr über meine Unterlippe, benetzte sie und verlangte Eintritt, den ich ihr nur zu gern gewährte. Gleichzeitig schlüpfte seine Hand unter mein Oberteil und fuhr sanft meine Seite entlang.

Ich presste mich enger an Julian. Seine Hand fühlte sich unheimlich gut an, aber sie war nicht genug. Ich wollte mehr von ihm spüren und das Pochen zwischen meinen Beinen erlösen.

Unser Kuss wurde drängender, Julian saugte an meiner Unterlippe und verwickelte meine Zunge in ein leidenschaftliches Spiel. Seine Hand schloss sich über meine Brust, massierte sie leicht und zwirbelte die Knospe zwischen den Fingern. Obwohl der Stoff meines BHs noch zwischen uns war, konnte ich vor Lust kaum klar denken. Mein Körper reagierte, ohne dass ich einen Einfluss darauf hatte. Mein Oberkörper bog sich Julian entgegen, ich drängte mich enger an ihn und fuhr mit meiner Hand unter dem T-Shirt seinen Rücken entlang.

Im nächsten Moment schob Julian seine Hand unter den Stoff meines BHs. Seine Finger kreisten um meine Brustwarze und rollten sie leicht zwischen sich. Hitze sammelte sich zwischen meinen Beinen und Verlangen durchströmte mich. Ich konnte ein Stöhnen nur unterdrücken, indem ich mir auf die Unterlippe biss. Mir war nicht klar gewesen, dass sich Sex so anfühlen konnte. Nach allem, was das Arschloch mir angetan hatte, hätte ich niemals gedacht, dass ich bei intimen Berührungen überhaupt Lust empfinden könnte.

Und jetzt, wo ich an ihn dachte, zog sich in mir alles schmerzhaft zusammen. Als hätte man mich mit einem Eimer eiskalten Wassers übergossen. Ich versuchte mir nichts anmerken zu lassen und das Arschloch aus meinen Gedanken zu verbannen. Aber das war unmöglich, wenn er sich einmal dort festgesetzt hatte.

Jegliche Lust, die ich verspürt hatte, war wie weggeblasen, die Hitze in meinen Adern durch Eis ersetzt. Innerlich fröstelte ich und ich musste mich zusammenreißen, um mich nicht von Julian wegzudrehen.

Julian hatte die Veränderung nicht mitbekommen. Er küsste zärtlich meinen Hals und ließ seine Hand von meiner Brust hinab zu meiner Hüfte wandern. Das fühlte sich eigentlich gut an, trotzdem konnte ich es nicht mehr genießen.

Fuck, dabei hatte ich es mir so sehr gewünscht, mit ihm zu schlafen.

Julian drehte sich auf mich, bis er zwischen meinen Beinen lag. Seine Lippen fanden meine und plötzlich konnte ich seine Erektion ganz deutlich an meiner Hüfte spüren.

Das war zu viel für mich. Mein Körper verkrampfte sich und ich konnte nicht verhindern, dass meine Hände ihn ein Stück von mir weg schoben. Julian hielt in seinen Bemühungen inne, stützte sich auf Hände und Knie, sodass er nicht mehr auf mir lag, und sah mich aufmerksam an. Augenblicklich tat mir meine Ablehnung leid, aber ich konnte nichts für die Reaktionen meines Körpers. Julian musterte mich eindringlich.

»Zu viel?«, fragte er schließlich mit rauer Stimme, die seine eigene Erregung durchscheinen ließ.

Ich nickte und konnte ihm dabei nicht in die Augen sehen. »Sorry.«

»Du musst dich nicht entschuldigen.« Julian richtete sich auf und fuhr mit einer Hand durch seine Haare. »Möchtest du darüber reden?«

Auf gar keinen Fall, schoss es mir durch den Kopf, aber ich schwächte es auf ein »Noch nicht« ab.

Julians Augen ruhten für einen Moment auf mir und er kaute unschlüssig auf seiner Unterlippe herum. Schließlich nickte er, was mich erleichtert ausatmen ließ.

»Ich geh nur mal schnell ins Bad, um …« Er deutete auf seinen Schritt, wo sich eine deutliche Beule in seiner Hose abzeichnete. Ich konnte das Grinsen nicht ganz verhindern, während ich ihm hinterher sah, bis die Tür hinter ihm ins Schloss fiel.

Kapitel 14

Julian

»Bist du fit?« Preston schlug mir kameradschaftlich auf die Schulter und drückte mir gleichzeitig einen Coffee-to-go-Becher in die Hand. Es war sechs Uhr früh, und er hatte vor dem Wohnheim auf Connor und mich gewartet. Ich bekam meine Augen noch nicht richtig auf, daher brummte ich eine Antwort und machte mich über das schwarze Lebenselixier in meinen Händen her. Das Koffein würde mich hoffentlich aufwecken, bis wir an der Rennstrecke angekommen waren.

Heute war der Tag des Marathons und obwohl ich mich noch im Halbschlaf befand, wurde ich langsam nervös. Dabei fühlte ich mich gut vorbereitet. Ich hatte mein Training durchgezogen, in der letzten Woche jedoch regeneriert, um nicht mit müden Muskeln an den Start zu gehen. Zudem hatte ich seit vier Wochen keinen Tropfen Alkohol getrunken, in der letzten Nacht acht Stunden geschlafen und gerade ein gesundes Frühstück zu mir genommen. Eigentlich konnte nichts schiefgehen.

Eigentlich.

Denn es gab ungefähr hundert Dinge, die noch falschlaufen konnten, aber ich schob jedes einzelne davon in einen entlegenen Teil meines Hirns und dachte stattdessen lieber an den gestrigen Tag, den ich mit Lucy verbracht hatte. Wir hatten Spencer aus dem Tierheim abgeholt und waren mit ihm am Delaware River spazieren gegangen. Seit wir zusammen waren, machten wir das ungefähr einmal die Woche und ich musste gestehen, dass der kleine Racker mir immer mehr ans Herz wuchs. Ihm schien es mit uns genauso zu gehen, denn jedes Mal, wenn wir ihn zurückbrachten, fiel es ihm sichtlich schwerer, sich von uns zu trennen. Ich konnte mir mittlerweile nicht mehr vorstellen, dass er plötzlich aus dem Tierheim verschwand und von jemand anderem adoptiert wurde, sodass wir ihn nicht mehr sehen konnten.

Zwischen Lucy und mir lief es ebenfalls wirklich gut. Wir sahen uns praktisch jeden Tag und mit Ausnahme von letzter Nacht übernachtete sie immer bei mir. Allerdings hatte ich nicht mehr versucht, intimer mit ihr zu werden, seit sie mich vor einer Woche von sich gestoßen hatte. Ich war mir jetzt sicher, dass sie schlechte Erfahrung gemacht haben musste, wollte das Thema jedoch nicht von mir aus ansprechen. Sie sollte selbst entscheiden, wann sie dazu bereit war, sich mir zu öffnen.

Anderthalb Stunden später standen wir in der Startaufstellung. Wir hatten uns etwas weiter hinten angesiedelt und wollten lieber langsamere Läufer überholen, anstatt von zu vielen schnelleren überholt zu werden. Es erstaunte mich, wie viele Läufer es insgesamt waren. Ich hoffte, dass wir alle möglichst mühelos ins Ziel kommen würden.

Während wir auf das Startsignal warteten, hüpfte ich locker auf den Fußballen, um nach dem Aufwärmen nicht mehr auszukühlen.

»Fünf Minuten noch«, sagte Connor nach einem Blick auf seine Uhr.

»Also, noch einmal für alle.« Preston begann an seinen Fingern abzuzählen. »Wir schaffen das gemeinsam oder gar nicht. Wir fangen langsam an und versuchen in unser Tempo zu gelangen. Auf keinen Fall lassen wir uns auf irgendwelche Machtspielchen mit anderen ein und laufen schneller, als wir es gewohnt sind.«

»Ich habe meine Playlist dabei, damit bleiben wir in unserem Tempo.« Ich deutete auf den Knopf in meinem linken Ohr.

»Okay, dann lasst uns das Ding rocken.«

Dann ging es auch schon los. Der Startschuss ertönte und sofort begann Adrenalin durch meine Adern zu pumpen. Ich schaltete meine Playlist an und lief mit meinen Freunden los. Wir glichen unser Tempo einander an und ließen uns von den Anfeuerungsrufen der Zuschauer antreiben. Unzählige Menschen standen am Straßenrand, jubelten uns zu und feuerten uns mit »Go, go, go«-Rufen an. Sie verstärkten damit meinen eigenen Anreiz, schneller zu sein.

Allerdings nur so lange, bis ich nach einigen Meilen das erste Mal auf meinen GPS-Tracker schaute und feststellte, dass wir viel schneller liefen als normal – und damit auch schneller, als wir uns vorgenommen hatten. Ich drosselte das Tempo etwas und beschloss, Preston und Connor nichts davon zu erzählen, damit sie sich keine Sorgen machten.

Aber ich konnte die Gedankenspirale nicht mehr aufhalten. Wir waren zu schnell gestartet und das würde sich früher oder später auf unsere Performance auswirken. Würden wir es bis ins Ziel schaffen oder mussten wir vorher abbrechen?

Meine Beine begannen schwer zu werden, kaum dass wir die Halbmarathon-Markierung passiert hatten. Mir war bewusst, dass es ein mentales Problem meinerseits war, aber das machte meine Beschwerden nicht geringer.

Mein Atem wurde keuchender, mein Puls schoss in die Höhe und ein stechender Schmerz machte sich in meiner Leiste breit. Jegliche Euphorie, die ich noch zu Beginn verspürt hatte, war wie weggeflogen. Ich nahm einen Energieriegel zu mir und biss die Zähne zusammen, in der Hoffnung, dass es wieder besser werden würde.

Wurde es nicht.

Mit jeder Meile, die wir zurücklegten, wurden meine Beschwerden schlimmer. Zuerst dachte ich, es würde nur mir so gehen, dann bemerkte ich, dass Preston noch mehr schnaufte als ich und Connor sich beim Laufen die Leiste hielt.

»Wie viel haben wir schon?«, fragte Connor zwischen zusammengebissenen Zähnen.

»20,5 Meilen«, antwortete ich nach einem Blick auf meine Uhr.

»Fuuuuuuuuuck.« Preston warf mir einen gequälten Blick zu.

»Das pack ich nicht mehr«, keuchte Connor.

»Hey, hier wird nicht aufgegeben.« Ich wollte entschlossen klingen, aber meine eigene Atemlosigkeit machte den Effekt zunichte.

»Wir schaffen es gemeinsam oder wir hören gemeinsam auf«, kam Preston mir zu Hilfe. »Wie wir es vorher besprochen haben.«

Connor warf die Arme in die Luft und schüttelte entschieden den Kopf. »Vergesst es, ihr gebt nicht wegen mir auf. Bringen wir es zu Ende.«

Mit neu gewonnener Motivation machten wir weiter und zogen für kurze Zeit sogar das Tempo etwas an. Aber es hielt nicht lange an, denn schon bald machten sich Müdigkeit und Antriebslosigkeit wieder bemerkbar. An der 23-Meilen-Marke war ich kurz davor aufzugeben, obwohl nur noch etwas mehr als drei Meilen vor uns lagen.

Doch als wir um die nächste Kurve liefen, wurden die Zuschauerrufe plötzlich lauter. Ich blickte auf und mein Herz machte einen Satz, als ich Lucy und unsere Freunde am Straßenrand entdeckte. Sie jubelten uns zu, feuerten uns an und hielten Plakate in die Höhe. Auf Lucys stand: Lauf schneller, ich warte im Ziel auf dich. Zudem warf sie mir einen Luftkuss zu und reckte die Daumen hoch.

Plötzlich waren meine Beine wieder ganz leicht und neue Energie pulsierte durch meine Adern. Ich sah zu meinen Freunden rüber. Auch ihre Gesichter strahlten und sie sahen zuversichtlicher aus.

»Das packen wir, oder?«, fragte Preston.

»Alter, nur noch drei Meilen, das schaffen wir mit links«, stimmte Connor zu.

Das war etwas optimistisch gesagt, aber wir kamen alle ins Ziel, noch dazu in einer akzeptablen Zeit. Sobald wir den Zieleinlauf sehen konnten, wurde ich von einem ungeahnten Hochgefühl ergriffen. Die Menschenmassen jubelten jedem zu, der es über die Markierung schaffte, irgendjemand drückte uns eine Finisher-Medaille in die Hand und kurz darauf lagen Preston, Connor und ich uns in den Armen. Wir konnten nicht glauben, dass wir es tatsächlich geschafft hatten.

Bevor ich dazu kam, überhaupt richtig Luft zu holen, stand auch schon Lucy vor mir. Sie sprang an mir hoch, klammerte sich mit Armen und Beinen an meinen Oberkörper und küsste mich stürmisch. Dabei schien es sie überhaupt nicht zu stören, dass ich nassgeschwitzt war und unheimlich stinken musste. Geistesgegenwärtig legte ich meine Arme um sie und hielt sie fest. Allein schon für diesen Moment hatte sich die ganze Anstrengung gelohnt.

Lucy

Ich war unfassbar stolz auf Julian. Zwar konnte ich nicht nachempfinden, wie viel Schmerzen so ein Marathon verursachte, und konnte auch nicht sagen, ob die gelaufene Zeit von knapp dreieinhalb Stunden gut oder schlecht war. In meinen Augen hatten er und seine Freunde – und alle, die ebenfalls zum Start angetreten waren – eine fantastische Leistung erbracht.

Julian wirkte völlig fertig, aber gleichzeitig auch sehr glücklich. Seit seinem Zieleinlauf hielt er mich im Arm, was ich sehr genoss, auch wenn er völlig nassgeschwitzt war. Er stellte mich seiner Laufgruppe vor, von denen ich Connor bereits aus dem Selbstverteidigungskurs kannte, die allesamt die komplette Distanz gelaufen waren, was sie laut einstimmiger Meinung nur ihrem Trainer Jake zu verdanken hatten.

Wir unterhielten uns noch ein wenig, bevor alle kurz zum Duschen und Umziehen nach Hause fuhren, damit wir uns anschließend in einer Bar zum Feiern treffen konnten. Eigentlich hatte ich keine große Lust darauf, zumal ich auf Betrunkene nicht gut reagierte, aber ich wollte Julian nicht den Spaß verderben. Außerdem wirkte er auf mich derart fertig, dass er vermutlich eh nicht lange aushielt.

Als wir in der Bar ankamen, saßen Connor, Katy und Marc bereits an einem Tisch am Fenster.

»Hey, Leute.« Julian ließ mich zuerst auf die Bank rutschen, sodass ich neben Katy saß und er am äußeren Rand.

»Hey, Mann, tut dir auch alles so weh wie mir?«, wollte Connor wissen.

»Es geht eigentlich«, sagte Julian leichthin, dabei hatte er nach dem Duschen etwas gehumpelt, bis er sich ein Schmerzmittel eingeworfen hatte. Ich musste ein Grinsen unterdrücken, um ihn nicht zu verraten.

Der Kellner rettete mich zum Glück. »Was wollt ihr trinken?«, fragte er und legte zwei Speisekarten vor uns ab.

Julian bestellte ein Bier und ich eine Cola. Die Bar war eine typische Sports-Bar. Überall hingen riesige Flachbildfernseher, auf denen momentan ohne Ton die Wiederholung irgendeines Footballspiels lief. Dementsprechend war auch das Angebot auf der Karte: Es gab Burger, Wraps, Baked Potatoes, allerlei Fingerfood und tatsächlich auch drei Salate, falls sich doch mal jemand hierher verirrte, der sich gesund ernähren wollte.

Wir entschieden uns beide für Burger und während wir auf unser Essen warteten, trudelten die anderen nach und nach ein. Zuerst Michaela, dann Preston mit einem Mädchen, das sich uns als Jill vorstellte, und zum Schluss David und Keiran.

Nach dem Essen bestellten die Jungs eine Flasche Whiskey und einige Shotgläser an den Tisch. Die Stimmung war mittlerweile feuchtfröhlich. Die Lautstärke war angestiegen und die Witze dreckiger geworden, aber alle hatten ihren Spaß, niemand wurde aggressiv oder ausfallend, sodass ich keine Probleme damit hatte.

Dass Michaela ebenfalls keinen Alkohol trank, half mir, auch wenn es offensichtlich war, dass sie es aus einem anderen Grund tat, wenn ich die Aufmerksamkeit, mit der sie die umhergegebene Flasche ansah, richtig deutete.

»Kommst du am Mittwoch wieder zum Selbstverteidigungskurs?«, fragte sie mich.

»Ich hoffe es. Ich habe Mittwoch Spätschicht in der Praxis, aber ich versuche Grace zu überreden, dass sie mich eine halbe Stunde eher gehen lässt, damit ich es pünktlich schaffe.«

»Und wenn nicht, dann kommst du halt etwas später«, entgegnete Michaela achselzuckend, aber beim bloßen Gedanken daran, als Einzige außerhalb der Reihe anzukommen, lief es mir eiskalt den Rücken runter. Ich wollte mich integrieren und anpassen, nicht ständig auffallen, auch nicht durch Zuspätkommen.

»Das könnte ich nicht«, gestand ich leise.

Michaela schien etwas in meinem Tonfall gehört zu haben, denn sie betrachtete mich für einen Moment eingehend, ehe sie nickte, ohne näher auf das Thema einzugehen.

»Du hast gesagt, dass du gerne reitest, oder?«, fragte sie stattdessen.

»Sehr gerne.« Auf der Ranch waren die Pferde meine besten Freunde gewesen. Ich hatte es nicht nur geliebt, auf ihrem Rücken die Felder und Wiesen von Kansas zu erkunden, sondern mich von ihnen auch verstanden gefühlt. Intuitiv hatten sie gewusst, wann es mir gut ging und wann ich seelischen Beistand brauchte. Wenn es mir gut ging, war Starlight, ein schwarzer Hengst, mit mir über die Steppe gerast, hatte Haken geschlagen und war über Stock und Stein gesprungen. Wenn es mir jedoch schlecht ging, hatte er nur einen sanften Trab angeschlagen, bei dem ich meinen Gedanken nachhängen konnte.

»Ich bin als Kind auch geritten«, riss Michaela mich aus meinen Gedanken.

»Ehrlich?« Erstaunt lehnte ich mich vor. Damit hatte ich nicht gerechnet. Ich bekam nur am Rande mit, wie Julian mir ins Ohr raunte, dass er mit den Jungs kurz verschwinden würde, zu groß war das Interesse an dem, was Michaela mir erzählen würde.

»Ja, es ist schon lange her und wahrscheinlich würde ich keine fünf Minuten mehr auf einem Pferd überstehen.« Verlegen zuckte sie mit den Schultern. »Aber ich habe das Reiten immer genossen und der Reiterhof, auf dem ich als Kind war, den gibt es noch ... Vielleicht hast du ja Lust, mit mir da hinzugehen?«

Ich konnte nicht anders, als über den Tisch hinweg nach ihren Händen zu greifen. »Das wäre ganz wundervoll. Reiten gehört zu den Dingen, die man nicht vergisst. Wenn du es früher konntest, wird es nicht lange dauern, bis du dich wieder an die Bewegungsabläufe erinnerst«, versicherte ich ihr.

»Dein Wort in Gottes Ohr.« Michaela seufzte.

»Hat meine Therapeutin auch immer gesagt«, entgegnete ich. Erst bei Michaelas hochgezogener Augenbraue fiel mir auf, was ich da gesagt hatte. Obwohl mir Röte ins Gesicht schoss, gab ich mich unbeeindruckt. »Ich hab die gleiche Scheiße wie Jaxon erlebt, hast du wirklich gedacht, ich hätte das ohne Therapie verarbeiten können?«

»Touché. Aber dir ist schon klar, dass Jaxon genau das versucht hat, bis er Emma kennengelernt hat?«

Wenn ich ehrlich war, passte das zu ihm. »Und Emma hat ihn dann zum Umdenken gekriegt?«

Michaela schüttelte den Kopf. »Sie hat ihn nie zu etwas überredet, aber ich glaube, ihm ist klargeworden, dass er etwas ändern muss, wenn er mit Emma auf Dauer glücklich sein will.«

Das ergab Sinn. »Manchmal braucht es halt den guten Einfluss einer Frau, um einen Mann auf die richtige Bahn zu lenken.«

Michaela schnaubte verächtlich und ihr Blick zuckte für den Bruchteil einer Sekunde zu Marc. »Das funktioniert aber bei Weitem nicht immer.«

Innerlich gab ich mir ein High-Five, denn ich hatte schon länger vermutet, dass zwischen den beiden etwas lief. Aber ich hatte gedacht, dass Michaela diejenige wäre, die gegen eine feste Beziehung war, und nicht Marc. Bevor ich sie jedoch danach fragen konnte, war sie bereits aufgestanden und in Richtung Toiletten verschwunden.

Ich sah mich am Tisch um und stellte verwundert fest, dass ich dort nur noch mit Jill und Katy saß. »Wo ist der Rest?«

»Saufen«, entgegnete Katy und verdrehte die Augen.

»Aber ...« Ich deutete auf die Flasche Whiskey, die noch immer halb voll war.

»War wohl nicht das Richtige ... oder was weiß ich.« Jill schüttelte den Kopf.

Ich griff nach meiner Cola und lauschte dem Gespräch der beiden, die sich über den ungewöhnlich heißen und langen Sommer unterhielten, obwohl es seit Anfang November deutlich kühler geworden war.

Es dauerte nicht lange, bis die Jungs zurück waren. Julian war nicht mit dabei, stattdessen setzte Preston sich neben mich, während David und Keiran mir gegenüber Platz nahmen. Alle drei hatten mittlerweile glasige Augen und ein dümmliches Grinsen im Gesicht. Was auch immer sie getrunken hatten, es zeigte bereits Wirkung. Preston legte einen Arm hinter mir auf die Lehne der Bank und grinste mich breit an.

»Hey, Lucy, du bist ja noch da.« Er lallte leicht und sein alkoholverhangener Atem streifte mein Gesicht. Übelkeit stieg in mir auf und ich unterdrückte den Impuls, ihn von mir wegzustoßen.

»Wo sollte ich sonst sein?« Ich versuchte meine Worte locker klingen zu lassen und lehnte mich ein Stück zur Seite, bis ich Prestons Atem nicht mehr riechen konnte.

»Keine Ahnung. Wie lange waren wir eigentlich weg?«, fragte er David, der mit den Schultern zuckte.

»Jetzt erzähl mal was über dich, wir kennen dich ja noch gar nicht.«

Ein mulmiges Gefühl machte sich in mir breit. »Was willst du denn wissen?«

»Du bist doch Jaxons Schwester, richtig? Wie kommt es, dass wir vorher nie von dir gehört haben?« Er rutschte näher an mich heran und legte zu allem Überfluss auch noch den Arm um meine Schulter.

Ich konnte den Alkohol in seinem Atem wieder riechen und zu meiner Übelkeit kam nun auch noch Herzrasen. Ich schluckte schwer und schloss die Augen, um mich irgendwie unter Kontrolle zu bekommen. Doch das hatte nur zur Folge, dass Bilder vor meinem inneren Auge erschienen, die hier keinen Platz hatten. Erinnerungen, die ich erst vor Kurzem wiedererlangt hatte und von denen ich mir wünschte, sie schnellstens wieder vergessen zu können.

Keuchend riss ich die Augen auf und beugte mich über den Tisch zu David und Keiran. Ich musste mich mit irgendwas ablenken.

»Seid ihr jetzt eigentlich zusammen?«, wollte ich wissen. Julian hatte mir von ihrer komplizierten Beziehung erzählt und dass er die beiden letztens knutschend auf dem Sofa vorgefunden hatte.

Keiran setzte sich bei meinen Worten abrupt kerzengerade auf und rückte ein Stück von David weg. »Was? Nein! Wie kommst du darauf?«

Hektisch sah er sich um, als hätte er Angst, jemand könnte unser Gespräch mithören.

»Sorry ... Ich dachte nur ...« Hilfesuchend sah ich zu David, der jedoch fast unmerklich den Kopf schüttelte. Ihm stand so viel Schmerz ins Gesicht geschrieben, dass ich ihn am liebsten in die Arme genommen hätte.

Jetzt lehnte sich Preston näher zu mir und raunte mir ins Ohr: »Über dieses Thema wird in der Öffentlichkeit nicht gesprochen.«

Seine Worte drangen jedoch überhaupt nicht bis in meinen Verstand vor. Ich konnte nur noch seinen Arm fühlen, der sich zu fest um mich geschlungen hatte und mir kaum noch Luft zum Atmen ließ. Dann war da noch die Alkoholfahne, die mich mittlerweile komplett zu umhüllen schien. Die Übelkeit drohte mich zu übermannen und plötzlich hatte ich das Gefühl, nicht mehr in einer Bar in Philadelphia, sondern wieder in meinem Elternhaus in Galveston zu sein, wo das Arschloch gerade von einer Sauftour zurückgekehrt war.

Mein Blickfeld schrumpfte zusammen und Panik pulsierte durch meine Adern. Logisches Denken war mir nicht mehr möglich. Mit aller Kraft, die ich aufbringen konnte, stemmte ich mich gegen den Arm, der mich fest im Griff hatte. Vermutlich hätte es ein Hinweis sein sollen, dass er mich augenblicklich losließ, aber das nahm ich nicht mehr wahr. Ich erkannte nur die Freiheit, die sich vor mir erstreckte.

Ohne auf meine Umgebung zu achten, schnappte ich meine Tasche und floh so schnell, wie ich konnte, aus der Bar. Ich hörte noch, wie jemand meinen Namen rief und nach mir griff, aber ich beachtete die Person gar nicht.

Kapitel 15

Julian

Was war gerade geschehen?

Völlig überrumpelt blickte ich Lucy hinterher, die aus der Bar stürzte, ohne sich umzudrehen. Ich war gerade mit Connor von der Theke zurückgekehrt, als ich sah, wie sie regelrecht über Preston hinwegstieg und aus der Bar flüchtete. Dass ich sie gerufen und nach ihr gegriffen hatte, schien sie gar nicht bemerkt zu haben.

Als ich es endlich schaffte, mich aus meiner Starre zu lösen und ihr hinterherzulaufen, war sie bereits verschwunden. Auf der Straße konnte ich sie nirgendwo mehr finden. Ich zog mein Handy aus der Tasche und versuchte sie anzurufen. Beim ersten Mal sprang die Mailbox nach dem dritten Klingeln an, vermutlich hatte sie mich weggedrückt. Beim zweiten Mal landete ich direkt bei der Mailbox.

»Fuck.« Fluchend schob ich das Handy wieder in meine Hosentasche und blickte mich erneut auf der Straße um. Was war nur geschehen? Ich konnte es mir beim besten Willen nicht erklären. Eigentlich hatte ich bisher das Gefühl gehabt, dass Lucy den Abend genoss. Bis ich mit den Jungs aufgestanden war, war Lucy gut drauf gewesen. Und von der Theke hatte ich öfters zu ihr gesehen. Sie hatte sich die meiste Zeit angeregt mit Michaela unterhalten und nicht den Anschein gemacht, als ginge es ihr schlecht.

Also musste etwas vorgefallen sein. Ich ging zurück in die Bar, wo ich Preston und die anderen an unserem Tisch vorfand.

»Hast du sie gefunden?«, fragte David, sobald er mich erblickte.

»Nein.« Ich setzte mich neben Preston. »Was ist passiert?«

Er sah mich entschuldigend an. »Ich weiß es nicht. Wir haben über Jaxon gesprochen. Dann wollte sie wissen, ob David und Keiran jetzt zusammen sind. Ich habe ihr nur gesagt, dass darüber nicht laut geredet wird, da ist sie wie von der Tarantel gestochen aufgesprungen.«

Fragend blickte zu David rüber, der nickte. »Das war wirklich alles. Allerdings hat sie vorher schon irgendwie ängstlich ausgesehen, aber ich konnte mir nicht erklären, woher es kam. Preston hat nichts gemacht.«

Das hätte ich ihm auch nicht zugetraut. Preston war zwar manchmal ein Idiot, aber kein schlechter Kerl.

»Mist.« Ich kniff in meine Nasenwurzel und überlegte, was ich tun sollte. »Meinst du, ich soll ihr hinterher?«, fragte ich David. Ich wollte mich ihr nicht aufdrängen, aber auch sicherstellen, dass sie wohlbehalten zu Hause ankam.

»Ich würde eher warten, bis sie auf dich zukommt. Wenn du ihr jetzt hinterherläufst, verschreckst du sie womöglich noch mehr.«

Das hatte ich mir schon gedacht. Ich blickte auf und stellte erst jetzt fest, dass David mir alleine gegenübersaß. »Wo ist Keiran?«

David schnaubte. »Abgehauen.«

»Nicht dein Ernst. Weil Lucy gefragt hat, ob ihr zusammen seid?«

»Weswegen denn sonst?«

»Alter …«, begann ich, aber David unterbrach mich sofort.

»Ja, ich weiß! Er hat mich nicht verdient und ich sollte mir das alles gar nicht gefallen lassen.« Er fuhr sich mit der Hand durch die Haare. »Und ich weiß auch gar nicht, warum ich das noch immer – oder schon wieder – mitmache. Logisch weiß ich, dass er mir nicht guttut, aber ich komme auch nicht von ihm los.«

Ich blickte zu meinem besten Freund, der genauso elend aussah, wie ich mich fühlte, und plötzlich konnte ich nicht anders, als in Gelächter auszubrechen. »Schau uns nur an«, sagte ich auf Davids fragenden Blick hin. »Wir versinken in Selbstmitleid, dabei haben wir allen Grund, diesen Tag zu feiern.« Über ein halbes Jahr hatte ich darauf hingearbeitet, diesen Marathon zu bestreiten, da würde ich mir den Tag nicht so einfach vermiesen lassen.

David sah kurz nachdenklich aus, ehe er mit der flachen Hand auf die Tischplatte schlug. »Du hast recht. Ist es okay, wenn wir diesen Tag mit ganz viel Alkohol feiern?«

Wir waren ohnehin schon gut dabei, aber dazu würde ich nicht Nein sagen. »Mit so viel Alkohol, dass wir uns nachher gegenseitig nach Hause tragen müssen.«

Zwei Stunden später waren wir auf dem besten Weg dahin, diesen Zustand zu erreichen. Die Musik in der Bar war zu dieser fortgeschrittenen Stunde lauter, das Licht dafür gedimmt. David hing Connor in den Armen und klagte ihm sein Leid mit Keiran, wobei er schon ziemlich undeutlich redete. Nicht, dass ich besser dran war. Aber ich zog es vor, alleine mit meinem Bier am Tisch zu sitzen und still vor mich hin zu leiden.

Katy und Michaela hatten zwar versucht mich aufzuheitern, indem sie mir versicherten, dass es Lucy sicher gut ging, aber auch das konnte meine Stimmung nicht heben. Nicht zum ersten Mal überlegte ich, ob ich nicht nach Hause gehen sollte, aber ich hatte David versprochen, auf ihn zu warten, und er schien sich gerade erst warm zu reden.

Ich leerte meine Bierflasche und wollte gerade aufstehen, um mir eine neue zu holen, als sich jemand neben mich setzte und eine volle Flasche vor mich schob. Vermutlich hätte es mich wundern sollen, aber ich befand mich bereits in einem Zustand, in dem Erstaunen nicht mehr zu meinem Repertoire gehörte. Daher nickte ich in die Richtung, in der ich meinen Spender vermutete, und zog die Flasche näher an mich heran.

»Hey, Jules, ich habe dich heute beim Marathon gesehen. Du warst einfach unglaublich.«

Ihre Stimme ließ das Blut in meinen Adern gefrieren. Abrupt stellte ich die Flasche zurück auf den Tisch. Von ihr wollte ich nichts haben, nie wieder. Ich nahm einen tiefen Atemzug und drehte mich zu Sandy um.

»Was willst du hier?«, fragte ich und versuchte dabei nicht einmal, die Abneigung aus meiner Stimme herauszuhalten. Dass sie sich überhaupt traute mich anzusprechen, nach allem, was sie mir angetan hatte, war schon ein starkes Stück.

»Wie gesagt, ich habe dich beim Marathon beobachtet und als ich dich hier entdeckte, musste ich dich einfach ansprechen, um der alten Zeiten willen.«

Ein Schnauben entwich mir. »Wenn ich ehrlich bin, versuche ich es tunlichst zu vermeiden, an irgendwas zu denken, was dich betrifft.«

»Aber wir hatten doch auch schöne Zeiten zusammen.« Jetzt wirkte sie verletzt. Ich hasste mich dafür, dass sie mir auch noch leidtat. Sie hatte mein Mitleid nicht verdient.

»Ja, die hatten wir«, gestand ich, denn alles andere wäre eine Lüge gewesen. Eine Weile lang war ich überzeugt gewesen, diese Frau heiraten zu wollen. »Aber das ist vorbei.«

Sie hatte mir nicht nur das Herz gebrochen, sondern auch mein Vertrauen in die Menschheit zerstört. Es hatte mich eine lange Zeit und viel Energie gekostet, darüber hinwegzukommen. Hätte ich David damals nicht an meiner Seite gehabt, wüsste ich nicht, ob ich es überhaupt geschafft hätte.

»Wenn ich dir sage, dass es mir leidtut, willst du das vermutlich nicht hören, oder?« Sandy blickte auf ihre im Schoß verknoteten Hände, als könnte sie mir nicht in die Augen blicken.

»Vor allem glaube ich dir kein Wort«, sagte ich. »Denn dann hättest du die ganze Aktion damals anders handhaben können.« Die Schärfe in meiner Stimme ließ sie zusammenzucken, aber das war mir egal. Sie sollte ruhig merken, dass ich noch immer sauer war. Ich ließ eine ordentliche Portion Ironie einfließen, als ich fortfuhr: »Wo wir gerade dabei sind, wie geht es Darren?«

Sandy straffte die Schultern und setzte ein entschlossenes Gesicht auf. »Wir sind nicht mehr zusammen ... Es hat einfach nicht gepasst.«

Ich schnaubte und Genugtuung machte sich in mir breit. Sie hatte nichts anderes verdient.

»Ist mir ehrlich gesagt egal, was ihr beiden macht oder nicht macht, solange ihr es weit weg von mir tut«, gestand ich schließlich. Normalerweise war ich kein schadenfroher Mensch, aber diesen beiden wünschte ich wirklich die Pest an den Hals. Allerdings erklärte das, warum sie plötzlich wieder mit mir redete. »Und deswegen kommst du jetzt bei mir angeschissen? Weil Darren dich sitzen gelassen hat?«

Verärgerung blitzte in Sandys Augen auf. »Nein, ich wollte nur wissen, wie es dir geht, und dir sagen, dass es mir leidtut, wie es damals gelaufen ist. Aber da du ganz offensichtlich nicht mit mir reden willst …« Sie nahm ihre Jacke von der Bank und stand auf.

Ich atmete schon erleichtert auf, da rutschte David uns gegenüber auf die Bank. »Hey, Judas.« Mit verschränkten Armen beugte er sich über den Tisch. »Heute schon wieder jemanden in den Rücken geschossen?«

Sandy stieß ein Stöhnen aus und setzte sich wieder. »David Moore, natürlich musst du deinen Senf dazugeben, obwohl dich niemand gefragt hat.«

David betrachtete sie kühl und zuckte dann mit den Schultern. »Selbst schuld, wenn du dich zu uns an den Tisch setzt. Dann musst du auch damit rechnen, Dinge zu hören, die dir nicht gefallen.« Früher waren die beiden gut miteinander ausgekommen, aber nach dem, was sie abgezogen hatte, war Sandy auf Davids Liste seiner meistgehassten Personen fast bis ganz nach oben gewandert.

»Ich wollte nur mit Jules reden.«

»Ich glaube nicht, dass er mit dir reden will.« David warf mir einen durchdringenden Blick zu, der mir sagte, ich solle es bloß nicht wagen, ihm jetzt zu widersprechen.

Da musste er sich keine Gedanken machen. Auch wenn Sandy mir mittlerweile fast ein wenig leidtat, wollte ich weder mit ihr reden noch mir ihre Entschuldigung anhören. Ich hatte vor einer langen Zeit mit diesem Teil meines Lebens abgeschlossen und besonders seit ich Lucy kennengelernt hatte, verspürte ich kein Bedürfnis mehr, dorthin zurückzukehren.

»Das kann er mir ja selber sagen«, war Sandys patzige Antwort, was meinen Puls vor Zorn in die Höhe trieb.

»Das habe ich dir gesagt und du wolltest gerade gehen. Tu jetzt nicht so, als hätten wir uns gut unterhalten, bis David gekommen ist.«

Sandy schien neben mir immer kleiner zu werden. Mit einem abschätzigen Blick nickte sie mir kurz zu, bevor sie sich abwandte und zum Ausgang ging.

»Und komm bloß nicht wieder«, rief David ihr hinterher.

Kapitel 16

Lucy

Meine kreisenden Gedanken hielten mich die ganze Nacht wach. Als ich aus der Bar geflüchtet war, war mir meine Reaktion noch völlig verständlich und richtig erschienen. Doch kaum hatte ich die Sicherheit meines Zimmers erreicht, kamen sie mir absolut unsinnig vor.

Preston war Julians Freund. Ich war mir ziemlich sicher, dass er mir nichts angetan hätte. Er war weder aggressiv gewesen, noch hatte er sich mir aufgedrängt. Trotzdem hatte sein Verhalten die Bilder der Vergangenheit in mir hervorgerufen. Ich wusste nicht einmal, warum genau. Denn auch Julian und David hatten bereits in meiner Anwesenheit Alkohol getrunken, doch da hatte es mich überhaupt nicht gestört.

Zudem war es mir unangenehm, dass es ausgerechnet vor Julians Freunden passieren musste und dass ich abgehauen war, ohne Julian etwas zu sagen. Er musste mich gesehen haben, denn er rief mich an, kaum dass ich einen Block von der Bar entfernt war. Ich hatte mich nicht in der Verfassung gefühlt, mit ihm zu reden, weshalb ich den Anruf abgelehnt und mein Handy ausgeschaltet hatte. Hoffentlich dachte er jetzt nicht, dass ich seinetwegen weggelaufen war.

Leise fluchend schob ich den Kopf unter das Kissen. Warum konnte nicht einmal in meinem Leben etwas einfach sein?

Als ich sicher war, dass ich ohnehin keinen Schlaf mehr finden würde, quälte ich mich um fünf Uhr aus dem Bett, schlich in die Küche und schaltete die Kaffeemaschine an. Mit einer vollen Tasse setzte ich mich im Wohnzimmer vor den Fernseher und suchte nach einer Zeichentricksendung, mit der ich mich berieseln lassen konnte. Mir ging es nicht darum, was lief, sondern dass es mir das Gefühl bescherte, nicht völlig alleine zu sein.

Gedankenverloren griff ich nach meinem Handy und überlegte, ob ich meine Therapeutin anrufen sollte. Sie hatte eine Notfallnummer, unter der ich sie jederzeit erreichen konnte, wenn es mir nicht gut ging. Sie wüsste sicherlich, was diese plötzliche Episode ausgelöst haben und wie ich eine Wiederholung vermeiden konnte.

Gleichzeitig war ich mir nicht sicher, ob dieser kleine Zwischenfall wirklich als Notfall bezeichnet werden konnte. Im Grunde war nichts Schlimmes passiert – ich hatte die Situation falsch eingeschätzt und überreagiert. Da Patricia bereits so viel für mich getan hatte, wollte ich ihre Hilfsbereitschaft nicht ausnutzen und sie mit Nichtigkeiten aus dem Schlaf reißen. Aber war es wirklich so unbedeutend, wenn mich die Vergangenheit so real eingeholt hatte wie schon lange nicht mehr? Und musste ich mich jetzt auf weitere Wiederholungen einstellen?

Diese Ungewissheit trieb mich in den Wahnsinn. Ich beobachtete Winnie Puuh dabei, wie er Tigger sein Leid klagte, dass er keinen Honig mehr habe, und Tigger ihm mitfühlend auf die Schulter klopfte, obwohl er gar nicht wirklich nachvollziehen konnte, wie groß Puuhs Leid war, da er selber keinen Honig fraß. Und genau das beschrieb mein Problem so gut, dass ich nicht fassen konnte, es nicht eher gesehen zu haben.

Ich hatte keine Bedenken, Patricia anzurufen, weil ich Angst hatte, sie auszunutzen, sondern weil sie mein Problem nicht nachempfinden konnte. Obwohl sie wirklich sehr einfühlsam war und mir bisher unheimlich geholfen hatte, bestand immer diese unsichtbare Barriere zwischen uns. Ich vermutete, dass es sie geben musste, um das professionelle Verhältnis von Therapeutin zu Patientin zu wahren, aber aktuell suchte ich keine professionellen Tipps, sondern eine Schulter zum Ausweinen und jemanden, der meine Situation nachvollziehen konnte, weil er Ähnliches erlebt hatte.

Jaxon.

Es fiel mir wie Schuppen von den Augen, dass ich mich danach sehnte, meinem Zwillingsbruder alles über meine Beziehung zu Julian und dem Vorfall der letzten Nacht zu erzählen. Ich wollte wissen, ob er mit Emma anfangs ähnliche Probleme gehabt hatte, ob es ihm auch schwergefallen war, sich einer neuen Person zu öffnen, ihr von seinen dunkelsten Stunden zu berichten und ihr vollends vertrauen zu können.

Ich wusste, dass mich bisher die Angst vor seiner Reaktion davon abgehalten hatte, ihm von Julian zu erzählen. Irgendwann würde ich jedoch anfangen müssen, ihm zu vertrauen, ansonsten würde ich niemals aus diesem Teufelskreis herausfinden. Ich wollte mich meinen Ängsten endlich stellen und mich nicht von ihnen kontrollieren lassen.

Mit einem spontan gefassten Plan im Kopf sprang ich von der Couch auf. Ich stellte meine leere Kaffeetasse in die Spüle, schaltete den Fernseher aus, riss im Vorbeigehen meine Strickjacke von der Garderobe und verließ die Wohnung.

Draußen begrüßte mich ein kalter Wind und ich ärgerte mich, dass ich mir nichts Wärmeres als meine Jogginghose angezogen hatte. Doch das musste jetzt genügen, da ich nicht wieder umkehren wollte.

Ich schlang das Jäckchen enger um mich und zog die Schultern hoch, um mich gegen den Wind zu schützen, während ich gleichzeitig mein Tempo erhöhte. Es dauerte trotzdem beinahe zwanzig Minuten, bis ich bei Jaxons Wohnung angekommen war.

Ich stützte mich mit den Händen auf meine Knie und versuchte vornübergebeugt meine Atmung zu normalisieren, bevor ich auf den Klingelknopf drückte. Eine gefühlte Ewigkeit lang passierte gar nichts, sodass ich ihn ein zweites Mal betätigte.

Als sich noch immer nichts tat, blickte ich die Straße hinab und bemerkte, dass erstaunlich wenig los war für die sonst so belebte Stadt. Auch unterwegs waren mir kaum Autos oder Menschen begegnet, fiel mir jetzt ein. Und es war auch noch recht dunkel, die Dämmerung schien gerade erst einzusetzen. Erschrocken blickte ich auf die Uhr. Noch nicht einmal sieben. An einem Sonntag.

Fuck.

Plötzlich war es mir unendlich peinlich, wie ich hierher geeilt war, ohne sicherzustellen, dass Jaxon überhaupt zu Hause und wach war. Was, wenn er bei Emma übernachtete? Wenn sie gestern auf einer Party gewesen und erst mitten in der Nacht heimgekommen waren? Unauffällig sah ich mich um, ob mich auch niemand gesehen hatte. Ob ich es schaffen würde, klammheimlich wieder zu verschwinden?

Ich hatte gerade einen Schritt von der Tür weg gemacht, als plötzlich ein Summen ertönte. Erschrocken zuckte ich zusammen und brauche einen Moment, um zu realisieren, dass es der Türöffner war. Bis ich mich in Bewegung gesetzt hatte, war das Summen wieder verklungen. Frustriert schlug ich mit den Fäusten auf die Tür ein, als würde mir das irgendwas bringen.

Als ich die Klingel erneut betätigte, konnte ich die Tür fast augenblicklich öffnen. Ich betrat den Hausflur und hastete die Treppen hinauf, bis ich vor Jaxons Tür stand. Er stand nur in Boxershorts und mit einem zerknitterten T-Shirt bekleidet vor mir und wirkte zerknautscht. Ich hatte ihn ganz offensichtlich aus dem Bett geklingelt. Sobald er mich erblickte, kam er mir entgegen.

»Lucy? Ist alles in Ordnung? Ist etwas passiert?« An den Händen zog er mich in die Wohnung und auf die Couch.

»Es ist alles okay«, versicherte ich ihm, da er offenbar annahm, dass mir oder jemand anderem etwas zugestoßen sei.

»Okay.« Erleichtert atmete er aus. Dann ging er zu der Tür, die zu seinem Schlafzimmer führte. »Ist nur Lucy«, sagte er und zog sie hinter sich zu, ehe er sich wieder mir zuwandte. »Möchtest du etwas trinken? Einen Tee vielleicht?«

»Ein Tee wäre super.« Ich folgte Jaxon in die kleine Küche, wo er Wasser aufsetzte und zwei große Tassen auf den Tisch stellte. »Ich muss gerade daran denken, wie Mom uns früher immer Tee gemacht hat, wenn wir krank waren.«

Jaxon lachte kurz. »Egal was wir hatten, sie war der festen Überzeugung, dass sie es mit einer Tasse Tee kurieren konnte.«

»Genau«, stimmte ich zu. »Also ist das wirklich passiert und ich bilde es mir nicht nur ein?« Das war eine der Erinnerungen, die ich nur schemenhaft im Kopf hatte, sodass ich nie sicher war, ob sie auch tatsächlich stattgefunden hatte.

»Ja, das war so.« Jaxon nahm das kochende Wasser vom Herd und füllte unsere beiden Tassen damit. Dann holte er eine rechteckige Box aus dem Schrank und stellte sie vor mir ab. Als ich den Deckel zur Seite schob, kamen verschiedene Teesorten zum Vorschein.

»Hast du das noch oft?«, fragte Jaxon. »Also, dass du dich an Sachen nicht oder nur schlecht erinnern kannst?«

»Es wird besser«, entgegnete ich ausweichend. Und das wurde es auch, aber es gab noch immer ganze Abschnitte in meinem Leben, von denen ich gar nichts oder nur vage wusste.

Jaxon schien meine Antwort richtig zu deuten. »Also, was treibt dich am frühen Morgen an einem Sonntag hierher?«

Ehe ich dazu kam, ihm zu antworten, wurde Jaxons Schlafzimmertür geöffnet und eine dunkelhaarige Frau, die ein übergroßes Shirt trug – vermutlich von Jaxon –, trat hinaus. Sie gähnte ausgiebig und rieb mit ihren Handballen über ihre Augen.

»Viel zu früh«, murmelte sie und torkelte auf uns zu. Zielstrebig ließ sie sich gegen Jaxons Brust fallen und sah mich mit einem müden Lächeln an. »Hey, ich bin Emma, du musst Lucy sein.« Und dann zog sie mich in eine herzliche Umarmung, die ich nur zu gerne erwiderte.

»Das habe ich mir schon gedacht«, antwortete ich schmunzelnd.

»Na, wer weiß, was dein Bruder noch für andere Mädels in seinem Zimmer versteckt hält.« Emma zwinkerte mir zu und betrachtete interessiert unsere Tassen. Plötzlich verzog sie das Gesicht. »Pfui, trinkt ihr da etwa Tee?« Angeekelt drehte sie sich zu der Kaffeemaschine um.

»Darf ich vorstellen? Emma, in deren Adern Kaffee anstatt Blut fließt«, sagte Jaxon und bedachte seine Freundin dabei mit einem derart liebevollen Blick, dass ich davon Herzflattern bekam.

»Pfft, als würdest du sonst weniger Kaffee trinken als ich.« Emma verdrehte die Augen und gab Jaxon einen Kuss. Dann sprang sie plötzlich einen Schritt zurück, als wäre ihr etwas eingefallen. »Ähm … störe ich gerade bei etwas? Soll ich wieder gehen?« Sie zeigte mit dem Daumen über ihre Schulter.

»Nein, bleib ruhig«, versicherte ich ihr. Emma könnte als Puffer dienen, sollte Jaxon die Neuigkeit mit Julian und mir nicht gut aufnehmen. »Ich wollte gerade erzählen, warum ich hergekommen bin.«

»Okay.« Emma setzte sich mit einer dampfenden Tasse Kaffee, die ihren unvergleichlichen Duft in der Küche verströmte, neben Jaxon. »Dann mal los.«

Zwei Augenpaare sahen mich erwartungsvoll an. Ich griff nach meinem Tee und ließ den Teebeutel mit einer Hand im Wasser kreisen, während ich stockend von meinem Abend mit Julian und den anderen in der Bar berichtete. Ich schilderte mein Problem mit betrunkenen Menschen und verdeutlichte, dass es eine Mischung aus Prestons alkoholgeschwängertem Atem und seinem ungewohnten Griff um meine Schultern gewesen war, die mich schlussendlich hatte ausflippen lassen. »Und dann bin ich wie von der Tarantel gestochen aus der Bar geflüchtet.«

»Krass.« Emma rutschte mit ihrem Stuhl näher an mich heran. »Hast du schon immer so auf Besoffene reagiert?«

»Nicht so extrem. Als ich mich noch nicht erinnern konnte, hatte ich immer ein ungutes Gefühl in ihrer Nähe, als wollte mein Unterbewusstsein mich warnen. Und danach habe ich kaum mit Betrunkenen zu tun gehabt. Julian hat mal ein Bier getrunken in meiner Gegenwart, aber das hat ihn nicht verändert und mich nicht gestört. Und in den letzten Wochen vor dem Marathon hat er gar nicht getrunken.«

Ich sah, wie Jaxon sich neben Emma unmerklich anspannte. »Du bist also mit Julian zusammen?«, presste er hervor.

»Jaxon«, warnte Emma, während ich nur knapp nickte.

Dann begann mein Zwillingsbruder leicht zu lächeln. »Ich freue mich für dich. Julian ist eigentlich ein anständiger Kerl.«

Überrascht sah ich auf. Jaxon wirkte, als hätte es ihn Überwindung gekostet, das zu sagen. Dankbar griff ich nach seiner Hand. »Also denkst du nicht, dass ich einen Fehler mache?«

Er schüttelte den Kopf. »Er wird dich anständig behandeln.«

Ich blickte zu seiner Freundin. »So wie Emma dich auch?«

Die beiden sahen einander an und die Liebe, die sie füreinander empfanden, schien die Luft im Zimmer knistern zu lassen.

»Das wird er.« Emma wandte sich wieder zu mir. »Aber es ist schwer für ihn, keine Fehler zu machen, wenn du ihm nicht verrätst, was deine Angst auslöst.«

»Sie spricht da aus Erfahrung.« Jaxon kratzte sich am Hinterkopf. »Ich habe es ihr nicht leicht gemacht am Anfang, habe ihr nichts von meiner Vergangenheit erzählt und wollte ihr meine Narben nicht zeigen, aus Angst, dass sie sie abstoßend finden könnte.«

Emma lehnte sich an seine Schulter. »Ich wollte ihm beweisen, dass er auf mich zählen kann, aber er hat anfangs jeden Versuch abgeblockt.«

»Und das, obwohl wir schon die Abmachung getroffen hatten, dass sie mich nicht dazu drängen würde, von meiner Vergangenheit zu erzählen, und sie sich auch daran hielt.«

»Ich möchte es Julian auch erzählen, aber … ich habe Angst, wie er mich danach sehen könnte.«

»Du weißt, dass nichts von dem, was dir angetan wurde, deine Schuld ist?«

Erstaunt sah ich Emma an. »Du weißt davon?«

Sie zuckte entschuldigend mit den Schultern, aber es war Jaxon, der antwortete. »Ich habe ihr von dem Unfall erzählt, der deine Amnesie ausgelöst und mir die Narben verpasst hat.«

Ich nickte. »Okay. Ich weiß theoretisch, dass nichts davon meine Schuld ist und ich es auch nicht hätte verhindern können. Das ändert aber nichts daran, dass ich mich dreckig und beschmutzt fühle. Das kann ich nicht ändern, egal wie oft ich mich wasche. Und …« Ich holte tief Luft und wagte niemanden anzusehen. »Was ist, wenn Julian mich genauso sieht und mich danach nicht mehr anrühren will?«

»Oh, Lucy.« Emma rutschte von ihrem Stuhl und griff nach meinen

Händen. Sie sprach erst weiter, als ich sie ansah. »Es ist völlig normal, in deiner Situation so zu empfinden, aber ich bin davon überzeugt, dass Julian das anders sehen wird. Es wird ihm wehtun zu wissen, was du durchstehen musstest, und er wird Verständnis haben, wenn du manchmal Abstand brauchst oder mit gewissen Sachen nicht zurechtkommst. Er wird stolz sein, dass du mutig genug warst, ihm davon zu erzählen, und Rücksicht auf dich und deine Gefühle nehmen, wenn du es wünscht.«

Emma hörte sich an, als wüsste sie ganz genau, wovon sie sprach, und ich konnte mein Schmunzeln nicht verhindern. »Ist es dir mit Jaxon so gegangen?«

»So geht es mir immer noch«, entgegnete sie. »Nur weil wir mittlerweile fest zusammen sind, heißt das nicht, dass alle Probleme aus der Welt geschafft sind.«

Jaxon zuckte mit den Schultern. »Ich bin es so sehr gewohnt, alles nur mit mir selbst auszumachen, dass ich manchmal überhaupt nicht mitkriege, wie ich mich vor der Welt verschließe und Emma außen vor lasse. Ich mache das nicht einmal absichtlich, trotzdem benötige ich ab und an einen Arschtritt, um aus meinem Schneckenhaus zu kommen.«

»Also geht das irgendwie nie ganz weg?«, fragte ich ängstlich.

»Es ist schon sehr viel besser geworden«, versuchte Emma mich zu beruhigen. »Aber es ist ein Prozess, der nicht von heute auf morgen beendet ist. Man muss an sich arbeiten, um alte Gewohnheiten ablegen zu können.«

»Und du musst bedenken, dass ich mir diese Verhaltensweise über Jahre angeeignet habe. Da dauert es doppelt so lange, sich davon wieder zu befreien.« Jaxon stand mit seiner Tasse in der Hand auf. »Möchtest du auch noch einen Tee?«

»Ja, bitte.«

Ich verfiel in nachdenkliches Schweigen. Was Emma und Jaxon mir gesagt hatten, ergab Sinn, aber was hieß das jetzt für mich?

»Und was soll ich jetzt machen?«

»Ruf Julian an und erklär es ihm«, sagte Jaxon.

»Er wird sicher Verständnis für deine Situation haben«, ergänzte Emma.

Ich pustete mir eine Haarsträhne aus der Stirn. »Das hört sich so einfach an, wenn ihr das sagt.«

»Das ist auch so einfach.« Jaxon zwinkerte mir zu, während Emma beinahe ihren Kaffee über den Tisch spuckte.

»So einfach ist das, ja?«, fragte sie neckend und drehte sich kopfschüttelnd zu ihrem Freund um. »Das werde ich dir das nächste Mal unter die Nase reiben, wenn du mal wieder dichtmachst. Oh, schade, dass ich das gerade nicht aufgenommen habe, dann könnte ich es dir sogar vorspielen.« Sie wandte sich zu mir um. »Ich weiß, das wirkt für dich jetzt unüberwindbar. Wenn du es aber erst einmal hinter dich gebracht hast, wirst du sehen, dass du dir völlig umsonst Sorgen gemacht hast.« Sie drückte meine Hand.

»Ich werde es versuchen«, versicherte ich möglichst zuversichtlich.

Mir war klar, dass ich nicht weitermachen konnte wie bisher. Was wäre, wenn ich beim nächsten Mal eine richtige Panikattacke bekam und niemand wusste, was sie ausgelöst hatte und wie zu reagieren war? Außerdem hatte Julian es verdient, dass ich ehrlich zu ihm war, so viel Mühe, wie er sich bisher gegeben hatte. Auch wenn ich noch nicht viel Ahnung von Beziehungen hatte, wusste ich, dass das nicht die Norm war.

»So, wer hat Bock auf Frühstück?« Jaxon stellte die frisch gefüllten Teetassen auf den Tisch und sah uns erwartungsvoll an.

Es wurde noch ein lustiger Vormittag. Wir quatschten viel, Jaxon zeigte mir Bilder aus ihrem gemeinsamen Urlaub und von seiner Adoptivfamilie. Ich berichtete von den Reitstunden, die ich Touristen auf der Ranch gegeben hatte, und von den Missgeschicken, die Leuten passiert waren, weil sie ihre Fähigkeiten überschätzt hatten. Ich wusste nicht, wann ich das letzte Mal so viel gelacht hatte, und fühlte mich so wohl, dass ich viel länger blieb als eigentlich geplant.

Aber trotz der Entspannung, die ich bei Emma und Jaxon empfand, nahmen die Gedanken an Julian im Laufe des Vormittags immer weiter zu, bis ich mich auf kaum etwas anderes konzentrieren konnte. Das war für mich der Zeitpunkt, mich zu verabschieden und nach Hause zu gehen.

Dort angekommen, schloss ich mich in meinem winzigen Zimmer ein. Die Ruhe, die ich bei meinem Bruder verspürt hatte, war wie weggeblasen. Mein Herz schlug mir bis zum Hals und ich musste meine schweißnassen Hände mehrmals an meiner Hose abwischen, bis ich das Display meines Smartphones bedienen konnte. Mit Julian zu reden erschien mir auf einmal wieder wie eine Riesenaufgabe.

Aber ich hatte mir fest vorgenommen, mich von meiner Angst nicht weiter einschränken zu lassen. Ich nahm einen tiefen Atemzug, wählte Julians Nummer und hielt mir das Telefon ans Ohr.

Es klingelte und klingelte und klingelte, aber niemand nahm ab ...

Kapitel 17

Julian

Ein schriller Ton riss mich aus dem Schlaf. Im ersten Moment wusste ich weder wo ich war, noch woher das Geräusch stammte. Dazu kamen eine beklemmende Enge und ein warmer Körper, der um meinen geschlungen war. Ich versuchte mich zu bewegen, aber sofort schoss ein stechender Schmerz durch meinen Nacken, als hätte ich in einer Position geschlafen, die mir nicht gutgetan hatte.

Das penetrante Geräusch hörte nicht auf und langsam begriff ich, dass es sich dabei um den Klingelton meines Handys handeln musste. Ich konnte dem aktuell aber nicht genug Bedeutung beimessen, um mich zu bewegen. Ich war viel zu sehr damit beschäftigt, meine Arme und Beine zu lokalisieren, da ich nicht sicher war, alle vier spüren zu können. Wo war ich überhaupt?

Ich öffnete langsam ein Auge und zwinkerte so lange, bis ich mich an das helle Licht der Sonne gewöhnt hatte, die durch irgendein Fenster scheinen musste. Ein Grunzen ertönte, das eindeutig männlich klang und mich abrupt erstarren ließ.

»Was zur Hölle?«, murmelte ich und versuchte mich aufzusetzen, was die Gliedmaßen, die um mich geschlungen waren, jedoch unmöglich machten. Beim Klang meiner Stimme zuckten diese jedoch und der Griff löste sich. Ein Kopf hob sich und kurz darauf blickte ich direkt in Davids eisblaue Augen, die mich misstrauisch musterten.

»Was haben wir hier gemacht?«, fragte er mit krächzender Stimme.

Das war eine durchaus berechtigte Frage. Wir lagen zusammen auf der Wohnzimmercouch, die Arme umeinander geschlungen und die Beine ineinander verhakt, wie ein Liebespaar. Wir trugen beide nur noch Boxershorts und T-Shirt. Davids Haare sahen aus, als hätte ein Eichhörnchen über Nacht versucht darin ein Nest zu bauen, es aber kurz vor Fertigstellung für sinnlos befunden und dann das Weite gesucht.

»Keine Ahnung.« Ich versuchte mich an den gestrigen Abend zu erinnern, aber alles war hinter einem nebligen Schleier verborgen, den ich nicht lüften konnte. Ich wusste noch, dass ich den Marathon gelaufen war und wir uns danach in der Bar getroffen hatten. Der Rest blieb vorerst unergründlich. Vielleicht würden mir eine Dusche und ein Kaffee weiterhelfen.

»Was war das eigentlich für ein fürchterliches Geräusch? Damit kann man ja Tote wecken«, murrte David und rieb mit einer Hand über sein Gesicht, während er sich langsam aufrichtete.

»Mein Handy. Ich hab letzte Woche den Klingelton gewechselt, weil den anderen zu viele hatten und ich ständig dachte, dass ich angerufen werde.«

»Und dann musstest du ausgerechnet den fürchterlichsten nehmen, den es gab?« David betrachtete mich mitleidig.

»Den hat dann wenigstens kein anderer.«

»Warum nur?« David zog den Arm weg, der unter meinem Kopf gelegen hatte, und wollte sich an dem Tisch hinter sich abzustützen, um aufzustehen. Dabei bekam er den Tisch aber nicht richtig zu fassen, verlor das Gleichgewicht und landete mit einem dumpfen Knall neben der Couch auf dem Rücken.

»Fuck.« Er rieb sich über die Schläfe. »Was zur Hölle haben wir gestern getrunken?«

»Zu viel.« Ich deutete auf die fast leere Flasche Wodka, die auf dem Tisch stand und die wir vermutlich gestern noch geleert hatten. Dann rappelte ich mich ebenfalls auf und suchte auf dem Boden nach meiner Jeans, um mein Handy aus der Hosentasche zu fischen.

Als ich sah, dass Lucy mich angerufen hatte, fiel mir auf einmal alles wieder ein. Mit der Macht eines Düsenjets kamen die Erinnerungen zurück. Mein Magen rutschte in die Tiefe, als ich mich daran erinnerte, wie Lucy gestern aus der Bar geflohen war. Noch immer konnte ich mir nicht erklären, was vorgefallen war. Aber sie hatte versucht, mich zu erreichen – das musste ein gutes Zeichen sein, oder?

»Lucy hat versucht anzurufen«, sagte ich zu David, der gerade sein Hab und Gut vom Boden klaubte.

Mitten in der Bewegung hielt er inne und sah mich an. »Das ist gut, oder?«

»Ich hoffe es. Ich geh mal ...« Ich deutete in mein Zimmer.

»Viel Glück«, rief David mir hinterher.

In meinem Zimmer lehnte ich mich gegen die geschlossene Tür und wählte Lucys Nummer. Kaum hielt ich mir das Handy ans Ohr, ging sie auch schon ran.

»Julian, hi. Ich dachte schon, du willst nicht mit mir reden.« Selbst durchs Telefon klang sie nervös und ich wünschte mir, sie in den Arm nehmen zu können, um sie zu beruhigen.

»Ich will immer mit dir reden«, versicherte ich ihr. »Aber ich hab noch geschlafen.«

»Ach so.«

»Arm in Arm mit David auf der Couch.«

Schweigen am anderen Ende der Leitung, dann ein ersticktes Geräusch, ehe Lucys glockenhelles Lachen an mein Ohr drang. »Du verarscht mich doch«, gluckste sie.

»Absolut nicht. Wir haben noch etwas getrunken, als wir nach Hause gekommen sind, und müssen dann auf der Couch eingeschlafen sein. Lass mich dir sagen, David und ich scheinen im Schlaf beide gerne zu kuscheln. Ich wusste gerade nicht, wo ich aufhöre und er anfängt.« Beim Gedanken daran konnte ich mir ein Grinsen nicht mehr verkneifen.

»Das hätte ich zu gerne gesehen.« Lucy ließ noch ein Kichern ertönen, bis sie so abrupt ernst wurde, dass ich den Stimmungsumschwung selbst durchs Telefon spüren konnte. »Wegen gestern Abend …«, begann sie.

»Ist alles okay? Du bist so überstürzt abgehauen.«

»Ja, es ist alles in Ordnung. Kannst du herkommen? Grace und Brad sind heute nicht da und ich würde es dir gerne erklären.«

»Aber klar doch. Gib mir eine Stunde. Ich muss duschen und wieder zu einem Menschen werden, dann komme ich zu dir.« Adrenalin pumpte durch meine Adern und ließ mich schlagartig etwas wacher werden.

»Kein Stress. Komm einfach vorbei, wenn du fertig bist, ich bin hier.«

»Alles klar, bis gleich.«

»Bis gleich, Julian.«

50 Minuten passierte ich den Eingang der Praxis und lief weiter zum Seiteneingang, wo die Haustür zu Grace' Wohnung lag. Kaum betätigte ich die Klingel, ging die Tür auch schon auf, als hätte Lucy auf mich gewartet.

Mit jeder Treppenstufe, die ich erklomm, wurde mein Atem flacher. Zu sagen, dass ich nervös war, wäre die Untertreibung des Jahrhunderts. Irgendetwas sagte mir, dass dies ein wichtiges Gespräch werden würde, das die weitere Richtung unserer Beziehung ändern könnte. Dabei war ich noch immer nicht vollständig wiederhergestellt. Die Dusche hatte zwar geholfen, aber ich war mir ziemlich sicher, noch immer so viel Restalkohol im Blut zu haben, dass ich eigentlich nicht hätte Auto fahren dürfen.

Hoffentlich würde ich es nicht versauen.

Das alles geriet jedoch in den Hintergrund, als ich Lucy am Treppenabsatz stehen sah. Ihre offenen Haare fielen ihr in sanften Wellen bis über die Schultern. Sie trug eine Jogginghose und einen übergroßen Pulli, dessen Ausschnitt über eine Schulter gerutscht war. Mein Blick wurde wie magnetisch von ihrem feinen Schlüsselbein angezogen.

Dann wanderte er weiter hinauf, bis ich ihr in die schönen blauen Augen sehen konnte, die mich unsicher betrachteten.

Obwohl sie angespannt wirkte, wich sie nicht einen Millimeter zurück, als ich auf sie zukam. Nur noch wenige Zentimeter trennten uns, als ich stehen blieb, und diese knisterten mit einer erwartungsvollen Spannung.

»Hey. Schön, dass du gekommen bist«, wisperte sie, ihre Stimme sanft wie ein Flügelschlag.

»Natürlich.« Es gab keinen Ort, an dem ich lieber sein würde. Wobei nicht der Ort wichtig war, sondern ihre Gesellschaft.

»Komm rein.« Sie griff meine Hand und zog mich ins Wohnzimmer. »Ich hatte echt Angst, dass du mich nach gestern nie wiedersehen willst. Ich habe die ganze Nacht nicht geschlafen und dann heute in aller Herrgottsfrühe Jaxon und Emma aus dem Bett geklingelt, weil ich mit jemandem reden musste. Und dann bist du nicht rangegangen, als ich dich angerufen habe, und ich dachte schon, ich hätte es verbockt. Und ... willst du was trinken?« Sie redete ohne Punkt und Komma und wartete meine Antwort auf ihre letzte Frage gar nicht ab, sondern verschwand sofort in die Küche.

Nachdem ich ihr für einen Augenblick nur hinterherschauen konnte, folgte ich ihr. Lucys Hände zitterten, während sie zwei Gläser aus dem Schrank holte.

»Hey.« Ich nahm ihr vorsichtig die Gläser ab und rieb ihre Hände zwischen meinen. »Du brauchst keine Angst vor mir zu haben.«

Ein ersticktes Lachen entwich ihr und sie schüttelte den Kopf. »Ich habe keine Angst vor dir, sondern vor deiner Reaktion.«

»Es gibt nichts, was du mir sagen könntest, wonach ich dich anders betrachten würde als jetzt«, versicherte ich ihr.

Lucy musterte mich für einen Augenblick kritisch. »Und wenn ich dir sagen will, dass ich jemanden umgebracht habe?«

»Du?« Ich schnaubte. »Du bringst es ja nicht mal über dich, eine Spinne zu töten.«

»Spinnen sind ekelig.«

»Aber wenn ich sie für dich töten will, lässt du mich auch nicht. Ich muss sie einfangen und nach draußen in Sicherheit bringen.«

Noch zu gut erinnerte ich mich an den Tag, an dem Lucy zum ersten Mal bei mir übernachtet hatte und morgens nach dem Zähneputzen kreischend aus dem Bad gerannt war, weil eine fette Spinne an der Decke gehangen hatte. Heldenhaft hatte ich sie von dem Unhold befreien wollen, aber Lucy wollte kein Tier tot sehen. David lachte sich kaputt, als ich auf einer Leiter stehend versuchte, die Spinne mit einem Glas und Papier einzufangen, um sie draußen ins Gebüsch zu setzen.

Zuerst lächelte Lucy, als würde sie sich ebenfalls an diesen Morgen erinnern, dann legte sich ein Schatten über ihr Gesicht. »Glaub mir, es gibt eine Person, da würde ich nicht zögern. Aber lass uns ins Wohnzimmer gehen, dann erzähl ich dir alles in Ruhe.«

Ich wusste nicht, was ich darauf sagen sollte, daher griff ich nach den Gläsern und folgte ihr. Wir setzten uns auf die große, graue Couch, die den kleinen Raum dominierte. Davor stand ein runder Glastisch, in der Ecke hing ein Flachbildfernseher und die hintere Wand wurde von einem großen Regal komplett verdeckt, in dem Bücher, CDs, DVDs und einige Dekofiguren standen.

Lucy setzte sich im Schneidersitz und mit – wie mir schien – gebührendem Sicherheitsabstand neben mich. Sie nahm ein Kissen, das sie vor ihrem Bauch umarmte, als wollte sie sich damit schützen. Es tat mir weh, sie so zaghaft zu sehen. Ich hätte Lucy gerne in den Arm genommen oder ihre Hand gehalten, aber ich wusste nicht, ob sie das wollte.

Lucy betrachtete das Kissen und zupfte an einigen losen Fäden herum, während sie stockend zu reden begann. »Das Arschloch, also der Mann, den ich bis vor einem halben Jahr für meinen Erzeuger gehalten habe, hat Mom, Jaxon und mich früher verprügelt. Zuerst nur Mom, später dann auch Jaxon und mich, wobei er sich meistens auf Jaxon konzentriert hat. Mich hat er nur dann geschlagen, wenn er besoffen heimgekommen ist und außer mir niemand zu Hause war. In meiner jugendlichen Naivität hoffte ich, dass ich vielleicht einfach uninteressant für ihn war.«

Lucy schüttelte traurig den Kopf, als könnte sie heute nicht mehr verstehen, warum ihr früheres Ich das gedacht hatte. Eine böse Vorahnung ließ meinen Magen ins Bodenlose fallen.

Sie schlang ihre Arme fester um das Kissen und zog die Beine an die Brust, als versuchte sie sich kleiner zu machen. »Dabei war er sehr an mir interessiert, aber auf eine andere Art und Weise. Als ich 15 war, hat er sich zum ersten Mal an mir vergangen ... auf einem dreckigen Bettgestell im Keller. Danach hat er mich dazu immer in den Keller geschleift. Immer dann, wenn er sich genug Mut angetrunken hatte und Jaxon nicht zu Hause war.« Lucy atmete zitternd ein und wischte sich mit dem Handrücken eine Träne von der Wange.

Ich hielt es nicht mehr aus, sie derart zerbrechlich zu sehen, daher rutschte ich an sie heran und zog sie in meine Arme. Im ersten Moment wehrte sie sich dagegen und versuchte mich wegzuschieben. Doch ich ließ sie nicht los, hielt vorsichtig ihre Hand und strich ihr eine Haarsträhne hinters Ohr. Als hätte sie diese Gesten der Zuneigung gebraucht, ließ sie sich gegen mich fallen und vergrub ihr Gesicht in meiner Halsbeuge.

»Es tut mir so leid«, flüsterte ich und drückte ihr einen Kuss auf die Stirn. Jetzt ergab alles einen Sinn. Ihre Flucht gestern, aber auch ihre abweisenden Reaktionen, wenn wir intim geworden waren. Es machte mich unfassbar wütend, was dieser Pisser ihr angetan hatte. Wie konnte er es wagen, sich an seiner Schutzbedürftigen zu vergreifen und sie für den Rest ihres Lebens zu traumatisieren? Was ging nur in diesen Menschen vor, dass sie so tief sanken?

Gleichzeitig fühlte ich mich ohnmächtig, weil ich nicht wusste, wie ich Lucy helfen konnte. War es okay, sie fest in den Arm zu nehmen, oder fühlte sie sich dann direkt bedrängt? Ich würde sie fragen müssen, was für sie okay war und was nicht, und alles tun, worum sie mich bat, wenn es ihr half.

Ich wusste nicht, wie lange wir so saßen, bis Lucys Schluchzer langsam abgeklungen waren, aber ich strich ihr weiterhin beruhigend über den Rücken, bis sie sich mit einem tiefen Atemzug von mir löste. Sie wischte sich mit den Händen über das Gesicht. Trotzdem waren ihre Augen gerötet und die Wimpern von Tränen verklebt.

»Das ist auch der Grund, warum ich gestern weggelaufen bin«, sagte sie. »Seit ich mich wieder erinnern kann ... bringe ich alkoholisierte Personen damit in Verbindung, auch wenn sie gar nichts damit zu tun haben. Und als Preston gestern mit mir geredet hat, kam irgendwie alles wieder hoch.«

»Aber sonst hat er nichts gemacht?« Ich musste mich einfach versichern.

Lucy schüttelte den Kopf. »Nein, er hat nur mit mir geredet, mich nach Jaxon gefragt, mehr war nicht. Warum genau ich ausgerechnet gestern so reagiert habe, weiß ich nicht, aber wenn es einmal anfängt, kann ich es nicht aufhalten. Wenn so etwas noch einmal vorkommen sollte, dann weißt du jetzt, was mit mir los ist und kannst mich vielleicht einfach nach draußen an die frische Luft bringen oder so?«

Wow, im ersten Moment konnte ich nur im Stillen ihre Stärke bewundern. Hatte ich zuvor noch Angst gehabt, dass ihr alles zu viel geworden und sie an ihre Grenzen gestoßen war, bewies sie mir nun das komplette Gegenteil. Ich war mir sicher, mich in dieser Sekunde noch ein bisschen mehr in sie zu verlieben.

Lucy musste etwas von meinen Gedanken ahnen, denn plötzlich wurde sie ganz ruhig und ein Lächeln umspielte ihre Lippen. Wie von selbst hob sich meine Hand und legte sich an ihr Gesicht. Mein Daumen strich sanft über ihre Wange.

»Du bist unglaublich, weißt du das?«

»Nein, ich bin völlig gewöhnlich.«

Ich lachte kurz. »Nein, du bist alles andere als gewöhnlich. Du kannst dich erst seit wenigen Monaten daran erinnern, was dir widerfahren ist, trotzdem verhältst du dich wie jemand, der Jahre hatte, um mit allem fertigzuwerden.«

»Aber es ist ja auch viele Jahre her, dass es passiert ist«, protestierte Lucy. »Wer wäre ich, wenn ich davon meine Zukunft beeinflussen lassen würde?«

»Menschlich.«

»Aber …«

»Kein aber.« Ich schob meine Hand in ihren Nacken und zog sie in eine feste Umarmung. »Ich bewundere deine Stärke, aber du sollst wissen, dass du auch Schwäche zeigen darfst. Du darfst Angst haben, weinen oder auf Situationen panisch reagieren. Dir darf auch mal alles zu viel werden, sodass du eine Auszeit brauchst. Versprich mir nur, dass du dann zu mir kommst. Ich werde immer für dich da sein und dir beistehen.«

Lucy war für einen Augenblick stockstill in meinen Armen. Dann schluchzte sie und begann zu weinen. Sie krallte sich an mir fest und ich ließ sie nicht aus meinen Armen, solange sie immer wieder von Schluchzern erschüttert wurde. Ich strich ihr nur beruhigend über den Rücken und murmelte ihr Nichtigkeiten ins Ohr.

Ich wusste nicht, wie viel Zeit vergangen war, bis sie sich langsam beruhigte. Als sie sich von mir löste, waren ihre Augen gerötet und ihre Oberlippe zitterte leicht. »Jetzt hast du mich zum Weinen gebracht«, versuchte sie einen Scherz.

»Solange ich nicht dafür verantwortlich bin, kann ich damit leben.« Ich fing mit meinen Fingern eine Träne auf, die ihr über die Wange lief. »Es ist okay, nicht okay zu sein, weißt du?«

»Das sagt meine Therapeutin auch immer, aber ich habe die Erfahrung gemacht, dass die meisten Leute nicht wissen, wie sie damit umgehen sollen.«

Es tat mir so unendlich leid, dass ihr nach allem, was sie erlebt hatte, nicht einmal das nötige Verständnis entgegengebracht worden war. »Für mich ist es okay, wenn du nicht okay bist«, stellte ich klar.

Ein kleines Lächeln breitete sich auf ihrem Gesicht aus und wenige Sekunden später begann sie herzhaft zu lachen. So sehr, dass ihr erneut Tränen in die Augen traten und sie sich den Bauch halten musste.

»Lucy?« Ängstlich fasste ich nach ihren Ellbogen. Was war plötzlich los? Ich konnte an der Situation nichts Lustiges finden.

»Sorry.« Sie hielt eine Hand hoch, um mich um etwas Geduld zu bitten, bis sie sich wieder unter Kontrolle hatte. »Weißt du, was vor diesem Gespräch meine größte Angst war?«

»Nein«, antwortete ich, obwohl ich eine ungefähre Vorstellung davon hatte.

»Dass du mich danach anders betrachten könntest als bisher, mich sogar abstoßend finden könntest. Und dann bist du einfach so wunderbar und verständnisvoll und sagst all die richtigen Dinge und ... Ich muss dich jetzt einfach küssen.« Das war meine einzige Warnung, ehe sie regelrecht über mich herfiel. Ihre Lippen prallten mit so viel Wucht auf meine, dass sie mich umstieß.

Lucy schmeckte noch salzig nach ihren Tränen und eine Verzweiflung lag in ihrem Kuss, die mir das Herz schwer werden ließ. Meine Arme schlossen sich um ihre Mitte und ich gab mich ihr einfach nur hin. Dieses Gefühl, sie in meinen Armen zu halten und ihre Lippen auf meinen zu spüren, nachdem ich gestern schon alles verloren geglaubt hatte, war einfach unbeschreiblich.

Sie machte mich glücklich, indem sie einfach nur in meiner Nähe war, und das war etwas, was ich schon lange nicht mehr für möglich gehalten hatte. Nach Sandy hätte ich nicht mehr gedacht, dass ich mich wieder jemandem öffnen und eine derart tiefe Zufriedenheit empfinden könnte. Doch Lucy hatte mit Leichtigkeit einen Weg hinter meine Mauern gefunden und sich in meinem Herzen breitgemacht.

Trotzdem gab es da eine kleine Stimme der Warnung in meinem Kopf, die mich ermahnte vorsichtig zu sein. Weil das hier viel zu gut war, um auf Dauer anzuhalten.

Kapitel 18

Lucy

Ich könnte auf ewig in Julians Armen liegen und in seinen Küssen versinken. Sie waren wie die Luft, die ich zum Leben brauchte. Sie gaben mir Energie, nahmen mir meine Angst und erfüllten mich mit einer Zufriedenheit, die ich nie für möglich gehalten hätte.

Meine komplette Welt war in der letzten halben Stunde auf Grace' kleine Couch zusammengeschrumpft und eigentlich brauchte ich davon abgesehen nichts anderes mehr. Ich wäre absolut glücklich, wenn ich den Rest meines Lebens mit Julian hier verbringen könnte. Seine Lippen auf meinen, unsere Zungen in einem sanften Spiel verflochten und seine Hände, die langsam über meinen Rücken fuhren und mir wohlige Schauer verursachten.

Nie hätte ich es für möglich gehalten, dass Intimität sich so unfassbar gut anfühlen könnte. Oder wie sehr es mich erleichtern würde, Julian von meiner Vergangenheit zu erzählen. Mir war ein riesiger Stein vom Herzen gefallen, dass Julian sich nicht in Abscheu von mir abgewandt hatte und mich noch immer mit derselben Zuneigung wie zuvor betrachtete.

Mir war klar, dass ich noch lange nicht über den Berg war und es weiterhin Rückfälle geben würde. Aber es war eine ungemeine Erleichterung zu wissen, dass Julian hinter mir stand. Leider war das nicht alles, was ich fühlte, denn ich lag in einer etwas seltsamen Position halb neben und halb auf Julian drauf. Mein linker Arm war mittlerweile eingeschlafen, mein Nacken hatte sich wegen des seltsamen Winkels versteift und Julians Hüftknochen bohrte sich schmerzhaft in meinen.

Ich drückte Julian noch einen Schmatzer auf die Wange und schob mich grunzend ein Stück von ihm weg.

»Alles in Ordnung?« Julian hielt mich nicht auf, ließ aber eine Hand zu meiner Hüfte gleiten, damit ich nicht versehentlich von der Couch fallen konnte.

»Ja.« Ich setzte mich auf Höhe seiner Knie hin und schüttelte meine Hand, um wieder Gefühl hineinzubekommen, auch wenn es ich es hasste, wie meine Finger jetzt kribbelten. »Meine Liegeposition war nur leider nicht zufriedenstellend.«

»Ohhhh, armes Häschen.« Julian setzte sich auf und sah mich neckend an. »Soll ich es so lange küssen, bis es besser wird?«

»Häschen?«

»Magst du das nicht?« Julian begann mir Küsse auf die Schulter zu hauchen. »Wie wäre es dann mit Mäuschen? Oder Vögelchen? Hasi? Oder Eichhörnchen?«

Beim letzten Vorschlag konnte ich nur noch losprusten. »Eichhörnchen?«

Schulterzuckend blickte Julian auf. Das Funkeln in seinen Augen ließ mein Herz höherschlagen. »Ich finde, es passt. Du bist klein, wendig und unglaublich süß.« Er stupste mir mit dem Finger auf die Nase.

»Aber ich habe keinen buschigen Schwanz«, entgegnete ich.

Julian grinste verschwörerisch. »Zum Glück. Ich wüsste auch gar nicht, was ich damit anfangen sollte.«

»David würde dir bei der Erklärung sicher gerne behilflich sein«, sagte ich. Und dann fiel mir ein, dass David und Julian in der Nacht eng umschlungen auf der Couch geschlafen hatten, und ich brach endgültig in Gelächter aus. Es tat so gut, einfach mal wieder herzhaft lachen zu können, und es dauerte nicht lange, bis Julian in mein Lachen mit einstimmte.

Zwei Tage später fuhren wir erneut zum Tierheim, um Spencer abzuholen. Einerseits stimmte es mich traurig, dass noch niemand dieses verspielte Fellknäuel adoptiert hatte, weil er einfach eine liebenswerte Familie verdiente. Andererseits war ich froh darüber, weil wir ihn dadurch weiterhin regelmäßig besuchen konnten. Nicht nur, weil Spencer der Grund war, dass Julian und ich uns überhaupt kennengelernt hatten, hatte ich den Racker in mein Herz geschlossen.

Spencer schien es nicht anders zu gehen. Schon von Weitem begann er vor Freunde wild mit dem Schwanz zu wedeln. Als wir vor ihm standen, versuchte er an uns hochzuspringen und unsere Gesichter abzulecken.

»Hey, mein Baby.« Ich ging vor ihm in die Knie und vergrub mein Gesicht in dem weichen Fell an seinem Hals. Ich nannte ihn immer Baby, obwohl er aus diesem Alter schon lange herausgewachsen war. Jenny schätzte sein Alter auf zwischen vier und sechs Jahren, genauer konnte es leider nicht bestimmt werden. Damit war er praktisch zu alt, zu groß und zu dunkel, um vermittelt werden zu können. Die meisten Leute wünschten sich einen Welpen oder einen kleinen Hund. Spencers dunkelbraunes Fell und seine Größe ließen ihn auf viele bedrohlich wirken.

»Wie ging es ihm diese Woche?«, fragte Julian, als er uns in die Liste eintrug.

Tess, die heute im Tierheim Dienst hatte, zuckte mit den Schultern. »Unauffällig. Kira, die Hündin, mit der er ständig aneinandergeraten ist, wurde adoptiert und seitdem herrscht Ruhe hier.«

»Hat sich jemand für Spencer interessiert?« Diese Frage stellte ich jede Woche mit einer Mischung aus Hoffnung und Angst.

»Nein.«

Und wie jede Woche vernahm ich diese Antwort mit einer Mischung aus Erleichterung und Traurigkeit.

Wir fuhren mit Spencer an die Waterfront zum Spazieren. Nachdem er sich zuerst gesträubt hatte, hatten wir es schließlich doch geschafft, dass Spencer auf die Rückbank von Julians Auto sprang, sodass wir mit ihm auch mal woandershin fahren konnten.

Am Delaware River angekommen, schlüpften wir in unsere Regenjacken und zogen die Kapuzen gegen den leichten Nieselregen über unsere Köpfe. Im Laufe der letzten Woche war es kühl geworden. Die Temperaturen überstiegen nur noch selten die 15-Grad-Marke, was zusammen mit dem Regen dafür sorgte, dass kaum Leute an der Waterfront unterwegs waren. Daher konnten wir Spencer ohne Leine frei laufen lassen. Wir schmissen Stöckchen für ihn, denen er auch immer hintersprintete, aber anstatt sie zu uns zurückzubringen, kaute er so lange darauf herum, bis sie kaputt waren.

Nach zwei Stunden brachten wir einen völlig durchnässten, aber glücklichen Spencer zurück ins Tierheim. Wie immer fiel es mir unheimlich schwer, mich von ihm zu trennen. Mein Herz wollte ihn unbedingt adoptieren, aber hätte ich auch genügend Zeit für ihn?

Auf dem Rückweg holten wir uns Pizza, mit der wir es uns später auf dem Bett in meinem winzigen Zimmer gemütlich machten. Während wir aßen, sah Julian sich interessiert um.

»Ich weiß, es ist fürchterlich klein«, sagte ich in die Stille.

»Mein Zimmer bei meinen Eltern war nicht viel größer«, gestand Julian. »Hayley und ich haben uns als Kinder ein großes Zimmer unter dem Dach geteilt, das Dad später mit einer Holzwand in zwei kleinere Zimmer aufgeteilt hat, damit jeder von uns sein eigenes Reich hatte. Man hat den anderen dann zwar nicht mehr gesehen, konnte aber immer noch alles hören, was er gemacht hat.« Julian lachte leise.

»Das klingt nicht wirklich nach viel Privatsphäre.«

»War es auch nicht. Zum Glück hatten Hayley und ich schon immer ein gutes Verhältnis zueinander. Trotzdem hat es oft Reibereien gegeben, als wir im Teenageralter waren und sie den ersten Freund oder ich die erste Freundin nach Hause gebracht hab.«

Ich konnte es mir lebhaft vorstellen. »Jaxon und ich hatten beide ein eigenes Zimmer mit einem Bad in der Mitte, das wir uns geteilt haben. Jeder hatte von seinem Zimmer einen direkten Zugang zum Bad, was auch zu manch peinlichen Situationen geführt hat.« Ich konnte gar nicht mehr zählen, wie oft einer von uns ins Bad gestürmt war, während der andere auf dem Klo gesessen oder geduscht hatte.

Julian schlang die Arme um mich und zog mich an sich. »Es scheint, als hätten wir mehr gemeinsam, als wir dachten.«

Ich verschränkte die Hände in seinem Nacken und reckte das Kinn, um ihm in die Augen sehen zu können. »Sieht ganz so aus.«

Quälend langsam senkte Julian seinen Kopf, bis unsere Nasenspitzen nur noch eine Haaresbreite voneinander entfernt waren. Sein Atem streifte zärtlich mein Gesicht. Er stupste seine Nase leicht gegen meine und zog seinen Kopf dann blitzschnell zurück.

»Hey!«, protestierte ich und wollte ihn wieder an mich ziehen, kam aber nicht gegen ihn an.

Ein spielerischer Ausdruck trat auf sein Gesicht und blitzschnell beugte er sich vor und hauchte mir einen Kuss auf die Wange.

Dann einen aufs rechte Augenlid.

Aufs linke.

Auf die Stirn.

Und endlich fanden seine Lippen die meinen. Diesmal war unser Kuss nicht sanft oder vorsichtig, sondern drängend und voller Leidenschaft. Er entfachte ein Feuer in mir, als würde heiße Lava durch meine Adern fließen.

Julian schlang seine Arme fester um mich und hob mich hoch, bis ich die Beine um seine Hüften legen konnte. Dann drehte er uns, legte mich vorsichtig auf dem Bett ab und krabbelte zwischen meine Beine. Auf Knien und Ellbogen abgestützt, schwebte er über mir und sah mir tief in die Augen.

»Ist das okay so?«, wisperte er.

Nickend strich ich ihm eine Haarsträhne aus der Stirn. »Ich habe keine Angst vor dir«, versicherte ich ihm und zog ihn auf mich, bis sein Körper meinen bedeckte. Und zum ersten Mal fühlte sich dieses Gewicht, das mich in die Kissen drückte, unfassbar gut an, wie ein Versprechen auf so viel mehr. »Küss mich«, forderte ich und presste meine Lippen auf seine, ehe er überhaupt die Chance hatte, sich zu bewegen.

Julian stieß ein Seufzen aus und schob seine Hände in meine Haare. Seine Lippen bewegten sich im Einklang mit meinen und ließen mich die Welt um uns herum vergessen. Es zählten nur noch Julian, ich und dieser eine Augenblick.

Unsere Küsse wurden drängender, es fühlte sich beinahe so an, als versuchten wir beide, mit dem anderen zu verschmelzen, eins zu werden. Julian begann sein Becken an meinem zu reiben, kleine Bewegungen, die rasch schneller und wilder wurden. Er schien es unbewusst zu machen, als hätte sein Köper ein Eigenleben entwickelt und seinem Hirn eine Auszeit verpasst.

Ich konnte seine Erregung an mir spüren, wie sie größer und härter wurde und gegen meine Hüfte zu drücken begann. Entgegen aller Befürchtungen bereitete es mir keine Panik, sondern ließ meinen Puls schneller schlagen. Als wüsste mein Körper instinktiv, was zu tun war, hoben sich meine Hüften im selben Takt, um die Reibung zwischen uns zu verstärken. Ich dachte gar nicht darüber nach, was ich machte, sondern ließ mich einfach nur von meinen Gefühlen leiten.

Und dann passierte es. Julians Erektion stieß plötzlich gegen meine empfindsamste Stelle, was hinter meinen geschlossenen Lidern ein wahres Feuerwerk explodieren ließ. Unbändige Lust breitete sich in meinem Unterleib aus und ein lautes Stöhnen entwich mir.

So sollte sich das also anfühlen.

Ich wollte mehr davon.

Doch mein Laut brachte Julian dazu, sich augenblicklich anzuspannen und sich auf die Knie aufzurichten.

»Sorry«, keuchte er atemlos und strich sich die Haare aus der Stirn. Ein leichter Schweißfilm hatte sich auf seiner Haut gebildet.

»Hey, komm zurück.« Ich schlang meine Beine um ihn und versuchte ihn zu mir zu ziehen, aber keine Chance. Warum hörte er auf einmal auf? Gefiel es ihm nicht? Sein lustvoller Blick sprach eine andere Sprache.

»Ich wollte nicht die Kontrolle verlieren.«

Da dämmerte mir, warum er nicht weitermachte. »Es hat mir auch gefallen, bitte hör nicht auf.«

Erstaunen und Hoffnung flackerten über sein Gesicht. »Bist du sicher?«

»100 Prozent«, versicherte ich ihm.

»Aber ich will dich nicht bedrängen und …« Kurz wirkte er nachdenklich, dann begann er zu grinsen. »Ich hab eine Idee.«

Er kletterte von mir runter und kuschelte sich neben mich. Bevor ich protestieren konnte, legte er seine Hand auf meinen Oberschenkel. »Vertraust du mir?«

Ich nickte.

»Dann lass mich dir zeigen, wie gut es sich anfühlen kann.«

Der Atem stockte mir vor Erwartung in der Brust, sodass ich nur erneut nicken konnte. Dann lagen Julians Lippen wieder auf meinen. Diesmal konnte ich mich jedoch nicht darauf konzentrieren, denn seine Hand wanderte langsam meinen Oberschenkel hinauf.

Ich fragte mich, was er damit wohl vorhatte, was er mit mir anstellen und was ich dabei fühlen würde. Aber diese Fragen waren nicht ängstlich oder panisch, sondern voller Vorfreude. Mein Unterleib pochte vor Erregung, genauso wie meine Brüste, deren Knospen sich von innen gegen den Stoff meines BHs drückten.

Endlich bewegte sich Julians Hand an meinem Knie, fuhr ein Stück hoch, nur um danach in die andere Richtung zu wandern. Er malte einen Kreis auf mein Knie und fuhr dann wieder das Bein hinauf. Diesmal machte er nicht halt, sondern strich über meine Hüfte, bis er unter mein T-Shirt schlüpfen konnte.

Als seine Finger auf meine überhitzte Haut trafen, fühlte ich mich wie elektrisiert, als würde ich von Millionen kleiner Blitzeinschlägen getroffen. Ich sog scharf die Luft ein und griff automatisch nach Julians Arm, damit er gar nicht erst auf die Idee kam, ihn von mir wegzuziehen.

»Gefällt dir das?«, raunte Julian mir zu, während sein Mund von meinen Lippen zu meinem Hals wanderte und sich dort festsaugte.

»Gott, ja.« Ein wildes Pochen hatte sich zwischen meinen Beinen breitgemacht, das mich dazu verleitete, mein Becken rhythmisch in die Luft zu heben. »Julian.« Ich hoffte, dass meine Verzweiflung in diesem Wort eindrucksvoll zur Schau gestellt wurde.

Ein dunkles Lachen drang an mein Ohr. »Was möchtest du?«

»Berühre mich«, hauchte ich. »Da unten.«

»Fuck, Lucy.« Seine Stimme klang heiser vor Erregung.

Und plötzlich reichte es mir nicht mehr, nur von ihm befriedigt zu werden, ich wollte, dass er sich genauso gut fühlte wie ich. Meine Hand begab sich auf Wanderschaft und nestelte am Bund seiner Hose herum, um seinen Gürtel zu öffnen, während Julians Hand mit Leichtigkeit unter meine Sweathose schlüpfte.

Sobald sie zwischen meinen Beinen verschwand und meinen Hügel umfasste, war Denken nicht mehr möglich. Julian ließ einen Finger zwischen meine Lippen gleiten und erst da wurde mir bewusst, wie feucht ich schon war. Ich spreizte meine Beine und schob ihm mein Becken entgegen.

Julian verstand sofort, was ich von ihm wollte. Sein Finger umkreiste meinen Kitzler, erst langsam und dann immer schneller. Ich krallte mich an seinem Unterarm fest, in der Hoffnung, mich damit in der Gegenwart halten zu können. Ich hatte das Gefühl, jeden Moment vor Lust in tausend Einzelteile zerspringen zu können. Ein Ziehen breitete sich von meinem Unterleib in meinem ganzen Körper aus, meine Atmung wurde schneller und ich konnte meinen rasenden Herzschlag in jeder Zelle meines Körpers spüren.

Es war, als wäre ich kurz davor, zu explodieren, aber mir fehlte noch der letzte Tropfen, der das Fass zum Überlaufen brachte. Und egal wie sehr ich mich anstrengte, ich konnte diesen letzten Tropfen nicht erhaschen.

Dann wanderte Julians Hand etwas tiefer und er drang vorsichtig mit einem Finger in mich ein, während sein Daumen weiterhin meine Knospe massierte.

»Ich hab dich so unfassbar lieb«, raunte er mir zu.

Und plötzlich explodierte ein wahres Feuerwerk in mir, mein ganzer

Körper spannte sich an, nur um kurz darauf in unkontrollierte Zuckungen zu verfallen. Ein lang gezogenes Stöhnen war zu hören, von dem ich zuerst gar nicht realisierte, dass es von mir kam.

Das Blut rauschte in meinen Ohren und ich fühlte mich mit einem Mal unfassbar leicht und wurde von einer tiefen Befriedigung erfasst, die ich noch nie zuvor gespürt hatte. Julian massierte meine Knospe sanft weiter, bis das Zucken in meinen Gliedern nachließ. Ich stieß ein zufriedenes Seufzen aus, bei dem ich noch ein Stück tiefer in die Kissen zu sinken schien.

»Wow«, sagte ich, als ich meinen keuchenden Atem etwas unter Kontrolle gebracht hatte, und drehte mich zu Julian um. »So soll sich das also anfühlen.«

Mit strahlenden Augen zog er seine Hand aus meiner Hose und wischte sie neben mir an der Bettdecke ab. »Im besten Fall, ja.« Er beugte sich vor und gab mir einen Kuss.

»Im besten Fall?«

»Manche Menschen sind im Bett nicht kompatibel, dann fühlt es sich zwar trotzdem gut oder okay an, aber nicht weltverändernd.«

Ich konnte mir das Grinsen nicht verkneifen. »Dann bin ich ja froh, dass wir im Bett sehr kompatibel sind.«

»Nicht nur im Bett.« Dann schob er seine Hand in meinen Nacken und verschloss meine Lippen mit einem Kuss. Dieser war sanfter, weniger leidenschaftlich, dafür aber umso gefühlvoller als die vorherigen.

Ich seufzte in den Kuss hinein und suchte mit meiner Hand nach Julians Gürtel, um ihm zurückzugeben, was er mir gegeben hatte, auch wenn mich der bloße Gedanke daran nervös machte. Doch Julian umfasste mein Handgelenk und schüttelte den Kopf.

»Das war nur für dich«, murmelte er an meinen Lippen.

»Aber du …«

»Mir hat es völlig ausgereicht zu sehen, wie gut du dich fühlst.«

»Bist du sicher?« Auch wenn es nobel von ihm war, musste er doch ebenfalls Bedürfnisse haben. Oder wollte er von mir nicht angefasst werden? Ich hatte doch seine Erektion gespürt, also konnte ihn unser Liebesspiel nicht kaltgelassen haben.

»Lucy. Natürlich will ich dich auch«, sagte Julian eindringlich, als hätte er meinen inneren Monolog mitbekommen, und löste sich etwas von mir, bis er mir in die Augen sehen konnte. »Aber wir haben alle Zeit der Welt. Wir müssen nichts überstürzen. Ich wollte dir heute zeigen, wie gut es sich anfühlen kann. Beim nächsten Mal zeige ich dir dann, was ich gerne mag. Deal?«

Ich suchte in seinem Blick nach Anzeichen dafür, dass er mir nur etwas vormachte, mich nur hinhalten wollte, konnte aber keine erkennen. Und hatte ich nicht gesagt, ich würde ihm vertrauen?

»Okay, Deal«, gab ich schließlich nach und schmiegte mich wieder in seine Arme. Julian strich mit der Hand langsam über meinen Arm und summte leise eine Melodie, die mir irgendwie bekannt vorkam. Für einen Moment versuchte ich herauszubekommen, was es war, aber ich kam partout nicht darauf. Dann fiel mir etwas anderes ein. »Ich hab dich auch lieb.«

Er küsste mich auf die Stirn. »Ich weiß, Eichhörnchen.«

Lachend zwickte ich ihn in die Seite. »Spinner.«

Julian übernachtete bei mir, musste am nächsten Morgen aber bereits um sechs aufstehen, da er früh seine erste Vorlesung hatte und vorher noch im Wohnheim seine Sachen holen musste. Da ich erst um acht aufstehen musste, blieb ich liegen, rollte mich auf seine Seite und atmete aus seinem Kissen tief seinen Duft ein, der mich bald wieder einschlafen ließ.

Ich träumte von Julian, der unbeschreibliche Dinge mit meinem Körper anstellte. Wie gestern Abend, nur dass wir diesmal beide nackt waren und er weiter ging. Selbst im Schlaf wurde mir heiß und ich wurde von Verlangen und Lust gepackt. Ich wollte mich ihm ganz hingeben, weil er meinen Körper spielen konnte wie ein Instrument, dessen Gebrauch er perfektioniert hatte. Julian lehnte über mir und seine warmen brauen Augen blickten lustverhangen und voller Zuneigung auf mich hinab.

Doch als ich blinzelte, veränderte sich das Bild plötzlich. Nun sah ich nicht mehr Julians Augen vor mir, sondern die kalten, hasserfüllten Augen des Arschlochs. Mit einem zur Fratze verzogenen Gesicht beugte er sich über mich ...

Keuchend schoss ich in eine aufrechte Position und riss die Augen auf. Panisch und mit wild klopfendem Herzen blickte ich mich um. Aber ich war nicht in Galveston, sondern immer noch in Philadelphia, in dem kleinen Zimmer, das ich bei Grace bewohnte – in dem Bett, das ich mir bis vor wenigen Stunden noch mit Julian geteilt hatte.

Das Arschloch ist nicht hier, er kann mir nichts mehr anhaben.

Wie ein Mantra sagte ich mir diesen Satz immer wieder leise vor und versuchte meinen rasenden Puls unter Kontrolle zu bringen. Aber der Horror des Albtraums war noch zu präsent und ließ sich nicht so einfach abschütteln. Vor allem, weil er den Schrecken von früher mit den Erlebnissen des gestrigen Abends verknüpfte und diese schönen Erinnerungen trübte.

Würde ich jemals vergessen können? Oder würde ich für den Rest meines Lebens mit diesen Geschehnissen zu kämpfen haben?

Kapitel 19

Lucy

Das hohe Backsteingebäude wirkte einschüchternd auf mich. Selbst die mit Fingerfarbe bemalten Fenster schienen mich zu verspotten. Der Schulhof der Elementary School war völlig verlassen an diesem Samstag und die Schaukel wippte einsam im leichten Wind, was mein ungutes Gefühl noch verstärkte.

Was hatte ich mir nur dabei gedacht?

Als ich mich für die GED-Prüfung angemeldet hatte, war es mir wie eine gute Idee erschienen. Den meisten Stoff hatte ich schon in den Privatstunden auf der Ranch durchgenommen und mir alles andere in den letzten Wochen angeeignet, wann immer ich ein Stündchen Freizeit gehabt hatte. Noch gestern Abend hatte ich gedacht, gut vorbereitet zu sein, um diese Hürde mit Leichtigkeit zu meistern. Doch jetzt war mein Gehirn wie leer gefegt.

Es war nicht bloße Prüfungsangst, die mich lähmte, sondern ein Nebeneffekt meiner Amnesie, dass ich in stressigen Situationen alles vergaß. Ich hatte gedacht, dieses Problem überwunden zu haben, denn ich hatte schon länger keine Namen mehr vergessen oder wo ich Leute kennengelernt hatte. Doch heute zweifelte ich an allem.

»Du schaffst das«, sagte Jaxon neben mir. Er war der Einzige, dem ich von der Anmeldung erzählt hatte, und er hatte angeboten, mich bis vor die Schule zu begleiten.

Dankbar drehte ich mich zu ihm um. »Und wenn nicht, wirst du niemandem davon erzählen«, ermahnte ich ihn.

»Lucy.« Er trat einen Schritt näher und legte seine Hände auf meine Oberarme. »Du bist gut vorbereitet. Du wirst die Aufgaben mit Leichtigkeit schaffen, da bin ich sicher.«

»Aber was ...« Ich konnte es nicht aussprechen. Meine Panik, wieder in alte Muster zu verfallen und den Prüfungsbogen nicht lesen zu können, sobald ich auf das Papier schaute, wie es früher immer der Fall gewesen war, kehrte mit voller Macht zurück.

»Hey, sieh mich an.« Warme Hände legten sich um meine Wangen und hoben meinen Kopf, bis ich in Jaxons grüne Augen blickte. »Du kannst das. Und wenn dir in der Prüfung alles zu viel wird, dann wendest du die Atemtechnik an, die deine Therapeutin dir beigebracht hat, und denkst dabei an mich. Denn ich werde die nächsten drei Stunden auch an dich denken und dir in Gedanken beistehen. Okay?«

Ein Gefühl der Wärme durchflutete mich und ließ etwas Hoffnung in mir aufkommen. Nickend warf ich mich in die Arme meines Zwillingsbruders und drückte ihn fest. »Danke«, murmelte ich, »das bedeutet mir viel.«

»Ich werde immer für dich da sein.«

Ich nickte erneut, ehe ich mich aus seiner Umarmung löste. »Okay.« Es war Zeit, mich der Prüfung zu stellen. »Ich sollte mal rein, um nicht zu spät zu kommen.«

»Viel Erfolg. Ich glaub an dich. Und meld dich bei mir, wenn du dein Diplom in der Tasche hast.«

»Danke.« Ich sah ihm kurz hinterher, bevor ich mich umdrehte und den Schulhof betrat.

Sobald ich das Tor passiert hatte, kehrte die Angst mit der Kraft einer Dampflok zu mir zurück. Aber ich nahm einen tiefen Atemzug und mahnte mich zur Ruhe. Ich konnte jetzt keinen Rückzieher machen und sie gewinnen lassen. Wenn ich wirklich studieren wollte, musste ich mein GED machen. Und würde ich jetzt klein beigeben, wäre die Unsicherheit beim nächsten Versuch nur umso größer.

»Du bist nicht dumm, du schaffst das«, redete ich mir Mut zu, während ich mit klammen Händen die Tür aufstieß und die Grundschule betrat.

Zimmer 2.01, stand auf meiner Einladung, daher begab ich mich in den zweiten Stock, wo ich den Raum sofort entdeckte. Drei andere Personen warteten davor und wirkten genauso nervös, wie ich mich fühlte. Ich nickte ihnen stumm zu, als ich mich dazustellte, und versuchte meinen rasenden Puls zu beruhigen.

Noch zwei weitere Leute stießen zu uns, ehe die Tür geöffnet und wir eingelassen wurden. Ich setzte mich auf den viel zu kleinen Stuhl und schaffte es gerade so, meine Knie unter den Tisch zu schieben.

Dieser Raum weckte lang vergessene Erinnerungen an meinen ersten Schultag. Damals, als meine Welt zumindest noch den Anschein gemacht hatte, normal und in Ordnung zu sein. Ich konnte Jaxon und mich vor mir sehen, wie nervös und gleichzeitig aufgeregt wir an unserem ersten Schultag gewesen waren.

Ein Stapel Zettel wurde auf den Tisch vor mir geknallt und riss mich aus meinen Gedanken.

»Erst umdrehen, wenn der Test beginnt«, wurde ich von dem Mann angewiesen, der uns heute beaufsichtigte. Er verteilte die restlichen Testbögen, ehe er sich vorne auf das Lehrerpult hockte. »Sie haben drei Stunden, um den Test abzuschließen. Anschließend werden die Tests direkt korrigiert und wenn Sie bestanden haben, werden Ihnen die vorläufigen Diplome ausgehändigt, falls Sie vorhaben, sich damit direkt an einem College oder für einen Job zu bewerben. Das finale, beglaubigte Diplom erhalten Sie in den kommenden Wochen auf dem Postweg. Noch Fragen?«

Stille folgte auf seine Ansprache und nach wenigen Sekunden stellte er auf seinem Handy den Timer ein.

»Starten Sie jetzt.«

Ich drehte den Testbogen um und las die erste Frage – und dann noch ein zweites und ein drittes Mal. Obwohl ich die Wörter lesen konnte, ergaben sie für mich als Satz einfach keinen Sinn. Es war, als würde ich eine fremde Sprache lesen, von der ich einzelne Wörter kannte, aber nicht genug, um einer Unterhaltung folgen zu können.

Das Blut rauschte in meinen Ohren und die Buchstaben verschwammen vor meinen Augen. Ich konnte es nicht machen. Ich war noch immer zu kaputt, zu sehr von meiner Amnesie gezeichnet, um diese simple Aufgabe lösen zu können. Ich könnte wetten, sie wären ein Leichtes für mich, würde ich diese Aufgaben ohne Druck zu Hause lösen. Aber hier, wo es um etwas ging, versagte ich. Erneut.

Wie damals, knapp ein Jahr nachdem ich von den Kesslers adoptiert worden war. Ich war im ersten Jahr von einem Privatlehrer unterrichtet worden und sollte danach die lokale Highschool besuchen, weil meine Amnesie sich ohnehin nicht gebessert hatte. Die Ärzte und Therapeuten hatten vorgeschlagen, dass ich wieder zur Schule gehen solle, um nicht zu lange aus dem Umgang mit Gleichaltrigen herausgerissen zu werden.

Es war eine absolute Katastrophe gewesen. Selbst nach zwei Wochen hatte ich mir die Namen meiner Mitschüler und Lehrer nicht merken können und wann immer ich im Unterricht aufgerufen wurde, um eine Frage zu beantworten oder etwas an die Tafel zu schreiben, hatte ich nichts mehr gewusst. Der Obergau jedoch war meine erste Klassenarbeit, bei der ich vor der gesamten Klasse in Tränen ausbrach, weil ich nicht eine einzige Frage verstand.

Wie jetzt hatte ich mich damals dumm und unfähig gefühlt, zu blöd, einen simplen Test zu bestehen, was meine Lehrer meinen Adoptiveltern bestätigten. Sie hatten Nachhilfe empfohlen oder vorgeschlagen, mich eine Klasse zurückzustufen. Zum Glück hatte meine Therapeutin dem entgegengewirkt, weil meine Probleme eine Begleiterscheinung meiner Art der Amnesie waren. Das war das Ende meiner glorreichen Schulkarriere gewesen und es schien offensichtlich, dass ich auch heute noch nicht davon geheilt war.

Meine Augen brannten und ich kniff in meine Nasenwurzel, um die nahenden Tränen zurückzuhalten. Plötzlich war ich rasend wütend. Auf mich, auf meine Unfähigkeit und auf diese ganze verfahrene Situation. Ich wollte nicht schon wieder versagen und für den Rest meines Lebens mit diesen Ängsten leben müssen. Dieser Zustand war zum Kotzen, immerhin hatte ich gestern Abend alle Fragen noch mit Leichtigkeit beantworten können.

Jaxons Worte von vorhin fielen mir wieder ein und mit einigen tiefen Atemzügen zwang ich mein rasendes Herz zur Ruhe. Langsam einatmen, dabei bis zehn zählen und dasselbe beim Ausatmen wiederholen, so, wie meine Therapeutin es mir beigebracht hatte. Dabei rief ich mir Jaxons beruhigende Umarmung wieder in den Sinn und sein Versprechen, an mich zu denken. Ganz langsam beruhigte sich mein Pulsschlag und das Zittern in meinen Händen ließ nach.

Als ich mich sicherer fühlte, öffnete ich meine Augen und blickte erneut auf die erste Frage auf meinem Prüfungsbogen. Langsam las ich ein Wort nach dem anderen, bis ich die Frage schließlich verstand und beantworten konnte, ehe ich die vier Antwortmöglichkeiten überhaupt lesen musste.

Ich machte mein Kreuz an der richtigen Stelle und ging zur nächsten Frage über. So arbeitete ich mich langsam voran und mit jeder verstandenen Frage fiel es mir ein wenig leichter und die Angst wurde weniger.

Als die drei Stunden schließlich um waren, hatte ich alle Aufgaben außer den letzten zwei beantwortet und fühlte mich relativ sicher, mein GED bestanden zu haben. Trotzdem war das folgende Warten, bis unsere Ergebnisse ausgewertet waren, die reinste Quälerei.

Umso schöner war dann allerdings das Gefühl, als ich aufgerufen und mit einem »Herzlichen Glückwunsch« das Diplom überreicht bekam.

Ich hatte bestanden.

Mit 96 Prozent.

Ich konnte mich gerade noch von einem freudigen Quietschen und Luftsprüngen abhalten, als ich mich bedankte. Mein Herz schwoll vor Freude in meiner Brust an und mein Grinsen war so breit, dass mir die

Wangen bereits wehtaten, aber das war mir egal. Ich hatte es geschafft! Ich hatte meine Ängste überwunden, mich zur Ruhe gezwungen und diesen Test gemeistert. Ich konnte mein Glücksgefühl kaum in Worte fassen.

Noch immer beschwingt verließ ich die Elementary School und schlug den Heimweg ein. An der Ecke hielt ich kurz an, zog mein Handy aus der Tasche und machte ein Foto des Diploms, um es Julian zu schicken. Ich hatte ihm nie gesagt, dass ich die Schule nicht abgeschlossen hatte, aber wenn er das Foto sah, würde er es verstehen und wissen, was es für mich bedeutete.

Ich wollte gerade die Nachricht verfassen, als ich ein Räuspern neben mir vernahm und eine schneidende Stimme sagte: »Ach, sieh mal einer an.«

Ich schloss für einen Moment die Augen, denn das durfte doch nicht wahr sein. Warum zur Hölle musste ich ausgerechnet jetzt Cassie über den Weg laufen? War es mir wirklich nicht vergönnt, mein Hochgefühl zumindest für ein paar Stunden genießen zu können?

Bevor ich überhaupt dazu kam, ihr zu antworten, hatte Cassie mir schon das Diplom aus der Hand gerissen. »Was hast du da?«

Mein Herz stockte, als hätte jemand seine Hand darum gelegt und fest zugedrückt. »Gib das zurück«, fuhr ich sie an.

Ich wollte nach dem Diplom greifen, aber sie zog es geschickt aus meiner Reichweite. Ihre Augen flogen regelrecht über das Papier und ein spöttischer Ausdruck legte sich auf ihr Gesicht. Ich bereitete mich auf das Schlimmste vor.

»Wow, du hast dein GED bestanden. Glückwunsch«, sagte sie verächtlich. »Warst du in der Highschool zu blöd dazu? Oder bist du in dem Rattenloch, aus dem du gekrochen bist, gar nicht erst zur Schule gegangen?« Sie betrachtete mich von oben bis unten und lächelte dann zuckersüß. »Nein, so, wie ich dich bisher kennengelernt hab, bist du einfach zu dumm. Wie oft musstest du den Test machen, bis du ihn endlich bestanden hast? Oder hast du irgendwen bestochen, um an die Ergebnisse zu kommen?«

Cassies Unterstellungen waren völlig haltlos, trotzdem trafen sie mich härter als gedacht.

»Verpiss dich«, fuhr ich sie an und entriss ihr mein Diplom. Das Papier war nun völlig zerknittert und ich versuchte die Falten mit meiner Hand zu glätten.

Cassie war jedoch noch lange nicht fertig. »Hast du das eigentlich nur für dich gemacht oder wollte Grace das?« Nachdenklich legte sie einen Finger an ihr Kinn, dann blitzten ihre Augen gefährlich auf. »Musstest du das vielleicht machen, um weiterhin bei Grace wohnen und in der Praxis arbeiten zu können?«

Grace hatte Cassie nichts über meine Vergangenheit verraten, hatte mir immer gesagt, es sei meine Sache, ob und wie viel ich davon preisgeben wolle. Und es hatte Cassie schon immer gestört, dass sie die Hintergründe nicht wusste.

»Fahr zur Hölle«, sagte ich und drehte mich um. Ich wollte nur weg von dieser Person und ihren hasserfüllten Worten.

»Ohhh, hab ich da etwa einen wunden Punkt getroffen?« Bei der unbändigen Schadenfreude, die Cassie ausstrahlte, ballten sich meine Hände zu Fäusten und ich musste mich ermahnen, dass es mir nicht helfen würde, ihr eine reinzuhauen. Im Gegenteil, es würde nur unterstreichen, wie sehr sie mich mit ihren Worten verletzte.

Das Diplom an meine Brust gedrückt, beschleunigte ich meine Schritte, während ich Cassie völlig ignorierte. Vielleicht würde sie ja von selbst aufgeben, wenn ich ihr keine Beachtung schenkte.

Doch weit gefehlt. Sie folgte mir bis zur nächsten Straßenecke.

»Weiß dein kleiner Freund, dass du hier bist? Hast du ihm gebeichtet, dass du zu dumm warst, deinen Abschluss zu machen, oder tappt der Arme völlig im Dunkeln?«

Panik stieg in mir auf und ich blieb unwillkürlich stehen. Woher wusste sie von Julian? Hatte sie uns in der Tierklinik zusammen gesehen? Ich versuchte mich zu erinnern, ob sie mal Dienst gehabt hatte, als Julian mich abgeholt hatte, aber meine Gedanken waren so sprunghaft, dass ich keinen davon festhalten konnte.

»Ich würde sagen, du hast es ihm nicht verraten«, stellte sie angesichts meines Schweigens zufrieden fest. »Vielleicht sollte ich mal ein Gespräch mit ihm führen.«

Am ganzen Körper zitternd drehte ich mich zu ihr um. »Untersteh dich«, drohte ich ihr.

Sie lachte boshaft. »Sonst was? Haust du mich dann?« Missbilligend betrachtete sie mich von oben bis unten, dann trat sie einen Schritt auf mich zu. »Ich hab mir von Anfang an gedacht, dass mit dir irgendwas nicht stimmt. So plötzlich, wie du aus dem Nichts bei Grace aufgetaucht bist, und das Geheimnis, das Grace aus deiner Person gemacht hat. Ich weiß noch nicht, was es ist, aber ich werde es herausfinden, darauf kannst du dich verlassen.« Sie stieß mich von sich weg, drehte sich um und stolzierte davon.

Ich stolperte einen Schritt zurück und sah ihr nach, bis sie um die Ecke verschwunden war. Mein Herz raste und mein Atem kam in kurzen, abgehackten Zügen. Was sollte ich nur machen? Würde Cassie wirklich zu Julian gehen? Kannte sie ihn überhaupt oder hatte sie mir nur Angst machen wollen?

Erst als mich jemand anrempelte, bemerkte ich, dass ich noch immer mitten auf dem Bürgersteig stand und die leere Straße anstarrte. Hastig drehte ich mich um und lief nach Hause.

Dort angekommen, sah ich mich hektisch in meinem kleinen Zimmer um. Wo konnte ich das Diplom am besten verstecken? Eigentlich hatte ich vorgehabt, Grace und Julian davon zu erzählen, wenn ich bestanden hatte, aber nach der Konfrontation mit Cassie ... Was, wenn sie sich genauso über mich lustig machten?

Mein Verstand sagte mir, dass das völliger Quatsch war, aber meine Angst ... Meine neu erwachte Angst war einfach lauter und eindringlicher. Sie riet mir dieses Diplom irgendwo zu vergraben und nie wieder hervorzuholen.

Am Ende schob ich es in die unterste Schublade meines Schreibtisches, unter meine alten Schulbücher von der Ranch, was ich irgendwie passend fand. Ich schwor mir, diese Schublade nicht so schnell wieder zu öffnen, wenn ich es irgendwie verhindern konnte.

Kapitel 20

Julian

»Was ist denn hier los?« Ich stellte mein Tablett auf dem Tisch ab und blickte erstaunt in die Runde. Ich war mit David und Emma zum Mittagessen in der Mensa verabredet, aber sie waren nicht die Einzigen hier. Auch Jaxon, Connor, Katy, Preston, Marc, Brittany und Cole waren anwesend.

»Wir haben was zu besprechen.« Cole klopfte auf den einzig leeren Stuhl neben sich. »Setz dich.«

Ich kam seiner Aufforderung nach und sah ihn erwartungsvoll an. »Was gibt's?«

»Ich habe in zwei Wochen Geburtstag«, sagte Brittany, »und würde gerne groß feiern. Ihr seid alle eingeladen, inklusive Freund oder Freundin. Gefeiert wird Samstag in zwei Wochen bei Coles Eltern.«

»Cool«, sagte Preston grinsend. »Wann geht es los?«

»Um 19 Uhr. Und es wird keine normale Party, sondern eine Mottoparty.«

Allgemeines Stöhnen folgte auf diese Worte, das Brittany mit einem Augenrollen quittierte. »Das Thema ist Film- und Fernsehstars. Wer nicht verkleidet ist, kommt nicht rein.«

»Und ich will eure Figuren erkennen können, Leute«, fügte Cole hinzu. »Also lasst euch was Cooles einfallen.«

Grinsend machte ich mich über mein Mittagessen her – es sollte Steak sein, hatte aber eher die Konsistenz von Schuhsohle. Ich würde

Lucy fragen, ob sie Lust hatte, mit mir auf die Party zu gehen, und machte mir bereits Gedanken über mögliche Kostüme, die wir tragen könnten.

Und sobald ich an Lucy dachte, kam ich nicht umhin, mich auch an den Sex zu erinnern. Zugegebenermaßen hatte ich zuerst Bedenken gehabt, ob sie wirklich dazu bereit war. Zu frisch war meine Erinnerung an den Tag, wo sie in Panik ausgebrochen war, weil sie meinen Ständer gespürt hatte. Ich hatte sie nicht überfordern oder zu schnell zu weit gehen wollen, aber ich würde lügen, wenn ich sagte, dass ich sie nicht ebenfalls wollte. Sie war heiß und sexy, auch wenn ihr das selber gar nicht bewusst war. Wenn ich nur an ihren Körper dachte, schoss mir das Blut wieder in den Unterleib.

Die Art und Weise, wie sie sich mir hingegeben hatte, war einfach unbeschreiblich. Sie hatte sich völlig fallen lassen können, als ich sie befriedigte, und hatte dabei so sinnlich ausgesehen, dass es mir schwergefallen war, nicht über sie herzufallen. Aber es war die richtige Entscheidung gewesen, mich zurückzuhalten, denn ich konnte die Unsicherheit und Angst in ihren Augen lesen, als sie nach mir griff. Wenn wir weiter gingen, dann sollte es sein, weil sie es wirklich wollte, nicht weil sie dachte, ich würde es von ihr erwarten.

Ich war noch immer in Träumereien von Lucy versunken, als ich die Mensa verließ und mich auf den Weg zu meiner nächsten Vorlesung machte.

»Hey, Jules.«

Ihre Stimme ließ mich mitten in der Bewegung innehalten. Verfolgte sie mich? Ich hatte Sandy in den letzten zwei Jahren nicht ein einziges Mal gesehen und jetzt zum zweiten Mal innerhalb einer Woche. Und das, nachdem ich gerade erst mit Lucy zusammengekommen war. Es war, als wollte das Universum mich für irgendwas bestrafen.

Ich schloss für einen Moment die Augen und mahnte mich zur Ruhe, ehe ich mich zu ihr umdrehte. Ich würde mich nicht mit Nettigkeiten aufhalten. »Sandy, was gibt's?«

»Ich hab dich zufällig hier gesehen und dachte, ich sag Hallo.« Sie trat auf mich zu, so nahe, dass ich automatisch einen Schritt zurück machte.

»Lass mich in Ruhe, ich hab eine Freundin.«

Das Lächeln verschwand augenblicklich aus ihrem Gesicht. »Du ...« Sie schluckte schwer und fuhr mit einer Hand durch ihre Haare. »Du hast eine Freundin?«

»Ja.«

»Schon lange?«

»Seit einigen Wochen.«

»Also noch nichts Ernstes.« Ihr Lächeln war augenblicklich zurück und sie klimperte mit den Wimpern, was vermutlich verführerisch aussehen sollte.

Ich fragte mich, wie ich mich jemals von ihrem falschen Gehabe hatte blenden lassen können. »Doch, es ist mir sehr ernst. Lucy ist ein besonderer Mensch und die Erste, bei der ich es geschafft habe, mich zu öffnen, nachdem du mich auf die schlimmste Art hintergangen hast.« Ich rückte den Riemen meines Rucksacks auf der Schulter zurecht und schob mich an ihr vorbei.

»Aber ich hab mich doch schon entschuldigt.«

Dachte sie ernsthaft, das würde etwas ändern? »Das ist mir aber egal, ich empfinde nichts mehr für dich. Sorry.«

Warum ich mich dafür auch noch entschuldigte, wusste ich selber nicht.

Sandy sah mich erstaunt an, aber anstatt meine Worte zu akzeptieren, sah ich Entschlossenheit in ihren Augen aufblitzen, als würde meine Abfuhr sie nur weiter anstacheln. Ehe sie jedoch dazu kam, mir zu antworten, tauchte David hinter ihr auf.

»Miss Williams, das wird langsam zu einer unschönen Regelmäßigkeit, dass wir uns über den Weg laufen.«

»Ich wollte nur ...«

»... mit Julian reden, ja, ja. Aber niemand hier hat Bock auf dich, also tschau, mach's gut, bis bald.« David unterstrich seine Worte mit einer wegscheuchenden Handbewegung und zog mich mit einer Hand am Oberarm an ihr vorbei.

»So langsam geht sie mir echt auf die Nerven«, schnaufte ich, als wir einige Schritte von ihr entfernt waren.

»Was will sie auf einmal wieder von dir?«

»Keine Ahnung, ist mir auch egal.«

Lucy

Im Schneidersitz hockte ich auf meinem Bett und hielt mir das Handy ans Ohr, um endlich mal mit meinen Adoptiveltern zu sprechen. Ich hatte es in der letzten Woche mehrfach versucht, aber tagsüber nie jemanden erreicht. Jetzt war es nach 18 Uhr, da müssten sie eigentlich beim Abendessen sitzen.

Es dauerte tatsächlich nicht lange, bis abgenommen wurde. »Jaaaaa?«, ertönte eine Kinderstimme, die nur Joshua gehören konnte. Josh war acht und erst seit knapp einem Jahr bei den Kesslers. Er war völlig verwahrlost und unterernährt vom Jugendamt aus einem Trailer gerettet worden, wo er nur mit seiner drogensüchtigen Mom lebte, die sich schon seit Jahren nicht mehr um ihn gekümmert hatte.

»Josh? Hier ist Lucy.«

»Lucyyyy«, gluckste er erfreut.

»Hey, mein Großer, wie geht es dir?« Obwohl Josh in den ersten Wochen auf der Ranch mit niemandem geredet hatte, war er recht schnell aufgetaut, als er begriff, dass er nicht mehr in den Trailer zurückmusste.

»Super. Ich durfte gestern auf Kinney reiten.« Kinney war ein großer, alter Gaul, der nur noch gemütlich trabte und sich von nichts erschrecken ließ. Damit war er das ideale Pferd für die Kinder, die von einem Pony aufs Reitpferd umsteigen wollten.

»Und du bist nicht runtergefallen?«

»Nein, ich bin zwei Runden über die Koppel geritten.« Der Stolz in seiner Stimme erwärmte mein Herz.

»Wow, das hast du ganz toll gemacht. Aber du bist ja auch schon ein großer Junge. Sind die anderen nett zu dir?«

»Ja, aber du fehlst mir trotzdem. Wann kommst du zurück?«

Meine Augen begannen zu brennen und ich blinzelte, um die nahenden Tränen zurückzukämpfen. »Du fehlst mir auch«, versicherte ich ihm. »Aber ich muss noch etwas hier bleiben. Kannst du Rita ans Telefon holen?«

»Mooooooom«, brüllte er durchs Haus, wobei er sich das Telefon noch immer ans Gesicht zu halten schien, weil mein Trommelfell dabei fast platzte. Er war einer der wenigen, die Rita wirklich Mom nannten. Ich hörte ein Rascheln im Hintergrund und gedämpfte Stimmen, dann war Rita am Hörer.

»Lucy, mein Schatz. Schön, dass du anrufst.«

»Hi, Rita. Ich habe es letzte Woche schon mal versucht, aber da wart ihr wohl alle außer Haus. Wie geht es euch?«

»Du weißt ja, wie es hier ist. Man ist den ganzen Tag draußen unterwegs und hat abends trotzdem das Gefühl, nichts geschafft zu haben.« Sie lachte leise. »Aber Josh geht seit zwei Wochen endlich in die Schule, auch wenn er es blöd findet, dass in der ersten Klasse alle so viel jünger sind als er.«

»Aber wenigstens geht er endlich.« Bisher hatte er sich mit Händen und Füßen dagegen gewehrt und jedes Mal einen Tobsuchtsanfall bekommen, wenn wir das Thema nur angeschnitten hatten.

»John hat ihn überlistet. Josh möchte ja später unbedingt auf der Ranch arbeiten und John hat ihm sein Büro und den Papierkram gezeigt. Josh versteht jetzt, dass er rechnen, lesen und schreiben lernen muss, um Futterbestellungen zu machen oder Pferde verkaufen zu können.«

»Schlau gemacht.« Ich schmunzelte. »Auch wenn sich sein Berufswunsch sicher noch mehrfach ändern wird.«

»Vermutlich«, stimmte Rita mir zu. »Aber wie geht es dir? Hast du dich mittlerweile gut in Philadelphia eingelebt?«

»Philly ist großartig.« Und dann erzählte ich ihr alles, was ich in dieser Stadt schon erlebt hatte, die Orte, die ich gesehen, und die Leute, die ich kennengelernt hatte. Ich berichtete ihr von meiner Arbeit in der Praxis und wie sehr ich Spencer ins Herz geschlossen hatte. Und am Ende konnte ich ihr natürlich auch meine Beziehung mit Julian nicht verheimlichen.

»Oh, Lucy, das ist ja wundervoll.« Rita hörte sich so aufgeregt an, wie ich mich seit Wochen fühlte. »Bist du glücklich? Behandelt er dich gut?«

»Er trägt mich auf Händen.« Ich seufzte und musste erneut an den Tag denken, als er diese unfassbaren Dinge mit mir angestellt hatte. Ich hatte mich noch nie so gut gefühlt und beim bloßen Gedanken daran wurde mir wieder warm.

»Das freut mich ehrlich für dich. Du hast jemanden verdient, der gut zu dir ist. Lass ...« Sie stockte kurz und seufzte dann schwer, als wäre sie dabei, etwas Unangenehmes zu sagen. »Männer in seinem Alter haben gewisse ... Bedürfnisse. Lass dich von ihm zu nichts drängen, wozu du noch nicht bereit bist.«

Ihre Sorge rührte mich und mich überkam eine Welle der Dankbarkeit, dass ich damals, nach diesen schlimmen Ereignissen, bei dieser wundervollen Familie gelandet war. »Das macht er nicht«, beruhigte ich sie. »Im Gegenteil, er bremst mich eher aus, weil er mich nicht überfordern möchte.«

»Dann würde ich diesen jungen Mann gerne kennenlernen«, sagte Rita erfreut, doch ich hörte es nur teilweise, weil es gleichzeitig an meiner Zimmertür klopfte.

»Warte mal bitte kurz«, sagte ich zu ihr. Und dann lauter: »Herein.«

Grace steckte den Kopf in mein Zimmer und sah mich verschmitzt an. »Dein Freund ist hier.«

Sie stieß die Tür auf und gab den Blick auf Julian frei, der ein großes Paket in den Händen hielt. Ein Funkeln lag in seinen Augen, das mein Herz flattern ließ. Was machte er hier? Ich konnte mich gar nicht daran erinnern, dass wir verabredet waren.

»Rita«, hörte ich mich erstaunt sagen. »Ich muss Schluss machen, ich melde mich bald wieder.«

»Okay, ist alles in Ordnung?« Sie wirkte verwirrt darüber, was meinen plötzlichen Sinneswandel hervorgerufen haben könnte, und ich konnte es ihr nicht mal verdenken.

»Ja, ja, alles bestens«, beruhigte ich sie, während ich mir das Hirn zermarterte, was das alles zu bedeuten hatte.

»Alles klar, mein Schatz. Mach es gut und grüß Grace von mir.«

»Mache ich.« Dann legte ich auf und schmiss mein Handy achtlos aufs Bett.

Julians Lächeln wurde breiter, als ich zu ihm aufblickte. Er sah definitiv zu selbstzufrieden aus.

»Was ist das?« Ich deutete auf den Karton in seinen Händen.

Er grinste nur, kam in mein Zimmer und stellte ihn auf meinem Bett ab. »Ich hab einen Anschlag auf dich vor.« Er beugte sich zu mir und drückte mir einen Kuss auf die Lippen.

»So richtig mit Massenmord, Leichen verscharren und so?« Schmunzelnd verschränkte ich die Arme vor der Brust.

Julian lachte kurz. »Nein, eher mit Supernatural bingen, ungesundes Zeug essen und so.«

Ich starrte ihn an. Blinzelte. Und brach in Gelächter aus. »Hast du es tatsächlich geschafft, David zu überreden?«

Erst letzte Woche hatte ich Julian erzählt, dass ich noch nie Supernatural gesehen oder einen dieser Serienmarathons gemacht hatte, von denen alle immer sprachen. Auf der Ranch hatte es nur einen Fernseher gegeben, auf dem wir höchstens mal zusammen familienfreundliche Filme gesehen hatten. Auch bei Grace hatte ich keinen eigenen Fernseher und bisher hatte es mich auch nie gestört, wenig TV zu schauen. Doch Katy und Michaela hatten mir letzte Woche von dieser Serie erzählt, von der sie seit Jahren Fan waren, und mich unheimlich neugierig darauf gemacht.

»David hat mir die erste Staffel ausgeliehen und wenn wir sie ihm unversehrt zurückgeben, dürfen wir uns vielleicht auch die nächsten ausleihen.« Julian zog den Deckel vom Karton und legte den Inhalt frei.

Unzählige Süßigkeitenverpackungen lagen darin, unter denen ich die Ecke einer DVD-Hülle ausmachen konnte. »Wer soll das alles essen?«, fragte ich lachend.

»Ich wusste nicht, was du lieber magst, daher habe ich einfach von allem etwas mitgenommen.« Julian grinste entschuldigend. »Meinst du, Grace lässt uns an den Fernseher?«

»Bestimmt.« Ich schob mich an Julian vorbei und fand Grace in der Küche. Sie erlaubte uns nicht nur, den Fernseher zu benutzen, sondern teilte uns außerdem mit, dass wir für den Rest des Abends sturmfrei hätten, da sie bei Brad übernachten würde.

Julian und ich machten es uns auf der Couch bequem, die Süßigkeiten vor uns auf dem Tisch, während der Vorspann der ersten Folge begann.

Die Serie war wirklich gut. Es machte Spaß, Dean und Sam dabei zu begleiten, wie sie Geister und andere Monster bekämpften, während sie nach ihrem verschwundenen Vater suchten. Noch viel mehr gefiel es mir jedoch, in Julians Armen zu liegen, seine Nähe zu spüren und seinen Kommentaren zu lauschen, die mich immer wieder zum Lachen brachten. Es war fast Mitternacht, als wir unseren Serienmarathon abbrachen und in mein Zimmer gingen.

»Danke für diesen tollen Abend.« Ich griff nach Julians Händen und zog ihn zu mir heran.

Er umfasste meine Hüften. »Ich habe den Abend auch sehr genossen.«

Ich stellte mich auf die Zehenspitzen, um ihm einen Kuss auf die Lippen zu hauchen. »Ich wüsste einen Weg, wie ich mich erkenntlich zeigen könnte«, raunte ich ihm zu und setzte ein, wie ich hoffte, verführerisches Lächeln auf.

Julians Augen verdunkelten sich und seine Hände wanderten auf meinen Hintern. »Und wie genau stellst du dir dieses Erkenntlichzeigen vor?« Seine heisere Stimme verriet mir, dass er eine ziemlich genaue Vorstellung davon hatte, in welche Richtung es ging.

Ich schob meine Hände unter sein Shirt und fuhr mit den Fingerspitzen über seinen flachen Bauch. »Erster unumstößlicher Fakt ist, dass ich meine Zimmertür abschließen muss, sollte Grace unerwartet nach Hause kommen.« Ich drückte ihm einen Kuss auf den Hals. »Dann ist es wichtig, dass du dich ausziehst.« Noch einen. »Und dann möchte ich, dass du mir zeigst, wie du gerne berührt wirst.« Und einen letzten auf den Mund.

Ich wollte mich von ihm lösen, um abzuschließen, aber Julian griff nach meinen Händen und hielt mich auf. »Lucy, du musst das nicht machen«, sagte er nachdrücklich.

Ein Lächeln schlich sich auf mein Gesicht. Seine Rücksichtnahme rührte mich, aber sie war unnötig. »Ich will es aber. Ich bin nur völlig unerfahren und habe keine Ahnung, was sich für dich gut anfühlt und was ich besser sein lassen sollte. Ehrlich.«

Julian sah mich eindringlich an. Schließlich nickte er und ließ mich los.

Ich schloss die Tür ab und als ich mich wieder zum Bett umdrehte, war ich plötzlich unglaublich nervös und hatte Angst, etwas falsch zu machen. Und okay, vielleicht war ich doch ein klitzekleines bisschen aufgeregt, dass ich Julian gleich nackt sehen würde.

»Hey.« Ich setzte mich neben Julian aufs Bett und strich ihm eine Haarsträhne aus der Stirn. Meine Hand verweilte einen Augenblick lang an seiner Wange, ehe ich sie in seinen Nacken schob, um seinen Kopf langsam zu mir zu ziehen.

Als unsere Lippen sanft aufeinander trafen, entwich mir ein Seufzen. Ich würde von seinen Küssen nie genug bekommen. Unsere Lippen bewegten sich langsam, fast schon andächtig aneinander und wenn ich nicht andere Dinge im Sinn gehabt hätte, hätte ich ewig in dieser Position verweilen können.

So drückte ich Julian jedoch zurück, bis er auf dem Rücken lag und ich mich rittlings auf ihn setzen konnte. Seine Hände fanden den Weg unter mein Shirt, während ich meine in seine Haare schob. Julian erzitterte unter mir, als unser Kuss tiefer wurde, unsere Zungen aufeinander trafen und sich umkreisten.

Julian fuhr mit seinen Händen meinen Rücken hoch und zog mich eng an sich, bis ich komplett auf ihm lag und jeden seiner Muskeln an meinem Bauch spüren konnte. Ich rieb meine Hüften an seinen, wo ich seine wachsende Erregung spüren konnte, und nahm zufrieden sein Zischen zur Kenntnis, als er sich unter mir versteifte.

»Lucy.« Seine Stimme war nicht mehr als ein Raunen und schickte einen Schauer über meinen Rücken.

Ich löste mich von ihm und setzte mich auf, um ihm das Shirt auszuziehen. Als er mit nacktem Oberkörper vor mir lag, blickte ich erneut auf das riesige Tattoo, das seinen Oberkörper zierte. Es sah aus wie ein Tribal, zusammengesetzt aus einer Anordnung von kleinen Drei- und Vierecken. Andächtig fuhr ich mit meinem Finger die feinen Linien nach, die sich über seine rechte Brust zogen.

»Was für eine Art von Tattoo ist das?«

»Ein Maori-Tattoo. Die Krieger der alten neuseeländischen Stämme haben diese getragen und sie sind auch heute noch weit verbreitet«, erklärte Julian. Seine Haut zitterte leicht, wo ich mit meinem Finger darüber fuhr.

»Hat es eine Bedeutung?«

»Mehrere sogar.« Er blickte an sich hinab und umkreiste einen Teil des Tattoos. »Dieser Delfin hier steht für Freundschaft.« Er deutete auf eine andere Stelle. »Die Schildkröte für Ausdauer und die Eidechse für Glück und Gesundheit.«

Ich schob seine Hand weg und betrachtete ihn genauer, hatte ich bisher doch keine Bilder in dem Tattoo erkennen können. Aber bei genauerer Betrachtung konnte ich in den Symbolen tatsächlich die beschriebenen Tiere entdecken.

»Faszinierend«, murmelte ich und beugte mich vor, um sanfte Küsse auf seiner Brust zu verteilen.

Julian sog scharf die Luft ein, als ich mit meiner Zunge seinen Nippel umkreiste. Seine Hände umfassten meinen Hinterkopf, aber nicht, um mich irgendwohin zu dirigieren – es wirkte eher, als müsste er sich an mir festhalten.

Ich verteilte Küsse auf seinem gesamten Oberkörper und dann über seinen Bauch, bis ich den Bund seiner Jeans erreichte, wo ich mich aufrichtete. In seinem Schritt konnte ich eine unmissverständliche Beule ausmachen.

Meine Finger zitterten leicht, als ich den obersten Knopf seiner Hose öffnen wollte, allerdings nicht aus Angst, sondern vor Aufregung. Zum ersten Mal passierte so etwas zu meinen Bedingungen. Ich wollte, dass Julian sich genauso gut fühlte wie ich.

Warme Finger schlossen sich um meine. Julian war mein Zittern nicht verborgen geblieben. »Bist du dir sicher?«

Als ich aufblickte, konnte ich Sorge und Verständnis in seinen Augen aufblitzen sehen, was mich in meinem Vorhaben nur bestärkte. Denn ich wusste mit jeder Faser meines Körpers, dass er sofort aufhören würde, wenn es mir zu viel wurde. Egal wann es mir zu viel werden würde. Ein Lächeln schlich sich auf mein Gesicht und ich nickte.

»So sicher wie nie zuvor in meinem Leben.«

Julian zögerte einen Moment, dann entließ er meine Hände. »Dann, bitte, betrachte meinen Körper als deinen Übungsplatz.«

Ich schnaubte. »Übungsplatz?«

Julian zuckte verlegen mit den Schultern. »Oder Spielwiese?«

Kichernd beugte ich mich vor, bis unsere Nasen nur noch wenige Millimeter voneinander entfernt waren. »Wie wäre es mit Versuchskaninchen?«, murmelte ich.

»Ich weiß nicht, ob mich das anturnen oder mir Angst machen soll«, entgegnete Julian schmunzelnd.

»Eindeutig Ersteres. Denn ich plane nur die besten Dinge an dir auszuprobieren.« Damit beugte ich mich vor und verwickelte ihn in einen innigen Kuss. Unsere Zungen liebkosten sich, während meine Finger gleichzeitig den Knopf seiner Jeans öffneten und den Reißverschluss herunterzogen.

Ich löste mich nur ungern von Julians Mund, aber das war nötig, um ihm Jeans und Boxershorts in einem Rutsch auszuziehen. Dann lag er endlich nackt vor mir und ich nahm mir die Zeit, ihn von oben bis unten zu betrachten. Mein Blick wanderte über seinen ganzen Körper und nahm jede Kleinigkeit in sich auf. Die kleine Narbe an seinem Knie, das daumennagelgroße Muttermal an seiner Hüfte, sein schiefer großer Zeh am rechten Fuß, der aussah, als wäre er mal gebrochen gewesen und danach nicht mehr richtig zusammengewachsen. Ich bewunderte seine muskulösen Beine, sein Sixpack und seine Erektion, die erwartungsvoll zuckte.

»Gefällt dir, was du siehst?«, riss Julian mich aus meiner Bewunderung.

»Allerdings.« Er hatte ja keine Ahnung, wie sehr.

Ich legte meine Hand auf sein Knie, genau auf die kleine Narbe dort, und fuhr langsam seinen Oberschenkel hoch. An seiner Hüfte zögerte ich jedoch, weil mich plötzlich Unsicherheit überkam. Sollte ich ihn direkt berühren?

»Du kannst meinen Schwanz ruhig anfassen, der beißt nicht«, sagte Julian belustigt.

Dieses vulgäre Wort erinnerte mich an etwas, das eine Klassenkameradin früher immer gesagt hatte: Jungs brauchen kein Vorspiel, pack sie einfach am Schwanz und sie sind glücklich. Zwar wusste ich bis heute nicht, ob sie aus Erfahrung gesprochen hatte oder uns bloß etwas vormachen wollte, aber andere Vergleiche hatte ich nicht. Und ich hatte nichts zu verlieren, oder?

Ich legte meine Hand um seinen Schaft und ließ die Textur auf mich wirken. Die Haut war weich, fast seidig, und ließ sich mühelos hoch und runter schieben. Julian stieß ein zustimmendes Geräusch aus, also behielt ich diese Bewegung bei. Sein Schwanz schwoll in meiner Hand an, bis er richtig hart und die Eichel durchgehend zu sehen war. Bei meiner nächsten Aufwärtsbewegung stieß ich mit meinem Daumen an den rotgeschwollenen Kopf, was Julian ein Zischen entlockte.

»Fuck ja«, murmelte er, was für mich Aufforderung genug war, mit meinem Finger darüber zu streichen und den Tropfen zu verteilen, der sich dort gebildet hatte. Julian entwich ein Stöhnen, bei dem mir der Atem stockte.

»Was soll ich machen?«, flüsterte ich und sah Julian zum ersten Mal, seit ich ihn berührte, ins Gesicht. Seine Augen waren dunkel vor Lust und sein Mund leicht geöffnet. Er sah sexy aus, als würde ihm gefallen, was ich tat.

»Mach genau so weiter«, bestätigte er mit heiserer Stimme.

Also tat ich genau das. Immer wieder rieb ich meine Hand an ihm auf und ab und fuhr alle paar Male mit meinem Daumen über die Eichel. Julians Atmung wurde schneller, keuchender, und seine Hände verkrampften sich im Bettlaken, als müsste er sich an irgendwas festhalten. Seine Augen schlossen sich und sein Gesicht war so voller Lust und Zufriedenheit, dass ich wünschte, diesen Moment festhalten zu können.

»Schneller«, forderte Julian mich auf, woraufhin ich meine Anstrengungen verstärkte, bis er knüppelhart unter mir wurde und sich zuckend über meine Finger ergoss. Als sein Orgasmus abgeebbt war und Julian seufzend in die Kissen sank, ließ ich von ihm ab und griff mit der sauberen Hand nach der Packung Kosmetiktücher auf meinem Nachttisch.

Julians Augen waren halb geschlossen und er wirkte völlig entspannt. Es machte mich glücklich, dass ich ihn in diesen Zustand versetzt hatte. Die Frage, die sich mir aufgedrängt hatte, ob es gut für ihn gewesen war, war demnach überflüssig.

»Wow, Lucy«, stieß er schließlich hervor und entlockte mir damit ein Kichern. »Das war … wow.«

»Freut mich, dass es dir gefallen hat.« Ich schmiss das benutzte Kosmetiktuch in den Mülleimer und sah Julian dabei zu, wie er sich die Boxershorts wieder anzog.

»Gefallen ist gar kein Ausdruck.«

Ich krabbelte zurück zu ihm ins Bett und kuschelte mich in seine Arme, wo ich recht bald in den Schlaf driftete.

Kapitel 21

Julian

»Erzähl mir von deinem Tag«, forderte ich Lucy auf.

Sie hatte mich gerade von der TU abgeholt und wir waren in die nächste Eisdiele gegangen. Lucy hatte bei meinem Anblick sofort verkündet, dass sie heute einen Zuckerschock benötige. Ich hatte schon länger die Vermutung, dass Süßes Lucys Alkoholersatz war. Wenn sie mit stressigen oder emotional aufwühlenden Situationen zu kämpfen hatte, neigte sie dazu, zuckerhaltige Lebensmittel in sich hineinzustopfen.

Sie seufzte und legte ihren Löffel beiseite. »In der Klinik mussten wir heute einen Hund einschläfern. Krebs. Er war noch gar nicht alt, gerade einmal acht. Aber der Tumor hat so blöd am Magen gesessen, dass er inoperabel war und dem armen Tier massive Schmerzen bereitet hat.« Sie seufzte schwer. »Es macht dann irgendwann leider keinen Sinn mehr.«

Mitfühlend griff ich über den Tisch hinweg nach ihrer Hand, mein Eis ebenfalls vergessen. »Das muss schrecklich gewesen sein.«

Lucy wischte sich über die Augen, die leicht glänzten. »Das Schlimmste ist nicht einmal das Einschläfern an sich, sondern mit den Familien umzugehen. Diese hatte zwei kleine Kinder, sechs und acht, die hemmungslos geweint haben, als hätten sie ihren besten Freund verloren. Es hat mir das Herz gebrochen, sie so verzweifelt zu sehen und ihnen nicht helfen zu können.«

»Sie haben ja auch ihren besten Freund verloren. Sie sind mit dem Hund aufgewachsen ...

Als Hayley zehn war, wollte sie unbedingt einen Hamster haben. Unsere Mom hat sich zuerst dagegen gewehrt, weil sie Angst hatte, das Reinigen des Käfigs und solche Sachen würden an ihr hängen bleiben. Aber Hayley hat Mom unentwegt bearbeitet, hat ihr versichert, dass sie den Hamster nicht nur zum Spielen und Kuscheln will, sondern weil sie sich um das Tier kümmern und Verantwortung übernehmen möchte, mit allem, was dazugehört. Nun sagen Kinder so etwas ja oft aus dem Bauch heraus, wenn sie etwas wollen, aber Hayley war schon immer anders, zielstrebiger. Sie wusste genau, was sie wollte und wie sie es erreicht. Also hat sie sich informiert, ist ins örtliche Tierheim gegangen, um zu erfahren, was ein Hamster alles benötigt. Sie hat Mom einen Plan erstellt, wie oft und an welchen Tagen sie den Käfig reinigen wird, hat aufgeschrieben, welches Futter ein Hamster braucht, und sogar angeboten, einen Teil davon von ihrem Taschengeld zu bezahlen.«

Noch heute konnte ich mich gut daran erinnern, wie Hayley Mom innerhalb kürzester Zeit weichgekocht hatte. »Lange Rede, kurzer Sinn, es dauerte keine zwei Wochen, bis Mom nachgab und Hayley ihren Hamster besorgte. Und Hayley hat alles gemacht, was sie vorher versprochen hat. Hat sich um ihn gekümmert, das volle Programm. Vor allem aber hat sie den kleinen Racker in ihr Herz geschlossen, ihn geliebt und überall mit hingenommen. Leider haben Hamster eine sehr kurze Lebensspanne und Fred ist keine zwei Jahre später gestorben. Hayley war untröstlich. Sie hat ihn sogar im Garten vergraben, an der Stelle steht noch heute ein kleines Kreuz.«

Ein Lächeln bildete sich auf Lucys Lippen. »Deine Schwester klingt wie jemand, den ich mögen könnte.«

»Oh ja, ihr würdet euch hervorragend verstehen. Sie würde dir innerhalb kürzester Zeit alle Peinlichkeiten stecken, die ich früher begangen hab, und dann würdet ihr mich damit für den Rest meines Lebens aufziehen.«

»Ich würde dich niemals wegen irgendetwas aufziehen.« Lucy versuchte ernst zu bleiben, konnte das Zucken in ihren Mundwinkeln jedoch nicht unterdrücken.

»Ist klar. Und was war letzte Woche beim Selbstverteidigungskurs, als Katy dir von meinem Missgeschick an ihrem Geburtstag erzählt hat, als ich fast in die Bowle gefallen bin und das halbe Essen vom Tisch gefegt habe?«

Lucy begann so plötzlich zu lachen, dass sie ein Grunzen ausstieß, bei dem sogar etwas Eis aus ihrem Mundwinkel spritzte. Sie griff nach ihrer Servierte und wischte es weg.

»Ups?« Der Schalk blitzte in ihren Augen und ich überlegte, was ich beim nächsten Mal absichtlich vermasseln könnte, nur um diesen Ausdruck öfter zu sehen. »Es war nur, als Katy erzählt hat, wie du aus dem Chaos aufgestanden bist und Salatblätter in den Haaren hängen hattest ...« Sie kicherte.

Es fiel mir sehr schwer, nicht in ihr Lachen miteinzustimmen, während ich mit meinem Löffel auf Lucys Eisbecher deutete. »Iss lieber, bevor es schmilzt«, sagte ich möglichst ernst.

»Aye, aye, Sir.«

Eine Zeit lang aßen wir in einvernehmlichem Schweigen und löffelten unser Eis. Dann fing Lucy an: »Wegen Brittanys Geburtstag ...«

»Was ist damit?« Ich hatte Lucy erzählt, dass Brittany uns eingeladen hatte, und sie war sofort begeistert gewesen.

»Wir hatten ja wegen Kostümen überlegt«, begann sie. »Aber Katy und Michaela haben mich auch gefragt, ob wir uns zusammen als Dean, Sam und Cas aus Supernatural verkleiden. Und das würde ich gerne mit ihnen machen.«

Sie strahlte mich voller Begeisterung an, sodass ich nur zustimmen konnte. »Klar, ihr seht bestimmt gut als Dämonenjäger aus.« Ich fand es toll, dass sie sich so gut mit den beiden angefreundet hatte. »Ich werde an dem Abend übrigens nichts trinken und fahren.« Sollte Lucy sich unter den Betrunkenen erneut nicht wohlfühlen, wollte ich diesmal klar im Kopf sein und sie wegbringen können.

»Oh, okay. Wenn dir das nichts ausmacht.«

»Nein. Bei der Arbeit in der Bar habe ich ständig mit Betrunkenen zu tun, während ich nüchtern bin, das stört mich nicht.«

Lucy betrachtete mich nachdenklich und nickte schließlich. »Dann wissen wir wenigstens, dass wir sicher nach Hause kommen.« Sie nahm ihren Löffel wieder in die Hand und schob sich eine Portion Eis in den Mund. »Hast du dir schon überlegt, als was du gehen willst? Ich würde ja etwas Cooles vorschlagen. Hannibal Lecter oder Voldemort.«

Ein überraschtes Lachen entwich mir. »Sollte es mir Sorgen bereiten, dass du ausgerechnet diese beiden passend findest?«

Lucy zog verschmitzt die Augenbrauen hoch, aber ehe sie antworten konnte, begann mein Handy zu klingeln. Derselbe nervtötende Klingelton, über den David sich schon beschwert hatte.

»Was ist das?«, fragte Lucy irritiert. Vielleicht sollte ich ihn doch wieder auf etwas Normales ändern.

»Mein Handy.« Ich nestelte in meiner Hosentasche herum, bis ich das Ding zu fassen bekam und rausziehen konnte. Meine Schwester war dran.

Seltsam. Sie meldete sich sonst nie bei mir.

»Hey, Hayley. Was gibt's?«

»Hey, Brüderchen«, drang ihre fröhliche Stimme an mein Ohr. »Hast du dir schon Gedanken über Weihnachtsgeschenke gemacht?«

Ich lachte überrascht. Für einen Moment hatte ich Angst gehabt, dass etwas passiert war. Doch bei Hayley bekam man immer das, was man am wenigsten erwartete. »Wer macht sich denn bitte jetzt schon Gedanken um Weihnachtsgeschenke?«

»Ich, es ist immerhin schon November. Wir sollten uns überlegen, was wir Mom und Dad schenken. Außerdem habe ich einige Vorschläge, wie du mir das perfekte Geschenk machen könntest.«

»Natürlich hast du die«, entgegnete ich schmunzelnd. »Aber du hast mich gerade in einem unpassenden Moment angerufen, ich bin mit Lucy unterwegs. Kann ich dich später zurückrufen? Heute Abend vielleicht?«

»Oh, ich hoffe, ich störe euch nicht. Klar kannst du später anrufen, aber nur, wenn du mir dann endlich von deiner neuen Freundin erzählst.«

»Mache ich. Bis später.« Dann legte ich auf, um mich erneut Lucy zu widmen.

Lucy

Als ich zurück nach Hause kam, fand ich Grace und Brad in der Küche vor.

»Lucy, können wir kurz mit dir reden?«, fragte Grace, als ich in der Tür stehen blieb.

»Klar.« Ich trat ein und setzte mich zu ihnen an den Tisch. Grace strahlte regelrecht, weswegen ich keine schlechten Neuigkeiten erwartete. »Was gibt's?«

»Ich habe Brad endlich erzählt, dass ich schwanger bin«, begann sie. »Und wir haben uns entschieden, das Kind zu bekommen.« Sie warf ihrem Freund einen liebevollen Blick zu.

»Das sind ja großartige Neuigkeiten. Ich freue mich für euch.« Über den Tisch hinweg griff ich nach Grace' Hand. »Ich habe dir doch gesagt, dass du dir keine Sorgen machen musst.«

Brad schüttelte den Kopf. »Als würde ich jemals Nein zu einem Kind sagen.«

»Aber das konnte ich doch vorher nicht wissen«, beharrte Grace. »Wir hatten doch noch nicht darüber geredet.«

Er beugte sich zu ihr und küsste ihre Wange. »Jetzt weißt du es ja.«

Grace nickte ihm zu und wandte sich an mich. »Ich wollte dir noch mal danken, dass du mir so viel Mut zugesprochen und mir in der Praxis den Rücken freigehalten hast, wenn ich zum Arzt musste. Das hat mir wirklich geholfen.«

»Das ist doch selbstverständlich. Das habe ich gerne gemacht.« Ich freute mich wirklich für sie, doch etwas anderes fiel mir ein. »Was bedeutet das jetzt? Wollt ihr zusammenziehen?«

»Nein, erst mal nicht«, sagte Grace.

»Genau darüber haben wir gerade gesprochen«, fügte Brad hinzu. »Es wird auch so eine große Umstellung für uns und ich kann auch meinen Job in Baltimore nicht von heute auf morgen kündigen, zumindest nicht, bevor ich hier einen passenden Ersatz gefunden habe. Wir wollen erst mal alles so lassen, wie es ist.«

»Ihr macht das aber nicht meinetwegen, oder?« Ich wollte nicht der Grund sein, warum sie nicht zusammenzogen. Ich würde sicher eine eigene Wohnung finden.

»Nein, nein«, beschwichtigte Grace mich. »Wegen der Praxis möchte ich ohnehin hier wohnen bleiben und Brad kann wie gesagt noch gar nicht herziehen. Außerdem freue ich mich, dass ich einen willigen Babysitter bei mir wohnen habe.« Sie zwinkerte mir zu.

»Okay«, erwiderte ich lachend. »Aber wenn du das Zimmer für das Baby brauchst, kannst du das ruhig sagen.«,

»Mache ich.« Sie drückte meine Hand, ehe sie mich losließ. »Ich finde, dieser Tag sollte gefeiert werden. Lasst uns Pizza essen gehen, ich lade euch ein.«

Kapitel 22

Julian

Die nächsten Tage verbrachte ich im absoluten Prüfungsstress. Vor der Party musste ich noch drei Klausuren schreiben, vor denen ich mich jeweils mit meinen Lerngruppen traf. Es war nervig, aber notwendig, da ich meine Kurse unbedingt bestehen musste und in einem Fach Probleme hatte.

Lucy hatte ich seit unserem gemeinsamen Eisessen nicht mehr gesehen. Das College hatte mich völlig beschlagnahmt. Hatte ich den Stoff letztes Jahr mit Leichtigkeit gemeistert, fiel es mir dieses Jahr deutlich schwerer. Ob dabei einfach nur der Inhalt komplexer geworden oder ich abgelenkter war, wusste ich nicht.

Trotzdem vermisste ich Lucy unheimlich. Ich hatte mich so an ihre Gegenwart gewöhnt, dass ich mich zwischendurch dabei ertappte, ihr etwas erzählen zu wollen, und schon den Mund geöffnet hatte, bis mir einfiel, dass sie nicht bei mir war. Zwar telefonierten wir jeden Abend, aber das war einfach nicht dasselbe. Mir fehlte ihre Nähe, die zufälligen Berührungen, aber auch ihre Küsse und mit ihr im Arm einzuschlafen. Es erschreckte mich fast, wie schnell ich mich daran gewöhnt hatte, und eine kleine Stimme mahnte mich zur Vorsicht, denn ich wusste genau, wie schnell das alles vorbei sein konnte. Was, wenn sie mich genauso fallen ließ, wie Sandy es damals getan hatte?

Nein, Lucy würde so etwas niemals tun.

Ich warf einen letzten Blick in den Spiegel und betrachtete meine

Verkleidung. Ich hatte mich sowohl gegen Hannibal als auch gegen Lord Voldemort entschieden und lieber Batman gewählt. Allerdings hatte ich die Kopfmaske weggelassen, weil sie mir für eine Party, bei der ich sicher schwitzen würde, viel zu warm erschien. Stattdessen hatte ich mir eine kleine Augenmaske im Batman-Look zugelegt, auch wenn David mich seitdem damit aufzog, dass sie eigentlich für Frauen war. Aber was wusste er schon?

Besagter Mitbewohner und bester Freund erschien hinter mir im Türrahmen, in ein hautenges Superman-Kostüm gekleidet, das wirklich nicht viel der Vorstellungskraft überließ.

»Wen willst du denn aufreißen?«, fragte ich.

Er zuckte mit den Schultern. »Mal schauen, wer so kommt.«

Sein Tonfall verriet mir, dass er genau wusste, wer kommen würde.

»Keiran?«, versuchte ich einen Schuss ins Blaue.

Er tat möglichst unbeeindruckt. »Vielleicht?«

»Also hat er sich wieder gemeldet?«

»Er hat sich sogar öfter gemeldet. Das Problem ist eher, dass ich wieder schwach geworden bin.«

Ich ging an ihm vorbei aus dem Bad und klopfte ihm auf die Schulter. »Du weißt übrigens, dass Clark Kent dunkelhaarig und nicht blond ist?«, verkündete ich, um die Situation aufzulockern.

David schnaubte. »Sagt der mit der Mädchenmaske.«

Eine halbe Stunde später hielten wir vor der Tierklinik, aus der drei Personen traten, die ich erst auf den zweiten Blick als Lucy, Katy und Michaela erkennen konnte. Lucy trug einen schlecht sitzenden Anzug und einen übergroßen Trenchcoat, dazu eine Perücke mit kurzen, schwarzen Haaren. Die anderen beiden trugen Jeans, Karohemden und Boots. Da Michaela die Perücke mit den längeren Haaren hatte, sollte sie wohl Sam, den jüngeren Winchester-Bruder, darstellen. Sie war auch die Größte von den dreien. Katy dagegen hatte den Macho-Gang von Dean schon perfekt drauf, auch wenn ihr zur Abrundung des Bildes die O-Beine fehlten.

»Mädels, ihr seht geil aus.« David war ausgestiegen, um ihnen die Tür aufzuhalten.

Katy räusperte sich und zog pikiert eine Augenbraue hoch. »Sieht das etwa weiblich für dich aus?« Sie versuchte ihre Stimme dunkler klingen zu lassen, wie Dean es auch immer tat, scheiterte aber kläglich.

David lachte. »Absolut nicht. Wenn du nicht schon vergeben wärst, könnte ich mich glatt in dich verlieben.«

»Spinner.« Sie stieß ein sehr undamenhaftes Schnauben aus und rutschte auf dem Rücksitz hinter mich. Lucy setzte sich in die Mitte und beugte sich vor, um mir einen Kuss zu geben.

»Hey, Batman, bereit die Nacht zu retten?« Dann stutzte sie. »Ist die Maske nicht eigentlich für Frauen?«

Prustend ließ sich David auf den Beifahrersitz fallen. »Hab ich dir doch gesagt.«

»Pff, sagt die, die als Mann verkleidet ist«, entgegnete ich bloß.

Lucy streckte mir die Zunge raus und lehnte sich lachend gegen den Sitz.

»Können wir dann jetzt los?«, fragte Michaela. »Ich habe eine Verabredung.«

»Waaaaaas?«

»Mit wem?«

»Warum hast du davon nichts erzählt?«

Wir drehten uns alle zu ihr um und Michaela lief rot an. »Es dürfte Han Solo sein, wenn ich mich recht erinnere«, murmelte sie.

»Es kann nur Marc sein«, warf Lucy ein.

»Es ist nicht Marc«, widersprach Michaela nachdrücklich.

»Dann ist es jemand, mit dem sie Marc eifersüchtig machen will.« David warf über den Rückspiegel einen amüsierten Blick nach hinten.

»Ihr seid doof.« Michaela verschränkte die Arme vor der Brust und wandte sich von uns ab. Vermutlich, um das Lächeln zu verstecken, das in ihren Mundwinkeln zuckte.

Sobald ich losfuhr, schob David eine CD in den Player und drehte die Lautstärke auf. Schon bald sangen wir aus voller Kehle »Girls Just Want to Have Fun« mit und zum ersten Mal seit Tagen entspannte ich mich etwas. Meine Laune stieg und mein Daumen tippte den Beat auf dem Lenkrad mit.

Vermutlich war es genau das, was ich brauchte. Einen Abend mit Freunden, bei dem ich einmal nicht nachdenken musste.

Ich ergatterte einen Parkplatz direkt vor Coles Elternhaus, weil dort gerade jemand wegfuhr. Der Garten war gespickt mit allerlei Filmutensilien. Eine große Kamera stand auf Schienen im Gras, eine Nachbildung von Fuchur lag neben einer Miniversion von R2-D2 und die sieben Zwerge standen gebeugt über einem schlafenden Schneewittchen.

Lucy hakte sich bei mir unter und lehnte sich leicht an mich. »Wie cool«, raunte sie mir mit leuchteten Augen zu.

Cole empfing uns an der Tür, in einen grünen Kilt gekleidet. Brittany stand neben ihm in einem Kleid, das ebenfalls aus dem 17. oder 18. Jahrhundert zu stammen schien.

»Hey, Mann.« Ich schlug mit Cole ein. »Wen stellt ihr dar?« Ich wandte mich Brittany zu, um ihre Wange zu küssen. »Herzlichen Glückwunsch nachträglich.«

»Jamie und Claire.« Brittany deutete einen Knicks an.

Verständnislos zuckte ich mit den Schultern, denn diese Namen sagten mir gar nichts.

»Aus Outlander«, erklärte Cole, was mir genauso wenig weiterhalf.

»Ohhhhh.« Lucy schien es zu kennen. »Das ist dieser gut aussehende Schotte, richtig?«

»Exakt.« Cole verbeugte sich vor Lucy und hauchte ihr einen Kuss auf den Handrücken.

Lucy kicherte. »Nimm mir das nicht übel, aber du siehst kein Stück wie er aus.«

Cole riss entsetzt den Mund auf, während Brittany vor Lachen prustete.

»Ich mag sie.« Sie schob sich vor ihren Freund. »Ich bin Brittany und der Irre hier ist Cole. Du bist Jaxons Schwester, oder?«

»Hast du das erkannt?«

»Er hat uns Fotos von dir auf der Ranch gezeigt. Es muss unglaublich spannend sein, mit so vielen Tieren zusammenzuleben.«

»Das ist es auch«, pflichtete Lucy ihr bei. »Jeder Tag ist anders, die Tiere machen jeden Augenblick zu etwas Besonderem. Ich vermisse es, sie um mich zu haben. Nur in der Praxis zu arbeiten ist einfach nicht dasselbe.« Sie zuckte mit den Schultern. »Was ist mit dir? Jemals auf einer Ranch gewesen?«

Brittany schüttelte den Kopf. »Nope, ich bin ein Stadtkind durch und durch. Selbst zum Urlaub sind meine Eltern mit mir nur nach L. A. oder Florida geflogen. Sehen und gesehen werden.«

»Genau das, was Kinder brauchen.« Lucy zwinkerte ihr zu, woraufhin Brittany lachte.

Ich wollte sie ungern unterbrechen, weil ich es genoss, wie Lucy gleich alle Leute um ihren kleinen Finger wickelte. Sie hatte so eine unglaubliche Ausstrahlung und schaffte es, mit jedem sofort ein Gesprächsthema zu finden. Aber wir blockierten die Tür und hinter uns hatte sich bereits eine ungeduldig wartende Schlange gebildet. Sanft schob ich Lucy weiter.

»Wir sollten mal reingehen«, raunte ich ihr zu, bevor ich lauter zu Brittany und Cole sagte: »Wir sehen uns später noch.«

Wir hängten unsere Jacken an der Garderobe auf und folgten dem Strom an Menschen in den ersten Stock, wo die Party stattfand.

Lucy

Die Party fand in einem Raum statt, der an einen Ballsaal erinnerte. Mehrere Kronleuchter hingen von der Decke, die an eine vergessene Zeit erinnerten. Es war so laut, dass man sein eigenes Wort nicht verstehen konnte, aber das schien die Leute auf der Tanzfläche nicht zu stören. Im Gegenteil. Sie bewegten sich zum Takt und grölten die Texte mit, auch wenn es niemand hörte.

Ich blieb stehen und sah mich erstaunt um. Nie im Leben hätte ich mit so vielen Leuten gerechnet, aber der Raum war zum Bersten gefüllt. Alle in meiner näheren Umgebung waren auf eine Art verkleidet, die etwas mit Filmen oder TV-Serien zu tun hatte. Ich fühlte mich gleich zu Hause und ein Lächeln schlich sich auf mein Gesicht.

»Komm, Bruce, lass uns tanzen gehen«, sagte ich zu Julian und zog ihn ins Getümmel.

Gerade lief irgendein Popsong und wir reihten uns auf und ab hüpfend in die Menge ein. Wir hielten uns an den Händen, während wir uns zu den schnellen Beats bewegten. Julian war dabei genauso unkoordiniert wie ich, aber das störte mich überhaupt nicht. Ich genoss es einfach nur, auf der ersten Party meines Lebens zu sein. Die ausgelassene Stimmung im Raum schwappte auf mich über, vereinnahmte und euphorisierte mich.

Julian konnte die Augen keine Sekunde von mir abwenden, sie strahlten voller Wärme und Zuneigung. Obwohl ich Bedenken wegen meines Kostüms gehabt hatte, weil es zwar cool, aber nicht weiblich war, fühlte ich mich dadurch begehrt.

Nach zwei schnellen Liedern kam ein Schmusesong und bevor ich mich überhaupt fragen konnte, was ich jetzt tun sollte, hatte Julian mich bereits an sich gezogen. Ich legte meine Arme um seine Schultern und schmiegte mich eng an ihn. In dem gedimmten Licht um uns herum konnte ich die anderen Leute nur schemenhaft erkennen. Als wären wir in einer Blase, in der nur wir beide existierten, abgeschottet vom Rest der Welt.

Wir tanzten nicht mehr wirklich, schwankten nur leicht von einem Fuß auf den anderen. Selbst die Musik nahm ich nur noch am Rande wahr. Nur noch Julians Arme, die um mich geschlungen waren, sein Herzschlag, der unter meinem Ohr pochte, und sein Geruch in meiner Nase waren von Bedeutung für mich.

Julian senkte den Kopf, bis sein Mund an meinem Ohr war. »Du kannst genauso wenig tanzen wie ich, oder?«, raunte er mir amüsiert zu. Dabei streifte sein Atem meinen Hals und schickte einen wohligen Schauer über meinen Rücken.

Das Lachen, das mir daraufhin entwich, war etwas heiser. »Ich könnte selbst dann nicht tanzen, wenn mein Leben davon abhängen würde. Aber das hält mich noch lange nicht davon ab, es zu versuchen.«

»Zum Glück, denn ich plane noch viele weitere Tänze mit dir. Aber wollen wir uns erst mal was zu trinken holen und nach unseren Freunden sehen?«

Ich stimmte zu und gemeinsam kämpften wir uns durch die Menschenmasse zum Ende des Raums, wo eine kleine Bar aufgebaut war. Von einigen, die wir passierten, konnte ich die Alkoholfahne riechen, aber da uns niemand großartig beachtete, bereitete es mir keine Probleme. Ob Julian das wohl auch riechen konnte? Oder reagierte ich darauf einfach sensibler, weil ich schlechte Erfahrungen gemacht hatte?

Bevor ich dazu kam, ihn zu fragen, erreichten wir die Bar, wo wir zwar nicht unsere Freunde, dafür aber Emma und Jaxon vorfanden. Sie diskutierten lautstark, sodass ihre Stimmen über die Musik zu hören waren. Emma saß auf einem Barhocker, während Jaxon mit verschränkten Armen vor ihr stand. Beiden stand der Ärger ins Gesicht geschrieben.

Julian und ich wechselten einen irritierten Blick, dann näherte ich mich meinem Zwillingsbruder und bekam gerade noch Emmas letzte Worte mit.

»... verstehe nicht, warum du jetzt auf einmal den Macho raushängen lassen musst.«

Jaxon schüttelte energisch den Kopf. »Das hat mit Macho überhaupt nichts zu tun. Dieser Vollpfosten hat sich in meinem Beisein an dich rangemacht, natürlich sehe ich da nicht tatenlos zu.«

»Wir haben nur geredet.« Emma betonte das Wort, als hätte sie schon mehrmals versucht, es Jaxon klarzumachen. »Über den Unterricht. Wir haben fast alle Kunstfächer zusammen.«

»Ja, ja, bloß geredet. Der wollte sich doch mit dir verabreden.«

»Zu unserer Lerngruppe, Herrgott noch mal.«

»Ich hab doch die Blicke gesehen, die er dir zugeworfen hat. Glaub mir, lernen war das Letzte, was er im Kopf hatte«, stieß Jaxon hervor und schlug mit der Faust auf die Bar.

Emma zuckte zurück, als hätte er sie geschlagen. Für einen Moment sah sie Jaxon sprachlos an, dann sprang sie abrupt vom Hocker.

»Du spinnst doch«, fuhr sie ihn an, als sie an uns vorbeirauschte.

Ich sah ihr hinterher, wie sie in der Menge verschwand, ehe ich mich Jaxon zuwandte, der sich geräuschvoll auf den Stuhl setzte. »Fuck!«, stieß er hervor.

Vorsichtig legte ich ihm meine Hand auf den Arm. Jaxon zuckte erschrocken zusammen und blickte erstaunt von mir zu Julian.

»Lucy? Fuck, habt ihr das etwa mit angehört?«

»So laut, wie ihr gebrüllt habt, waren wir sicher nicht die Einzigen«, gestand ich. »Alles okay?«

Jaxon seufzte und wiederholte in knappen Sätzen seine Seite der Geschichte und bat mich, nach Emma zu sehen. Ich machte mich in die Richtung auf, wo ihr Gästezimmer sein sollte. Im zweiten Stock fand ich ein Zimmer, aus dem Licht in den Gang schien. Ich klopfte leicht an die Tür.

»Emma?«

Ein Rascheln war von innen zu hören, dann: »Ja?«

Erleichtert stieß ich die Tür auf und trat ein. »Hey, alles okay?«

Emma saß im Schneidersitz auf dem großen Bett und wischte sich die Tränen von den Wangen. Neben ihr auf dem Tisch stand eine geöffnete Flasche Wein, wo auch immer sie die herhatte.

»Männer sind solche Idioten manchmal«, murmelte sie.

Ich setzte mich neben sie und griff nach einem Kissen, um irgendwas in der Hand zu haben. »Möchtest du mir erzählen, was passiert ist?«

Sie schnaubte verächtlich. »Da gibt es nicht viel zu erzählen. Ich habe mich mit einem Kommilitonen, der im Übrigen vergeben ist, über die Lerngruppe unterhalten. Wir wollen uns in der kommenden Woche zum ersten Mal treffen. Es war ein ganz normales Gespräch, aber plötzlich ist Jaxon völlig ausgeflippt, hat Colton beschimpft, dass er sich nicht an mich ranmachen soll, und so Zeug. Der arme Kerl wusste gar nicht, wie ihm geschah.«

So kannte ich Jaxon überhaupt nicht. »Ist er oft eifersüchtig?«, wollte ich wissen.

»Normalerweise nicht. Aber ...« Emma griff nach dem Wein und trank einen großen Schluck direkt aus der Flasche. »Möchtest du auch?«

»Ich trinke nicht«, lehnte ich ab.

Achselzuckend stellte sie die Flasche zurück auf den Tisch. »Die letzte Woche war anstrengend für Jaxon. Die Midterms haben ihm zugesetzt, er hatte einige Albträume und dann trefft ihr euch nächste Woche mit eurem Dad, deswegen ist er auch nervös. Ich schätze, das war alles etwas zu viel für ihn.« Sie seufzte, schlug die Hände vors Gesicht und ließ sich nach hinten fallen. »Aber für mich war es auch etwas viel, weißt du? Ich bin jede Nacht da, wenn er aus einem Albtraum aufwacht, ich versuche ihn zu unterstützen, wo es nur geht, und immer Verständnis für ihn zu haben. Aber manchmal ... manchmal wünsche ich mir auch eine Schulter zum Anlehnen und jemanden, der mich auffängt.« Sie stutzte und schüttelte den Kopf. »Was nicht heißen soll, dass Jaxon nicht für mich da ist, denn das ist er, aber ... Ich weiß nicht, wie ich es erklären soll.«

»Ich verstehe dich«, versicherte ich ihr und griff nach ihrer Hand. »Es ist nicht leicht, mit jemandem zusammen zu sein, dessen Probleme alles andere überschatten können. Man weiß dann nicht immer, wie man seine eigenen Sachen ansprechen soll, wenn sie im Gegensatz dazu so klein und unwichtig erscheinen.«

Meine Worte verursachten ein hohles Gefühl in meinem Inneren, denn plötzlich fragte ich mich, ob es Julian mit mir genauso ging. War es ihm auch manchmal zu viel, sich mit meinen Problemen auseinanderzusetzen, und wünschte er sich ebenfalls, zwischendurch eine Auszeit davon nehmen zu können? Die alte Angst, für ihn nicht genug zu sein, kroch erneut meinen Nacken hoch und legte sich wie eiskalte Finger um meine Schultern.

»Genau«, riss Emma mich aus meinen Gedanken. »Ging es dir auch schon mal so?«

»Bei meinem Adoptivbruder. Die Kesslers haben ja mehrere Problemkinder adoptiert. Während ich mich lange an nichts erinnern konnte, wusste einer von ihnen, Josh, noch ganz genau, wie seine Mom ihn ignoriert oder sich vor seinen Augen mit ihren Freiern vergnügt hat. Er kam vor einem Jahr zu uns und hatte massive Schwierigkeiten, sich in unsere Familie zu integrieren. Damals habe ich oft versucht, meine eigenen Ängste runterzuschlucken. Ich wollte niemandem zur Last fallen, aber Rita, meine Adoptivmom, hat natürlich gemerkt, dass etwas mit mir nicht stimmt, dass ich mich immer mehr verschlossen habe. Sie hat mir versichert, dass meine Probleme genauso wichtig sind wie die von allen anderen.«

Emma nickte und trank einen weiteren Schluck Wein. »Damit hat sie ja auch recht. Meinst du, ich sollte das Jaxon mal sagen?«

»Unbedingt. Vermutlich hat er gar keine Vorstellung davon, dass dich die Situation ebenfalls belastet. Seien wir mal ehrlich, Männer sind da weniger empathisch als Frauen. Er meint das sicher nicht böse, aber er denkt da einfach nicht drüber nach.«

»Vermutlich hast du recht.« Sie blies sich eine Haarsträhne aus der Stirn. »Würdest du ihn zu mir schicken, wenn du zurückgehst?«

»Sicher.« Ich wollte schon aufstehen, doch Emma zog mich zurück auf das Bett.

»Warte kurz.« Unsicher wrang sie ihre Hände im Schoß. »Es war echt toll, mit dir zu reden. Vielleicht hättest du mal Lust, das zu wiederholen, bei einem Kaffee oder so? Nur wir Mädels?«

Mein Herz pochte wie wild, während ich sie begeistert anstarrte. »Ehrlich? Du willst dich mit mir treffen?« Meine Stimme war mindestens zwei Oktaven zu hoch.

»Klar, wenn es dir nichts ausmacht, dir meine Probleme anzuhören.« Emma blickte mich hoffnungsvoll an, die Augen getrocknet und mit einem Lächeln auf den Lippen.

Anstelle einer Antwort fiel ich ihr um den Hals. »Es wäre mir eine Freude.«

Emma schloss ebenfalls die Arme um mich und drückte mich kurz. »Ich sag Jaxon, dass er mir deine Nummer geben soll, und dann melde ich mich bei dir, okay?«

»Das würde mich sehr freuen.« Vorsichtig löste ich mich von ihr. »Ich schicke Jaxon zu dir. Und dann vertragt euch gefälligst wieder.«

Emma zwinkerte. »Wir schauen mal, was sich machen lässt.«

Als ich zur Party zurückkehrte und Jaxon zu seiner Freundin schickte, war ich mir sicher, dass sie die Sache wieder geradebiegen würden. Sie liebten sich, das war offensichtlich, also würden sie auch diese Hürde überwinden.

Julian und ich gingen zu unseren Freunden, die sich in einer Ecke nahe der Bar zusammengefunden hatten. Michaela hing tatsächlich am Arm eines Kerls, der wie Han Solo gekleidet, aber nicht Marc war. Dabei warf sie Marc immer wieder verstohlene Blicke zu. Er war offensichtlich nicht glücklich darüber, Michaela mit einem anderen zu sehen. Warum diese beiden es nicht schafften, sich zusammenzuraufen, wo sie doch ganz offensichtlich aufeinander standen, war mir echt ein Rätsel.

Ich ließ mich an Julians Brust ziehen, lehnte den Kopf an seine Schulter und genoss einfach nur seine Nähe.

Kapitel 23

Julian

»Meinst du nicht, das ist etwas übertrieben? Oder erwartest du jemanden?« Skeptisch blickte Emma auf den Tisch vor ihr und dann zu ihrem Freund.

Wir hatten uns heute bei Jaxon eingefunden, um einen Filmabend zu machen, den Emma und Lucy organisiert hatten, während Jaxon für die Verpflegung zuständig war. Allerdings waren wir nur zu viert und auf dem Wohnzimmertisch standen genug Alkohol und Knabberzeug, um eine ganze Kompanie damit zufriedenstellen zu können.

Jaxon grinste zufrieden. »Ich finde das ausreichend.«

»Überschuss trifft es wohl eher.« Emma schnaubte. »Schon alleine die zwei Flaschen Sekt. Willst du mich abfüllen?«

»Die trinkst du nicht alleine.«

»Sondern mit meiner imaginären Freundin oder was?« Emma verdrehte die Augen, konnte sich das Lächeln aber nicht verkneifen.

»Vielleicht trinke ich ein Glas mit dir«, sagte Lucy, was dazu führte, dass ich mich abrupt zu ihr umdrehte.

»Du …?«, begann Emma.

»Was?«, entwich es mir.

Lucy wirkte sichtlich zufrieden, dass sie uns sprachlos gemacht hatte. »Ich habe beschlossen, mich nicht mehr vom Alkohol an sich ängstigen zu lassen. Ein Getränk war nicht schuld daran, dass das Arschloch sich so widerwärtig verhalten hat, und ich will es mal ausprobieren. Hier, in einer kontrollierten Umgebung, wo mir nichts passieren kann, weil ich weiß, dass ihr auf mich aufpasst.«

Ich legte einen Arm um sie und raunte ihr zu: »Ich würde nie zulassen, dass dir etwas geschieht.«

Mit funkelnden Augen sah Lucy mich an. »Ich weiß.« Dann wandte sie sich an Jaxon. »Können wir dann loslegen?«

»Zu Befehl, Ma'am.« Jaxon nahm den Sekt vom Tisch und sagte mir, dass sich Bier im Kühlschrank befand.

Als wir alle mit Getränken versorgt waren und auf der Couch saßen, machte Emma den ersten Film an. Ich war etwas skeptisch, was folgen würde, da die Mädels auch die Filmauswahl übernommen hatten und uns nicht verraten wollten, was sie ausgesucht hatten. Aber wir starteten mit Wonder Woman, womit ich gut leben konnte.

Lucy beugte sich vor und griff nach ihrem Sektglas. »Prost«, sagte sie in die Runde, bevor sie das Glas an ihre Lippen setzte und einen ordentlichen Schluck nahm. Sie verzog leicht das Gesicht, stellte das Glas aber kommentarlos zurück auf den Tisch, ehe sie sich an mich kuschelte.

»Was willst du jetzt eigentlich mit deinem GED machen?«, fragte Jaxon, als wir den ersten Film beendet hatten und Emma gerade die DVD wechselte. Zuerst wusste ich nicht, wen er meinte, bis Lucy sich in meinen Armen versteifte.

Ich richtete mich auf den Ellbogen auf. »Was für ein GED?«

»Na, Lucy hat doch ...« Erstaunt wandte Jaxon sich seiner Schwester zu. »Hast du es ihm nicht erzählt?«

Alle Aufmerksamkeit lastete nun auf Lucy, was ihr sichtbar unangenehm war. Ihre Ohren waren gerötet und sie kaute auf ihrer Unterlippe. »Ich habe es einfach vergessen, sorry.«

Vergessen? Das konnte ich mir nicht vorstellen. Sie sah aus wie ich früher, wenn man mich beim Lügen ertappt hatte – oder dabei, dass ich Hayley einen Streich gespielt hatte. Ein mulmiges Gefühl breitete sich in meinen Eingeweiden aus. War es vielleicht meine Schuld, weil ich in der letzten Woche so viel zu tun hatte?

»Wann hast du die Prüfung gemacht?«

»Vor einigen Wochen.«

Also schon vor einiger Zeit. Warum hatte sie nichts gesagt?

Plötzlich drehte Lucy sich zu mir um und sah mich eindringlich an. »Ich wollte dir davon erzählen. Wirklich. Aber dann kam dieses ganze Chaos mit Grace dazu, weil sie schwanger ist und Angst hatte, Brad davon zu erzählen. Ich habe es einfach vergessen. Irgendwie war nie der richtige Zeitpunkt dafür, sorry.«

Sie redete so schnell, dass ich ihren Worten kaum folgen konnte, daher dauerte es etwas, bis ich begriff. »Grace ist schwanger?«

»Ja. Sie und Brad hatten einen riesigen Streit deswegen, weil sie sich noch nicht bereit fühlt für ein Kind, Brad es aber unbedingt behalten will.«

Lucy betrachtete ihre Hände, die in ihrem Schoß verknotet waren. Ich hatte sie noch nie so gesehen. Was ging hier vor?

Ich sah zu Jaxon, der jedoch nur ahnungslos mit den Schultern zuckte. Der Wunsch, die Wahrheit aus Lucy herauszubekommen, war groß, aber eine leise Stimme riet mir zur Vorsicht. Würde ich sie jetzt bedrängen, würde sie vermutlich dichtmachen. Also nahm ich mir vor, sie in einer ruhigen Minute genauer danach zu fragen.

Lucy

Julian glaubte mir nicht.

Ich konnte es genau in seinen Augen erkennen, die mich voller Argwohn betrachteten, bis ich mich abwandte. Schweiß brach auf meinem Rücken aus und meine Hände waren so stark verknotet, dass die Knöchel weiß hervortraten. Sollte ich ihm doch die Wahrheit erzählen? Aber würde er mir überhaupt noch glauben, nachdem ich ihn angelogen hatte?

Bei dem Gedanken wurde mir schlecht und ich hätte kein Wort über die Lippen bringen können, selbst wenn ich es wollte. Mein Herz pochte ängstlich in einem unregelmäßigen Rhythmus, während ich mit mir rang.

In der letzten Woche hatte Julian sich seltsam verhalten. Ich wusste, dass er mit dem College viel beschäftigt war und verstand auch, dass das Lernen aktuell Vorrang hatte. Trotzdem war er abwesend gewesen, selbst wenn wir telefoniert hatten, als würde ihn etwas anderes beschäftigen.

Ich verstand auch gar nicht mehr, warum ich mich von Cassie derart hatte aus dem Konzept bringen lassen. Oder warum ich als Ausrede eine blanke Lüge erzählt hatte.

»Okay, du hast also dein GED bestanden. Was möchtest du damit machen?«, fragte Julian schließlich.

Erleichterung durchströmte mich und ich konnte endlich wieder frei atmen. Vielleicht hatte er mich doch nicht durchschaut. »Am liebsten etwas im Bereich Tiermedizin. Die Arbeit in der Praxis hat mir gezeigt, dass das genau der Weg ist, den ich einschlagen möchte.«

»Hast du dich schon informiert? An der TU wird das nicht gelehrt, oder?«, fragte Jaxon.

»Nein, wird es nicht, dafür gibt es die Veterinärmedizinische University of Philadelphia. Aber ich ...« Ich hatte Angst, dort Cassie über den Weg zu laufen oder im Dekanat zu stehen und vor lauter Nervosität den Namen der zuständigen Person zu vergessen.

»Ich kann mit dir hingehen, wenn du magst«, bot Julian an.

»Das wäre super.« Ich sah zu ihm auf. Von seinem Misstrauen war nichts mehr zu sehen und plötzlich hatte ich eine Idee. »Hast du Freitagnachmittag dafür Zeit?«

Julian dachte kurz nach, bevor er nickte. »Aber musst du da nicht arbeiten?«

»Nein.« Eigentlich schon, zusammen mit Cassie, aber wenn ich Grace erzählte, dass ich mich für ein Studium der Tiermedizin einschreiben wolle, dürfte ich meine Schicht sicher tauschen. Und vielleicht würde ich bis dahin auch den Mut aufbringen, Julian die Wahrheit zu erzählen.

Trotz des kleinen Zwischenfalls verbrachten wir noch einen lustigen Abend. Wir schauten zwei weitere Filme und der Sekt löste ein wohliges Gefühl in mir aus. Aggressiv oder angriffslustig wurde ich dadurch allerdings nicht, was immer meine große Sorge gewesen war. Ganz im Gegenteil, ich wurde eher verschmust und anhänglich. Keine Sekunde konnte ich die Finger von Julian lassen und kuschelte mich so eng an ihn, als würde ich am liebsten in ihn hineinkrabbeln. Das schien ihn nicht zu stören, denn er ließ mich selbst keinen Moment los.

Es war bereits nach Mitternacht, als wir uns auf den Heimweg zu Julians Wohnheim machten, das nur einige Straßen von Jaxon entfernt lag. Wir waren gut drauf, ausgelassen und albern, aber das änderte sich schlagartig, als wir die Zimmertür hinter uns schlossen.

Plötzlich knisterte die Luft zwischen uns, schien aufgeladen mit einer Energie, die ich nicht anders als erotisch bezeichnen konnte. Julian drängte mich rückwärts gegen die Tür, bis er meinen Körper mit seinem bedeckte und ich spüren konnte, dass er bereits erregt war.

»Sag mir Bescheid, wenn es dir zu viel wird«, raunte er mir zu, bevor er mich küsste.

Ich legte meine Arme um seinen Nacken, reckte mich ihm entgegen und erwiderte seinen Kuss voller Hingabe, anstatt ihm zu antworten. Unsere Zungen fochten einen leidenschaftlichen Kampf aus und Julians Körper so eng an meinem zu spüren, setzte meinen ganzen Körper unter Strom. Julians Hand schob sich unter mein Shirt und seine Finger fuhren sanft meine Seite hoch, bis er meine Brust umfasste. Wenn doch nur dieser störende BH nicht wäre!

Durch den dünnen Stoff hindurch fand Julian meine Brustwarze, die sich ihm erregt entgegenstreckte, und massierte sie sanft. Hitze sammelte sich in meinem Unterleib und ich schob ihm mein Becken entgegen.

»Ich will dich«, sagte Julian kehlig, woraufhin ich nur nicken konnte, denn die Fähigkeit, Worte zu formen, war mir abhandengekommen.

Er lehnte sich etwas zurück, um mich ansehen zu können. In seinen Augen spiegelte sich die gleiche Leidenschaft, die ich auch verspürte.

»Bist du sicher?« Ich nickte erneut, doch Julian schüttelte entschieden den Kopf. »Ich muss es von dir hören, klar und deutlich. Willst du mit mir schlafen?«

Seine raue Stimme ließ mich erschaudern und ich musste mich räuspern, um überhaupt einen Ton hervorzubringen. »Ja, will ich.«

»Gott sei Dank.« Julian packte mich an den Hüften, hob mich hoch und trug mich die kurze Distanz zum Bett, wo wir gemeinsam in die Kissen fielen. Ein aufgeregtes Lachen entwich mir, angeheizt von dem Restalkohol in meinem Blut. Julian stützte sich auf den Ellbogen ab, sein Gesicht nur Millimeter von meinem entfernt. Seine warmen, braunen Augen funkelten regelrecht im Licht und mein Herz machte einen Satz. Meine Gefühle fuhren Achterbahn, als er seinen Kopf langsam senkte, bis unsere Lippen erneut zu einem Kuss verschmolzen.

Viel zu schnell löste Julian sich von mir, hauchte Küsse über meine Wange, meinen Hals und meinen Ausschnitt hinab, bis er diesen mit einem Finger herunterzog, um die Kuhle zwischen meinen Brüsten zu erreichen. Seine kalte Nasenspitze kitzelte mich dabei und entlockte mir ein Kichern.

»Du hast zu viel an«, knurrte Julian und richtete sich auf.

»Du auch«, gab ich zurück, während ich mir bereits das Shirt über den Kopf zog. In Windeseile entledigten wir uns der restlichen Klamotten und ich seufzte zufrieden auf, als wir endlich nackt nebeneinander lagen.

Wir waren einander zugewandt, Julian streichelte sanft über meinen Oberschenkel und ich zog die Konturen seines Tattoos nach. Dieses abstrakte Gebilde faszinierte mich weiterhin, daher lehnte ich mich vor, bis ich seinen Oberkörper küssen konnte.

Julian rollte sich auf den Rücken und zog mich mit sich, bis ich auf ihm hockte. Ich bedeckte jeden Zentimeter seiner Haut mit Küssen, während er seine Hände an meinem Körper auf Wanderschaft schickte. Sie strichen an meinen Seiten nach oben, massierten meine Brüste, bevor sie über meinen Rücken nach unten fuhren und meinen Po umfassten. Der Unterschied zwischen seinen warmen Händen, der kühlen

Luft im Zimmer und den Gefühlen, die seine Liebkosungen bei mir hervorriefen, ließen meinen Körper erzittern. Das Blut rauschte in meinen Ohren und das verlangende Pochen zwischen meinen Beinen wurde stärker, bis ich an nichts anderes mehr denken konnte, als ihn in mir spüren zu wollen.

Als ich dachte, es keine Sekunde länger aushalten zu können, nahm Julian das Kondom vom Nachttisch und streifte es sich über. Er kniete sich zwischen meine Beine und stützte sich auf den Ellbogen über mir ab. Obwohl er mich nicht berührte, konnte ich die Hitze spüren, die von seinem Körper ausging.

Julian sah mich eindringlich an. »Okay?«

Ich nickte, denn ich vertraute ihm blind, dass er mir nicht wehtun und sofort aufhören würde, wenn ich es verlangte.

»Okay.« Julian ließ sich auf mich nieder und schob sich quälend langsam in mich, bis er mich komplett ausfüllte. Dabei ließ er mich nicht aus den Augen und betrachtete mich intensiv, als würde er sofort von mir springen, wenn ich auch nur einmal vor Schmerz zuckte. Aber es war kein unangenehmes Gefühl, ihn in mir zu spüren, ganz im Gegenteil. Es war, als wäre er wie für mich gemacht.

Trotzdem konnte ich nicht verhindern, von der Vergangenheit heimgesucht zu werden. Völlig ungebeten trat das Gesicht vom Arschloch in mein Bewusstsein. Meine Hand krampfte sich um das Bettlaken und ich befürchtete schon, Julian bitten zu müssen, aufzuhören. Doch dann blickte ich in seine warmen, braunen Augen, die mich mit einer Mischung aus Verlangen und Erstaunen betrachteten. Von ihm hatte ich nichts zu befürchten, außer einer wundervollen Nacht.

So schnell, wie meine Angst gekommen war, war sie auch wieder verschwunden und das heiße Pochen kehrte in meinen Unterleib zurück.

»Beweg dich«, keuchte ich, was Julian sich nicht zweimal sagen ließ. Langsam glitt er aus mir hinaus und bevor ich seinen Verlust beklagen konnte, stieß er schon wieder in mich hinein. Schnell fand er einen

Rhythmus, mit dem er mich nahezu um den Verstand brachte. Nie hätte ich gedacht, dass es sich so gut anfühlen könnte.

Wie eine Ertrinkende am rettenden Ufer krallte ich mich an Julians Schultern fest und konnte nichts anderes tun, als die Gefühle zuzulassen, die er in mir hervorrief. Das unbändige Verlangen, das heiße Pulsieren in meinem Blut und die Liebe, die ich für ihn empfand. Ich atmete keuchend, aber durch das Rauschen in meinen Ohren nahm ich es kaum wahr.

Mein ganzer Körper schien unter Strom zu stehen. Als Julian zusätzlich seine Hand zwischen meine Beine schob, brauchte es nicht mehr als eine sanfte Berührung meiner empfindlichsten Stelle, bis der Orgasmus mich überrollte. Ich begann unkontrolliert zu zucken, bis das Kribbeln aus meinem Unterleib sich bis in meine Fingerspitzen ausgebreitet hatte. Auch Julian stöhnte laut und versteifte sich über mir, ehe er kraftlos auf mir zusammensackte.

»Scheiße, Lucy.« Sein Atem kam unregelmäßig, Schweiß hatte sich auf seiner Stirn gebildet und ich konnte sein Herz viel zu schnell an meiner Brust schlagen spüren. »Was machst du nur mit mir?«

Wenn ich nicht selber nach Luft ringen müsste, würde ich ihm sagen, dass ich eigentlich gar nichts gemacht hatte, sondern er das alles gewesen war. Aber ich hatte kaum die Kraft, meine Arme um ihn zu legen.

Als wir uns etwas erholt hatten, stützte Julian sich auf die Ellbogen. Mit einer Hand strich er eine feuchte Strähne von meiner Wange und küsste mich sanft. »Hat es dir gefallen?«

Ein kleines Lachen brach aus mir heraus, denn gefallen war nicht der richtige Ausdruck. »Es war wundervoll.«

Erleichterung zeichnete sich auf seinen Zügen ab. Er küsste mich kurz, ehe er von mir krabbelte, um das Kondom zu entsorgen. Dann schlüpfte er zu mir unter die Decke und zog mich in seine Arme. Genüsslich kuschelte ich mich an ihn.

»Gute Nacht, mein kleines Eichhörnchen.«

Ich schnaubte, war aber viel zu glücklich, um ihm wegen des Spitznamens böse zu sein.

Kapitel 24

Lucy

»Männer sind solche Idioten manchmal«, stöhnte Michaela, kaum dass wir uns mit unseren Frappuccinos in der Mall an einen Tisch gesetzt hatten. Donnerstags war unser vor einiger Zeit ins Leben gerufene Mädelstag, an dem ich mich immer mit Katy, Michaela und manchmal auch mit Emma traf. Wir gingen shoppen, ins Kino oder – so wie heute – einfach nur Kaffee trinken.

Katy grinste um ihren Strohhalm herum. »Was hat Marc diesmal angestellt?«

»Gar nichts.« Wenn möglich, verfinsterte sich Michaelas Miene noch mehr.

»Warum ist er dann ein Idiot?«, wollte ich wissen.

»Eben genau deswegen.« Michaela schmiss die Hände in die Luft. »Seit zwei Wochen gehe ich mit Fenton aus und das scheint Marc nicht mal zu stören. Er ist distanziert freundlich zu mir, behandelt Fenton wie seinen neuen besten Kumpel und tut so, als würde es ihn freuen, dass ich einen anderen gefunden habe.« Michaela ließ den Kopf vor sich auf den Tisch sinken. »Was soll ich denn noch machen?«

Emma rückte ihren Stuhl näher an sie heran und legte eine Hand auf ihren Arm. »Was genau willst du mit der Aktion denn erreichen?«

Michaela sah sie an, als hätte sie den Verstand verloren. »Na, dass er eifersüchtig wird und mir endlich seine Liebe gesteht.«

»Bist du denn sicher, dass er dich liebt?«

»Eigentlich schon.« Michaela wirkte jedoch alles andere als überzeugt. Unsicher kaute sie auf ihrer Unterlippe herum und knibbelte nicht vorhandenen Dreck unter ihren Fingernägeln hervor.

»Hast du ihm denn mal gesagt, was du fühlst?«

»Ja. Nein. Es ist kompliziert.«

»Eigentlich ist das ganz einfach«, warf Katy ein.

»Bei uns nicht.« Michaela nahm einen tiefen Atemzug. »Nach meinem Entzug haben Marc und ich uns eine Zeit lang recht häufig gesehen. Er kam oft nach seinen Vorlesungen vorbei, hat mir dabei geholfen, meine Wohnung zu renovieren, und wir sind auch das ein oder andere Mal im Bett gelandet. Es ist easy, mit ihm zu reden. Wir kommen super klar und ich gestehe, dass ich mich ein wenig in ihn verguckt habe. Noch dazu war er immer für mich da. Welche Frau wäre da nicht schwach geworden?«

Genervt stocherte Michaela in ihrem Frappuchino herum. »Wie er sich um mich gekümmert hat, wie er mich manchmal ansieht ... Keiner kann mir erzählen, dass er nichts für mich empfindet. Also dachte ich, hey, sei mutig, mach den ersten Schritt und sag es ihm. Also habe ich ihm an meinem Geburtstag gesagt, dass ich mir mehr mit ihm vorstellen könnte. Und seitdem verhält er sich seltsam. Er hilft mir zwar immer noch, wenn ich ihn brauche, aber er meldet sich nicht mehr von alleine, kommt nicht mehr vorbei und ist eher kurz angebunden, wenn wir uns unterhalten. Aber beim Selbstverteidigungskurs kann er weiterhin nicht die Augen von mir lassen. Es ist zum Mäusemelken.«

»Vielleicht hat er Angst, sich zu binden?«, sagte ich wenig hilfreich, aber was anderes fiel mir nicht ein. Ich kannte Marc zu wenig, um mir ein Urteil über ihn bilden zu können.

»Nein, das glaube ich nicht.« Emma tippte sich nachdenklich an die Unterlippe. »Marc scheint jemand zu sein, der mit beiden Beinen fest im Leben steht und ganz genau weiß, was er will. Aber sein Verhalten ist durchaus seltsam.«

Katy nickte eifrig. »Vor allem, weil Michaela recht hat. Bei unserem Kurs starrt er sie wirklich unentwegt an. Als wir noch nicht so viel miteinander zu tun hatten, dachte ich deswegen, dass sie nicht an ihm interessiert sei.«

Michaela schnaubte. »Das wünschte ich mir manchmal. Ganz ehrlich, wie hält man dieses Gefühlschaos aus, ohne sich zuzudröhnen?«

Katy, Emma und ich warfen uns einen besorgten Blick zu. War Michaela etwa rückfallgefährdet? Mussten wir uns Sorgen machen?

»Schaut nicht so, ich nehme ja nichts. Ich bin froh, dass ich von dem Scheiß weg bin. Aber manchmal wünsche ich mir dieses Gefühl zurück, das mich unangreifbar macht.«

Ich räusperte mich. »Funktioniert das wirklich? Dass man seine Gefühle mit Alkohol oder Drogen betäuben kann?« Mittlerweile konnte ich mich wieder daran erinnern, dass Jaxon das damals auch getan hatte. Ich wusste aber auch, dass er dann nicht mehr er selbst gewesen war. Und glücklicher hatte er damit auch nicht gewirkt.

»Kurzzeitig.« Michaela seufzte. »Nein, eigentlich nicht wirklich. Solange die Wirkung anhält, rücken die Probleme in den Hintergrund. Wenn die Wirkung nachlässt, kehren sie dafür umso stärker zurück. Es ist wie ein Teufelskreislauf, du musst immer mehr und …«

»Ach nee, wen haben wir denn da?«

Die schneidende Stimme, die Michaela unterbrach, erkannte ich sofort. Ein eiskalter Schauer lief mir über den Rücken, als ich mich umdrehte und Cassie entdeckte, die mit zwei Freundinnen auf unseren Tisch zukam. Mir brach der kalte Schweiß aus, als mir klar wurde, dass Katy, Emma und Michaela nun mitbekommen würden, wie Cassie mit mir umsprang.

»Was willst du?«, fragte ich möglichst gelangweilt, während es in meinem Inneren brodelte.

Cassie inspizierte ihre Fingernägel, als hätte sie meine Frage gar nicht gehört, ehe sie in die Runde blickte. »Hast du es tatsächlich geschafft, Freundinnen zu finden? Oder gebt ihr euch nur aus Mitleid mit ihr ab?« Diese Frage war an Emma, Katy und Michaela gerichtet. »Ihr könnt es ruhig zugeben, wir sind hier ja unter uns.«

Kurzzeitig herrschte Stille, dann lachte Michaela auf. »Guter Witz.«

Ich räusperte mich leicht. »Sie meint es ernst.«

Michaela zog die Stirn kraus und wandte sich wieder Cassie zu. »Warum?«

Diese zuckte gelangweilt mit den Schultern. »Sie ist dumm.«

»Nein, ist sie nicht«, sagte Emma sofort. »Selbst wenn sie es wäre, was gibt dir das Recht, sie niederzumachen? Sie hat dir doch gar nichts getan.«

»Wer bist du überhaupt?« Katy lehnte sich auf den Ellbogen über die Tischplatte.

»Das ist Cassie, wir arbeiten zusammen«, erklärte ich leise.

Cassie verdrehte die Augen. »Warum sollte ich es nicht tun? Sie ist doch selbst schuld, wenn sie sich nicht wehrt.« Cassies Freundinnen kicherten bei dieser Aussage gehässig, als hätten sie schon viele Storys über mich erzählt bekommen.

Ich wollte etwas sagen, mich endlich mal vernünftig wehren, aber meine Kehle war wie zugeschnürt. Angst kroch meinen Nacken hinauf und lähmte mich. Das Atmen fiel mir schwer und ich krallte mich verzweifelt am Tisch fest. Was, wenn auch Emma, Katy und Michaela bald feststellen würden, dass ich eigentlich gar nicht so cool war, wie sie dachten? Oder Julian? Hatte er das vielleicht sogar schon?

»Sie sagt vermutlich nichts zu dir, weil du es nicht wert bist, auch nur ein Wort an dich zu verschwenden«, riss Michaela mich aus meinen Gedanken. Ihre Stimme war genauso schneidend und kühl geworden, wie Cassie sonst mit mir sprach. Insgeheim bewunderte ich sie dafür.

»Dafür redest du aber verdammt viel«, konterte Cassie, woraufhin ihre Freundinnen bekräftigend nickten.

»Weil ich es auf den Tod nicht ausstehen kann, wenn jemand dahergelaufen kommt und eine meiner Freundinnen beleidigt, während wir einen entspannten Nachmittag verbringen. Ich meine, hey, du kannst sie nicht leiden? Kein Thema, musst du auch nicht. Aber diese verdammte Mall ist groß genug, geh einfach weiter und lass Lucy in Frieden. Aber nein, du hast uns gesehen und bist absichtlich hergekommen, um dumme Sprüche zu reißen. Was stimmt nicht mit dir? Bist du als Baby zu oft vom Wickeltisch gefallen?«

Emma und Katy begannen zu lachen. Ich wollte Michaela dagegen einfach nur knutschen für den Rückhalt, den sie mir gab.

Cassie hingegen sah alles andere als begeistert aus. Ihr Mund stand offen, ihre Augen waren verengt und es machte fast den Anschein, als wäre sie es nicht gewöhnt, Widerworte zu erhalten.

Sie sah zu ihren Freundinnen und reckte den Daumen über die Schulter. »Kommt, wir gehen. Wir sind hier offensichtlich nicht erwünscht.«

Sie machten auf den Absätzen ihrer hohen Schuhe kehrt und stolzierten mit erhobenem Haupt davon. Bevor sie um die Ecke bogen, drehte Cassie sich noch einmal zu mir um. Der Blick, den sie mir zuwarf, sagte mir, dass ich später für Michaelas Verhalten büßen würde.

»Was für eine furchtbare Person.« Katy schüttelte sich. »Ist sie immer so?«

»Schlimmer.« Meine Stimme war nur ein Krächzen, aber wenigstens konnte ich wieder Worte hervorbringen.

»Warum weist du sie nicht mal in die Schranken?«, fragte Emma, die Stirn in Verwirrung krausgezogen. »Du bist doch sonst nicht auf den Mund gefallen.«

»Weil sie es, wie Michaela schon sagte, einfach nicht wert ist. Normalerweise stören mich ihre Sprüche auch nicht. Nach allem, was ich in meinem Elternhaus erlebt habe, können mir ihre kindischen Anfeindungen nichts anhaben.« Bei einem unserer früheren Treffen hatte ich den Mädels zumindest so viel aus meiner Vergangenheit erzählt, dass sie es verstehen würden. »Außerdem hatte ich die Hoffnung, dass es ihr irgendwann zu langweilig wird und sie aufgibt.«

Das war nicht einmal gelogen. Lange Zeit hatte es mich tatsächlich nicht interessiert, was Cassie über mich dachte oder zu mir sagte. Warum sich das plötzlich geändert hatte, wusste ich selber nicht so genau.

Emma nickte. »Das ergibt Sinn … trotzdem eine unsympathische Person.«

Da konnte ich ihr nur zustimmen.

Danach wandten sich unsere Gespräche zum Glück anderen Themen zu. Trotzdem konnte ich das Aufeinandertreffen mit Cassie nicht vergessen. Was genau war ihr Problem mit mir? Ich hatte ihr nie etwas getan und verstand wirklich nicht mehr, warum sie so viel Energie investierte, um mir das Leben zur Hölle zu machen.

Lag es am Ende vielleicht doch an mir? War da etwas an mir oder meinem Verhalten, das anderen offenbarte, wie kaputt ich eigentlich war? Oder war ich durch meine Amnesie und alles, was ich deswegen verpasst hatte, einfach nicht auf demselben intellektuellen Stand wie Gleichaltrige, und meine Freunde waren einfach nur zu nett, um mir das zu sagen?

Als Julian abends zu mir kam, machte ich mir noch immer Gedanken über diese und ähnliche Fragen. Ich hatte Grace fragen wollen, da ich wusste, dass sie mich nie anlügen, die Tatsachen aber auch nicht beschönigen würde. Aber sie war nicht da. Ein Zettel, der an den Kühlschrank geheftet war, informierte mich darüber, dass sie mit Brad ausgegangen war, der früher aus Baltimore zurückgekommen war. Also blieb mir nichts anderes übrig, als alleine in meiner Verzweiflung auszuharren. Aus Langeweile spülte ich das dreckige Geschirr in der Küche und war derart in Gedanken, dass ich vor Schreck die Tasse, die ich gerade abtrocknete, auf die Anrichte fallen ließ, als es endlich klingelte. Ich schmiss das Geschirrtuch zu der Tasse, die zum Glück noch ganz war, und flog regelrecht zur Tür. Das Herz schlug mir bis zum Hals, während ich darauf wartete, dass er die Treppe hinaufkam.

»Hey.« Julian gab mir einen flüchtigen Kuss und schob sich an mir vorbei in die Wohnung. Er wirkte gehetzt, einige Haarsträhnen standen ihm zu Berge und eine Zerstreutheit ging von ihm aus, die augenblicklich auch von mir Besitz ergriff.

»Ist alles okay?« So hatte ich ihn noch nie gesehen. Normalerweise war er die Ruhe in Person und nichts konnte ihn so leicht erschüttern.

»Zoff mit David«, erklärte er. Er fuhr mit beiden Händen durch seine Haare und verschlimmerte dabei das Chaos auf seinem Kopf.

Im ersten Moment dachte ich, mich verhört zu haben. »Du hast dich mit David gestritten?«, fragte ich ungläubig. Das konnte ich mir kaum vorstellen, ihre Freundschaft war mir bisher immer unerschütterlich vorgekommen.

»Wegen Keiran, total dumme Sache.« Julian blickte den Flur entlang. »Können wir uns setzen? Dann erzähl ich dir alles.«

»Klar.« Ich führte ihn ins Wohnzimmer.

»Ist Grace nicht da?«, wollte Julian wissen, als er sich neben mich auf die Couch setzte.

»Sie ist mit Brad aus.«

»Also haben sie sich wieder vertragen? Behalten sie das Kind jetzt?«

Mein schlechtes Gewissen meldete sich zurück. Warum hatte ich diese blöde Lüge nur erzählt? Aber jetzt war wirklich nicht der richtige Zeitpunkt, um ihm reinen Wein einzuschenken.

»Ja, sie werden es behalten. Ich glaube, Grace war anfangs nur mit der Situation überfordert, weil die Schwangerschaft nicht geplant war.«

Julian nickte nachdenklich. »Das kann gut sein.«

»Was ist jetzt mit David und Keiran?«, hakte ich nach.

Augenblicklich verfinsterte sich Julians Miene. »David ist total bescheuert. Offenbar sind er und Keiran wieder zusammen, aber Keiran ist noch immer nicht bereit, offen zu David zu stehen. Keiner darf davon wissen, sie treffen sich nur bei uns hinter verschlossenen Türen und wenn sie unter Leuten sind, halten sie mindestens fünf Meter Sicherheitsabstand und reden nicht miteinander. Damit bloß keiner von Keirans ach so tollen Footballfreunden Wind davon bekommt.« Julian konnte sich gar nicht mehr beruhigen.

»Hat Keiran einen Grund genannt, warum er sich so verhält?«

»Ach, was weiß ich. So geht das schon seit der Highschool. Damals sollte es niemand wissen, weil Keiran Profifootballer werden wollte, aber das hat sich durch seine Verletzung am Knie ja zerschlagen. Keine Ahnung, was er jetzt als Ausrede vorbringt. Ich kapiere bloß nicht, warum David das schon wieder mit sich machen lässt. Er war am Boden zerstört, als Keiran damals ohne ein Wort des Abschieds nach L. A. abgehauen ist. Will er sich das wieder antun?«

Es war irgendwie rührend, wie Julian sich um seinen besten Freund sorgte.

»Hast du David mal gefragt? Vielleicht hat Keiran ihm sein Verhalten erklärt.« Ich kannte diesen Keiran zwar nicht, aber ich konnte mir nicht vorstellen, dass David sich grundlos so behandeln ließ.

»Ja, ich habe ihn gefragt, aber er meinte, das sei alleine seine Sache. Danach ist unser Streit eskaliert.«

Ich griff nach Julians Hand, die zur Faust geballt zwischen uns lag. Vorsichtig versuchte ich seine verkrampften Finger zu lösen.

»Vielleicht liebt David Keiran einfach und will ihm deswegen eine zweite Chance geben.« Hieß es nicht, dass man aus Liebe auch mal Kompromisse eingehen musste?

»Pff … Liebe.« Julians Stimme war voller Hohn. »Das endet doch nie gut.«

Seine Worte waren wie ein Schlag in die Magengrube. Alle Luft wurde aus mir gepresst und mein Herz begann auf eine seltsame Art zu schmerzen. Wie konnte er nur so abfällig über Liebe sprechen? Nach allem, was er in den letzten zwei Monaten für mich getan hatte?

»Was ist das dann mit uns?«, wisperte ich und wagte kaum zu atmen, während ich auf seine Antwort wartete.

Julian erstarrte und drehte sich dann wie in Trance zu mir um. Erstaunt sah er mich an, als wäre ihm erst jetzt bewusst geworden, was er gesagt hatte. »Das mit uns ist etwas anderes.«

Wow, das war nicht die Antwort, die ich erwartet hatte. Was hieß das überhaupt, etwas anderes? Etwas Besseres als Liebe? Wohl kaum. War ich für ihn also doch nur eine nette Abwechslung?

»Also liebst du mich nicht?« Die Worte waren raus, bevor ich registrierte, was ich da sagte. Vermutlich war es keine gute Idee, ihm derart die Pistole auf die Brust zu setzen, aber der Wunsch nach Gewissheit kam tief aus meiner Seele. Bisher war ich fest davon ausgegangen, dass das zwischen uns Liebe war, auch wenn keiner von uns diese Worte ausgesprochen hatte. Wir waren noch ganz am Anfang unserer Beziehung und unsere Gefühle mussten noch wachsen, ehe wir sie formulieren konnten. Trotzdem war ich mir ihrer sicher gewesen.

Doch die letzten zwei Wochen hatten mich verunsichert. Dass Julian sich irgendwie von mir zurückgezogen hatte, die erneute Konfrontation mit Cassie – obwohl die Mädels geschlossen hinter mir standen -, und meine eigene Lüge über das GED hatten eine große Lücke in die Mauer unseres Vertrauens gerissen.

Julian saß wie erstarrt neben mir und sah mich mit großen Augen an. Langsam begann er den Kopf zu schütteln. »Ich weiß es nicht«, sagte er so leise, dass ich ihn kaum verstehen konnte.

Vor meinem inneren Auge sah ich alles, was wir bisher zusammen erlebt hatten, was wir füreinander waren, wie ein Kartenhaus in sich zusammenfallen. Wie konnte er nach all der Zeit nicht wissen, was er für mich empfand? Oder wusste er es sehr wohl, wollte mir die Wahrheit aber schonend beibringen?

Meine Kehle war plötzlich wie zugeschnürt und meine Augen brannten. Oh Gott, ich würde doch jetzt nicht anfangen zu heulen?

Hastig stand ich auf und holte tief Luft, um mich unter Kontrolle zu bekommen. Ich trat ans Fenster und blickte hinaus auf die graue Herbstlandschaft, damit Julian die Verzweiflung auf meinem Gesicht nicht sehen konnte. Wie hatte unser Gespräch über David nur in dieser Katastrophe enden können?

»Vielleicht solltest du besser gehen«, brachte ich irgendwie hervor und war stolz darauf, dass meine Stimme fest und klar klang, denn in meinem Innersten sah alles ganz anders aus. Wie auf rauer See schwappten die Gefühle in mir über und drohten mich in den Abgrund zu ziehen.

»Nein, Lucy.« Julian kam zu mir. Durch die Spiegelung im Fenster konnte ich Angst auf seinen Zügen entdecken. »Es ist nicht so, wie du denkst. Bitte lass es mich dir erklären.«

Ich schnaubte. »Du weißt nicht, was du für mich empfindest. Was gibt es da bitte zu erklären?« Ich konnte die Bitterkeit nicht mehr aus meiner Stimme heraushalten. Er hatte mich mit seiner Aussage tief verletzt, das sollte er ruhig wissen.

»Weil es nichts mit dir zu tun hat.«

Ein gebrochenes Lachen entwich mir und ich drehte mich zu ihm um. »Willst du mich verarschen? Es geht um mich, um deine Gefühle für mich. Wie kann es nichts mit mir zu tun haben?«

»Es ist nur ...« Julian stockte und raufte sich die Haare. »Bitte.«

In diesem einen Wort schwang so viel Verzweiflung mit, dass ich bloß nicken konnte. »Erzähl«, forderte ich ihn auf.

Ich würde mir anhören, was er zu sagen hatte. Aber wenn er mir eine fadenscheinige Ausrede auftischte, würde ich ihn achtkantig rausschmeißen.

»Meine letzte Beziehung«, begann Julian, »meine einzige Beziehung bisher, ist nicht gut geendet. Das hat mir den Boden unter den Füßen weggezogen. Sandy ... wir waren 16, als wir zusammenkamen. Im Nachhinein muss ich gestehen, dass sie schon immer etwas egoistisch war, aber damals habe ich das natürlich nicht wahrhaben wollen. Ich war verliebt und dachte, es würde für immer halten.« Julian lachte leise, aber es war ein trauriger Laut, voller Schmerz. »Ich war so naiv damals und habe lernen müssen, dass nichts für die Ewigkeit ist, auch Freundschaft nicht. Ich muss dazusagen, dass David zu dem Zeitpunkt nicht mein einziger bester Freund war. Wir waren eigentlich ein Dreiergespann. Darren kannten wir seit der Middle School und wir waren unzertrennlich. Dachte ich. Doch dann hat er alles zerstört. Als Sandy und ich zusammengekommen sind, war ich unheimlich froh, dass David und Darren ebenfalls mit ihr klarkamen und es kein Problem war, sie öfter mitzubringen. Ich hatte auch nie das Gefühl, als könnte da mehr zwischen ihnen sein. Ich war mir absolut sicher, dass unsere Liebe für die Ewigkeit war. Wir planten unsere Zukunft gemeinsam und bewarben uns an denselben Colleges.«

Mir wurde mulmig, je länger Julian sprach. Eine dunkle Vorahnung beschlich mich und ich wagte kaum zu atmen.

»Ich fiel aus allen Wolken, als ich die beiden zusammen im Bett erwischte. Wobei auch das von ihr inszeniert war, wie ich später erfahren habe. Sie hat mich absichtlich an dem Tag zu sich eingeladen, weil ich ihr nicht einmal wichtig genug war, es mir in einem ruhigen Gespräch persönlich zu sagen. Wie lange die beiden hinter meinem Rücken schon etwas laufen hatten, weiß ich bis heute nicht, aber ich vermute, schon länger.«

Ich konnte kaum glauben, was ich da hörte. »Was für eine schreckliche Person«, rutschte es mir heraus. Wie konnte man das jemandem antun, den man mal geliebt hatte?

»Ist sie auch. Ich habe an diesem Tag nicht nur meine erste Liebe, sondern auch einen meiner besten Freunde verloren. An diesem Verlust habe ich noch immer zu knabbern und es fällt mir einfach schwer, nicht immer daran zurückerinnert zu werden.« Julian trat auf mich zu, bis uns nur noch wenige Zentimeter trennten, und griff nach meiner Hand. »Ich weiß, dass du ganz anders bist als Sandy. Du würdest so etwas niemals tun. Deswegen sage ich ja, dass mein Problem nichts mit dir zu tun hat. Das ist eine innere Sperre, die mich davon abhält, mich vollkommen fallen zu lassen. Und ich muss es mit mir selbst ausmachen, wie ich sie überwinden kann.«

Ich überbrückte die Distanz zwischen uns und zog Julian in eine Umarmung. Sofort legte er seine Arme ebenfalls um mich und atmete zitternd aus, als wäre er erleichtert. »Es tut mir leid, dass dir das angetan wurde«, sagte ich. »Auch, dass ich dich so gedrängt habe.«

»Das konntest du ja nicht wissen.«

»Aber ich sollte dich mittlerweile besser kennen, als gleich anzunehmen, dass ich bloß ein netter Zeitvertreib für dich bin.«

Julian lehnte sich zurück, bis er mich ansehen konnte, eine Augenbraue fragend hochgezogen. »Das hast du gedacht?«

Ich zuckte entschuldigend mit den Schultern. »Nicht mein hellster Moment.«

Julian lachte leise und zog mich wieder an seine Brust. Das stete Pochen seines Herzens war ein beruhigender Rhythmus unter meinem Ohr.

»Mir tut es auch leid. Ich hätte nicht so wütend auf Liebe reagieren sollen, nur weil ich sauer auf David bin. Denn eigentlich denke ich so nicht.«

Jetzt war ich diejenige, die erleichtert ausatmete. Vielleicht war doch noch nicht alles verloren.

Kapitel 25

Julian

Ich war so ein Idiot!

Wenn ich den Abend mit Lucy Revue passieren ließ, fielen mir zig Möglichkeiten ein, wie ich anders – besser – hätte reagieren können. Angefangen damit, dass ich nicht abfällig über Liebe redete oder ihr zuerst von der Tiefe meiner Gefühle erzählte, ehe ich ihre Frage so einfach abtat.

»Also liebst du mich nicht?«

»Das mit uns ist etwas anderes.«

Wie bescheuert konnte man eigentlich sein?

Ich konnte nicht einmal sagen, was genau in mich gefahren war. Aber als sie plötzlich von Liebe sprach, bekam ich kalte Füße. Ich konnte nur noch an Sandys Verrat und das darauffolgende halbe Jahr denken, als ich in ein tiefes Loch gefallen war. Frauen und der Liebe hatte ich danach abgeschworen, nur hin und wieder einen One-Night-Stand gehabt. Bis ich Lucy getroffen hatte, die mich mit ihrer ruhigen und fast schüchternen Art in ihren Bann gezogen hatte.

Sie war nicht wie Sandy, war kein Partygirl, das immer im Mittelpunkt stehen wollte. Trotzdem zog sie mit ihrer Ausstrahlung und ihrem Charisma alle Blicke auf sich. Sie war sich dieser Aufmerksamkeit gar nicht bewusst, sondern hatte immer nur Augen für mich, was ihren Reiz für mich nur erhöhte. Warum also hatte ich mich wie ein komplettes Arschloch verhalten?

»Hey, Mann.« David kam aus seinem Schlafzimmer geschlurft, als ich gerade dabei war, die Kaffeemaschine in Gang zu bringen. Wir hatten uns noch ausgesprochen, als ich gestern Abend nach Hause gekommen war. Obwohl es schon recht spät gewesen war, hatte er auf mich gewartet, was ich ihm hoch anrechnete. Meine Wut war bis dahin ohnehin verpufft gewesen. Zwar gefiel es mir nicht, wie Keiran ihn behandelte, aber er war alt genug, um selbst zu entscheiden, auf wen er sich einließ.

»Morgen. Kaffee?«

David grunzte bejahend und ließ sich auf einen Küchenstuhl fallen.

Ich füllte zwei Tassen mit dem schwarzen Lebenselixier, stellte eine vor ihm ab und setzte mich neben ihn. Vorsichtig trank ich einige Schlucke von dem noch heißen Gebräu und hoffte, dass die Wirkung des Koffeins bald eintreten würde. Ich hatte eindeutig zu wenig geschlafen.

David betrachtete mich über den Rand seiner Tasse hinweg kritisch. »Alles klar?«

Als Antwort zuckte ich mit den Schultern, was ihn hellhörig werden ließ. Normalerweise war ich morgens gut drauf, er war eher der Morgenmuffel von uns beiden.

»Erzähl«, forderte er mich auf.

In knappen Worten schilderte ich ihm, was vorgefallen war. Als ich es laut aussprach, kam mir mein Verhalten noch dämlicher vor als in Gedanken.

»Du hast ihr gesagt, du wüsstest nicht, ob du sie liebst?«, fragte David völlig entgeistert, als ich meinen Bericht beendet hatte. »Aber warum?«

»Weil ich ein Idiot bin.« Eine andere Ausrede hatte ich nicht.

»Ja, gut, das steht außer Frage, aber das ist kein Grund, sich auch so zu verhalten.«

»Ich weiß. In der Sekunde habe ich einfach Panik bekommen. Die ganze Scheiße mit Sandy kam wieder hoch und …« Ich wusste selber nicht, was ich sagen sollte. Nachdem ich eine Nacht drüber geschlafen hatte, kam mir meine gestrige Reaktion total überzogen vor.

»Lucy ist nicht wie Sandy. Kein Stück. Sandy war schon immer etwas …« David machte kreisende Bewegungen mit der Hand.

»Selbstverliebt? Aufmerksamkeitsgeil?«, half ich ihm auf die Sprünge.

»Das, ja. Und sie musste mit allen flirten. Ich hab dir damals schon gesagt, dass sie sich an mich rangemacht hat. Aber das wolltest du nicht sehen und hast es mit einem ›Aber sie weiß doch, dass du schwul bist‹ abgetan.«

Nickend trank ich einen weiteren Schluck meines Kaffees. Es hatte einiges gegeben, das ich in meiner jugendlichen Naivität nicht hatte wahrhaben wollen, das war mir mittlerweile klar. Deswegen hatte ich mir danach auch geschworen, in Zukunft vorsichtiger bei Frauen zu sein.

»Was willst du jetzt machen?«

»Die Vorlesungen hinter mich bringen und dann zu Lucy fahren, um ihr zu sagen, dass ich sie liebe.«

David prostete mir mit seiner Kaffeetasse zu. »Klingt nach einem Plan.«

Wie es immer so war, wenn man etwas ganz Bestimmtes vorhatte, zogen sich die Vorlesungen wie Kaugummi. Dass wir uns aktuell mit Genetik beschäftigten, einem der wenigen Bereiche der Biologie, mit denen ich überhaupt nichts anfangen konnte, machte die Sache nicht besser. Zu allem Überfluss hatte ich nach den Vorlesungen auch noch meine Lerngruppe, die ich aufgrund meiner Probleme mit eben diesem Thema nicht ausfallen lassen konnte. Es war halb sechs, bis ich es zur Tierklinik schaffte.

Lucy müsste heute die Frühschicht gehabt haben, weshalb ich an den großen Glastüren vorbei zum Seiteneingang ging. Doch weit kam ich nicht, denn als ich eine allzu bekannte Person auf der Bank neben dem Eingang entdeckte, stockte ich mitten in der Bewegung. Was machte sie hier?

Obwohl sie das Gesicht in den Händen vergraben hatte, erkannte ich Sandy sofort. Sie saß vornübergebeugt und ihre Schultern bebten, als würde sie weinen. Erstaunt wandte ich mich um, um zu checken, ob ich auch am richtigen Ort war, denn mit ihr hatte ich hier überhaupt nicht gerechnet. Dann überlegte ich, ob ich es schaffen würde, mich unbemerkt an ihr vorbeizuschleichen. Ich hatte wirklich keine Lust, mich mit ihr auseinanderzusetzen.

Genau in dem Augenblick hob sie den Kopf und sah mich direkt an. Ihre Augen waren gerötet und sie wischte sich mit dem Handrücken eine Träne von der Wange. »Jules?« Sie schien ebenfalls überrascht, mich zu sehen.

»Sandy? Was machst du hier?« Widerwillig näherte ich mich ihr. Eigentlich wollte ich so schnell wie möglich weiter, aber es schien ihr nicht gut zu gehen, daher konnte ich es nicht mit meinem Gewissen vereinbaren, sie einfach stehenzulassen.

»Ich arbeite hier.« Mit dem Daumen zeigte sie auf die Klinik hinter sich. »Aber vielleicht schmeißen sie mich jetzt auch raus.« Sie schluchzte laut und vergrub das Gesicht erneut in ihren Händen.

Eigentlich hätte ich gehen sollen, aber ich hatte Probleme, diese Informationen zu verarbeiten. Seit wann arbeitete Sandy hier? Lucy hatte nie etwas von ihr erzählt. Wenn die beiden sich kannten, wusste Lucy dann auch, dass Sandy meine Ex war, über die wir gestern erst gesprochen hatten? Ein ungutes Gefühl durchfuhr mich.

»Was ist passiert?«, hörte ich mich fragen, während ich mir weiterhin das Hirn zermarterte, wie es sein konnte, dass ich in all der Zeit nie etwas davon mitbekommen hatte, dass Sandy hier arbeitete. Aber wenn ich recht darüber nachdachte, hatte Lucy nie großartig von anderen Leuten aus der Praxis berichtet. Von Grace einmal abgesehen.

»Ich habe Mist gebaut.« Sandy sprach es aus, als hätte sie versehentlich Mutter Teresa getötet. »Gestern hatten wir viel Stress, weil Brenda ausgefallen ist. Grace hat mich gebeten, die Medikamente für die Tiere zusammenzustellen, und im Chaos muss ich die Schachteln für zwei Tiere vertauscht haben. Es ist erst aufgefallen, als die Besitzer der kleinen Terrier-Dame heute wiedergekommen sind, weil sich der Durchfall noch verschlimmert hat, anstatt besser zu werden. Das arme Tier war so schwach, dass es sich gar nicht mehr auf den Beinen halten konnte.« Erneut schluchzte sie hemmungslos. Obwohl ich es nicht wollte, tat sie mir nun doch leid.

»Jeder macht mal einen Fehler«, sagte ich und setzte mich neben sie. »Grace wird dich sicher nicht wegen einer Verwechslung rausschmeißen.«

»Aber was, wenn beim nächsten Mal etwas Schlimmeres passiert und ein Tier durch meine Unachtsamkeit ernsthaft zu Schaden kommt? Ich würde es mir nie verzeihen, dafür verantwortlich zu sein.« Sie ließ sich überhaupt nicht mehr beruhigen. Das war eine Seite an Sandy, die ich schon lange nicht mehr gesehen hatte.

Vorsichtig legte ich eine Hand auf ihre Schulter. »Dann musst du dir diesen Vorfall zu Herzen nehmen und von nun an dreimal überprüfen, ob du auch die korrekten Medikamente aushändigst.«

Ganz langsam verebbte das Schluchzen und Sandy wurde ruhiger, bis sie schließlich den Kopf hob und mich aus tränenverschleierten Augen ansah. »Und du bist dir sicher, dass Grace mir noch eine Chance gibt?«

»Auf jeden Fall.« Niemals würde Grace so herzlos sein, sie wegen eines Fehlers rauszuschmeißen, bei dem kein Tier dauerhaft zu Schaden gekommen war.

»Danke.«

Ehe ich reagieren konnte, warf Sandy sich in meine Arme und küsste mich.

Lucy

»Und Grace hat mir sogar ein tolles Praktikumszeugnis und eine Empfehlung geschrieben, dass ich hervorragend als Tierärztin geeignet wäre. Die kann ich der Bewerbung beilegen, wenn ich morgen zur Uni gehe«, erzählte ich Rita aufgeregt am Telefon. Sie hatte mich angerufen und wir hatten eine halbe Stunde über alles Mögliche gequatscht, bis ich den Mut aufbrachte, ihr von meinem GED und der bevorstehenden Bewerbung an der Veterinärmedizinischen University of Philadelphia zu erzählen.

»Das ist großartig. Ich bin sehr stolz auf dich.« Ritas Begeisterung war derart ansteckend, dass ich mittlerweile aufgeregt auf meinen Fußballen hüpfte und sogar meinen Beinahe-Streit mit Julian gestern vergessen hatte.

»Das heißt aber noch nicht, dass sie mich auch nehmen«, bremste ich sie ein wenig.

»Papperlapapp.« Ich konnte Rita regelrecht vor mir sehen, wie sie wild den Kopf schüttelte, wobei ihre blonden Locken hin und her wippten. »Natürlich nehmen sie dich. Deine Bewerbung ist fantastisch und mit Grace' Empfehlung kann gar nichts schiefgehen.«

»Hoffentlich.« Ich wünschte, ich könnte ihr Vertrauen in meine Fähigkeiten teilen. Ich hatte die ganze Woche hart daran gearbeitet, eine vorzeigbare Bewerbung zu schreiben. Jaxon hatte mir dabei geholfen und mir versichert, dass sie sehr gut war. Wann immer ich sie las – und das hatte ich in den vergangenen 24 Stunden oft getan –, fand ich jedoch unzählige Stellen, die verbesserungswürdig waren. Mein Ausdruck war zu kindisch, meine Wortwahl nicht würdig für eine Collegeanwärterin und außerdem hatte ich das Gefühl, zu sehr auf die Tränendrüse gedrückt zu haben.

Ich wollte den Studienplatz nicht erhalten, weil ich eine schwere Kindheit gehabt hatte, sondern weil man mich für fähig genug hielt, das Pensum zu absolvieren. Aber Jaxon hatte mir versichert, dass ich eine Begründung angeben musste, warum ich verspätet mit dem College begann. Also hatte ich meine Geschichte in einer sehr abgespeckten Version aufgeschrieben.

Es war mir unheimlich schwergefallen, Worte für das zu finden, was mir angetan worden war. Mehrmals hatte ich Pause machen müssen und währenddessen zwei Tassen Beruhigungstee getrunken, bis ich es geschafft hatte. Danach hatte Jaxon die Bewerbung Korrektur gelesen, doch ich war mit dem Ergebnis trotzdem noch nicht zufrieden.

»Du musst mehr an dich glauben.« Damit sagte Rita mir nichts Neues, aber es fiel mir unheimlich schwer, meine Fähigkeiten einzuschätzen.

»Ich versuche es«, versicherte ich ihr. Plötzlich war lautes Kindergeschrei im Hintergrund zu hören, das mir augenblicklich ein Lächeln auf die Lippen trieb.

»John und die Kinder sind wieder da, ich muss aufhören.«

»Bestell liebe Grüße.«

»Mache ich.« Rita bläute mir noch ein, mich morgen nach dem Gespräch zur Bewerbung bei ihr zu melden, dann verabschiedeten wir uns und legten auf.

Beim Blick auf die Uhr stellte ich fest, dass es bereits nach halb sechs war. Julian müsste mittlerweile zu Hause sein und ich hatte mir vorgenommen ihn zu fragen, ob er noch vorbeikommen wolle. Zuerst musste ich jedoch den Müll rausbringen, denn dabei hatte Rita mich mit ihrem Anruf unterbrochen.

Ich hievte den vollen Beutel vom Boden hoch und nahm die Treppe in die Praxis runter, weil die Tonnen für die morgige Abholung bereits an der Straße standen. Geschäftiges Treiben empfing mich. Im Wartebereich für Hunde saßen zwei Besitzer mit ihren Vierbeinern, die sich unentwegt gegenseitig anknurrten, während ihre Herrchen sich unbeeindruckt unterhielten. Vermutlich waren beides Rüden, die ihr Platzhirschgehabe zur Schau stellten. Unwillkürlich schlich sich ein Lächeln auf meine Lippen.

Ich machte einen Bogen um den Empfangstresen, an dem Rose gerade einer Frau letzte Anweisungen zur Verwendung eines Medikamentes gab. Da fiel mein Blick durch die breite Fensterfront nach draußen. Was ich entdeckte, ließ das Lächeln auf meinen Lippen gefrieren. Julian und Cassie saßen auf der Bank. Julian hatte sich ihr zugewandt und eine Hand auf ihre Schulter gelegt. Obwohl Cassie mir den Rücken zudrehte und vornübergebeugt dasaß, erkannte ich sie sofort. Sie trug das hellgelbe Shirt der Praxis und ihre langen, blonden Haare waren wie immer offen.

Ein mulmiges Gefühl breitete sich in mir aus und meine Eingeweide zogen sich schmerzhaft zusammen. Sie wirkten vertraut miteinander, als würden sie sich schon länger kennen. Aber woher? Und warum hatte Cassie nie etwas gesagt?

Plötzlich wurde mir heiß und kalt zugleich und das Atmen fiel mir schwer. War Julian etwa der Grund, warum Cassie mich in letzter Zeit so mies behandelt hatte?

Ich wollte mich gerade in Bewegung setzen, um die beiden zur Rede zu stellen, als Cassie sich aufrichtete, Julian zu sich zog und ihn küsste.

Dieser Anblick war wie ein Schlag ins Gesicht. Benommen taumelte ich einige Schritte zurück. Der Müllsack fiel aus meinen tauben Fingern auf den Boden und beinahe wäre ich ihm gefolgt, da meine Beine mein Gewicht nicht mehr tragen wollten. Sämtliche Kraft war aus meinen Gliedern gewichen, als hätte jemand den Stecker gezogen und mich all meiner Energie beraubt.

Was zur Hölle passierte da? Wie lange lief das mit Cassie und Julian schon?

Ich kam mir unheimlich dumm vor. Dumm und naiv, weil ich nicht gesehen hatte, was sich direkt vor meinen Augen abspielte. War Cassie der Grund, warum Julian sich in den letzten zwei Wochen von mir zurückgezogen hatte? Aber warum hatte er dann mit mir geschlafen und war dabei so liebevoll und vorsichtig gewesen?

Beim Gedanken an unsere gemeinsame Nacht traten mir endgültig die Tränen in die Augen. Ich musste mich abwenden, wollte mit aller Macht dieser Situation entkommen und stieß bei meinem Fluchtversuch prompt in Grace hinein, die direkt hinter mir stand. Wie lange stand sie da schon? Wie viel hatte sie mit angesehen?

Sofort schlossen sich ihre Arme um mich und sie drückte mein Gesicht sanft aber bestimmt gegen ihre Schulter. »Komm, du musst dir das nicht länger ansehen.« Sie führte mich in ihr Büro und kickte die Tür mit dem Fuß hinter uns zu.

Als wir endlich alleine waren, brachen die ganzen Gefühle aus mir heraus. Ich begann hemmungslos zu weinen und ließ mich kraftlos auf den nächstbesten Stuhl fallen.

Wie konnte Julian mich nur so hintergehen? Wie konnte er das, was wir uns aufgebaut hatten, nur derart mit Füßen treten? Vor allem nach dem, was er mir gestern erst über seine Ex erzählt hatte?

Oder war das eine Lüge gewesen? Hatte er mir diese Story nur aufgetischt, um davon abzulenken, dass er mich hinterging? Um weiter zweigleisig zu fahren, ohne dass ich etwas merkte? Ich wusste nicht mehr, was ich glauben sollte und wem ich vertrauen konnte.

»Hey.« Grace war vor mir in die Hocke gegangen und zog vorsichtig die Hände von meinem Gesicht. Voller Sorge betrachtete sie mich, als ich meinen Blick auf sie richtete. »Es tut mir leid, dass du das sehen musstest.«

»Ist nicht deine Schuld.«

»Trotzdem.« Grace drehte sich zum Tisch um und griff nach der Packung Kosmetiktücher, um sie mir zu reichen. Ich nahm eins heraus und wischte mir die Tränen vom Gesicht, die noch immer unaufhörlich flossen. Mein Herz war so verdammt schwer und mein Brustkorb wie zugeschnürt. Egal wie tief ich einatmete, ich bekam einfach nicht genügend Luft in meine Lunge.

»Was willst du jetzt machen?«, fragte Grace nach einigen Minuten des Schweigens.

»Mich in mein Zimmer einschließen und nie wieder rauskommen.« Das war nur so dahergesagt, klang in meinen Ohren aber äußerst verführerisch.

»Ich kann Cassie auch feuern, wenn du sie nicht mehr sehen willst.«

Das klang noch besser, zumal mir erst jetzt bewusst wurde, dass ich ihr in der Praxis nicht aus dem Weg gehen konnte. Aber ich wusste, dass Grace ihr Angebot nicht ernst meinte. Niemals würde sie jemanden ohne triftigen Grund rausschmeißen.

»Verlockend, aber das wäre nicht fair.«

»Cassie hat Mist gebaut, ich hätte sogar einen Grund.« Grace zuckte die Schultern, als würde sie es ernsthaft in Erwägung ziehen.

»Ach komm, als würdest d…« Weiter kam ich nicht, weil ich von einem Klopfen an der Tür unterbrochen wurde.

»Grace?«, erklang Rose' gedämpfte Stimme von draußen. »Hier steht ein junger Mann, der Lucy sehen möchte.«

Mein Herz setzte für einen Schlag aus und Schweiß brach in meinem Nacken aus. Panisch blickte ich mich im Zimmer nach einer Fluchtmöglichkeit um, fand aber keine.

»Möchtest du mir ihm reden?«, fragte Grace.

Wild schüttelte ich den Kopf. »Nein.« Auf gar keinen Fall konnte ich ihm jetzt unter die Augen treten. Julian wusste nicht einmal, dass ich ihn und Cassie beobachtet hatte, und vermutlich war sie ebenfalls in der Praxis. Das würde ich nicht durchstehen.

Grace nickte, als hätte sie keine andere Reaktion erwartet. »Ich schicke ihn weg.«

Dankbar blickte ich ihr nach, als sie das Büro verließ und mich mit meinen Gedanken alleine ließ.

Sofort kam alles wieder hoch. Wie in einem schlechten Film spielte sich die Szene, die ich beobachtet hatte, immer wieder vor meinem geistigen Auge ab. Und jedes Mal fielen mir neue Kleinigkeiten auf. Die vertraute Art, wie Julians Hand auf Cassies Schulter lag, dass er zu ihr vorgebeugt dagesessen und mit ihr geredet hatte.

Wo einmal mein Herz gesessen hatte, befand sich nur noch ein schwarzes Loch, das alles Glück aus mir herauszusaugen schien. Es war ein beinahe körperlicher Schmerz, der sich in jede Zelle meines Körpers fraß und dort festsaß. Eine Schwere hatte von mir Besitz ergriffen, die mich lähmte und bewegungsunfähig machte. Am liebsten wollte ich mich einigeln oder fortlaufen, irgendwohin, wo ich mit der Situation nicht mehr konfrontiert wurde. Ich wusste gar nicht, wohin mit mir und meiner Traurigkeit. Wie gingen andere Leute mit solchen Gefühlen um?

Es dauerte nur wenige Minuten, die mir jedoch wie eine Ewigkeit vorkamen, bis sich die Tür erneut öffnete und Grace eintrat. »Ich habe ihn weggeschickt.«

»Gut.« Dann konnte ich jetzt darüber nachdenken, wie ich ihm von nun an am besten aus dem Weg ging.

Ich hatte diesen Gedanken kaum zu Ende geführt, als mein Handy zu klingeln begann. Mit zitternden Fingern zog ich es aus der Tasche meines Hoodies. Julian. Natürlich. Was wollte er von mir? Er hatte doch jetzt, was er wollte, er sollte froh sein, dass er mich los war, ohne mir groß etwas erklären zu müssen. Oder?

Augenblicklich drückte ich das Gespräch weg, was nur zur Folge hatte, dass er es sofort wieder versuchte.

»Warum tut er das? Hat er mich nicht schon genug verletzt?« Verzweifelt sah ich zu Grace auf, die ratlos mit den Schultern zuckte.

»Er war sehr nachdrücklich, dass es anders war, als wir es gesehen haben.«

Ich schnaubte. »Ich glaube nicht, dass es daran etwas falsch zu verstehen gibt.« Meine Gedanken waren ein einziges wildes Chaos. Ich wusste nicht, was ich tun oder fühlen sollte, außer allumfassenden Schmerz. Aber was ich gesehen hatte, war eindeutig gewesen.

Mein Handy begann ein drittes Mal zu klingeln. Es war offensichtlich, dass Julian nicht so einfach aufgeben würde, also schaltete ich es kurzerhand aus. Wieso konnte er mich nicht einfach in Ruhe lassen?

»Ich verstehe, dass du verletzt bist, aber du wirst ihm nicht ewig aus dem Weg gehen können«, sagte Grace sanft. Bilder drängten sich mir auf, wie Julian nicht mehr mich, sondern Cassie aus der Praxis abholte, wie sie miteinander flirteten und zärtliche Küsse tauschten. Wie Julian mit einem Schulterzucken fragen würde, ob ich tatsächlich geglaubt hätte, ich wäre die Richtige für ihn.

Ein brennendes Gefühl breitete sich in meinem Magen aus, das sich wie ätzende Säure meine Kehle hochfraß und mir Übelkeit bereitete. Ich könnte es nicht ertragen, die beiden weiterhin zusammen zu sehen. Oder mir anhören zu müssen, warum Julian Cassie mir vorzog. Mit so einer Zurückweisung könnte ich nicht umgehen. Ich brauchte Abstand, um dieser ganzen Sache zu entkommen und in Ruhe meine Gefühle zu sortieren.

Eine Idee kam mir und entschlossen sah ich zu Grace auf. »Kann ich eine Woche Urlaub nehmen?«

Kapitel 26

Julian

»Dies ist die Mailbox von …«

Fuck.

Verzweifelt legte ich auf und starrte wütend mein Handy an, als wäre es für meine Misere verantwortlich. Dabei war ich daran ganz alleine schuld.

Wie hatte ich nur so blöd sein können, mich derart von Sandy überrumpeln zu lassen? Direkt vor der Tierarztpraxis, von der aus uns jeder durch die breite Glasfront hatte beobachten können? Ich hatte es sofort an dem triumphierenden Funkeln in ihren Augen gesehen, als ich endlich aus meiner Starre erwacht war und sie von mir gestoßen hatte.

Als ich mich der Praxis zugewandt hatte, hatte ich gerade noch gesehen, wie Grace Lucy in ihr Büro führte.

Fuck, fuck, fuck.

Erneut versuchte ich sie anzurufen, bekam aber wieder nur die Mailbox dran. Entweder hatte sie ihr Handy ausgeschaltet oder meine Nummer blockiert. Ich hoffte auf Ersteres, auch wenn ich Letzteres wegen Dummheit eindeutig verdient hatte.

Ich blickte zurück zur Praxis. Rose, Grace' Geschäftspartnerin, die mich mit grimmigem Blick vor die Tür gebracht hatte, stand dort noch immer mit vor der Brust verschränkten Armen. Von ihr würde ich keine Hilfe erwarten können.

Genauso wenig wie von Grace. Der Blick, mit dem sie mich eben bedacht hatte, als sie aus dem Büro gekommen war, um mir zu sagen, dass Lucy nicht mit mir reden wolle, war deutlicher gewesen als ihre Worte. Sie hatte mich nicht einmal ausreden lassen, als ich ihr erklären wollte, was vorgefallen war.

Ich konnte es ihr nicht mal verübeln.

Nach einem letzten Blick in Richtung Praxis gab ich mich geschlagen und trat den Heimweg an.

Den Rest des Abends verbrachte ich auf der Couch, eine Flasche Wodka war mein einziger Begleiter. Eigentlich war ich kein Fan davon, meinen Frust in Alkohol zu ertränken, aber anders wusste ich mir nicht zu helfen. David war mit Freunden unterwegs, daher konnte ich mich ungestört in meinem Selbstmitleid suhlen. Meine Stimmung schwankte unaufhörlich zwischen Verzweiflung, weil Lucy nicht mit mir reden wollte, bis hin zu Hass auf mich selbst, weil ich diesen Kuss nicht rechtzeitig abgewehrt hatte.

Was sollte ich nur tun, wenn Lucy mir nicht die Chance gab, ihr die Situation zu erklären? Meine Eingeweide zogen sich schmerzhaft zusammen und meine Augen begannen zu brennen. Ich musste das unbedingt richtigstellen, und wenn ich dazu die nächsten Tage vor der Praxis kampieren musste.

In dieser Nacht schlief ich so gut wie gar nicht. Unruhig wälzte ich mich im Bett hin und her und sobald ich die Augen schloss, sah ich immer wieder, wie Lucy von Grace ins Büro geführt wurde. Obwohl ich ihren Gesichtsausdruck nicht gesehen hatte, hatte ihr Körper Verzweiflung ausgestrahlt. Sie hatte die Schultern eingezogen, sich eng an Grace gedrängt und dabei versucht, sich so klein wie möglich zu machen.

Die Gewissheit, dass sie alles mit angesehen hatte, war so schmerzhaft wie ein Dolchstoß. Ich spielte unzählige Szenarien im Kopf durch, was ich hätte machen oder sagen können, um Rose und Grace davon zu überzeugen, dass ich Sandy niemals küssen wollte.

Aber alles hätte, wenn und aber brachte mir überhaupt nichts mehr.

Lucy wollte nicht mit mir reden und sie hatte verdammt noch mal jedes Recht dazu.

Ich war völlig verkatert und hatte maximal zwei Stunden geschlafen, als ich mich morgens aus dem Bett quälte. Meine Stimmung war auf einem Rekordtief und ich fühlte mich hundeelend. Mein Kopf dröhnte und mein Herz schien nicht mehr richtig zu funktionieren. Es fühlte sich schwer an, schmerzte eigenartig und kam mir vor, als würde es nur noch halb so schnell schlagen wie gewöhnlich.

Mein Magen war ein einziger Knoten und ich schaffte es nur mühsam, wenigstens eine Tasse Kaffee runterzuspülen. Eigentlich hatte ich überhaupt keine Lust auf meine Vorlesungen, aber ich konnte es mir nicht erlauben, zu fehlen, weshalb ich mich notgedrungen an die TU quälte.

Ich setzte ein Käppi auf, das ich mir tief ins Gesicht zog. Zum einen, damit niemand meine verquollenen, geröteten Augen sehen konnte, und zum anderen, um eine abweisende Erscheinung abzugeben, damit mich möglichst niemand ansprach. Das Letzte, was ich heute wollte, war fröhlicher Smalltalk über das Wetter oder andere uninteressante Themen. Die Mittagspause würde ich alleine in der Bibliothek verbringen, um den schwatzenden Massen aus dem Weg zu gehen.

Mein Plan ging auf. Selbst Preston und Connor ließen mich in Ruhe, nachdem ich ihre ersten Fragen ignoriert hatte. Trotzdem war ich körperlich und seelisch völlig ausgelaugt, als meine letzte Vorlesung vorbei war. Ich wünschte mir nichts sehnlicher, als mich gemeinsam mit Lucy in mein Bett zu legen und die nächsten zwei Tage nicht mehr aufstehen zu müssen.

Ich vermisste alles an ihr. Ihren Duft, sie in meinen Armen zu halten, ihre zärtlichen, verführerischen Küsse, ihr glockenhelles Lachen, das gute Gefühl, das sie in mir auslöste. Aber genauso fehlten mir unsere Gespräche. Bei ihr fühlte ich mich immer ernst genommen und verstanden, gleichzeitig vertraute sie sich mir an und schien Wert auf meine Meinung zu legen.

Hoffentlich hatte ich das nicht alles zerstört.

Direkt nach meiner letzten Vorlesung eilte ich zur Praxis, weil wir heute eigentlich verabredet gewesen waren, um zusammen zu ihrem Bewerbungsgespräch für einen Studienplatz zu gehen. Obwohl Lucys Handy noch immer ausgeschaltet war, hegte ich die Hoffnung, dass unser Treffen noch stand.

»Julian, habe ich dir gestern nicht gesagt, dass du fernbleiben sollst?«, begrüßte mich Grace mit missbilligendem Tonfall.

»Ich weiß und es tut mir auch leid, dass ich deinen Wunsch einfach so missachte.« Das tat es nicht, aber es war sicher gut, damit zu starten. »Ich muss unbedingt mit Lucy reden. Was ihr gestern gesehen habt ... Das war ganz anders, als es aussah. Sandy hat mich geküsst, nicht umgekehrt. Sie hat mich regelrecht überrumpelt und ...«

Grace hob eine Hand und brachte mich damit zum Schweigen. »Moment mal, wer ist Sandy?«

Ich stutzte, weil ich nicht wusste, ob ich sie richtig verstanden hatte. »Na ja, Sandy, die Frau, mit der ich gestern auf der Bank gesessen hab. Sie hat mir erzählt, sie würde hier arbeiten.« Verdutzt sah ich mich in der Praxis um, ob ich sie irgendwo entdecken konnte, aber natürlich war sie heute nicht da.

»Du meinst Cassie? Cassandra Williams?«

Mir lief es eiskalt den Rücken hinunter. Lucy hatte den Namen Cassie mal erwähnt, aber ich hatte ihn nicht mit Sandy in Verbindung gebracht. Wie auch, ich hatte ja bis vor Kurzem nicht einmal gewusst, dass sie überhaupt in Philadelphia studierte.

»Cassandra Williams, ja. Ich kenne sie aber nur als Sandy.«

Grace sah mich so eindringlich an, als wollte sie bis auf den Grund meiner Seele vordringen. Meine erste Reaktion war, mich abzuwenden, aber ich hielt ihrem Blick stand und hoffte, dass sie zufrieden war mit dem, was sie fand.

»Was genau ist passiert?«, fragte sie nach einer gefühlten Ewigkeit.

Erleichtert atmete ich aus und berichtete ihr alles, was vorgefallen war. Dass Sandy und ich ein Paar gewesen waren, bis sie mich betrogen hatte. Dass ich bis zum Marathon nicht damit gerechnet hatte, sie überhaupt in Philadelphia zu treffen, wie sie mir danach aber scheinbar ständig über den Weg gelaufen war. Und dass sie mir gestern zuerst ihr Leid geklagt und mich danach mit diesem Kuss überfallen hatte.

Grace hörte mir aufmerksam zu, ohne mich zu unterbrechen, und nickte schließlich. »Ich glaube dir.«

Vor Erleichterung wurden meine Knie weich und ich musste mich auf die Bank setzen. »Gott sei Dank«, stieß ich hervor. Vielleicht würde sie mich jetzt doch zu Lucy lassen oder ihr zumindest sagen, dass sie mir zuhören solle.

»Aber ich kann dir leider nicht helfen«, fügte sie hinzu und zerstörte damit alles gleich wieder.

»Warum?« Meine Stimme klang selbst in meinen Ohren schwach und kraftlos.

Grace setzte sich neben mich und legte mitfühlend ihre Hand auf meinen Unterarm. »Oh, Julian, es tut mir wirklich leid, aber Lucy ist heute Morgen zurück zu ihren Adoptiveltern geflogen. Sie brauchte etwas Abstand, um die Geschehnisse zu verarbeiten. Sie hat mich um eine Woche Urlaub gebeten und ich habe ihr gesagt, sie soll sich so viel Zeit nehmen, wie sie braucht, solange sie zurückkommt.«

Jedes ihrer Worte fühlte sich wie ein Dolchstoß mitten in mein Herz an. Lucy war weg und würde so schnell auch nicht wiederkommen. Was sollte ich nur machen?

»Alter, meinst du nicht, es reicht langsam mal mit deiner Selbstmitleidsnummer?« David ließ eine Einkaufstüte geräuschvoll auf den Tisch fallen und bedachte mich mit einem genervten Blick.

Es war drei Tage her, seit ich mit Grace geredet hatte. Drei Tage, in denen ich nichts anderes getan hatte, als benommen auf der Couch zu liegen und mich zu bemitleiden. Wann ich das letzte Mal aufgestanden war, wusste ich nicht, und geduscht hatte ich das komplette Wochenende lang gar nicht. Ich war nicht wirklich stolz darauf, aber es war das Einzige, zu dem ich imstande gewesen war.

»Was soll ich denn sonst machen?«, fragte ich schärfer als beabsichtigt.

David seufzte laut und schüttelte den Kopf. »Du könntest zum Beispiel herausfinden, wo Lucy ist, und zu ihr fahren.«

Ich schnaubte. »Das habe ich schon versucht, aber Grace wollte mir nichts verraten. Lucy will mich nicht sehen, wenn ich dich daran erinnern darf.« Seine schlauen Sprüche konnte er sich gerne irgendwo hinstecken.

Ich griff nach meinem Glas, aber bevor ich es an den Mund setzen konnte, zog David es aus meiner Hand und stellte es außer meiner Reichweite auf den Tisch. »Du könntest zum Beispiel Jaxon fragen. Er ist immerhin Lucys Zwillingsbruder und weiß garantiert, wo sie ist. Und wenn du wieder mehr wie ein Mensch agieren würdest, wäre ich dir sehr verbunden. Dein aktueller Zustand ist nämlich nicht mehr erträglich.« Er rümpfte die Nase, wie um seine Worte zu unterstreichen.

Ich lachte höhnisch. »Spitzenidee. Ich kann mir regelrecht vorstellen, was Jaxon mit mir anstellt, wo Lucy ihm doch sicher erzählt hat, was passiert ist.« Mir war noch gut im Gedächtnis, wie Jaxon mir eine reingehauen hatte, als er vermutet hatte, Lucy könnte für mich bloß eine nette Abwechslung sein. Ich wollte mir seine Reaktion besser nicht vorstellen, wenn sie ihm erzählt hatte, ich hätte sie betrogen.

»Jaxon ist kein Arschloch«, entgegnete David augenrollend und setzte sich mir gegenüber auf den Tisch. »Er kann impulsiv und aufbrausend sein, ja. Aber wenn du ihn von dir überzeugst, kann es nur zu deinem Vorteil sein.«

»Klar, weil Jaxon mir sicher einfach so glauben wird.«

»Grace hat dir auch geglaubt, oder?«

»Ja.«

»Und sie hat den Kuss sogar gesehen. Warum sollte Jaxon dir also nicht glauben?«

»Weil er Lucys Zwillingsbruder ist. Es ist doch völlig klar, dass er jeden fertigmacht, der sie verletzt.« Würde Hayley mir so etwas über ihren Freund erzählen, ich würde dem Typ die Eier abreißen, egal wie gut er sie vorher behandelt hatte. »Außerdem war er vorher schon nicht begeistert davon, dass Lucy und ich zusammen sind. Das ist jetzt doch gefundenes Fressen für ihn.«

David seufzte, als würde ihn dieses Gespräch anstrengen. »Hör zu, ich weiß, es geht dir nicht gut und du willst dich am liebsten für die nächste Zeit hier verkriechen. Aber so änderst du halt nichts. Wenn du Lucy wirklich zurückhaben willst, solltest du aktiv etwas dafür tun.« Er schnüffelte an mir und verzog das Gesicht. »Und als Erstes würde ich vorschlagen, du gehst duschen.« Er stand auf, griff die Tüte und verschwand in der Küche.

Während ich ihn dort hantieren hörte, dachte ich über seine Worte nach. In meinem eigenen Selbstmitleid zu versinken klang noch immer verdammt verlockend, denn die innere Schwere, die auf mir lastete, drückte mich noch immer mit ihrem ganzen Gewicht zu Boden. Das Atmen war zu einem wahren Kraftakt geworden, weil mein Brustkorb wie zugeschnürt war, und mein Herz schmerzte ununterbrochen. Aber David hatte recht, so würde ich Lucy nicht zurückgewinnen. Es wäre wie aufgeben, dabei war ich normalerweise eine Kämpfernatur.

Plötzlich kam Leben in mich. Wackelig kam ich auf die Beine und torkelte in Richtung Badezimmer. Auf dem Weg dorthin stieß ich gegen den Tisch und fegte ein zum Glück leeres Glas von der Platte, das auf dem Boden in tausend Teile zersprang.

»Fuck.«

So viel zu meiner neu gewonnenen Energie.

»Was ist passiert?« David kam aus der Küche gesprintet und blieb schlitternd vor mir stehen. Mit großen Augen nahm er die Szene vor sich auf, wie ich mich gerade nach den Scherben bückte. »Was hast du vor?«

»Ich wollte duschen gehen, aber …« Ich deutete auf den Boden und präsentierte ihm mein Malheur.

Er blickte auf das Chaos auf dem Boden und dann zu meinen Händen. »Keine gute Idee. Du gehst duschen, ich kümmere mich darum.«

Bestimmt schob er mich um die Glassplitter herum. Von seiner vorigen Verärgerung war nichts mehr zu sehen.

»Danke.« Mir wurde bewusst, dass er mich mit seinem Verhalten nur aus meinem Loch ziehen wollte, weil er durch Keiran genau wusste, wie sich so etwas anfühlte.

»Nicht der Rede wert.« Er zuckte mit den Schultern. »Werd jetzt bloß nicht sentimental und sieh zu, dass du verschwindest.« Erleichterung spiegelte sich in seinen Zügen und nahm seinen Worten die Schärfe.

Ich wollte ihm auf den Oberarm boxen, verfehlte mein Ziel aber, sodass ich seine Schulter nur leicht streifte. Das war das Zeichen für mich, duschen zu gehen und zu hoffen, dass ich dadurch zumindest ein wenig nüchterner wurde.

Nervös und mit dröhnendem Kopf wartete ich am nächsten Tag vor der Mensa auf Jaxon, Emma und David. David hatte mir gesagt, dass er mit ihnen zum Mittagessen verabredet sei und wo ich sie antreffen würde. Er wollte als Puffer agieren, sollte die Situation wider Erwarten eskalieren.

Die ganze Nacht hatte ich mir den Kopf darüber zerbrochen, wie ich Jaxon überzeugen konnte, dass ich Lucy nicht hintergangen hatte, und war zu dem Schluss gekommen, dass ich ihm die Wahrheit sagen musste. Die ganze Wahrheit.

Jaxon entdeckte mich schon von Weitem. Seine Hände ballten sich bei meinem Anblick zu Fäusten und sein Blick verriet mir, dass er alles andere als begeistert war, mich zu sehen.

»Was willst du hier?«, fuhr er mich an, als er vor mir stehen blieb. »Hast du nicht schon genug Schaden angerichtet?«

»Es ist nicht so, wie du denkst. Bitte lass es mich erklären«, begann ich, doch Jaxon polterte gleich dazwischen.

»Nicht so, wie ich denke? Willst du mich verarschen? Du hast eine andere geküsst, daran gibt es nun wirklich nichts falsch zu verstehen. Ich hab von Anfang an gewusst, dass du deine Finger nicht bei dir behalten kannst.«

»Ich hab sie nicht geküsst«, startete ich einen weiteren Versuch, wurde aber erneut von Jaxon unterbrochen.

»Wem willst du hier eigentlich etwas vormachen? Lucy hat dich doch gesehen!«

»Schatz, jetzt lass ihn doch mal ausreden.« Emma war zu ihrem Freund getreten und legte beschwichtigend eine Hand auf seinen Arm.

Entgeistert wandte Jaxon sich ihr zu. »Auf welcher Seite stehst du eigentlich?«

Emma seufzte kaum hörbar. »Auf der Seite der Wahrheit. Wir kennen nur Lucys Seite und das ist nur das, was sie gesehen hat. Lass uns hören, was er zu sagen hat, und dann können wir entscheiden, was wir glauben.«

Jaxons Augen verengten sich. Sie schienen einen stillen Kampf auszufechten, während ich die Luft anhielt. Schließlich nickte er. »Erzähl«, forderte er mich auf.

Ich berichtete ihnen, was ich auch schon zu Grace gesagt hatte. Zuerst stockend, dann mit mehr Sicherheit, als ich nicht unterbrochen wurde.

»Ich glaube dir«, sagte Emma leise, aber nachdrücklich, als ich geendet hatte.

Befreit atmete ich auf, wagte jedoch nicht mich zu bewegen. Es war nur die halbe Miete, denn Jaxons Urteil stand noch aus. Und seins würde das entscheidende sein. Es kam mir wie eine Ewigkeit vor, bis er schließlich ebenfalls nickte.

»Ich weiß zwar nicht, ob ich dir glauben kann, aber ich vertraue Emmas Urteil.«

Vor Erleichterung gaben meine Knie nach und ich musste mich an der Wand neben mir abstützen, um nicht auf den Boden zu gleiten. »Danke.«

Ein Teil der Last, die ich die letzten Tage mit mir herumgeschleppt hatte, wich von mir und schien mich nicht mehr in den Boden drücken zu wollen.

»Dank nicht mir, sondern Emma«, gab Jaxon von sich. Er wirkte nicht glücklich mit seiner Entscheidung, aber ich wertete es als gutes Zeichen, dass er mich nicht mehr mit Mordlust ansah.

Kapitel 27

Lucy

Wie heilte man ein gebrochenes Herz?

Diese Frage stellte ich mir seit Tagen mehrfach und bisher hatte ich keine Antwort darauf gefunden. Mein Herz schmerzte weiterhin wie in der Sekunde, als ich Julian mit Cassie zusammen gesehen hatte, und fühlte sich an, als wäre es zu langsam und träge, um ausreichend Blut durch meine Adern zu pumpen. Als wäre es kaputt.

Ich hatte gehofft, dass mir der Abstand zu Julian und die Tatsache, dass er mich hier nicht aufspüren konnte, Erleichterung verschaffen würden, aber weit gefehlt. Mit jedem Tag, den ich von ihm getrennt war, wuchs meine Sehnsucht nach ihm, und auch die nagenden Zweifel, ob meine überstürzte Flucht richtig gewesen war, wurden größer.

Da half es überhaupt nicht, dass ich auf dem Rücken meines geliebten Pferdes Starlight saß, der gemütlich mit mir durch die Prärie trabte. Starlight, die Ranch und meine Adoptivfamilie hatten mir gefehlt und ich freute mich, zurück zu sein. Aber ich vermisste Julian und meine neuen Freunde noch mehr. Sie hatten mir in den letzten Monaten ein Leben gezeigt, das ich vorher nicht für möglich gehalten hatte. Ich war aufgeblüht, hatte neue Dinge ausprobiert, mich verliebt und mich zum ersten Mal in einer coolen Clique aufgenommen gefühlt.

Umso schmerzlicher war es, wie mir all das mit einem Mal wieder entrissen worden war. Jeder Gedanke an Julian schien tausend Nadelstiche durch meinen Körper zu jagen, die sich wie mit kleinen Widerhaken unter meiner Haut festkrallten. Vor Kummer konnte ich kaum etwas essen. Jeder Bissen blieb in meiner Kehle stecken, als säße die Traurigkeit mitten im Hals.

Es war mir noch immer unverständlich, wie Julian mich derart hintergehen konnte, ohne dass ich etwas gemerkt hatte. Und dann ausgerechnet mit Cassie! Ich wusste nicht, auf wen ich wütender war: ihn, sie oder mich selber.

Kurzzeitig hatte ich mich sogar gefragt, ob Cassie diesen Kuss absichtlich inszeniert hatte, um mir eins auszuwischen. Es wäre ihr durchaus zuzutrauen, mich damit verletzen zu wollen, vor allem nach unserem Aufeinandertreffen in der Mall. Es wäre die perfekte Rache für sie gewesen, nachdem Michaela sie mehr als wirsch abgefertigt hatte. Aber Cassie hatte nicht gewusst, dass ich in diesem Moment in die Praxis kommen würde. Weder sie noch Julian hatten gesehen, dass ich sie beobachtete, also hatte ich diesen Gedanken schnell wieder verworfen.

Momentan versuchte ich einfach an gar nichts mehr zu denken, was praktisch unmöglich war. Je mehr ich Julian vergessen wollte, desto mehr drängte er sich in mein Bewusstsein. Ich analysierte jedes unserer Treffen und jedes Wort, das er zu mir gesagt hatte. Wo war es falsch gelaufen? Wie hatte unsere Beziehung in dieser Katastrophe enden können?

Ich fand einfach keine Antwort darauf.

Hinter dem nächsten Hügel konnte ich bereits das rote Dach vom Haus der Kesslers sehen und Starlight beschleunigte sein Tempo. Ich machte ein schnalzendes Geräusch mit der Zunge, um ihn in einen Galopp zu treiben. Er reagierte sofort und ich ließ mir den Wind um das Gesicht wehen, während das Haus unaufhörlich näher kam.

Auch wenn ich dieses Haus liebte und es lange Zeit meine Heimat gewesen war, machten die Abgeschiedenheit der Ranch und das Fehlen meiner Freunde diesen Aufenthalt schwerer als gedacht. Deshalb hatte ich die Entscheidung getroffen, dass ich auf jeden Fall nach Philadelphia zurückkehren und dort bleiben würde, egal was aus Julian und mir wurde. Ich wollte zurück in die Stadt, in der ich gelernt hatte zu leben.

Ich wollte studieren, um später etwas zu tun, was ich liebte. Aus diesem Grund hatte ich gestern an der Veterinärmedizinischen University of Philadelphia angerufen und auf Wunsch des Dekans meine Bewerbung online eingeschickt.

Außerdem wollte ich bei Grace ausziehen. Ich war ihr unheimlich dankbar für alles, was sie für mich getan hatte, aber das Zimmer bei ihr war einfach zu klein, zumal sie es bald für das Baby brauchen würde. Ich wollte mein eigenes Reich haben, das ich nach meinen Wünschen gestalten konnte. Vielleicht würde Michaela mit mir zusammenziehen wollen, denn auf ein Zimmer im Wohnheim, mit Leuten, die ich nicht kannte, hatte ich auch keine Lust.

Ich führte Starlight in den Stall, sattelte ihn ab und rieb ihn mit Stroh trocken, bevor ich ihn in seine Box brachte und ihn mit Möhren fütterte.

»Meinst du, es ist die richtige Entscheidung?«, fragte ich leise, obwohl ich von ihm keine Antwort erhalten würde. »Ich will ja nicht nur wegen Julian zurück, sondern auch wegen meinen Freunden und Jaxon.« Und dann sprudelte alles aus mir heraus, was mir seit Tagen auf der Seele lag. Alles, worüber ich mir Gedanken machte und mit Rita nicht reden wollte.

Es hatte mir gefehlt, offen mit jemandem reden zu können. Ich war mittlerweile derart daran gewöhnt, immer einen meiner Freunde um mich zu haben, dass ich gar nicht mehr wusste, wie ich es früher alleine ausgehalten hatte.

Als würde Starlight meinen Zwiespalt spüren, lehnte er den Kopf gegen meine Stirn und schnaubte beruhigend. Ich lachte leise und drückte ihm einen Kuss hinters Ohr. Es hatte gut getan, mir alles von der Seele zu reden, und ich fühlte mich leichter. Trotzdem blieb ich bei meinem Entschluss. Ich würde die Woche Urlaub zu Ende bringen, die Grace mir genehmigt hatte, und dann nach Philadelphia zurückkehren.

Ich wollte mich gerade aufmachen, den Sattel zu säubern, als eilige Schritte ertönten und kurz darauf die Tür zum Stall aufgestoßen wurde.

»Lucy, Lucy, Lucy, bist du hier?«, brüllte Josh so laut, dass mir die Ohren klingelten.

»Wie du siehst, bin ich hier«, sagte ich schmunzelnd.

»Da ist Telefon für dich.« Er deutete in Richtung Feld anstatt zum Haus, was mir ein kleines Lachen entlockte. Gleichzeitig begann mein Herz wie wild zu schlagen, weil es anscheinend wollte, dass Julian dran war. Aber das war unmöglich, er hatte diese Nummer nicht und wusste gar nicht, dass ich hier war.

»Wer ist dran?«, fragte ich dennoch etwas atemlos.

»Keine Ahnung.« Josh zuckte mit den Schultern und wandte sich ab.

Plötzlich hatte ich es unfassbar eilig, zum Haus zurückzukehren, daher ließ ich den Sattel einfach liegen und rannte den kurzen Weg den Hügel hinauf. Außer Atem kam ich in der Diele an. Es gab nur ein einziges Telefon im Hause Kessler, ein uraltes, hässliches grünes Teil, das noch eine Wählscheibe hatte. Der nicht dazu passende schwarze Hörer lag direkt daneben. Ich griff danach und hielt ihn mir ans Ohr.

»Lucy hier.«

Tiefes Lachen drang an mein Ohr. »Bist du gerannt?«, fragte Jaxons amüsierte Stimme.

Freude und Enttäuschung durchströmten mich zugleich. »Ich bin vom Stall hierher gelaufen«, erklärte ich.

»Du solltest echt mehr Sport machen, wenn du von dem kurzen Weg außer Atem bist.«

»Sollte ich gar nicht. Ich war immerhin vorher drei Stunden reiten.«

»Reiten ist kein Sport«, entgegnete Jaxon mit einem Schnauben.

»Pff. Hast du nur angerufen, um mir Vorhaltungen zu machen?«, wechselte ich geschickt das Thema.

»Nein.« Jaxon seufzte. »Ich wollte hören, wie es dir geht.«

Dankbar, dass ich endlich jemanden zum Reden hatte, sprudelten all die verwirrenden Gedanken und Gefühle aus mir heraus. Ich redete ohne Punkt und Komma, erzählte Jaxon auch, dass ich mich entschieden hatte, nach Philadelphia zurückzukehren, wenn die Woche vorbei war.

»Zum Glück«, stieß er hervor. »Du fehlst mir nämlich. Und Emma auch.«

Zum ersten Mal seit Tagen fühlte ich etwas anderes als Verzweiflung. »Ihr fehlt mir auch. Wie geht es euch denn so? Was machen die anderen?«

Ich war begierig zu erfahren, was während meiner Abwesenheit in Philadelphia geschehen war, und Jaxon lieferte mir einen umfassenden Bericht. Über Julian verlor er jedoch kein Wort und ich wagte auch nicht, ihn zu fragen. Trotzdem ging es mir besser, als wir uns eine halbe Stunde später verabschiedeten und Jaxon mir versprach, mich Samstag am Flughafen abzuholen.

Am nächsten Tag kam ich gerade von einem Ausritt mit Starlight zurück, als ich eine vertraute Person entdeckte, die mit tief in den Taschen vergrabenen Händen vor dem Tor stand. Ich konnte kaum meinen Augen trauen, aber es war tatsächlich Julian. Mein verräterisches Herz machte einen Satz, während sich meine Eingeweide zusammenzogen. Eigentlich war es genau das, was ich gewollt hatte, aber ich konnte die aufkeimende Angst nicht unterdrücken. Diese widersprüchlichen Gefühle in mir würden mich noch in den Wahnsinn treiben.

Ich nahm seine ganze Erscheinung in mich auf. Er trug Jeans und einen Parka, seine dunklen Haare waren vom Wind zerzaust. Ein unsicheres Lächeln lag auf seinen Lippen und der Blick seiner warmen braunen Augen ließ keine Sekunde von mir ab. Ein Prickeln breitete sich auf meiner Haut aus und meine Körpertemperatur schien um fünf Grad anzusteigen.

Gott, was hatte ich ihn vermisst.

Ich sprang von Starlight herab und band ihn lose am Zaun der Koppel fest, ehe ich mich Julian zuwandte.

»Hey«, sagte ich vorsichtig, als ich vor ihm stehen blieb, ein großer Knoten aus Angst in meinem Bauch. Plötzlich war die Ungewissheit wieder da, was Julian mir zu sagen hatte. Auch wenn ein liebevolles Funkeln in seinen Augen lag, konnte ich meine Furcht nicht komplett abschütteln.

Unschlüssig lehnte ich mich an den Zaun und betrachtete Julian, der sichtbar um Worte rang. Er kickte einen Stein über den Boden und kaute auf seiner Unterlippe herum.

»Hey. Sorry, wenn ich dich hier so überfalle, aber ich habe es ohne dich nicht mehr ausgehalten. Jaxon hat mir gesagt, wo ich dich finde.« Julian kratzte sich am Hinterkopf und sah mich erwartungsvoll an.

Ich wusste nicht, was ich sagen sollte. Ich war nicht böse, dass er ungefragt aufgetaucht war, aber war das jetzt ein gutes oder schlechtes Zeichen? Unzählige Fragen lagen mir auf der Zunge, aber ich war wie blockiert, sodass ich keine davon aussprechen konnte.

»Hör zu, Lucy«, begann Julian stockend. »Es tut mir unheimlich leid, was vorgefallen ist, aber es ist ganz anders, als du denkst.«

Ich verdrehte die Augen und verschränkte die Arme vor der Brust, um mich vor seinen nächsten Worten zu schützen.

»Die Frau, mit der du mich vor der Praxis gesehen hast, ist meine Ex Sandy.«

Mein Herz schmerzte, als würde jemand in meine Brust hineingreifen und fest zudrücken. Die Vorstellung, dass Julian nicht irgendeine Frau, sondern seine Ex geküsst hatte, war noch viel schlimmer. Trotzdem schüttelte ich den Kopf. »Sie heißt Cassie.«

Julian nickte. »Cassandra Williams. Früher wollte sie von allen Sandy genannt werden. Warum sie sich jetzt Cassie nennt, weiß ich nicht.« Er holte tief Luft. »Aber das ist auch nicht so wichtig. Als ich sie vor der Tierklinik hab sitzen sehen, war ich vor allem überrascht. Du hattest zwar mal den Namen Cassie erwähnt, aber ich habe ihn nicht mit Sandy in Verbindung gebracht. Ich wollte sicherstellen, dass es ihr gut geht, weil sie geweint hat. Aber eigentlich war ich da, um mit dir zu reden.«

Verräterische Hoffnung keimte in mir auf, aber ich drängte sie zurück. Das erklärte noch lange nicht, warum er sie geküsst hatte. »Und dann?«

Julian raufte sich die Haare. »Und dann hat sie mich geküsst, einfach so. Ich konnte gar nicht so schnell reagieren, so überrascht war ich. Dann habe ich sie sofort von mir weggeschoben. Doch da hattest du uns schon gesehen und warst mit Grace im Büro verschwunden.«

Julian streckte die Hand nach mir aus, als wollte er mich berühren, doch ich trat einen Schritt zurück. Ich wollte einen klaren Kopf behalten, während ich über seine Worte nachdachte. Mir schwirrte der Kopf und ich musste mich am Geländer neben mir festhalten, während ich versuchte, das alles zu begreifen. Nie hätte ich vermutet, dass Cassie Julians Ex sein könnte.

»Bitte, Lucy, du musst mir glauben. Ich würde dir nie absichtlich wehtun oder dich betrügen. Seit ich dich kennengelernt habe, gibt es keine andere Frau mehr für mich. Du bist wunderschön, aber besonders mit deiner liebevollen Art hast du mich total umgehauen. Ich will nur dich.«

Seine Worte ließen meinen Puls schneller schlagen. Ich suchte nach Anzeichen, dass er mich anlog, fand aber keine. Fest blickte er mir in die Augen, ohne sich abzuwenden oder zu blinzeln. Er sprach deutlich, ohne sich zu verhaspeln oder nach Worten zu ringen. Ich glaubte ihm, obwohl seine Geschichte unglaublich klang. Vermutlich auch, weil ich Cassie eine solche Durchtriebenheit absolut zutraute.

»Meinst du, sie hat das absichtlich gemacht, um uns auseinanderzubringen?«, fragte ich irgendwann.

»Was? Mich geküsst?«

»Das auch, aber ich meinte eigentlich, dass sie sich plötzlich wieder an dich rangemacht hat und versucht hat mich fertigzumachen.«

»Sie hat was?« Entgeistert starrte Julian mich an.

Oh, das wusste er ja noch gar nicht. In knappen Sätzen erzählte ich ihm, dass Cassie mich zwar von Anfang an nicht hatte ausstehen können, ihre Anfeindungen sich aber massiv verschlimmert hatten, nachdem wir zusammengekommen waren.

Julian blinzelte einige Male, ehe er sich die Hand vor die Stirn schlug. »Unfassbar«, murmelte er. »Warum hab ich das nicht gleich gesehen? Ich bin so dumm.«

Jetzt verstand ich gar nichts mehr. »Was denn?«

»Sandy ging es gar nicht um mich«, erklärte er. »Es hat sie nur gestört, dass ich wieder glücklich bin. Denn das habe ich ihr jedes Mal erzählt, wenn wir uns über den Weg liefen. Vermutlich hat sie uns in der Praxis zusammen gesehen oder auch beim Marathon, aber es muss sie gestört haben, dass ich wieder glücklich war, während sie von Darren verlassen wurde. Sie will mich gar nicht zurück, sie will nur, dass es mir genauso schlecht geht wie ihr. Und wenn sie dir damit ebenfalls zusetzen kann, ist das wie ein Bonus für sie. Das erklärt auch, warum sie sich nicht ein einziges Mal bei mir gemeldet hat, seit ich sie nach dem Kuss einfach stehen gelassen hab.« Julian schüttelte den Kopf.

Weil mir die Distanz zwischen uns zu groß wurde, griff ich nach seiner Hand. Vorsichtig löste ich seine Faust und verschlang unsere Finger miteinander.

»Es ist nicht deine Schuld«, versicherte ich ihm. »Sie ist einfach eine furchtbare Person.«

»Ich weiß, deswegen hätte ich es ja sehen müssen.« Julian drückte meine Hand und sah mich eindringlich an. »Glaubst du mir?«

Unter seinem intensiven Blick wurde mir warm und Röte schoss mir ins Gesicht.

»Ja, ich glaube dir.« Ich konnte meine Erleichterung darüber, dass er mich gar nicht hintergangen hatte, gar nicht in Worte fassen.

Julian sackte merklich in sich zusammen. »Oh, Gott sei Dank.« Er zog mich in seine Arme und vergrub sein Gesicht in meinen Haaren.

Ein wohliger Schauer lief mir über den Rücken und ich atmete tief seinen unvergleichlichen Duft ein.

»Du hast mir gefehlt. Die letzten Tage ohne dich waren schrecklich«, gestand ich.

»Ging mir ganz genauso.« Julian lehnte sich ein Stück zurück, bis er mich ansehen konnte. »Weißt du eigentlich, warum ich an dem Tag überhaupt zur Praxis gekommen bin, als Sandy mich aufgehalten hat?«

»Nein, warum?«

»Weil ich dir etwas Wichtiges sagen wollte.«

»Oh?« Jetzt hatte er mich verdammt neugierig gemacht.

Julian lächelte leicht und ein liebevoller Ausdruck trat auf seine Züge, der die Schmetterlinge in meinem Bauch tanzen ließ. »Ich wollte dir sagen, dass ich dich liebe.«

Vor Überraschung setzte mein Atem aus. Damit hatte ich jetzt nicht gerechnet. Nicht, nachdem er mir so kurz vor der Sache mit Cassie noch gesagt hatte, er wüsste es nicht. Vor allem nicht, nachdem er mir erzählt hatte, wie seine Ex ihn betrogen hatte. Ich konnte verstehen, dass er seitdem Probleme hatte, Vertrauen zu fassen, auch wenn ich ein ganz anderer Typ war als sie.

Und jetzt hatte er doch gesagt, dass er mich liebte.

Mein Herz schwoll an vor Glück, bis es fast aus meiner Brust herauszuplatzen schien. Verliebt schaute ich in seine Augen, die funkelten, als hätte man eine Million Sterne hineingelegt.

»Wirklich?«, wisperte ich.

Seine Hände legten sich an meine Wangen und er zog mein Gesicht näher an seins, bis unsere Nasenspitzen sich fast berührten. »Ganz wirklich. Was du mit mir gemacht hast …« Er schüttelte den Kopf. »Ich kann es gar nicht beschreiben. Aber ich möchte dich keinen Tag mehr missen. Wenn du nicht bei mir bist, fühle ich mich, als wäre ich nur noch ein halber Mensch. Ich liebe deine Augen, die wie der Ozean sind, ich liebe unsere Gespräche, die Art, wie du mich ansiehst, als wäre ich der einzige Mann auf diesem Planeten. Ich liebe deine Stärke, aber dass du dich bei mir auch fallenlassen kannst. Ich liebe dich.« Seine Worte hallten durch jede Zelle meines Körpers und füllten sie mit Glück.

»Für mich bist du auch der einzige Mann, den es sich anzusehen lohnt«, sagte ich leise. Nie zuvor hatte jemand meine Aufmerksamkeit für mehr als den Bruchteil einer Sekunde auf sich ziehen können. Selbst dann nicht, wenn ich keine Angst vor ihm hatte. Aber Julian hatte mich mit seiner Warmherzigkeit überzeugt, bevor er mein Interesse geweckt hatte.

»Siehst du, genau das meine ich. Und andersherum ist es genauso. Seit ich dich kenne, haben andere Frauen völlig ihren Reiz für mich verloren.«

Ein Lächeln zuckte in meinen Mundwinkeln. »Du findest andere Frauen jetzt nicht mehr hübsch?«

»Oh, doch«, widersprach er. »Das ist es ja. Ich finde Emma oder Michaela zum Beispiel immer noch hübsch, aber gegen dich verblassen sie. Sie haben nicht den Hauch einer Chance.«

Röte schoss mir ins Gesicht. »So gut sehe ich doch gar nicht aus.« Vor allem Michaela spielte in einer ganz anderen Liga als der Rest von uns.

»Du bist so schön, dass es fast wehtut«, raunte Julian mir zu und schickte ein Beben durch meinen Körper. »Aber das alleine würde mich nicht länger als zwei Wochen fesseln können. Bei dir stimmt einfach das Gesamtpaket. Ich liebe einfach alles an dir, selbst deine kleinen Macken.« Er zwinkerte mir zu, woraufhin ich ihn in die Seite boxte.

»Ich habe keine Macken«, entgegnete ich.

»Wenn du dich abends umziehst, verteilst du deine Klamotten auf dem ganzen Boden«, sagte Julian mit hochgezogener Augenbraue.

»Das ist keine Macke, sondern kreatives Chaos.«

Julian lachte. »Und wenn du duschst, setzt du das ganze Bad unter Wasser. Und das, obwohl ihr eine geschlossene Duschkabine habt. Wie du das anstellst, ist mir immer noch ein Rätsel.«

Ich konnte mir ein Kichern nicht verkneifen. »Das ist eindeutig ein Talent.« Herausfordernd blickte ich zu ihm auf. »Irgendwas anderes, was du an mir zu bemängeln hast?«

Augenblicklich wurde Julian ernst. »Ich bemängel nicht einmal das. Wie ich bereits sagte, ich liebe alles an dir.«

Wenn Glück einem Flügel wachsen ließe, würde ich jetzt abheben. »Ich liebe dich auch«, sagte ich und verschloss seine Lippen mit einem Kuss.

Epilog

Lucy

Drei Wochen später

»Bist du sicher, dass wir die Getränke in der Küche aufstellen sollten? Wäre es nicht sinnvoller, sie im Wohnzimmer zu haben? Auf einem Tisch an der Wand vielleicht?« Steven sah mich fragend an. Er hatte eine rosa Schürze umgebunden und hielt eine Schüssel mit Erdbeerbowle in der Hand.

Unwillkürlich musste ich grinsen. »Du bist der perfekte Hausmann, weißt du das?«

Er verdrehte die Augen, konnte sich ein Lachen aber nicht verkneifen. »Das muss ich ja auch sein, immerhin wohnt hier nur ein Mann.« Er zwinkerte mir zu.

»Aber du könntest ja jemanden zum Putzen engagieren. Oder dir eine Freundin suchen.« Ich verstand einfach nicht, warum er noch immer Single war. Er sah gut aus, mit Jaxons grünen Augen und seinem verschmitzten Grinsen. Sein dunkles Haar war bereits von einigen grauen Strähnen durchzogen, was ihn aber eher interessant als alt wirken ließ. Ich war mir sicher, dass die Frauen sich um ihn rissen.

Steven seufzte jedoch nur. »Das ist nicht so einfach. Es ist nicht mal so, dass ich abgeneigt wäre, aber es hat einfach noch nicht gefunkt.«

Nachdenklich betrachtete ich ihn. »Kein Wunder, wenn du nur hier rumhängst, wenn du nicht arbeiten bist. Vielleicht solltest du mal mit uns weggehen?«

Jetzt lachte Steven richtig. »Genau, in einer Studentenkneipe werde ich sicher die Frau fürs Leben finden.«

Ich zuckte mit den Schultern. »Wer weiß.«

Er ging gar nicht darauf ein, sondern hob die Bowle ein Stück an. »Also, wohin jetzt damit?«

»Ich glaube, du hast recht. Die Getränke besser hier ins Wohnzimmer und das Essen in die Küche.«

Ich betrachtete den großen Raum, der als Wohnzimmer eigentlich nicht mehr zu erkennen war. Die Wohnwand samt Fernseher stand zwar noch, aber die Couch war ins Gästezimmer geschoben worden, um mehr Platz zu schaffen. Der Wohnzimmertisch stand an der Wand, sodass eine freie Fläche in der Mitte entstanden war. Steven hatte sogar eine kleine Discokugel auf einem Regal drapiert, die bunte Lichtpunkte durch den Raum tanzen ließ.

Es war der 27.12., der erste Geburtstag, den Jaxon und ich wieder zusammen feiern würden. Steven hatte uns dafür seine Wohnung zur Verfügung gestellt, weil sie groß genug war, und sogar angeboten, den Abend bei einem Kumpel zu verbringen, wenn wir mit unseren Freunden alleine sein wollten. Was aber nicht der Fall war. Wir waren froh, ihn in unserem Leben zu haben, und schätzten uns glücklich, dass er mit unserer chaotischen Truppe zusammen feiern wollte.

»Wann wollte Jaxon da sein?«, fragte Steven.

Ich sah auf meine Uhr. »Jeden Moment. Er wollte um sechs das Essen holen, das wir bestellt haben, und danach direkt herkommen.«

Ab sieben würden unsere Gäste eintrudeln und ich musste gestehen, dass ich schon den ganzen Tag verdammt aufgeregt war. Es war meine erste richtige Geburtstagsparty. Mit Freunden, die ich eingeladen hatte. David hatte die Karten dafür designed und ich hatte sie jedem Einzelnen persönlich überreicht.

Ich holte die Luftschlangen aus der Packung, blies sie aus und drapierte sie im ganzen Zimmer, hängte sie über jede Ecke, die ich finden konnte. Danach folgten die Luftballons, die ich aufgeblasen mit Klebeband an den Wänden und am Fenster befestigte.

»Was ist mit Musik?«, fragte Steven, nachdem er die Getränke aus der Küche geholt hatte.

»Die bringt Marc mit. Er wollte auch etwas eher hier sein.« Marc hatte uns alle nach unseren zehn Lieblingsliedern gefragt und wollte aus dieser Auswahl eine Playlist erstellen. Es würde eine bunte Mischung aus allen Musikrichtungen sein, da wir alle andere Stile bevorzugten. Aber so kam wenigstens niemand zu kurz.

Ich war gerade dabei, das »Happy Birthday«-Schild an der Wand zu befestigen, als es an der Tür klingelte. Steven verschwand, um zu öffnen, und kam kurz darauf mit Jaxon und Emma im Schlepptau zurück.

»Das Essen kannst du auf den Tisch in der Küche stellen«, sagte Steven zu Jaxon, der zwei zum Bersten gefüllte Taschen in den Händen hielt. Er hatte Fingerfood bei einem Partyservice in Uninähe bestellt und obwohl ich ihm mehrfach angeboten hatte, mich an den Kosten zu beteiligen, hatte er es kategorisch abgelehnt.

Eigentlich hatte ich nach den Fressorgien der letzten zwei Tage ohnehin keinen Hunger. Den ersten Weihnachtstag hatte ich mit Jaxon und Steven verbracht, den zweiten mit Julian und seiner Familie. Beide Male hatte es so viel zu essen gegeben, dass ich mich abends nach Hause gekugelt hatte. Mit dem Effekt, dass meine Jeans heute etwas arg eng saß.

Bevor ich überhaupt reagieren konnte, zog Emma mich in eine feste Umarmung. »Alles Gute zum Geburtstag.«

»Danke.« Ich drückte sie kurz an mich.

»Unser Geschenk bekommst du später, es ist eine Gemeinschaftsarbeit mit Julian.« Ein verzücktes Funkeln lag in ihren Augen, das mein Herz flattern ließ.

»Oh?« Ich war verdammt neugierig, was sie sich hatten einfallen lassen.

Jaxon kam aus der Küche zurück und zog mich ebenfalls in seine

Arme. »Alles Gute zum Geburtstag, Lieblingsschwester«, sagte er, ehe er mich hochhob und im Kreis drehte, bis mir schwindelig wurde.

»Dir auch herzlichen Glückwunsch. Und jetzt lass mich runter, ich bin doch kein Kind mehr.«

»Aber du wirst immer meine kleine Schwester bleiben.« Jaxon zwinkerte mir zu, setzte mich aber wieder ab. Dann beugte er sich zu mir und flüsterte mir zu: »Ich bin verdammt froh, dass wir wieder zusammen sind.«

Plötzlich musste ich gegen einen Kloß in meinem Hals ankämpfen, sodass ich zur Antwort nur nicken konnte.

Nach und nach trudelten unsere Freunde ein. Zuerst Marc, dann Preston, Connor, Katy, Michaela und Prestons neue Freundin, die sich uns als Kelly vorstellte. Sie war ein eher ruhiges Mädchen, ganz anders als die Frauen, die Preston vorher abgeschleppt hatte, aber so, wie Preston sie ansah, hatte es ihn ziemlich erwischt.

Brittany, Cole und David trudelten kurz vor Grace und Brad ein, sodass eigentlich nur noch Julian fehlte. Ich blickte auf die Uhr. Kurz nach sieben. Wo blieb er denn?

»So, da jetzt fast alle versammelt sind, kann ich euch ja euer Geschenk geben«, riss Steven mich aus meinen Gedanken.

»Aber …«, begannen Jaxon und ich gleichzeitig. Wir hatten allen gesagt, dass wir keine Geschenke haben wollten. Unsere Freunde sollten stattdessen jeder etwas zu trinken mitbringen, weswegen jetzt so viele Getränke auf dem Tisch standen, dass wir damit eine Woche durchfeiern konnten. Auch von Steven hatten wir uns nichts gewünscht, aber wie es aussah, hatte er das ignoriert.

»Ich weiß«, unterbrach er uns sofort. »Aber ihr seid meine Kinder und das ist der erste Geburtstag, den ich mit euch feiern kann. Ich bin unheimlich glücklich, euch endlich um mich zu haben, und ich wollte euch einfach eine kleine Freude machen. Seht es als Geschenk für die letzten 23 Jahre an.« Er zog einen weißen Umschlag aus einer Schublade und reichte ihn uns.

»Mach du auf«, sagte Jaxon zu mir.

Mit zitternden Fingern öffnete ich den Umschlag. Ein Blatt Papier war darin, das ich herauszog und aufklappte. Als ich den Inhalt überflog, stockte mir der Atem.

»Ein Gutschein für Disney World?«, sagte ich ehrfürchtig.

Steven wirkte plötzlich unsicher. »Ich hatte gedacht, wir könnten im Sommer vielleicht gemeinsam hinfliegen, als Familie. Emma und Julian können uns natürlich gerne begleiten, wenn sie wollen. Ich hoffe, ihr findet es nicht zu kindisch, aber ich bin der Meinung, jeder sollte mindestens einmal in seinem Leben dort gewesen sein.«

»Ich liebe es«, gestand ich und schmiss mich meinem Vater in die Arme. »Danke.«

Es machte mich unheimlich glücklich, neben Jaxon nun auch Steven in meinem Leben zu haben. Zum ersten Mal fühlte ich mich wie ein Teil der Familie, auf die ich nie zu hoffen gewagt hatte.

Jaxon bedankte sich ebenfalls bei unserem Vater. Als ich mich gerade erneut fragen wollte, wo Julian blieb, klingelte es endlich.

Mein Herz pochte wie verrückt, als ich zur Tür ging, um ihm zu öffnen. Und dann blieb es beinahe stehen, als ich sah, dass Julian nicht alleine war.

Ein strahlendes Lächeln breitete sich auf meinem Gesicht aus und ich ging in die Hocke, um Spencer mit offenen Armen zu empfangen. Er sprang auch gleich auf meinen Schoß, wobei er mich fast von den Beinen riss. Ich vergrub mein Gesicht in seinem weichen Fell und störte mich nicht einmal daran, dass Spencer mein Ohr ableckte.

»Hallo, mein Freund, was machst du denn hier?«, fragte ich leise.

»Er ist dein Geburtstagsgeschenk.«

Julians Worte ließen mich stutzen und ich sah zu ihm auf. »Er ist was?«, fragte ich leise und wagte noch nicht, mich zu freuen, aus Angst, ich könnte mich verhört haben.

»Ich habe ihn adoptiert.« Julian räusperte sich verlegen. »Also, eigentlich haben wir beide ihn adoptiert. Du musst aber noch hingehen und das Formular unterschreiben.«

Mit offenem Mund starrte ich ihn an und meine Augen begannen zu brennen.

»Er gehört uns? Ganz wirklich? Aber wie wollen wir das machen?« Weder er noch ich hatten eigentlich Platz oder Zeit für einen Hund. Trotzdem würde ich alles dafür tun, um diesem armen Kerl ein gutes Zuhause zu bieten.

Julian ging neben mir in die Hocke und nahm meine Hand. »Spencer ist unser Schicksalsbringer«, begann er. »Ohne ihn wäre ich nie in die Praxis gekommen und hätte dich nicht kennengelernt. Ich habe mich in den letzten Monaten nicht nur in dich verliebt, sondern auch in ihn. Mich schmerzt es, ihn immer wieder in diesem Käfig im Tierheim zurücklassen zu müssen, auch wenn ich weiß, dass man sich dort gut um ihn kümmert. Er verdient einfach ein tolles Zuhause mit liebevollen Menschen, die sich um ihn kümmern. Und wer wäre dafür besser geeignet als wir?«

Alleine für diese Worte liebte ich ihn noch mehr als ohnehin schon. Ich beugte mich vor, um ihm einen Kuss aufzudrücken. »Das erklärt aber immer noch nicht, wie wir das machen wollen.«

»Da kommen wir ins Spiel«, meldete sich Emma und ich wandte mich ihr überrascht zu. »Vor einigen Wochen haben Jaxon und ich beschlossen zusammenzuziehen. Wir haben uns einige Wohnungen angesehen und ein Haus gefunden, das perfekt passen würde. Es liegt recht zentral, mit einem großen Garten und ist zudem erschwinglich.«

»Allerdings ist es etwas zu groß für uns alleine«, fügte Jaxon hinzu. »Und da dachten wir, ihr hättet vielleicht Lust, mit uns dort einzuziehen. Haustiere sind erlaubt, das habe ich bereits abgeklärt, und wenn wir die Miete zu viert teilen, ist sie mehr als erschwinglich für uns. Außerdem können wir uns besser um Spencer kümmern, wenn wir zu viert sind. Irgendwer hat immer mal später Uni.«

Jetzt konnte ich mich nicht mehr zurückhalten und eine Träne löste sich aus meinem Augenwinkel. »Ihr wollt wirklich mit uns zusammenziehen und euch auch um Spencer kümmern?« Glück explodierte in meinem Inneren und floss in jede Zelle meines Körpers. Ich konnte nicht fassen, dass ich mit so vielen wundervollen Menschen in meinem Leben gesegnet war.

»Unbedingt.« Emma kniete sich neben mich und zog mich in ihre Arme. »Willst du?«

Die Tränen flossen mittlerweile unaufhörlich und machten das Reden unmöglich, daher nickte ich nur. Ich konnte mir nichts Schöneres vorstellen.

Die Party wurde ein voller Erfolg. Es wurde viel gegessen, viel getrunken und viel gelacht. Alle unterhielten sich gut und David versuchte sogar die eine oder andere von uns zum Tanzen zu überreden, womit er jedoch nur mäßig Erfolg hatte. Ich mischte mich unter meine Freunde und redete mit jedem mal.

Ich stand gerade bei Katy und Michaela, als jemand von hinten die Arme um mich legte und meinen Nacken küsste. Ich wusste sofort, dass es Julian war, seine Lippen würde ich jederzeit erkennen. Ein wohliger Schauer durchlief mich und ich lehnte mich an ihn.

»Wollen wir noch eine Runde mit Spencer gehen?«, raunte er mir zu, und ich stimmte sofort zu.

Wir drehten eine Runde um den Block und weil die Straßen zu dieser späten Stunde wie ausgestorben waren, ließen wir Spencer frei laufen. Es erfüllte mich mit einer tiefen Zufriedenheit, dass diese beiden von nun an ein fester Bestandteil meines Lebens sein würden.

Als hätte Julian meine Gedanken gelesen, legte er einen Arm um meine Schultern und küsste meine Schläfe. »Du siehst glücklich aus«, bemerkte er.

»Du machst mich glücklich«, erwiderte ich.

Julian schüttelte den Kopf. »Das machst du selber, indem du die richtigen Entscheidungen für dein Leben triffst.«

Erstaunt sah ich ihn an. Eigentlich hatte er recht. »Du hast trotzdem einen Anteil daran«, beharrte ich. Er hatte es geschafft, mich aus meiner Unsicherheit zu befreien und mir zu zeigen, wie wundervoll die Liebe sein konnte.

Julian blieb stehen und legte seine Hände an meine Wangen. Die Wärme, die von ihm ausging, brachte mich zum Seufzen. »Ich habe auch gerne weiterhin meinen Anteil daran. Aber vergiss nicht, dass du nur Dinge tun solltest, die dich glücklich machen, egal was andere davon halten. Wenn dir etwas wichtig ist, solltest du es festhalten und dafür kämpfen und dich von niemandem von deinem Weg abbringen lassen.«

Ich wusste, dass er unter anderem auf Cassie anspielte, aber ich wollte keinen weiteren Gedanken an sie verschwenden. Daher legte ich meine Arme um ihn und drückte ihn fest an mich.

»Genau das habe ich vor.«

Danksagung

Dieses Buch würde es ohne meine Lektorin nicht geben. Ich weiß, das sagt jeder über seine Lektorin, und in gewisser Weise stimmt es auch, weil das Lektorat noch einmal Dinge aus dem Buch herausholt, die man vorher nicht für möglich gehalten hat. Hier ist es jedoch noch etwas anders. Denn in meiner ersten Version von »At Your Side«, die ich im April an den Verlag geschickt habe, gab es Lucy zwar, aber sie lebte dort nicht mehr. Erst beim Vorschlag meiner Lektorin, Lucy überleben zu lassen, um aus ihr einen zweiten Band zu machen, nahm diese Geschichte in meinem Kopf langsam Gestalt an.

Daher gilt mein erster Dank diesmal dir, liebe Tabea, für die Inspiration zu diesem Buch, für deine Begeisterung für mein Geschreibsel und die tolle Arbeit, die du wieder investiert hast.

Danke auch an das komplette Team von Forever by Ullstein, die mir erneut die Möglichkeit gegeben haben, mein Buch in die Welt zu tragen.

Caro, Becka und Nadine. Was würde ich nur ohne euch und unsere WhatsApp-Gruppe machen? Auch wenn diese mich manchmal vom Schreiben abhält (wie jetzt gerade), geht nichts über das Brainstorming mit euch und das gegenseitige Pushen zu Höchstleistungen.

Anja, ich glaube niemand hat Julian in der Rohversion so sehr gefeiert und geliebt wie du. Leider kannst du ihn nicht haben, ich kenne da jemanden, der vermutlich etwas dagegen hätte.

Meike, tausend Dank für deine ganzen Kommentare, auch wenn viel Kritik darunter war. Ich bin ganz begeistert von der Mühe, die du dir gemacht hast, und ich hoffe, du magst das Endergebnis trotzdem.

Selina, vielen Dank für deine ganze Unterstützung und Begeisterung für »At Your Side«. Ich hoffe, Lucy und Julian konnten dich ebenfalls überzeugen.

Katharina, mit dir über das Schreiben, unsere Bücher, Ideen und Pläne für die nächsten Jahre zu reden, ist zu einer meiner liebsten Nebenbeschäftigungen geworden.

Danke auch an meine Familie, die mir immer den Rücken freihält, wenn ich mal wieder ein ganzes Wochenende hinter meinem Laptop verschwinde und mich nur zum Essen blicken lasse. Mama, du hast es sicher schon bemerkt, aber dir ist Rita nachempfunden, nicht nur des Namens wegen.

Danke an meine Leser, denn ohne euch wäre all das hier nicht möglich. Ich bin noch immer überwältigt von den ganzen Rückmeldungen, die ich zu »At Your Side« erhalten habe. Ich hoffe, dieses Buch konnte euch ebenso begeistern, auch wenn es ganz anders geworden ist.